Zum Buch:

Beth hat alles, was sie sich wünschen kann. Zwei anstrengende und wunderbare Kinder, ihr hübsches Haus, ihre Karriere als Autorin von Kinderbüchern und einen liebenden Ehemann. Trotzdem ist sie nicht glücklich. Ausgerechnet jetzt, wo sie mit ihrem neuesten Buchprojekt in einer Krise steckt, bekommt ihre Lektorin ein Kind und kann ihr nicht mehr zur Seite stehen. Auch Beths Mann Daniel hat kaum noch Zeit für die Familie, seit er seinen neuen Job als Schulleiter begonnen hat. Eines Tages steht ihre Jugendliebe Jack wieder vor Beth, und plötzlich bekommt sie ihn nicht mehr aus dem Kopf – was, wenn sie damals eine andere Entscheidung getroffen hätte?

Zur Autorin:

Julia Williams wuchs mit sieben Geschwistern im Norden Londons auf und studierte in Liverpool. Nach einigen Berufsjahren im Verlagswesen widmet sie sich inzwischen ganz dem Schreiben. Während des Studiums lernte sie ihren Mann David kennen. Mit ihm und den vier gemeinsamen Kindern lebt sie mittlerweile in Surrey.

Lieferbare Titel:

Ein ganz besonderer Weihnachtswunsch
Vier Freundinnen und eine Hochzeit

Julia Williams

Ein Weihnachten zum Glücklichsein

Roman

Aus dem Englischen von
Anita Sprungk

MIRA® TASCHENBUCH
Band 26109

1. Auflage: Oktober 2017
Copyright © 2017 by MIRA Taschenbuch
in der HarperCollins Germany GmbH
Deutsche Erstveröffentlichung

Titel der englischen Originalausgabe:
It's A Wonderful Life
Copyright © 2016 by Julia Williams
erschienen bei: Avon Books, London

Published by arrangement with
HarperCollins Publishers Limited, UK

Umschlaggestaltung: bürosüd, München
Umschlagabbildung: www.buerosued.de
Redaktion: Anne Nordmann
Satz: GGP Media GmbH, Pößneck
Printed in Germany
Dieses Buch wurde auf FSC®-zertifiziertem Papier gedruckt.
ISBN 978-3-95649-784-1

www.mira-taschenbuch.de

Werden Sie Fan von MIRA Taschenbuch auf Facebook!

Beth

Ich weiß wirklich nicht, was in letzter Zeit mit mir los ist. Mein Leben ist wunderbar. Nein, wirklich, das ist so. Ich habe unglaublich viel Glück. Ich bin weitestgehend gesund, habe einen liebevollen Ehemann und zwei Kinder, die man zwar vielleicht nicht mehr als niedlich bezeichnen kann, die mich aber doch mit schöner Regelmäßigkeit zum Lachen bringen. Natürlich bereiten sie mir auch den üblichen Ärger, den man mit Teenagern nun mal hat, aber meine Familie liebt mich, und auch beruflich läuft es hervorragend. Ich bin eine erfolgreiche Kinderbuchautorin und -illustratorin. Warum also bin ich nicht zufrieden? Ich weiß, meine Schwester Lou könnte das nie verstehen, aber manchmal habe ich das Gefühl, das Leben läuft einfach an mir vorbei. Soll das wirklich alles gewesen sein, was es mir zu bieten hat? Ich komme mir so undankbar vor, und doch kann ich gegen diese Empfindungen nicht an. Wenn mein Leben so verdammt toll ist, warum habe ich dann das Gefühl, dass irgendetwas fehlt?

Prolog

August

Beth

Es ist hochsommerlich warm an diesem Nachmittag im August. Ich sitze in meiner Küche, die Verandatüren stehen weit offen, um den leisen Windhauch einzufangen, der draußen geht, und ich starre auf eine E-Mail, die ich heute Morgen von meiner Lektorin Karen bekommen habe. Seit Stunden lese ich sie immer wieder, während ich zeitgleich versuche, die perfekte Zeichnung für mein neues Bilderbuch anzufertigen. Meine Inspiration lässt mich im Stich, ein Entwurf nach dem anderen landet zerknüllt auf dem Fußboden.

Das kleinste Engelchen
Kurzzusammenfassung

Von Beth King

Dies ist die Geschichte eines Engelchens, das die Aufgabe hat, das Jesuskind zu finden. Das Engelchen zieht mit einer Gruppe anderer Engel los, verliert den Anschluss und verirrt sich. Es weiß nur, dass in Bethlehem ein besonderes Baby geboren wird und dass es einem magischen Stern folgen muss, der im Osten aufgegangen ist, um das Baby zu finden.

Auf seiner Reise trifft es einen jungen Hirten, einen Pagen, ein Kamel, einen Esel und zum Schluss ein paar Schafe, die es schließlich dorthin führen, wo der kleine Jesus geboren wurde. Es erreicht ihn vor allen anderen Engeln und singt ihm das allererste Weihnachtslied.

Beth, ich finde diese Geschichte einfach wundervoll. Und die Entwürfe, die du dazu gemacht hast, sind wirklich fantastisch. Ich bin überzeugt, dass beides auf großes Interesse stoßen wird, und es tut mir so leid, dass ich dich bei diesem Buch nicht weiter begleiten kann, aber du weißt ja, mein eigener kleiner Advent steht kurz bevor. Es war wirklich schön, mit dir zusammenzuarbeiten, und ich bin sicher, du bist bei Vanessa in guten Händen.
Ich wünsche dir viel Erfolg mit deinem kleinen Engel. Du hast das so sehr verdient.
Alles Liebe
Karen x

Es ist toll, dass Karen meine neue Idee gefällt, aber weniger toll ist, dass sie ausgerechnet in der größten Krise meines Schaffens in Mutterschaftsurlaub geht. Gerade als ich nach einem weiteren Entwurf greife und zu dem Schluss komme, dass er genau wie alle anderen nichts taugt, ruft meine Mutter an.

„Also, wie sehen eure Pläne für Weihnachten aus?"

Typisch Mum, sie kommt direkt zur Sache.

Ich könnte schwören, dass sie diese Frage jedes Jahr früher stellt. Nur für den Fall, dass Daniel und ich so einen hinterhältigen Plan schmieden könnten, wie dem Weihnachtsfest im Kreis der Familie Holroyd zu entfliehen und eine Woche Urlaub im Ausland zu buchen. Als ob wir das jemals tun würden. Als ob wir das jemals könnten.

„Mum, wir haben August!", wehre ich ab. Dabei knülle ich den Entwurf zusammen und werfe ihn auf den Fußboden zu all den anderen verworfenen Zeichnungen. Ich weiß wirklich nicht, was mit mir los ist. Normalerweise fällt es mir nicht so schwer, meine Ideen zu Papier zu bringen.

„Und schon bald ist September, und du wirst viel zu viel um die Ohren haben, um mit mir zu reden." Meine Mum ist wirklich eine Meisterin der passiven Aggression. Nicht genug damit, dass ich jeden zweiten Tag mit ihr telefoniere, normalerweise besuche ich sie auch mindestens einmal pro Woche. Schließlich bin ich die Pflichtbewusste in der Familie. Das ist mein Job, während mein lieber Bruder Ged sich mit sechsunddreißig noch monatelange Auszeiten nimmt und meine Schwester Lou mit achtunddreißig von einer katastrophalen Liebesbeziehung in die nächste taumelt. Ich bin diejenige, die alles richtig macht: Ich habe eine Familie gegründet und bin in die Nähe meiner Eltern gezogen.

Sie wohnen noch in dem gemütlichen Häuschen, in dem ich aufgewachsen bin, in der Kleinstadt Abinger Lea in Surrey. Unser Haus ist nur etwa eine Meile von ihrem entfernt. Früher haben wir näher bei London gewohnt, in dem Haus, das Daniel von seiner Mutter geerbt hat, aber als die Kinder kamen, konnte ich ein bisschen Hilfe gebrauchen, und hierherzuziehen schien sich als Lösung aufzudrängen. Es ist schön, in ländlicher Umgebung zu leben und gleichzeitig eine gute Nahverkehrsanbindung an London zu haben. Bei meiner Arbeit kommt mir das sehr zugute. Daniel hat bisher an einer Gesamtschule in der Londoner Innenstadt gearbeitet, wird aber demnächst eine neue Stelle in dem etwas größeren Nachbarort Wottonleigh antreten, der nur drei Meilen von uns entfernt liegt. Das wird uns das Leben sehr erleichtern.

Eigentlich lebe ich ganz gern in der Nähe meiner Eltern, aber manchmal wünschte ich mir doch, nicht das „wohlgeratene" Kind zu sein. Dieses Gefühl überfällt mich in letzter Zeit immer öfter. Mum und Dad kommen noch bestens zurecht, aber trotzdem werde ich ständig für kleinere Gefallen in Anspruch genommen, fahre beispielsweise meine Mutter nach Wottonleigh, wenn Dad Golf spielt oder endlich den Kunstkurs besucht, zu dem ich ihn überredet habe. Er hatte schon immer eine kreative Seite, hat sie aber nie ausgelebt. Außerdem scheine ich stets Bereitschaftsdienst zu haben, wenn ihr Computer Probleme macht. Ich habe ein schlechtes Gewissen, dass ich so genervt bin, zumal die beiden sich so wunderbar um die Kinder gekümmert haben, als diese noch klein waren, aber manchmal drückt mir die Tatsache, dass ich es nie ganz geschafft habe, mich von meinem Elternhaus zu lösen, schier die Luft ab.

Etwas verspätet bemerke ich, dass Mum immer noch redet.

„Jedenfalls, wie ich zu sagen pflege: Wer es versäumt, sich vorzubereiten ..."

„Bereitet sich darauf vor zu scheitern. Ich weiß, Mum. Aber wir tun doch sowieso jedes Jahr das Gleiche: Wir kommen zu euch. Ich weiß nicht, warum du meinst, danach fragen zu müssen."

Ab und zu habe ich versucht, unsere Weihnachtsplanung zu modifizieren, und vorgeschlagen, Mum zu entlasten und alle zu uns einzuladen. Es ist ja nicht so, dass wir nicht genug Platz hätten. Doch jedes Mal hat sie das abgelehnt, und inzwischen habe ich den Versuch aufgegeben, obwohl die Kinder von Jahr zu Jahr weniger Lust darauf haben, Weihnachten bei ihren Großeltern zu feiern. Sam wird nächstes Jahr achtzehn, und Megan ist fünfzehn. Sie sind keine Kleinkinder mehr, und mir scheint, Mum vergisst das manchmal. Sie begreift nicht so recht, dass sie andere Pläne und Wünsche haben könnten, vor allem in der Weihnachtszeit. Die Sache ist einfach die: Mum liebt es, das Weihnachtsfest auszurichten, daher kommt es, dass ich, obwohl ich inzwischen selbst eine Familie habe, keine Chance bekomme, es selbst einmal zu tun. Ein einziges Mal nur war mir gestattet, auch nur in die Nähe des Truthahns zu kommen, und zwar in dem Jahr, in dem Mum eine Totaloperation über sich ergehen lassen musste. Und selbst da führte sie das Kommando vom Wohnzimmer aus. Ein Alptraum.

„Ich wollte nur sichergehen, Liebes", sagt Mum. „Nur für den Fall, dass ihr vielleicht andere Pläne habt."

Den Drang, abfällig zu schnauben, unterdrücke ich. Andere Pläne? Ich werde mich hüten.

„Du brauchst dir keine Sorgen zu machen, Mum, wir werden kommen", sage ich und lege auf.

„Wer war das?" Daniel kommt aus dem Garten herein, wo er den Rasen gemäht hat. Schweiß läuft ihm übers Gesicht, und er hat sein T-Shirt ausgezogen. Ich gönne mir eine Minute, um den Anblick zu genießen. Mein Mann hat eine gewisse Ähnlichkeit mit Adrian Lester, er ist recht schlank und sexy für seine zweiundvierzig. Natürlich streiten wir uns auch mal wie alle Ehepaare, und während des Semesters, wenn er viel zu tun hat, wünschte ich mir manchmal, er hätte mehr Zeit für mich. Das Tolle ist jedoch, dass ich ihn trotz aller Höhen und Tiefen des Ehelebens immer noch faszinierend finde, und das ist in meinem Alter ein wahres Glück. Ich kenne so viele Frauen, die sich ständig über ihre Ehemänner beklagen. Trotz gelegentlicher Meinungsverschiedenheiten verstehen Daniel und ich uns sehr gut, und gerade jetzt wünschte ich mir, wir wären allein zu Hause. Wie dumm, dass beide Kinder da sind!

„Mum", beantworte ich seine Frage. „Zieh dir besser dein T-Shirt wieder an, bevor die Kinder dich sehen. Sie wären entsetzt."

Daniel schaut nach oben, wo ihre Zimmer liegen.

„Ich bezweifle, dass sie es eilig haben, nach unten zu kommen", meint er ironisch, und ich muss lachen. Es sind Sommerferien. Sie sind Teenager. Wahrscheinlich müsste man eine Bombe zünden, um sie vor Mittag aus den Betten zu kriegen. Er kommt zu mir und gibt mir einen Kuss. Verlangen macht sich bemerkbar, und ich bedaure noch mehr, dass die Kinder nicht irgendwo verabredet sind.

„Bäh, du bist völlig verschwitzt", scherze ich und stoße ihn weg.

„So, wie du mich am liebsten magst", neckt er. „Was wollte deine Mum?"

Ich verdrehe die Augen. „Nachfragen wegen Weihnachten. Mal im Ernst, wir haben gerade mal August."

„Ach, komm schon, das gefällt dir doch", erwidert Daniel. „Die Feiertage im Kreis der Familie Holroyd sind geradezu legendär. Weihnachten wäre nicht Weihnachten, wenn wir es nicht bei deinen Eltern feierten."

Das stimmt. Da war das Jahr, in dem Dad aus Versehen seinen Bart in Brand gesetzt hat, als er sich als Weihnachtsmann verkleidet hatte. Dann das Jahr, in dem Mum vergessen hatte, den Truthahn auszunehmen, bevor sie ihn in den Ofen schob. Nicht zu vergessen das Jahr, in dem Lou und Ged einen gewaltigen Streit vom Zaun brachen und Lou schließlich tränenüberströmt in der Küche landete, wo ich und Mum sie trösten mussten. Halt, stopp. All das passiert fast jedes Jahr. Vielleicht hat Daniel recht. Ich schätze, Weihnachten wäre wirklich nicht dasselbe, wenn wir es nicht bei meinen Eltern feierten.

Der erste Weihnachtstag läuft in unserer Familie immer nach dem gleichen Muster ab. Mum und Dad kommen um halb elf von der Kirche zurück – in manchen Jahren lasse ich mich breitschlagen mitzukommen –, und ab elf gibt es die ersten Drinks. Dad besteht darauf, den Sekt schon so früh zu öffnen. Mum ist üblicherweise schon seit sechs Uhr morgens auf den Beinen und rackert sich mit dem Truthahn ab, damit wir pünktlich um eins in aller Ruhe essen können, bevor im Fernsehen die Ansprache der Königin übertragen wird. Danach sorgt Dad dafür, dass wir alle die Nationalhymne singen. Je nachdem, wie betrunken wir dann sind (Mum trinkt nicht mit und gibt ihrer Missbilligung deutlich Ausdruck), wird das eine saukomische oder eine qualvoll-peinliche Angelegenheit. Danach geht das allgemeine Gerangel um die Geschenke los, und schließlich brechen wir erschöpft vor dem Fernseher zusammen, bis Mum Truthahnsandwiches und Weihnachtskuchen serviert. Inzwischen haben Dad, Daniel und mein Bruder Ged gemeinsam eine Flasche Portwein geleert, und dann besteht Dad darauf, dass es Zeit sei für die Weihnachts-Scharade. Diesen Teil der Feier hasse ich wie die Pest. Alle anderen können sich dafür begeistern, aber ich habe Scharade schon als kleines Kind gehasst, und daran hat sich nie etwas geändert. Dad ist immer mit ganzem Herzen dabei. Meines Erachtens liegt das daran, dass sein Job bei einer Versicherung seine kreative Seite permanent unterdrückt; deshalb lebt er sie zu Hause so richtig aus. Ich hingegen verabscheue es, vor anderen Leuten etwas aufzuführen. Für mich ist es jedes Mal eine schwere Prüfung, wenn wir Scharade spielen. Vielleicht bin ich deshalb Künstlerin geworden. Ich lebe meine Kreativität lieber hinter einer Staffelei aus. Dass ich inzwischen längst erwachsen bin, hilft mir auch nicht, mehr Spaß daran zu haben. Ich sehne mich nach einem Weihnachtsfest ohne Scharade, aber vorerst stehen die Aussichten darauf ausgesprochen schlecht.

„Es wäre doch schön, einmal zu Hause zu feiern, findest du nicht auch?", frage ich halbherzig, aber ich weiß, dass Daniel mich nicht verstehen wird. Seine Familie ist so anders als meine. Er stand seiner Mum sehr nahe. Sie starb, kurz nachdem wir uns kennengelernt hatten. Mit seinem Vater kommt er nicht gut aus, sie haben kaum Kontakt zueinander, und er redet nur sehr selten über ihn. Immerhin weiß ich, dass sein Vater ein ziemlicher Nichtsnutz war, als Daniel noch Kind war. Die Situation macht mich traurig, denn Daniel kann so viel Liebe geben, und als Einzelkind hat er keine eigene Familie mehr, seit er seine Mutter verloren hat. Aus seinen Erzählungen weiß ich, dass Weihnachten bei ihnen zu Hause immer eine ziemlich stille Angelegenheit war. Deshalb gefällt es ihm auch so sehr, an unseren Familienfesten teilhaben zu können.

„Nicht doch. Dann hätten wir ja die ganze Arbeit damit. Komm schon, Beth, es wird schön werden." Er kommt zu mir und umarmt mich. „Du wirst es genießen. Versprochen."

Lou

Es ist ein Sonntagmorgen im August, und ich liege mit Jo im Bett, als Mum anruft.

„Hi", melde ich mich, plötzlich von einem schlechten Gewissen gepackt. Sie weiß nicht Bescheid über mich. Auch nicht über Jo. Und wie immer, wenn ich in Jos Gegenwart mit ihr telefoniere, fühle ich mich, als hinge ein großes rotes Schild mit der Aufschrift „Deine Tochter ist eine Lesbe!" über meinem Kopf, und Mum könne es irgendwie sehen. Natürlich ist das lächerlich. Irgendwann werde ich es ihr sagen. Irgendwann. Wenn ich sicher bin, dass sie nicht ausrastet und mich aus dem Haus wirft. Sie und Dad sind so altmodisch, dass ich keine Ahnung habe, wie sie es aufnehmen werden. Also werde ich es ihnen nicht allzu bald erzählen.

„Wer ist dran?", fragt Jo und kitzelt mich an den Fußsohlen.

„Mum", gebe ich ihr lautlos zu verstehen und bemühe mich, nicht zu kichern. Ich steige aus dem Bett, weil ich nicht abgelenkt werden möchte. Weil ich nicht das Gefühl haben möchte, mich benehmen zu müssen. Oh Gott, wenn es doch bloß anders wäre! Ich wünsche mir so sehr, meinen Eltern und meiner Familie sagen zu können, wer ich wirklich bin. Bisher habe ich es nicht einmal meiner Schwester Beth erzählt. Ich möchte es, und sie gibt mir immer wieder zu verstehen, dass Jo und ich sie besuchen sollen, aber ich habe sie glauben lassen, „Joe" sei ein Mann, und jetzt weiß ich nicht, wie ich aus der Nummer wieder herauskommen soll.

Natürlich versteht Jo das nicht. Ihre Eltern gehen total entspannt damit um, dass sie homosexuell ist. Bei meinen Eltern kann ich mir das beim besten Willen nicht vorstellen. Deshalb musste ich auch erst Ende zwanzig werden, bevor ich mir selbst wirklich eingestehen konnte, auf Frauen zu stehen und nicht auf Männer. In der Schule war Lesbe so etwas wie ein Schimpfwort, und ich hielt mich für seltsam, weil ich mich zu Mädchen hingezogen fühlte. Also ließ ich mich weiter auf scheußlichen Sex und zum Scheitern verurteilte Beziehungen mit Männern ein, bis mir eines Tages klar wurde, dass es so nicht weitergehen konnte.

Dennoch habe ich es meiner Familie nie gesagt und weiß auch nicht, wie ich das anstellen soll. Es ist echt armselig, sich als Achtunddreißigjährige den eigenen Eltern gegenüber noch nicht geoutet zu haben, und mir ist klar, dass Jo das nicht versteht, doch ich weiß einfach nicht, wie ich es anstellen soll.

Ich konzentriere mich auf das, was Mum sagt. Oh. Weihnachten. Natürlich. In meiner Familie muss im August über Weihnachten gesprochen werden. Das ist wirklich irre.

„Ja, natürlich komme ich zu Weihnachten, Mum. Wohin sollte ich denn sonst gehen?"

„Und du hast niemanden, den du mitbringen möchtest?", versucht sie mich aus der Reserve zu locken. Großer Gott – ahnt sie etwas? Verfügt sie als Mutter etwa über hellseherische Fähigkeiten?

„Nein, niemanden. Aber keine Sorge – ich werde da sein."

„Prima. Und wie steht's bei der Arbeit? Sieht es inzwischen besser aus?"

Ich seufze. „Nicht wirklich. Wir hängen immer noch in der Luft und warten auf Informationen."

Ich arbeite in der Kreditüberwachung, und die Firma, in der ich gerade erst angefangen habe, hat finanzielle Schwierigkeiten. Man hat uns gesagt, es könnte zu Entlassungen kommen, aber – Überraschung – bisher sei noch nichts entschieden. Die Warterei macht überhaupt keinen Spaß.

„Na schön, halte mich auf dem Laufenden", sagt Mum. Ich verspreche es ihr.

Ich lege auf und schlüpfe wieder zu Jo ins Bett. Der süßen Jo, mit der ich ein herrliches Frühjahr und einen ebenso wunderbaren Sommer verbracht habe. Ich nehme sie in die Arme und versuche, nicht an meine Arbeit zu denken. Die Brücke überquere ich, falls ich irgendwann davor stehe. Im Augenblick ist Jo das Einzige, was zählt. Wir haben eine tolle Woche Urlaub in Griechenland gemacht. Ich kann immer noch nicht glauben, dass jemand wie sie sich für mich interessiert, und muss mich immer wieder kneifen, weil ich so ein Glückspilz bin.

„Was wollte deine Mum?", fragt sie.

„Sie wollte nur wissen, was ich Weihnachten vorhabe."

„Weihnachten? Jetzt schon?"

„Ich weiß. Verrückt, oder?"

„Und, was hast du Weihnachten vor?", fragt sie. „Wenn du willst, könnten wir gemeinsam etwas unternehmen."

Hoppla. Damit habe ich nicht gerechnet. Ich bin völlig verrückt nach Jo, aber irgendwie gelingt es mir anscheinend nicht, das Gefühl abzuschütteln, dass sie zu gut für mich ist. Vielleicht liegt es nur daran, dass ich in der Vergangenheit so oft enttäuscht worden bin. Ich will mich nicht Hals über Kopf in diese Sache stürzen, wenn alles noch den Bach runtergehen kann.

„Vielleicht", sage ich. „Mich um das Familien-Weihnachten zu drücken, ist äußerst schwierig für mich."

„Ach, komm schon, Lou Lou. Wir werden Spaß haben." Sie wirkt ein wenig enttäuscht, was mich insgeheim begeistert. So gern ich mich auch richtig binden würde, ich habe viel zu viel Angst, die bisher erfolgreichste Beziehung meines Lebens zu gefährden. Also weiche ich aus.

„Bis Weihnachten ist es doch noch eine Ewigkeit hin. Lass uns nicht jetzt darüber nachdenken."

Also tun wir es nicht, und ich verdränge die Angelegenheit. Wenn ich tatsächlich das Glück habe, Weihnachten noch mit Jo zusammen zu sein, kann ich mir immer noch Gedanken darüber machen.

Daniel

„Viel Glück." Beth gab Daniel einen Kuss, als er an seinem ersten Arbeitstag an der neuen Schule um acht Uhr morgens das Haus verließ. Für ihn hing eine Menge von diesem neuen Job ab.

„Ich fürchte, das brauche ich auch." Er verzog das Gesicht.

„Oh, ihr Kleingläubigen", meinte Beth. „Am Ende dieses Arbeitstages werden sie dir aus der Hand fressen."

Sosehr ihn ihr Vertrauen in ihn auch berührte, Daniel war sich nicht sicher, ob es gerechtfertigt war. Sein Wechsel von der großen innerstädtischen Gesamtschule, die er fünf Jahre lang geleitet hatte, zur der viel kleineren Lehranstalt im grünen Wottonleigh war ein großer Sprung. In vielerlei Hinsicht sollte die Arbeit hier leichter sein: Die Lehrerfolge waren besser, für die meisten Schüler war Englisch die Muttersprache, und ihre Eltern engagierten sich dem Vernehmen nach sehr sowohl für die Schule als auch für die Bildung ihrer Kinder. Das alles hatte für viele seiner bisherigen Schüler ganz und gar nicht gegolten.

Daniel hatte gern in London gearbeitet, aber der Stress des Pendelns und der Druck im Job waren allmählich unerträglich geworden. Er und Beth hatten in den letzten paar Jahren viel zu wenig Zeit füreinander gehabt, und es behagte ihm nicht, dass er manchmal mehr über anderer Leute Kinder nachdachte als über seine eigenen. Deshalb schien es fast zu schön, um wahr zu sein, als sich ihm die Chance bot, in der Nähe seines Wohnortes zu arbeiten.

Aber ... es war eine Sache, in der Londoner Innenstadt die seltene Ausnahme zu sein: ein schwarzer Schuldirektor. Hier draußen auf dem Lande war es eine ganz andere. Daniel war es gewöhnt, einer der wenigen Farbigen in Abinger Lea zu sein, aber würden die Eltern seiner neuen Schüler ihn auch akzeptieren? Würden seine Kollegen es tun? Das Direktorium der Schule hatte ihn vorgewarnt, dass sein Stellvertreter, Jim Ferguson, sich sehr gute Chancen auf Daniels Job ausgerechnet hatte. Er musste also mit Missgunst rechnen, vor allem wenn den anderen seine Art, die Schule zu leiten, nicht gefiel, und das schien nach ein paar kurzen Besprechungen mit seinen künftigen Kollegen ziemlich sicher. Soweit er das jetzt schon beurteilen konnte, war Jim Ferguson ein Schleimer, der sich die Arbeit gern leicht machte. Er war ein fähiger Verwaltungsmensch, aber ein Lehrer ohne Charisma. Die Leute respektierten ihn, mochten ihn aber nicht. Genau deshalb hatte er den Job auch nicht bekommen.

„Diese Schule braucht frisches Blut", hatte Sarah Bellows, die Vorsitzende des Direktoriums, zu ihm gesagt. „Sie schlägt sich gut, könnte aber noch besser sein. Sie braucht eine starke Leitung und einen inspirierenden Lehrer in leitender Funktion. Wir glauben, dass Sie genau das bieten können."

Das und die Chance, dass die Schule im nächsten Bericht der Schulaufsichtsbehörde Ofsted statt mit Gut mit Herausragend beurteilt werden würde. Die Prüfung stand irgendwann im Frühjahr an. Daniel gab sich keinen Illusionen hin, dass – inspirierender Schuldirektor oder nicht – im Grunde nur eines zählte: Sie wollten bessere Ergebnisse. Falls er die nicht liefern konnte, würden sie vermutlich zu Plan B umschwenken, und Jim Ferguson würde die Stelle bekommen. Daniel musste also einen Weg finden, um ihn mit ins Boot zu holen. Er wurde das Gefühl nicht los, dass das alles andere als leicht werden würde, und dieses Gefühl wurde noch dadurch verstärkt, dass Jim zu spät zur Sitzung des Lehrerkollegiums erschien. Sie sollte dem Kennenlernen dienen, und Jim sollte sie leiten. Dass er es nicht für nötig hielt, pünktlich zu erscheinen, verhieß nichts Gutes. Es schien keinen Eindruck auf ihn zu machen, als Daniel ein paar seiner Ideen vorstellte, wie die Arbeitsmoral verbessert werden könnte: zum Beispiel indem sie ihre Freiheit als höhere Schule nutzten, um in angemessene Gehaltsstrukturen zu investieren und damit jüngeren Lehrern zu zeigen, dass es Chancen gab, durch harte Arbeit voranzukommen. Jim verdrehte nur die Augen, als Daniel davon sprach, das Zugehörigkeitsgefühl zu stärken. Er war entsetzt gewesen, als er bei einem Besuch der Schule im Sommer gesehen hatte, wie wenig die Lehrer sich bemühten, die Schulregeln durchzusetzen. Seine neue Rolle wollte er nutzen, um dafür zu sorgen, dass die Schüler Stolz auf sich selbst und ihre Schule entwickelten, und zwar indem er ihnen mehr Verantwortung für Sauberkeit und Ordnung übertrug.

„Bei allem Respekt, Herr Direktor", sagte Jim und schaffte es, diesen Titel wie eine Beleidigung klingen zu lassen, während er ihm ins Gesicht lächelte. „Ich glaube, Sie werden feststellen, dass das Klima an dieser Schule sehr gut ist und die Schüler bereits stolz auf ihre Schule sind. Ich fürchte, dass es da nicht viel zu verbessern gibt."

„Es kann trotzdem nicht schaden, auch diesen Aspekt unter die Lupe zu nehmen, nicht wahr, Jim?", sagte Daniel. „Und lassen wir doch bitte die Formalitäten. Nennen Sie mich einfach Daniel."

Wenn es etwas gab, was Daniel verabscheute, dann unnötige Unterordnung in Hierarchien. Er wurde das Gefühl nicht los, dass Jim das anders sah.

„Natürlich, Daniel", erwiderte Jim grinsend und mit hörbarem Sarkasmus in der Stimme.

Da er sich nicht schon an seinem ersten Arbeitstag auf eine unerquickliche Diskussion einlassen wollte, machte Daniel einfach weiter, und als die Besprechung zu Ende ging, hatte er das Gefühl, sich nicht schlecht geschlagen zu haben. Offensichtlich standen ein oder zwei der Lehrer hinter Jim Ferguson, aber nach der Besprechung trat Carrie Woodall, die leitende Mathematiklehrerin, zu ihm. „Willkommen an Bord, und achten Sie nicht weiter auf Jim – er macht sich gern wichtig", murmelte sie ihm zu. Daniel lächelte höflich, ging aber nicht auf ihre Bemerkung ein. Dennoch war es gut zu wissen, dass er Unterstützer hatte. Fest entschlossen, sich von Jims negativer Einstellung nicht die Laune verderben zu lassen, verbrachte er den Rest des Arbeitstages damit, sich einen Überblick über die Aufgaben zu verschaffen, die sein Job mit sich bringen würde. Es wurde ein sehr geschäftiger und anstrengender Tag, aber zum Feierabend fühlte er sich beschwingt. Die Kinder waren nett und höflich, die Lehrer überwiegend freundlich, und selbst wenn er Überstunden machte, wohnte er doch nur zwanzig Minuten von der Schule entfernt. Er hatte also mehr Zeit für Beth. Mehr Zeit für die Kinder. Trotz aller Schwierigkeiten, die vor ihm liegen mochten, war es eine gute Entscheidung gewesen.

Der erste Weihnachtstag

Beth

„Frohe Weihnachten!"

„Uff." Ganz vorsichtig öffne ich die Augen – hämmernde Kopfschmerzen zeugen von zu viel Wein und zu wenig Schlaf. Ich sehe Daniel, der mit einem Tablett, auf dem sich zwei Gläser Sekt sowie Rührei mit Lachs befinden, das Schlafzimmer betritt. „Müssen wir wirklich schon aufstehen?"

„Ich fürchte ja. Aber nach der letzten Nacht dachte ich mir, du hast ein Frühstück im Bett verdient."

Obwohl ich gut und gern noch ein paar Stunden im Bett hätte verbringen können, rührt mich seine Aufmerksamkeit. Ich hatte gehofft, an diesem ersten Weihnachtstag schon früh munter und auf den Beinen zu sein, aber da Sam sich ausgerechnet gestern Abend hemmungslos hat volllaufen lassen, habe ich kaum geschlafen. Seit Neuestem geht er sehr viel häufiger aus, und ich habe Mühe, mich daran zu gewöhnen, nächtelang wach zu liegen und mir Gedanken darüber zu machen, wo er stecken könnte. Daniel meint, ich solle mir nicht so viele Sorgen machen, das sei für einen Teenager völlig normal. Leichter gesagt als getan. Und letzte Nacht war Sam trotz seines Versprechens, spätestens um Mitternacht wieder zu Hause zu sein, erst um drei Uhr morgens durch die Tür gewankt. Sein iPhone hatte er in einem Nachtclub verloren, und kaum zu Hause, musste er sich immer wieder übergeben. Da ich vor lauter Sorge nicht schlafen konnte, ging ich nach unten und fand ihn im Bad vor der Kloschüssel liegen, die Arme fest um den Beckenrand geschlungen. Es gelang mir nicht, ihn nach oben in sein Zimmer zu schaffen, also blieb ich schließlich auf, um immer wieder nach ihm zu sehen. Erst vor wenigen Stunden war ich ins Bett zurückgekrochen.

„Und das ist für dich", sagt Daniel und überreicht mir mit großer Geste ein Geschenk.

„Sieht nicht wirklich wie ein Hundewelpe aus", meine ich, gespielte Enttäuschung in der Stimme. Schon ewig wünsche ich mir einen Hund. Ich stelle es mir romantisch vor, lange Spaziergänge im Grünen zu machen, aber Daniel kann sich nicht mit dieser Vorstellung anfreunden. Mittlerweile ist die Ankündigung, er werde mir zu Weihnachten einen Welpen schenken, zu einem Witz zwischen uns geworden. Ich weiß, dass das nie geschehen wird.

„Nächstes Jahr", meint er grinsend und küsst mich. „Außerdem glaube ich, dass die hier dir besser gefallen werden."

Und er hat recht. Aufmerksam, wie er ist, hat er mir einen Satz Farben, Papier und ein paar schöne neue Buntstifte gekauft. Er weiß, dass ich mit dem Buch, an dem ich schon das ganze Jahr arbeite, nicht recht vorankomme.

„Ich dachte, sie könnten vielleicht deiner Kreativität auf die Sprünge helfen", sagt er, als ich mich zu ihm hinüberbeuge, um ihn zu küssen.

„Danke, sie sind großartig – genau wie du."

Ein paar Minuten bleiben wir so sitzen, eng umschlungen. Dann fragt Daniel: „Frühstück?", und ich stürze mich auf das Rührei. Im Bett ist es warm und gemütlich. Ich seufze. Wenn wir doch dieses Jahr einfach mal zu Hause bleiben könnten. Aber das geht natürlich nicht. Also versuche ich nach dem Frühstück, Megan und Sam zum Aufstehen zu bewegen, aber beide machen keine Anstalten, sich zu rühren. Sie liegen immer noch im Bett, als Daniel und ich bereits geduscht und angezogen sind. Wir schauen einander schief lächelnd an und erinnern uns an die Zeiten, wo sie jetzt schon seit Stunden auf und wir mit den Nerven am Ende waren. Wie sehr sich das Leben doch verändert hat.

Schließlich gelingt es uns, sie mit sanfter Gewalt aus den Betten zu kriegen, und uns bleibt gerade genug Zeit, ein paar Geschenke auszupacken, bevor wir sie dazu drängen müssen, sich fertig zu machen, damit wir rechtzeitig zu meinen Eltern kommen. Entspannend ist das alles nicht. Eines Tages werde ich es schaffen, Weihnachten so zu feiern, wie ich es mir vorstelle. Eines Tages ...

Endlich sitzen wir mit etlichen Taschen voller Geschenke im Auto. Megan jammert, sie wäre so gern im Bett geblieben, und Sam hockt in mürrischem Schweigen auf seinem Platz. Seine Augen sind gerötet und blutunterlaufen. Wer weiß, was er letzte Nacht in sich hineingekippt hat. Ich bin ziemlich sauer auf ihn, aber heute ist Weihnachten, also muss ich wild entschlossen fröhlich sein. Als ich im Autoradio einen Sender mit Weihnachtsliedern einschalte, stöhnt Sam, dass er davon Kopfschmerzen bekomme. Heldenhaft unterdrücke ich den Drang, ihn anzuschnauzen, daran sei er ja wohl selbst schuld – das scheint mir einer weihnachtlich frohen Stimmung nicht förderlich zu sein.

Zum Glück ist die Fahrt kurz, und während Daniel den Wagen abstellt, wanken wir anderen schwer beladen mit Geschenken ins Haus.

„Wir sind da-a!", rufe ich, als ich die Haustür aufstoße. „Frohe Weihnachten!"

„Frohe Weihnachten, frohe Weihnachten!" Dad hüpft in die Diele, die wie üblich mit grässlichen Papiergirlanden geschmückt ist, die wir vermutlich im Kindergarten gebastelt haben. Er trägt wie immer sein Weihnachtsmannkostüm. Das lässt er sich nicht nehmen, obwohl es inzwischen schon sehr fadenscheinig geworden ist. Im Hintergrund läuft Weihnachtsmusik, und ich beginne mich ein wenig zu entspannen. Mum wird wie immer in der Küche sein, Gemüse putzen und die Lieder mitsingen. Ich atme tief durch. Schließlich ist Weihnachten; ich muss meine durch Schlafmangel bedingte schlechte Laune ablegen.

Dad schwenkt eine Flasche Prosecco. Sein Gesicht ist ziemlich gerötet. Ungewöhnlich, dass er schon angefangen hat zu trinken, bevor wir da sind, aber das macht nichts.

„Hast du dieses scheußliche Kostüm immer noch nicht weggeworfen, Dad?", frage ich lachend. Auch ein alljährlich wiederkehrender Familienwitz.

„Niemals!", erklärt er. „Möchte jemand Prosecco?"

Ich nehme ein Glas, aber Daniel lehnt ab. Er hat sich dieses Jahr großzügig bereit erklärt zu fahren. Sam sieht aus, als ob schon der Gedanke allein Brechreiz in ihm auslöst, aber Megan erlaube ich ein kleines Glas.

„Wo ist Mum?"

Bilde ich mir das nur ein, oder weicht Dad tatsächlich meinem Blick aus?

„Küche", sagt er.

Dad geht ganz in seiner Rolle als Gastgeber auf und führt Daniel und die Kinder ins Wohnzimmer. Ehrlich gesagt, muss ich lachen, dass er und Daniel sich inzwischen so gut verstehen. Wenn ich nur an Dads Entsetzen denke, als ich ihnen Daniel vorgestellt habe. Meine Eltern sind zwar nicht gerade Rassisten, aber ich schätze, wann immer sie sich ihren lang ersehnten Schwiegersohn vorstellten, sahen sie sicher keinen Schwarzen vor sich. Vor allem Dad hatte zunächst ausgesprochen arrogant reagiert. Ich erinnere mich noch daran, wie er Daniel einem endlosen Verhör zu seinen beruflichen Aussichten unterzogen hat. Ich hätte es Daniel nicht verübelt, wenn er meinen Eltern keine zweite Chance gegeben hätte, zumal seine eigene Mum trotz der kurzen Zeit, die ich sie kannte, sich als sehr viel weniger intolerant erwiesen hatte. Aber nach ihrem Tod vergaß Mum all ihre Vorurteile und erklärte: „Der arme Junge braucht eine Mutter." Ab dem Moment nahm sie ihn unter ihre Fittiche, und Dad tat es ihr rasch gleich. Inzwischen sind sie beste Freunde, und wer sie zusammen sieht, käme nie auf die Idee, dass es jemals Probleme gegeben haben könnte. Daniel ist von Natur aus schnell vergebungsbereit. Er sieht nur das Beste in ihnen, und dafür liebe ich ihn umso mehr.

Ich trolle mich in die Küche, um zu schauen, ob Mum vielleicht meine Hilfe braucht. Das tue ich immer, obwohl ich weiß, dass sie mich nur wegscheuchen wird, aber diesmal hat sie zu meiner Überraschung noch nicht einmal richtig angefangen, das Gemüse vorzubereiten. Sie wirkt ein wenig blass und erschöpft, und schon habe ich Schuldgefühle. Da ich intensiv mit meinem Buch beschäftigt war, habe ich sie im letzten Monat kaum besucht. Ganz plötzlich überfällt mich die Sorge, sie könnte krank sein.

„Alles in Ordnung, Mum?"

„Natürlich. Warum sollte etwas nicht in Ordnung sein?", antwortet sie und greift nach einer Möhre, um sie klein zu schneiden. „Wenn du schon hier rumstehst, kannst du dich auch nützlich machen." Damit reicht sie mir ein Messer.

Irgendetwas stimmt hier nicht, und ich komme nicht dahinter, was, aber noch einmal nachzuhaken, ist sinnlos. Es ist zwar nicht so, dass ich mich mit meiner Mum nicht verstehe. Wir verstehen uns gut, und ich liebe sie sehr, aber wir haben keine so vertraute und innige Mutter-Tochter-Beziehung, wie viele meiner Freundinnen sie genießen. Meine Mum steht nicht auf Vertraulichkeit, Innigkeit und Nähe. Sie würde es überhaupt nicht verstehen, wenn ich plötzlich über meine Sorgen mit ihr sprechen wollen würde. Praktischen Rat zu geben, darin ist sie richtig gut, aber wenn es um Hilfe bei Gefühlsangelegenheiten geht, könnte man ebenso gut den Mond anheulen.

Gemeinsam putzen und schneiden wir Gemüse, im Hintergrund laufen Weihnachtslieder, und Mum startet wie jedes Jahre ihre Klage darüber, dass Ged und Lou es nie schaffen, pünktlich zu kommen. Das ist übrigens der Hauptgrund dafür, dass Daniel und ich immer zusehen, frühzeitig da zu sein, nur um ihr nicht das Gefühl zu geben, von niemandem geliebt zu werden. Obwohl mich das wurmt. Warum zum Teufel muss immer ich die Vernünftige von uns Geschwistern sein?

„Du weißt doch, dass sie einen weiteren Weg haben", versuche ich mich in Diplomatie. „Außerdem ist Ged erst gestern aus Australien zurückgekommen. Wahrscheinlich leidet er noch unter einem heftigen Jetlag."

Ged hatte ein Jahr Auszeit genommen, um „zu sich selbst zu finden". Wenn ich auf die Idee käme, so etwas zu tun, würden Mum und Dad das für lächerlich halten, aber Goldjunge Ged, das Nesthäkchen der Familie, tut immer nur das, was er will, und kommt auch immer damit durch. Ich liebe meinen jüngeren Bruder sehr, aber manchmal habe ich es doch satt, dass er so ganz anders behandelt wird als ich, nur weil er ein Junge ist.

„Er bringt Rachel mit", fährt Mum fort. „Habe ich dir das schon erzählt?"

„Nur so an die hundert Mal", gebe ich lachend zurück. Rachel ist Geds neue Freundin. Mal sehen, ob sie länger aktuell bleibt als ihre Vorgängerinnen. „Aber versuch nicht wieder, die beiden zu verheiraten. Ged gibt sofort Fersengeld, wenn er glaubt, du hättest schon den Hochzeitstermin im Kalender vermerkt. Du hast Lou schon genug genervt wegen Joe. Du solltest beiden ein bisschen mehr Freiraum geben."

Es klingelt an der Tür.

„Das werden sie sein", sagt Mum, und ihre Miene hellt sich auf.

Dad ist als Erster an der Tür, und wir gesellen uns hinzu, um Hallo zu sagen.

Es ist tatsächlich Ged mit einem sehr hübschen blonden Mädchen im Schlepptau.

„Oh", sagt Mum, und ihr fällt der Unterkiefer herab.

Tatsächlich: Oh. Geds hübsches blondes Mädchen ist offensichtlich schwanger.

Lou

Ich bin spät dran. Wie immer. Weihnachten hat mit einer sehr unschönen Überraschung begonnen. Ich hatte mich so darauf gefreut: mein erstes Weihnachten in einer richtigen Paarbeziehung. Jo und ich hatten uns darauf geeinigt, den ersten Feiertag jede bei ihrer Familie zu verbringen, denn ich hatte es immer noch nicht geschafft, meiner Familie meine Beziehung zu beichten. Aber wir hatten geplant, gemeinsam in meiner Wohnung in Kentish Town zu frühstücken und den zweiten Feiertag zu *unserem* Weihnachtstag zu machen. Ich habe Strümpfe für sie gefüllt und mich in Sachen Weihnachtsdeko ordentlich ins Zeug gelegt. Mein Weihnachtsbaum glitzert so schön wie nur irgend denkbar, sehr zur Belustigung meiner Mitbewohnerin Kate, die vor drei Tagen über die Feiertage zu ihrer Familie abgereist ist. Stundenlang habe ich Weihnachtsgebäck, Glühwein und Eierpunsch vorbereitet, ja sogar Mistelzweige über die Tür gehängt.

Alles war perfekt geplant. Ich wünschte mir so sehr, dass alles perfekt wird. Ich hätte wissen müssen, dass es nicht so laufen würde: Lou Holroyd und ihr spektakulär erbärmliches Liebesleben tragen wieder einmal den Triumph davon. Statt einen schönen Abend gemütlich daheim mit einer Flasche Sekt und Kuschelstunden auf dem Sofa zu verleben, hat Jo die Bombe platzen lassen – auf der Schwelle zum Wohnzimmer, direkt unter dem scheiß Mistelzweig, und ohne auch nur wahrzunehmen, wie viel Mühe ich mir gegeben habe.

„Es liegt nicht an dir, es liegt an mir, Babe." Das hat sie tatsächlich gesagt. Und ich weiß, dass es nicht stimmt, denn ihr anfängliches „Ich bin ein freier Geist und kann dir nicht geben, was du willst" wandelte sich sehr schnell in: „Du bist so klettig und musst erst einmal lernen, mit dir selbst klarzukommen." Womit sie, angesichts dessen, dass ich jämmerlich heulend in der Ecke hockte, nicht allzu weit danebenlag.

Vermutlich hätte ich es kommen sehen müssen. Vor Weihnachten sind wir beide sehr eingespannt gewesen, und ich habe ihr ein paar Mal wegen Überstunden absagen müssen – ist es etwa meine Schuld, dass nach einer Weile, in der mein Job sicher schien, wieder alles auf der Kippe steht? Auch hatte ich das Gefühl, dass sie in letzter Zeit zurückhaltender war, aber ich habe das auf unser beider ziemlich hektisches Leben geschoben. Sie ist Helferin in einer gut gehenden Arztpraxis, und ich arbeite hart, um nach Möglichkeit nicht entlassen zu werden. Wir nehmen beide unsere Arbeit ernst; unter anderem diese Einstellung hat mich zu ihr hingezogen. Und natürlich auch die Tatsache, dass sie einfach hinreißend ist und ich mich unglaublich glücklich schätzte, von einer so tollen Frau wie Jo erwählt worden zu sein. Jetzt aber ...

„Es ist definitiv vorbei." Das war ihr letzter Satz als Antwort auf mein jämmerliches Flehen, doch erst einmal nur eine Auszeit zu nehmen, um im neuen Jahr noch mal darüber nachzudenken und vielleicht einen Neuanfang zu wagen. Dann fiel die Tür hinter ihr ins Schloss, und sie eilte zu ihren Freunden, ihrem anderen Leben, jenem Leben, zu dem sie mir kaum Zutritt gewährt hatte, und ließ mich frierend und einsam am Weihnachtsbaum zurück, der ohne sie kitschig und übertrieben herausgeputzt wirkte. Wenn ich jetzt so darüber nachdenke, glaube ich, dass sie sich immer ein wenig meiner geschämt hat. Manchmal hat sie sich von mir zurückgezogen, wenn ich meine Zuneigung zu ihr zu deutlich in der Öffentlichkeit zeigte. Und manchmal hat sie mich vor ihren Freunden abgekanzelt, wenn sie meinte, ich sei zu laut. Irgendwann hat sie aufgehört, Weihnachten zu erwähnen. Da hätte ich hellhörig werden müssen. Ich hätte es kommen sehen müssen. Andererseits – ich sehe es verdammt noch mal nie kommen.

Meine Erinnerungen an gestern Nacht sind verschwommen: Ich habe mich betrunken, die ganze Zeit geheult und dann zu allem Überfluss meinen Wecker nicht gehört. Jetzt fahre ich wie eine Irre – mit gebrochenem Herzen und einem ausgewachsenen Kater –, um rechtzeitig vor ein Uhr mittags bei meinen Eltern anzukommen und ihnen damit zu beweisen, dass ich nicht ihr missratenes Kind bin. Die arme alte kinderlose, alleinstehende Lou kommt ganz allein zum Weihnachtsfest – wieder einmal.

Die Fahrt von London nach Surrey ist unglaublich deprimierend. Die Straßen sind überwiegend leer – offensichtlich sitzt jeder bereits bei seiner Familie –, und der Anblick der mit Lichterketten geschmückten Weihnachtsbäume und Gärten all der anderen sorgt dafür, dass ich mich noch elender fühle als ohnehin schon. Es kommt mir so vor, als würde jeder feiern und gut drauf sein, während meine Welt gerade zusammengebrochen ist.

Während ich noch durch London fahre, vibriert andauernd mein Smartphone. Also werfe ich einen Blick darauf, als ich an einer Ampel halten muss. Drei Nachrichten von Beth.

Oh mein Gott!!! Geds Freundin ist schwanger, lautet die erste.

Gefolgt wird sie von: *Mum sitzt weinend in der Küche und Dad ignoriert einfach alles.*

Die letzte ist in Großbuchstaben geschrieben: *SCHAFF SOFORT DEINEN HINTERN HIERHER. ICH KRIEGE DAS ALLEIN NICHT HIN!*

Großartig. Das hat mir gerade noch gefehlt. Ein weiteres Baby in der Familie, und es ist nicht von mir. Ich weiß, bis ich bei meinen Eltern angekommen bin, hat Mum sich mit der Überraschung angefreundet und betrachtet sie als frohe Botschaft. In ihren Augen kann Ged nichts Falsches tun; mit ihm ist sie nachsichtig ohne Ende. Und obwohl sie nicht gerade begeistert von der Aussicht auf ein unehelich geborenes Enkelkind sein dürfte, bezweifle ich keine Sekunde, dass sie binnen kürzester Zeit anfangen wird, Babyjäckchen zu stricken. Nachdem sie jahrelang ihrem Kummer darüber Ausdruck verliehen hat, nur zwei Enkelkinder zu haben, kann ich mir nicht vorstellen, dass sie sich lange darüber ärgern wird. Na toll. Erst seit Kurzem hat sie das Lamento aufgegeben; jetzt hat sie wieder einen neuen Grund, mich zu bedrängen, wann ich ihr denn endlich auch ein Enkelkind zu schenken gedenke.

Die Ampel springt auf Grün, aber mein Fuß auf dem Gaspedal rührt sich nicht; ich bin tief in meiner eigenen Welt versunken. Eigentlich hatte ich heute sowieso nicht zum Familienfest fahren wollen. Viel lieber hätte ich mich in meinem Elend im Bett zusammengerollt und mir die Decke über den Kopf gezogen. Aber wenn ich mich vor dem Weihnachtsfest drückte, würde man mir das ewig unter die Nase reiben. Und jetzt? Ich habe mir immer Kinder gewünscht, Ged hingegen nie, und Beth sagt immer, Häuslichkeit und Familienleben seien auch nicht unbedingt das Gelbe vom Ei – eine verdammt undankbare Behauptung in meinen Augen. Sie hat solch ein Glück mit ihren Kindern. Es ist einfach nicht fair. Warum muss ausgerechnet ich diejenige sein, die allein dasteht? Durchaus möglich, dass ich nie ein Baby haben werde.

Tränen laufen mir über die Wangen, und plötzlich hänge ich schluchzend über meinem Lenkrad, und der Motor ist aus. Das ist grauenvoll. So kann ich nicht bei meinen Eltern aufkreuzen.

Es klopft an der Scheibe der Fahrertür. Als ich aufblicke, sehe ich einen Polizisten.

„Alles in Ordnung mit Ihnen?", fragt er, als ich die Scheibe herunterlasse. „Sieht leider so aus, als würden Sie ein bisschen den Verkehr aufhalten."

Ich schaue nach hinten. Oh, Mist, irgendwie habe ich es geschafft, für die einzigen zehn Autos, die heute durch London fahren, einen Ministau zu verursachen, der die Aufmerksamkeit des einzigen Polizisten auf sich gezogen hat, der heute im Dienst zu sein scheint.

„Entschuldigen Sie, Officer", murmele ich schniefend und lasse den Wagen wieder an.

„Kopf hoch", sagt er, „heute ist Weihnachten."

Ich wische mir die Tränen von den Wangen.

„Ja, genau das ist das Problem", antworte ich und fahre davon.

Weihnachten. Zeit für Freude und Fröhlichkeit. Zeit für Gemeinschaft mit Freunden und Familie. Zeit für den einen ganz besonderen Menschen im Leben und die Zweisamkeit mit ihm. Mir war noch nie so wenig nach Feiern zumute wie heute.

Daniel

Daniel saß auf dem Sofa und unterhielt sich höflich mit Geds neuer Freundin Rachel. Sie war der Familie vorgestellt und ins Wohnzimmer geleitet worden, während seine Schwiegermutter Mary ihren Sohn Ged in die Küche beordert hatte, um ein nicht gerade subtiles ernstes Gespräch mit ihm zu führen. Beth war ebenfalls hineingezogen worden, aber ihr Vater, Fred, schien entschlossen, über dem Drama zu stehen. Er saß neben dem Weihnachtsbaum und kippte Prosecco in sich hinein, als gäbe es morgen keinen mehr. Irgendwie war er in sehr seltsamer Stimmung. Daniel hätte erwartet, dass er in irgendeiner Weise auf die Aussicht auf ein weiteres Enkelkind reagierte, aber er schien gar nichts davon mitbekommen zu haben.

Die Kinder dagegen fanden das Ganze höchst amüsant. Sie gaben sich Mühe, sich zu beherrschen, aber Daniel entging dennoch nicht, dass sie sich eifrig witzige Kommentare zuraunten, denn sie brachen immer wieder scheinbar grundlos in heftiges Gekicher aus. Er warf ihnen warnende Blicke zu, aber glücklicherweise schien Rachel nichts zu bemerken.

Sie war sehr schön und mindestens zehn Jahre jünger als Ged. Daniel hoffte inständig, dass ihr klar war, worauf sie sich einließ. Ged hatte nicht gerade eine gute Erfolgsbilanz bei Frauen. Hinter ihm lag eine lange Spur gebrochener Herzen, und Daniel hatte längst den Überblick darüber verloren, wie viele Stunden Beth im Laufe der Jahre damit verbracht hatte, Geds verflossene Freundinnen zu trösten.

„Wo habt ihr beiden euch denn kennengelernt?", fragte er höflich, um Rachel die Befangenheit zu nehmen. Das arme Mädchen wirkte verständlicherweise ein bisschen verstört.

Vermutlich hatte Ged sie nicht vorgewarnt, dass seine Eltern möglicherweise von der unverhofften Aussicht darauf, praktisch sofort Großeltern zu werden, nicht begeistert sein könnten.

„Oh." Ein strahlendes Lächeln glitt über ihre Züge. „Das war bei der Vollmondfeier in Thailand. Nichts als jämmerliche Loser um mich herum, und dann war da Ged und erwies sich als vollkommener Gentleman."

Darauf würde ich wetten, dachte Daniel, aber er lächelte. „Das klingt großartig."

Rachel erzählte, was für eine tolle Zeit sie zusammen gehabt hätten, erst in Thailand, dann in Singapur und anschließend auf Bali, bevor sie schließlich ihre Eltern in Australien besuchten. „Auf Bali bin ich schwanger geworden", gestand sie. „Das war so romantisch."

„Nun denn, herzlichen Glückwunsch", erwiderte Daniel. „Ich wette, deine Eltern freuen sich?"

„Oh, sie sind begeistert. Mum ist ein bisschen sauer auf mich, weil ich mein Baby hier zur Welt bringen werde, aber ich möchte nun mal sein, wo Ged ist, und er wollte nach Hause. Er freut sich so auf das Baby, dass er jedem davon erzählen will."

Tatsächlich? Daniel fragte sich, ob Ged diesbezüglich seine Meinung geändert hatte. Aber so, wie er Ged kannte, hatte der das Ganze ohnehin nicht wirklich durchdacht.

Es ging auf ein Uhr zu, und zum ersten Mal sah es nicht danach aus, als würde der Truthahn rechtzeitig fertig werden. Daniel konnte hören, dass die Stimmen in der Küche lauter wurden, und er überlegte, ob er hinübergehen und versuchen sollte, die Wogen zu glätten. Gerade wollte er aufstehen, als es an der Haustür klingelte und Lou ins Haus stürzte: atemlos, zu spät und verdächtig danach aussehend, als hätte sie geweint. Oh nein, arme Lou, was war jetzt wieder geschehen? Daniel mochte seine Schwägerin, aber sie geriet anscheinend immer an die falschen Männer, wenn es um ihr Liebesleben ging. Als sie beim letzten Mal Beth und Daniel besucht hatte, war sie so glücklich gewesen, und sie hatten beide gehofft, dass die Sache diesmal gut für sie laufen würde. Etliche Male hatten sie darum gebeten, Joe endlich kennenlernen zu dürfen, aber Lou hatte sie immer wieder hingehalten. Jetzt sah es ganz so aus, als hätte sich abermals einer aus dem Staub gemacht – keine Chance mehr, ihn kennenzulernen.

„Tut mir leid, dass ich mich verspätet habe", stieß sie hervor. „Der Verkehr war die Hölle."

„Du kommst zu spät?" Fred schaute auf, anscheinend schon etwas berauscht. Er stand auf, um seine Tochter zu begrüßen, und schwankte. Fast wäre er zurück in seinen Sessel gefallen. Daniel runzelte die Stirn. Es war normal, dass Fred am ersten Weihnachtstag gern einen hob, aber richtig betrunken hatte er ihn noch nie erlebt.

In der Küche erklang ein Schrei, dann fiel etwas krachend zu Boden.

Daniel und Lou sprangen sofort auf und rannten in die Küche, um nachzusehen, was los war, dicht gefolgt von den Kindern. Ihnen bot sich ein seltsamer Anblick: Mary hatte offenbar einen hysterischen Anfall, der Truthahn lag auf dem Boden, Ged und Beth wirkten wie vor den Kopf geschlagen.

„Alles kein Problem, Mary", sagte Daniel, trat neben sie und legte ihr eine Hand auf die Schulter. „Komm schon, wir heben ihn einfach wieder auf. Ein bisschen Dreck bringt uns nicht um."

„Der Scheißtruthahn interessiert mich nicht", rief Mary, deren Tränen so abrupt versiegten, wie sie gekommen waren. Daniel war schockiert. Noch nie hatte er seine Schwiegermutter lautstark fluchen hören. Sie drehte sich zu ihnen um, im selben Moment, in dem ein sehr verwirrter Fred die Küche betrat.

„Alles in Ordnung hier drin?"

„Kann dir doch egal sein", stieß Mary mit überraschender Verbitterung hervor.

„Mary, nicht heute", warnte Fred.

„Und warum zum Teufel nicht? Nur, weil Weihnachten ist?"

„Ja, weil Weihnachten ist", sagte Fred. Auch er wurde jetzt lauter, und Zornesröte kroch ihm den Hals hinauf. „Du weißt schon, Zeit für die Familie und so."

„Kann mir freundlicherweise mal jemand erklären, was hier los ist?", fragte Lou.

„Ich sage dir gern, was los ist", erklärte Mary. Einen Moment herrschte Stille, und Daniel hielt unwillkürlich den Atem an. Noch nie hatte er seine Schwiegermutter so erlebt. Was um alles in der Welt ging hier vor? Mary ließ den Blick durch die Küche wandern, die Hände in die Hüften gestemmt. „Euer Vater ist ein Lügner und Betrüger und hat eine Affäre mit Lilian Mountjoy. Und ich habe die Nase gestrichen voll."

Man hätte eine Stecknadel fallen hören können. Die gesamte Familie Holroyd war vor Schreck erstarrt. Genau in diesem Moment betrat Rachel die Küche. „Kann ich irgendwie helfen?", fragte sie unschuldig.

ERSTER TEIL

Die Reise beginnt ...

Januar bis März

Das kleinste Engelchen

Das Engelchen war sehr aufgeregt. Die gesamten himmlischen Heerscharen bereiteten sich auf das große Ereignis vor.

„*Das* große Ereignis", sagte Gabriel.

Es hatte schon ziemliche Aufregung gegeben wegen eines anderen Babys, das ein paar Monate zuvor geboren worden war, aber Gabriel sagte, dieses Baby sei noch sehr viel wichtiger. Dieses Baby werde die Welt retten.

Die himmlischen Heerscharen sollten losziehen und den Leuten davon erzählen, und zum ersten Mal würde auch das Engelchen mitkommen dürfen.

„Ist es heute so weit?", fragte das Engelchen seine Mutter.

„Heute nicht", sagte seine Mutter.

„Ist es heute so weit?", fragte das Engelchen am nächsten Tag.

„Heute nicht", sagte seine Mutter. „Aber bald."

Die Tage kamen und gingen, und der richtige Tag kam und kam nicht, bis schließlich das Engelchen fragte: „Ist es heute so weit?"

Und seine Mutter sagte: „Ja, heute ist es so weit."

„Hurra!", schrie das Engelchen. Und es machte sich bereit, auf die Reise zu gehen.

Vanessa Marlow: *Welches andere Baby?*
Beth King: *Ähm, Johannes der Täufer.*

Vanessa Marlow: *Was sind die himmlischen Heerscharen?*
Beth King: *Die Engel.*
Vanessa Marlow: *Was hält das Engelchen davon ab, auf die Reise zu gehen? Wie kommt es vom Weg ab? Wen besucht es unterwegs?*
Beth King: *Vanessa, daran arbeite ich gerade.*
Vanessa Marlow: *Kann es nicht um die Welt reisen und verschiedene Leute besuchen?*
Beth King: *Warum sollte es das tun?*

1. Kapitel

Beth

Das Engelchen machte sich auf den Weg, und schon bald hatte es sich völlig verlaufen ...

Ich sitze da und starre in die Luft. An dem Entwurf für diese beiden Doppelseiten arbeite ich nun schon seit Monaten. Ich habe meinem Verlag etwas Neues für die Buchmesse in Bologna im April versprochen. Sie wollen sie nutzen, um das Werk ausländischen Verlagsagenten anzubieten, aber nun rückt die Messe näher und näher, und ich komme einfach nicht voran. Noch nie habe ich so einen kreativen Hänger gehabt. Vor Lichtjahren, als meine ursprüngliche Lektorin Karen diese Idee aufgebracht hatte, waren wir beide völlig begeistert gewesen. Es gab ein sehr fruchtbares Brainstorming mit der Grafikabteilung, gefolgt von einem weinseligen Essen, und ich war absolut beflügelt wieder nach Hause gefahren. Diese Geschichte würde mein bisher größter Bucherfolg werden – das wusste ich ganz einfach.

Zuerst lief auch alles wie am Schnürchen. Ich legte einen groben Entwurf vor, der Karen sehr gefiel, und die ersten Bilder für Bologna im letzten Jahr zeichneten sich fast von selbst. Die nächsten gestalteten sich ein bisschen schwieriger, und dann war plötzlich Ende im Gelände. Ich kam keinen Schritt weiter, und für die Frankfurter Buchmesse im Oktober hatte ich nichts

Neues vorzuweisen. Inzwischen war Karen in Mutterschaftsurlaub gegangen, und ihre Vertretung Vanessa erstickte auch so schon fast unter der Flut ihrer Aufgaben. Ich wollte ihr nicht auch noch meine Probleme aufbürden, und außerdem glaubte ich, mein Mangel an Begeisterung sei nur vorübergehend. Aber die Wochen vergingen, meine selbst gesetzten Fristen verstrichen eine nach der anderen, und ich begriff, dass ich etwas unternehmen musste. Also biss ich Ende November in den sauren Apfel und rief sie an.

Während Karen gelacht, mich geneckt und etwas Tröstliches gesagt hätte, saß Vanessa nur schweigend am anderen Ende der Leitung.

„Also, wie viel haben Sie schon?", fragte sie schließlich. Sie konnte höchstens Mitte zwanzig sein, aber ihr Tonfall war unglaublich ernst. Ich fühlte mich, als wäre ich vor meinen Klassenlehrer zitiert worden, weil ich meine Hausaufgaben nicht gemacht hatte.

„Ich habe ein paar Grobentwürfe", sagte ich in dem Bewusstsein, wie lahm das klang.

„Grobentwürfe?" Sie klang so missbilligend, dass mir das Herz in die Hose rutschte. „Ich bin davon ausgegangen, dass inzwischen ein paar fertige Skizzen vorliegen. Wir wollen das Buch rechtzeitig vor Weihnachten im nächsten Jahr auf den Markt bringen."

Ich auch, dachte ich, ich auch. Das lief gar nicht gut. Ich hätte jetzt wirklich ein bisschen Aufmunterung gebrauchen können. Karen hätte genau gewusst, was sie sagen musste, aber Vanessa fiel nichts weiter ein als: „Glauben Sie, dass Sie bis nach Neujahr ausgefeilte Skizzen erarbeiten können?"

Sie klang gereizt und verärgert, wodurch ich mich noch elender fühlte. Dabei war mir meine Verspätung schon peinlich genug, da konnte ich nicht auch noch eine Standpauke gebrauchen.

„Ich weiß es, ehrlich gesagt, nicht. Ich werde mein Bestes tun."

Karen hätte ich einfach die Wahrheit gesagt. Hätte ihr gesagt, dass nichts funktionierte und dass ich in einer so tiefen kreativen Flaute steckte, wie ich sie noch nie erlebt hatte. Aber Vanessa war für mich noch eine unbekannte Größe. Ich war mir nicht sicher, wie sie reagieren würde, also wagte ich nicht, ihr die Wahrheit zu sagen. Schon gar nicht, wenn ich mir damit einen Rüffel einhandelte.

Wieder Schweigen am anderen Ende der Leitung, dann ein verärgerter Seufzer.

„Na schön, ich schätze, wir können nur hoffen, dass Ihr Bestes gut genug sein wird."

„Das schätze ich auch", sagte ich. Vanessa zog mich nur noch weiter herunter, und das war überhaupt keine Hilfe für mich. „Mehr kann ich nicht tun."

„Gut", erklärte sie knapp. „Ich freue mich darauf, im Januar zu sehen, was Sie geschafft haben. Ich hoffe doch, dass Sie dann etwas haben, was Sie mir zeigen können."

„In Ordnung", sagte ich und legte auf. Am liebsten hätte ich mit dem Kopf gegen die Wand geschlagen.

Seit jenem Telefonat habe ich mir alle Mühe gegeben, aber irgendetwas fehlt. Der besondere Funke von was auch immer, das ein Beth-King-Bilderbuch zu etwas Besonderem macht (Sunday Times Bestseller!). Und ich weiß nicht, was ich tun soll.

Ich habe bewusst über die Weihnachtstage eine Arbeitspause eingelegt, in der Hoffnung, das werde mir guttun. Doch dann passierte die Sache mit Mum und Dad. Von dieser Überraschung habe ich mich immer noch nicht erholt. Ja, ich weiß, dass meine Eltern nie wie die Turteltäubchen waren, aber sie schienen sich doch gut zu verstehen, und ich bin davon ausgegangen, dass es immer so bleiben würde. Und so traf mich diese Neuigkeit wie ein Blitz aus heiterem Himmel.

Trotz aller Differenzen ist unsere Familie doch eine glückliche Familie. Jedenfalls habe ich das gedacht. Als Teenager habe ich mir Sorgen gemacht, meine Eltern könnten sich trennen – ich erinnere mich daran, dass sie damals viel gestritten haben. Aber heute? Ich werde demnächst vierzig, meine Mum geht auf die siebzig zu. Dieses Jahr hätte ein Jahr glücklicher Familienfeste werden sollen, zumal Sam achtzehn wird und demnächst ein Baby die Familie bereichert. Aber nein, Mum und Dad reden kaum noch miteinander. Mum hängt fast die ganze Zeit im Haus herum und lässt sich nicht überreden, mal rauszugehen, während Dad in mürrisches Schweigen verfallen ist. Und das bringt mich fast um. Ich habe meinen Vater immer angebetet. Um ehrlich zu sein, komme ich mit ihm besser zurecht als mit Mum. Als ich noch klein war, war er derjenige, mit dem ich kuscheln konnte. Derjenige, zu dem ich ging, wenn ich traurig oder ratlos war. Mum war schon immer eher der Reiß-dich-zusammen-Typ. Dad hingegen richtete mich jedes Mal auf, wenn ich das Gefühl hatte, einer Sache nicht gewachsen zu sein. Der Gedanke daran, dass er eine Affäre hat, macht mich krank. Obendrein mache ich mir Vorwürfe. Wenn ich ihn nicht dazu ermuntert hätte, den Kunstkurs zu besuchen, hätte er diese verdammte Lilian nie kennengelernt.

Andererseits – wie hätte ich vorhersehen sollen, dass so etwas passiert? Ich kann es nach wie vor kaum glauben, dass mein wunderbarer, lustiger, lieber Vater zu so etwas fähig ist. Ich bin wütend auf ihn, und ich mag dieses Gefühl ganz und gar nicht, aber er hat eine Wut in mir entfacht, wie ich sie so noch nie in meinem Leben empfunden habe. Ich weiß nicht, wohin das alles noch führen wird, aber ich schätze, dass ich letztlich die Scherben werde aufsammeln müssen. Diese Aufgabe kommt in unserer Familie eigentlich immer mir zu.

Und dazu kommt noch der Druck wegen meines Buches. Der Abgabetermin hängt wie ein Damoklesschwert über meinem Kopf, und ich bin so abgelenkt, dass der kreative Schub, den ich dringend brauche, sich einfach nicht einstellt.

Normalerweise würde ich versuchen, mit Daniel darüber zu reden. Er neigt zwar nicht dazu, sehr kritisch zu sein, aber seine aufmunternden Kommentare tun mir immer gut. Im Augenblick jedoch steht er selbst beruflich sehr unter Druck. Er ist noch dabei, sich an der neuen Schule einzuarbeiten, und an manchen Tagen kann ich sehen, dass er zu kämpfen hat. Im ersten Schulhalbjahr wird eine Prüfung der Schulaufsicht Ofsted erwartet, und er macht sich jetzt schon Sorgen deswegen. Als erster farbiger Schuldirektor in einer Schule der weißen Mittelschicht hängt schrecklich viel vom Ausgang dieser Prüfung ab. Und das, obwohl die Schule beklagenswert schlecht geleitet worden ist, bevor er diese Aufgabe übernommen hat.

Ich weiß, dass er unter enormem Druck steht, und ich will ihm nicht auch noch meine Sorgen aufbürden. Außerdem glaube ich, dass ihm das Zerwürfnis zwischen Mum und Dad ebenfalls sehr zu schaffen macht. Er hat meine Eltern immer gemocht, vor allem wegen seiner eigenen Situation, und jetzt das.

Das ist nicht gut. Ich schließe fest die Augen und versuche, mich auf die Arbeit vor mir zu konzentrieren.

Also – das Engelchen – wo ist es, und wohin geht es als Nächstes?

Ich stehe auf, um mir einen Kaffee zu machen. Ich kann mich einfach nicht konzentrieren. Mein kleiner Engel hat sich hoffnungslos verlaufen. Und mir, so fürchte ich, geht es nicht besser …

Daniel

„In den Fluren bitte nicht rennen!", ermahnte Daniel zwei Schüler der siebten Klasse, die ihn nicht bemerkt hatten und mit Anlauf durch den Gang schlitterten. Verdutzt blieben sie stehen, stopften automatisch ihre Hemden wieder in die Hose und rückten ihre Krawatten zurecht. „Ja, Sir, entschuldigen Sie, Sir", murmelten sie und machten sich aus dem Staub.

Daniel grinste in sich hinein. Er musste daran denken, wie Sam in dem Alter gewesen war. Der Umgang mit ihm war damals so einfach gewesen. Aber heute? Heute glich er einem geschlossenen Buch. Er schien nichts, aber auch gar nichts zu tun, um sich auf seinen Abschluss vorzubereiten, und jeder Versuch, mit ihm über seine Zukunft zu sprechen, stieß auf Feindseligkeit und Abwehr. Dank seiner langjährigen Erfahrungen im Umgang mit Teenagern wusste Daniel, dass es vermutlich am besten war, sich nicht einzumischen; irgendwann würde bei ihm von ganz allein der Knoten platzen. Aber selbst diesem Rat zu folgen, war entschieden schwerer, als ihn anderen Eltern zu geben. Beth machte sich so schrecklich viele Sorgen. Ständig wollte sie wissen, was Sam vorhatte, obwohl es für Daniel offensichtlich war, dass er das nicht immer sagen wollte. Wenn sie sich stritten, ging es meistens darum. Beth war eine großartige Mutter, aber manchmal wurde Daniel das Gefühl nicht los, dass sie sich viel zu oft in das Leben ihrer Kinder einmischte und dass sie besser daran täte, sie einfach in Ruhe zu lassen. Beth ihrerseits hielt ihren Mann für zu gelassen und hätte es gern gesehen, wenn er öfter ein Machtwort gesprochen hätte. Damit, dass sie dieses Dilemma in nächster Zeit würden lösen können, war eher nicht zu rechnen.

Nach dem kurzen Intermezzo mit den beiden Jungen eilte Daniel in sein Büro, um den Berg an Papierkram abzuarbeiten, der auf ihn wartete. Er liebte seine Arbeit, den Umgang mit den Kindern. Den Lehrerberuf hatte er gewählt, um etwas zu bewirken, genau wie vor langer Zeit ein paar seiner Lehrer etwas für ihn bewirkt hatten. Sein Vater hatte sich aus dem Staub gemacht, als Daniel zehn war. Danach war er eine Zeit lang so wütend und verbittert gewesen, dass es selbstzerstörerische Züge annahm. Ohne die Unterstützung eines Englischlehrers in der siebten und eines Mathematiklehrers in der neunten Klasse hätte er vielleicht nie seinen Weg gefunden. Nur zu leicht hätte er aus der Bahn geworfen werden können. Diese Erfahrung hatte ihn dazu motiviert, das Gleiche für andere zu tun.

Die Entscheidung, Lehrer zu werden, hatte er nie bereut, und die Arbeit an der neuen Schule machte ihm wirklich Spaß, denn hier herrschten gute Umgangsformen, und die meisten Schüler wollten lernen. Trotzdem war das nicht mehr die Welt, die er vor so vielen Jahren betreten hatte, und der Erfolgsdruck war immens groß. Der Gedanke an die Inspektion der Schulaufsichtsbehörde bereitete ihm schlaflose Nächte. Er wusste, dass seine Mitarbeiter in der Verwaltung ein gutes Team bildeten, aber er hätte gern noch ein paar mehr Ältere in diesem Team gehabt. Leider sah die Schulleitung sehr aufs Geld und legte weniger Wert auf Erfahrung. Ein achtundzwanzigjähriger Fachbereichsleiter war nun mal billiger als ein fünfundvierzigjähriger. Und so, wie das Budget aussah – die Planung fürs laufende Schuljahr bereitete ihm erhebliches Kopfzerbrechen –, hatte Sparen höchste Priorität. Er war dankbar für den Enthusiasmus und die Energie, die die neuen Lehrer in den Unterricht einbrachten, aber er machte sich Sorgen wegen ihres Mangels an Erfahrung. Noch ein Problem, das gelöst werden musste.

Sein Telefon meldete sich. Eine SMS von Beth. Er fand es schön, dass sie ihm tagsüber immer noch SMS schickte. Obwohl sie bei ihrer Heirat noch sehr jung gewesen waren – nach Ansicht einiger ihrer Freunde zu jung, zumal bereits ein Baby unterwegs war –, war ihre Ehe gut, und er war zufriedener als die meisten Leute in dieser Lage, die er kannte.

Ich komme kaum voran. Besteht die Aussicht, dass du zum Mittagessen nach Hause kommst?

Er lächelte. Achtzehn Jahre verheiratet und immer noch so verliebt in Beth wie bei ihrer ersten Begegnung. Wenn er doch nur Zeit hätte, mit ihr zu Mittag zu essen.

Tut mir leid, ich kann nicht. Besprechung. Aber lass uns heute Abend gemeinsam essen.

Und mit diesem aufmunternden Gedanken ging er mit neuer Entschlossenheit den Korridor hinunter. Solange Beth an seiner Seite war, konnte er mit allem fertig werden.

Lou

„Kann ich dir irgendetwas bringen, Mum?"

Als ich die Küche betrete, steht Mum am Fenster und starrt hinaus in den Garten. Sie trägt immer noch ihren Morgenmantel und sieht aus, als hätte sie kein Auge zugetan.

„Ein anderes Leben vielleicht?" Ihr Tonfall ist verbittert.

Oh Gott, jetzt geht das schon wieder los. Jeden Tag seit meinem erneuten Einzug zu Hause verhält sie sich so. Es spielt keine Rolle, dass mein eigenes Leben ein riesiger Scherbenhaufen ist, seitdem Jo mich verlassen hat. Zu allem Überfluss bin ich unmittelbar nach Weihnachten auch noch entlassen worden. Mein Vorgesetzter hat gemeint, sie müssten Personal abbauen und es habe nichts mit mir persönlich zu tun. Trotzdem hatte mir genau das natürlich gerade noch gefehlt, nachdem Jo mir den Laufpass gegeben hat. Ohne Job kann ich die Miete für meine Wohnung nicht bezahlen. Wäre ich noch mit Jo zusammen, hätte ich bei ihr einziehen können, aber so konnte ich nirgendwo hin. Da blieb mir nichts anderes übrig, als wieder zu Hause einzuziehen. Lieber fühle ich mich bei meinen Eltern elend, als dass ich allein auf mich gestellt lebe.

Ich dachte, zu meinen Eltern zurückzuziehen, hätte vielleicht auch sein Gutes. Dass es Mum helfen würde, wenn ich da bin. Dass es auch mir irgendwie helfen würde. Ich dachte, so könnte ich mich von meinem eigenen Elend ablenken. Aber Mum nimmt mich kaum zur Kenntnis, und ich bin mir nicht sicher, ob meine Anwesenheit ihr irgendetwas bedeutet. Natürlich verstehe ich, wie ihr zumute ist. Mir wurde schon oft genug das Herz gebrochen, ich weiß, wie es ist, sitzen gelassen und betrogen zu werden. Jo hat zwar gesagt, es gebe keine andere, aber ich weiß nicht, ob ich ihr das glauben soll. Vielleicht liegt das aber auch an meiner eigenen Unsicherheit. Jedenfalls muss es grausam sein, nach über vierzig Jahren Ehe herauszufinden, dass der eigene Mann einen betrogen hat. Trotzdem hatte ich diese Reaktion nicht erwartet. Nicht diesen Schatten eines Menschen, der sich nicht rührt, nur stocksteif dasteht und das Schicksal einfach hinnimmt. Die Mum, die ich kenne, hätte niemals auf diese Weise aufgegeben. Warum kann sie nicht mehr wütend sein, so wie Beth und ich das sind? Es sieht so aus, als hätte ihr Lebensmut sie verlassen.

Am liebsten würde ich sie schütteln und ihr sagen: Tu etwas. Kämpfe um ihn. Aber das tut sie nicht. Beth glaubt, sie brauche nur Zeit, aber ich bin mir nicht sicher, ob meiner Schwester klar ist, wie schlimm es wirklich um sie steht. Sam und Megan halten es natürlich für saukomisch, dass ihr Großvater überhaupt eine Affäre haben kann. Sie können es nicht fassen, dass Menschen in den Siebzigern noch ein Sexleben haben. Doch die Sache ist ernst. Mum und Dad haben ihre Höhen und Tiefen erlebt, aber sie waren immer zusammen. Und die Situation wird nur noch komplizierter dadurch, dass Dad anscheinend eine Menge Zeit mit dieser Lilian verbringt, aber immer noch nicht offiziell ausgezogen ist. Er schläft im Gästezimmer und schleicht sich täglich davon, um sie zu sehen. Natürlich sagt er nie, wohin er geht und was er vorhat. Das liegt vermutlich daran, dass wir uns fürchterlich in die Haare gekriegt haben, als ich ihn das erste Mal danach gefragt habe. Es war grauenvoll. Dad ist eigentlich nicht der Typ, der einen lautstarken Streit vom Zaun bricht, und seitdem weigert er sich, mit mir über die Sache zu reden.

Ich weiß nicht, was ich tun soll. Mein Leben lang schon bin ich es gewohnt, als die Bemitleidenswerte in der Familie zu gelten: Die arme Lou hat ihr Abitur vermasselt, die arme Lou kriegt keinen vernünftigen Job, die arme Lou hat keinen Mann – und jetzt bin ich hier und muss mich kümmern. Dabei habe ich nicht die leiseste Ahnung, wie man das macht.

„Ich dachte eher an so etwas wie eine Tasse Tee?", schlage ich so munter wie nur möglich vor, aber Mum schaut mich nur ausdruckslos an.

„Warum nicht", sagt sie. Ihre Augen wirken trübe und leblos. Es jagt mir Angst ein, wie schnell meine sonst so tatkräftige Mum sich in einen Zombie verwandelt hat. Seit Weihnachten hat sie kaum einmal das Haus verlassen, und ich werde von ihren Freunden, die sich nach ihr erkundigen, weil sie sich weigert, mit ihnen zu reden, mit besorgten Nachfragen bombardiert.

„Was hältst du davon, wenn wir ins Gartencenter fahren, um Kaffee zu trinken?"

Eigentlich würde ich ihr lieber vorschlagen, gemeinsam einzukaufen, aber ich weiß, dass ich damit keinen Erfolg haben werde. Seit zwei Wochen kümmere ich mich um die Einkäufe, da Dad absolut unfähig ist, irgendwelche Hausarbeiten zu übernehmen. Glückliche Lilian.

„Wozu?", fragt Mum.

„Damit du endlich mal wieder aus dem Haus kommst", erkläre ich fest. „Du brauchst das dringend. Vertrau mir. Ich kenne mich aus."

Mir gehen all die Gelegenheiten durch den Kopf, bei denen andere genau das für mich getan haben: Sie haben mich davon abgehalten, mich in meinem Selbstmitleid zu suhlen, wenn ich nur im Schlafanzug dasitzen, Schokolade in mich hineinstopfen und zu viel Wein trinken wollte. Diesmal tue ich das nur deshalb nicht, weil Mum mich so sehr braucht, dass ich keine Zeit habe, mich in meinem Elend zu vergraben. Aber früher, wenn mir das Herz gebrochen worden war, hatte ich immer das Glück, dass jemand mir den nötigen Tritt verpasst und mich aus meiner Verzweiflung geholt hat. Ich weiß daher, dass das hilft.

„Also komm", fahre ich fort. „Zeit, ein Bad zu nehmen und dich zusammenzureißen. Dad kommt niemals zu dir zurück, wenn du durch die Gegend schleichst wie ein verregnetes Novemberwochenende."

„Werd nicht frech", sagt Mum, und für einen Moment blitzt ihr altes Ich auf, was mich mit ein bisschen Hoffnung erfüllt. Langsam, aber sicher beginnt sie, sich ausgehbereit zu machen.

Erste Schritte nur, aber vielleicht schaffe ich es ja doch …

2. Kapitel

Beth

Ich sitze im Zug nach London, um mich zum ersten Mal persönlich mit meiner neuen Lektorin Vanessa zu treffen. Normalerweise genieße ich meine Besuche im Verlag. Bisher war das immer eine Gelegenheit, um das Neueste mit Karen auszutauschen, über die Arbeit zu reden und gemeinsam Ideen zu entwickeln – unsere Treffen waren immer kreativ, aufbauend und haben ungeheuer viel Spaß gemacht. Außerdem kam ich dadurch mal aus dem Haus.

Aber heute ist alles anders. Wenn Karen noch da wäre, hätte ich wenigstens das eine oder andere mit ihr diskutieren können, aber Vanessa kenne ich kaum. Ich versuche, ihr einen Vertrauensbonus zuzugestehen, aber bisher habe ich sie nur als ärgerlich herablassend und häufig sogar recht unhöflich empfunden. Ich weiß, dass ich ihr unvoreingenommen gegenübertreten sollte, aber mir fällt es zunehmend schwerer, Tipps von einer Frau anzunehmen, die vom Alter her glatt meine Tochter sein könnte, jedes Gespräch so angeht, als wäre ich ein Problem, das gelöst werden muss, und andauernd Sachen sagt wie: „Nun, es ist nicht unbedingt so, dass mir das nicht gefällt. Aber es fehlt das gewisse Etwas."

Ich weiß, dass das gewisse Etwas fehlt. Aber sie ist meine Lektorin, eigentlich wäre es schön, wenn sie mir helfen könnte, dieses gewisse Etwas zu finden. Ihr jüngster Vorschlag, mein Engelchen auf eine Reise um die ganze Welt zu schicken, kommt mir unnötig kompliziert vor. „Das trägt dazu bei, dem Buch den internationalen Touch zu geben, der auf dem Bilderbuchmarkt so enorm wichtig ist", meinte sie letzte Woche am Telefon.

„Ja, ich weiß, wie der Hase läuft", sagte ich und biss mir dabei auf die Unterlippe. Seit zwanzig Jahren bin ich in diesem Geschäft, ich weiß, wie wichtig ausländische Lizenzausgaben sind; sie erhöhen die Druckauflage und verringern damit die Produktionskosten. Ohne sie wäre es sehr viel schwerer, ein Buch zu verlegen. Ein oder zwei meiner frühen Projekte sind gescheitert, weil sich zu wenige ausländische Verlage beteiligt haben. Vanessa muss mich nicht belehren, wie wichtig das ist. Sie gibt mir damit nur das Gefühl, dass sie mich für eine Idiotin hält, und das wiederum steigert meine Abneigung gegen sie.

Da aber all meine Versuche, die Geschichte zum Laufen zu bringen, scheitern, habe ich schließlich zugestimmt, mein Engelchen auf eine Reise zu schicken, die es nach London, Paris, New York, Berlin und Rom führt. Dabei hat außer Rom keine dieser Städte zur Zeit Jesu bereits existiert.

Mein Hinweis darauf wurde abgetan mit einem lässigen: „Oh, das spielt keine Rolle. Das ist symbolisch." Symbolisch wofür? Ich habe keine Ahnung.

Außerdem habe ich getan, worum sie mich gebeten hat, und ein paar Skizzen entworfen, die das Engelchen zeigen, wie es mit einer Taube auf der Nelsonsäule auf dem Trafalgar Square Freundschaft schließt und die Mona Lisa bittet, ihr den Weg zu zeigen. In Berlin genießt sie den Blick auf die Stadt vom Reichstag aus, und in Rom besucht sie den Vatikan.

Für mich ergibt das alles keinen Sinn. Jedes Mal, wenn ich das Engelchen zeichne, betrachte ich sie verwirrt und verzweifelt, denn genau so fühle ich mich. Ich weiß zwar, dass ich mit dem Buch nicht warm werde, aber ich glaube nicht, dass Vanessas Lösungsvorschlag mich weiterbringt.

Als ich im Verlag eintreffe, bleibt mir noch viel Zeit bis zur Besprechung, und mir ist speiübel. Was tue ich hier? Warum lasse ich zu, dass mein sicherer Instinkt von jemandem wie Vanessa einfach beiseitegefegt wird? Wenn ich genau wüsste, wie meine Geschichte aussehen soll, wäre ich in der Lage gewesen, mich zu wehren. Dummerweise weiß ich es aber nicht. Ich weiß nur, dass dieses Buch eine Katastrophe wird.

Vanessa lässt mich nicht lange warten. Wie ich mir schon gedacht habe, ist sie ein hübsches, fröhliches junges Ding, das vor Begeisterung übersprudelt. Plötzlich kommt mir der Gedanke, dass sie genauso nervös sein könnte wie ich.

„Ich fasse es einfach nicht, dass ich mit Ihnen zusammenarbeite, Beth", sagt sie. „Als Kind habe ich Ihre Bücher geliebt."

Na toll, jetzt fühle ich mich richtig alt. Aber es stimmt natürlich, mein erstes Bilderbuch ist vor siebzehn Jahren erschienen.

„Danke", sage ich und ringe mir ein Lächeln ab. Immerhin ist das die erste ansatzweise positive Aussage mir gegenüber.

„Kommen Sie rein." Sie geleitet mich in einen hellen, luftigen Raum. „Ich habe unseren neuen Art Director gebeten, sich uns zuzugesellen. Ich hoffe, das ist Ihnen recht?"

„Ich wusste nicht, dass Sie einen neuen Art Director haben."

„Oh ja, Andrea hat uns gleich nach Weihnachten verlassen. Hat Ihnen das niemand gesagt?"

„Nein." Mir schwindet der Mut. Verdammt. Andrea, die Vorgängerin des neuen Art Directors, hatte fünf Jahre für den Verlag gearbeitet. Sie, Karen und ich waren ein gutes, eingespieltes Team. Jetzt muss ich mich an ein weiteres neues Gesicht gewöhnen und noch eine unbekannte Größe überzeugen. Bin ich dieser Herausforderung im Augenblick wirklich gewachsen? Ich weiß es nicht, fühle mich in die Enge getrieben und gerate allmählich in Panik.

Die Tür wird aufgestoßen, und ein gut aussehender Mann Ende dreißig tritt ein. Ich schaue ihm in die Augen und bin wie gelähmt. Das kann nicht sein. Meine Beine drohen mich im Stich zu lassen, so groß ist der Schock.

„Beth, darf ich vorstellen? Jack ..."

„Stevens", stammele ich verwirrt, und das Blut schießt mir ins Gesicht. „Ja, wir – kennen – uns bereits ..." Ich gerate ins Stocken, dann versagt mir die Stimme.

Plötzlich bin ich wieder achtzehn, stehe an der Collegebar und erblicke Jack Stevens zum allerersten Mal. Er ist schön. Alle drehen sich nach ihm um, als er durch die Tür tritt. Ich sehne mich danach, dass er mich anschaut, aber natürlich tut er das nicht. Jedenfalls nicht bei dieser ersten Gelegenheit ...

Jack Stevens. Hier. Wie ist das möglich? Ich habe ihn seit über zwanzig Jahren nicht mehr gesehen, und jetzt steht er direkt vor mir und sieht ganz genauso umwerfend aus wie bei unserer letzten Begegnung. Oh Gott.

„Lizzie Holroyd!" Jack nimmt mich hocherfreut in den Arm. „Ich bin ja so ein Dummkopf. Ich habe es nicht geschnallt, als ich deinen Namen gelesen habe."

Völlig überrumpelt erwidere ich seine Umarmung. Jack Stevens ist also der neue Art Director? Jack Stevens, den ich auf dem Kunst-College so erfolglos angehimmelt habe? Jack Stevens, den ich jahrelang nicht gesehen habe? Jack Stevens, der ganz offensichtlich noch immer diese hypnotisierenden blauen Augen hat, die ärgerlicherweise auch heute noch eine magische Wirkung auf mich haben? Ich bin zittrig, und mir ist schwindlig, ein Gefühl, als wäre ich gerade aus absoluter Finsternis in gleißendes Sonnenlicht getreten.

Jack Stevens, ein Explosionsknall aus meiner Vergangenheit. Der Eine, der mich verlassen hat. Und ausgerechnet er soll bei meinem neuen Buch mit mir zusammenarbeiten.

Lou

„Mum, wann sagst du Dad endlich, dass er ausziehen soll?", frage ich, während wir an einem grauen Wintertag durchs Sainsbury's schleichen. Immerhin haben wir diese Woche schon einen Schritt nach vorn geschafft: Es ist mir tatsächlich mehrfach gelungen, Mum dazu zu bringen, das Haus zu verlassen, aber nur mit sehr viel Mühe. Sie hat immer eine Ausrede parat, warum sie nicht vor die Tür möchte. Meistens ist ihr das Wetter zu schlecht. Aber heute hat für ungefähr fünf Minuten die Sonne geschienen, Grund genug für mich, sie zum Rausgehen zu überreden. Natürlich ist das inzwischen vorbei: Die Sonne ist hinter Wolken verschwunden.

„Aber wo soll er denn hin?", fragt sie zurück.

„Mum", sage ich bemüht freundlich, „er kann zu Lilian ziehen oder zu einem seiner Kumpel oder meinetwegen in ein Hotel. Das ist mir völlig egal. Du kannst jedenfalls nicht so weitermachen."

Ehrlich gesagt: Ich kann es auch nicht. Mit den beiden unter einem Dach zu leben, ist eine schreckliche Prüfung. Die Atmosphäre im Haus ist entweder frostig, wenn die beiden ihre eisigen Forderungen auf dem Umweg über mich aneinander stellen, oder hochexplosiv, wenn sie sich richtig in die Haare kriegen. Wobei Letzteres so aussieht: Manchmal fällt Mum ein, dass sie wütend auf Dad ist, und sie rafft sich auf, ihn anzuschreien. Dann steht er da wie ein begossener Pudel und sagt nichts. Es treibt mich zum Wahnsinn, dass er nicht einmal versucht, sein Verhalten zu rechtfertigen. Er schaut nur aus tieftraurigen Dackelaugen und gibt Aussagen von sich wie: „Ich wollte nie, dass so etwas geschieht."

„Du bist also durch Zauberei in Lilians Arme gefallen?", habe ich ihn beim letzten Mal angefaucht. Daraufhin versank er nur noch tiefer in Selbstmitleid und meinte: „Ich erwarte nicht, dass du das verstehst."

Er hat recht. Ich verstehe es nicht. Ich begreife einfach nicht, was er treibt, zumal in seinem Alter.

„Und wie soll er zurechtkommen?", fährt Mum fort. „Du weißt doch, wie er ist. Er kann sich nicht mal ein Ei kochen."

Und wessen Schuld ist das?, denke ich. Mum hat nie zugelassen, dass Dad irgendwelche Hausarbeiten übernimmt. Sie ist mindestens ebenso verantwortlich für seine völlige Unfähigkeit wie er selbst.

„Ich weiß, dass er ein hoffnungsloser Fall ist", erwidere ich, „aber Mum, darüber darfst du dir nicht den Kopf zerbrechen. Du musst ihn ziehen lassen, um deiner selbst willen. Er hat dich betrogen. Er hat uns alle hintergangen."

Noch während ich das ausspreche, wird mir klar, wie wütend ich tatsächlich auf Dad bin. Es ist, als hätte er mein gesamtes Weltbild demontiert; da mir eine Beziehung nach der anderen zu Bruch geht, hat die Stabilität ihrer Beziehung mir immer Halt gegeben. Wie soll ich überleben, wenn sich jetzt herausstellt, dass auch ihre scheinbar so stabile Ehe die ganze Zeit eine Lüge war?

Ich weiß, dass sie nicht vollkommen war, aber welche Ehe ist das schon? Mum und Dad haben immer ihr eigenes Leben geführt, mehr oder weniger parallel nebeneinanderher, aber dennoch haben sie immer den Eindruck erweckt, sie seien damit glücklich und zufrieden, auch wenn Mum sowohl Beth als auch mich damit in den Wahnsinn getrieben hat, dass sie Dad ständig alles hinterhergetragen hat. Obwohl ein Kind der Sechziger, hat sie den Feminismus völlig verschlafen. Das dürfte auch die Erklärung dafür sein, dass sie Ged so schrecklich verzieht. In ihren Augen kann er einfach nichts falsch machen. Typischerweise hat der Goldjunge sich seit Weihnachten weder hören noch blicken lassen, obwohl er und Rachel eine Wohnung in Südlondon bezogen haben und damit nicht gerade Millionen Meilen entfernt leben. Natürlich nimmt Mum ihn in Schutz. Schließlich „hat er ja so viel zu tun, jetzt, wo das Baby kommt und so", aber mich bringt das auf die Palme. Ihm fiele doch kein Stein aus der Krone, wenn er Mum wenigstens ab und zu anrufen würde, um sich zu erkundigen, wie es ihr geht!

„Das verstehst du nicht", sagt Mum. „Man kann zweiundvierzig Jahre Ehe nicht einfach so wegwerfen. Wenn es dir schon mal gelungen wäre, eine Beziehung länger als ein Jahr aufrechtzuerhalten, dann wüsstest du das."

Verdammt. Manchmal kann sie echt grausam sein.

„Danke, dass du mich daran erinnerst, wie unzulänglich ich auf diesem Gebiet bin."

„Oh, so habe ich es nicht gemeint", erwidert sie und wirkt tatsächlich ein wenig beschämt. „Tut mir leid, Schatz, ich bin im Moment ein bisschen gereizt."

„Ich habe auch nicht angenommen, dass du das so gemeint hast", gebe ich seufzend zurück. „Aber trotzdem, du und Dad – das funktioniert nicht, richtig?"

Die Spannung, die zurzeit zwischen ihnen herrscht, ist unerträglich. Entweder reden sie kein Wort miteinander, oder sie gehen sich gegenseitig an die Gurgel. Abends sitzen wir schweigend zusammen, und die Zeit dehnt sich endlos. Manchmal lasse ich mir eine Ausrede einfallen, um aus dem Haus gehen zu können, wenn sie anfangen, sich darüber zu streiten, wer vergessen hat, die Mülltonne an die Straße zu stellen. Ehrlich, ich habe noch nie in meinem Leben so viele so lange Spaziergänge gemacht. Ich wünschte wirklich, ich steckte nicht mittendrin, zumal ich immer noch mit der Trennung von Jo zu kämpfen habe. Jeden Tag muss ich mich zusammenreißen, sie nicht anzurufen oder ihr eine SMS zu schicken, und jeden Tag wird der Kummer über meine Arbeitslosigkeit noch durch die schreckliche Atmosphäre daheim verstärkt. Ich wäre überall lieber als hier, aber im Augenblick bleibt mir keine andere Wahl. Ich bin achtunddreißig, Single, pleite und lebe bei meinen Eltern. Noch jämmerlicher kann es kaum kommen.

„Vielleicht hast du recht", meint Mum, bleibt stehen und starrt die Gemüseauslagen an, als könnten die Möhren ihr die Antwort geben, die sie sucht. „Ich habe nur Angst davor, dass er nie wiederkommt, wenn er geht. Was soll ich denn dann tun?"

Als sie das sagt, wirkt sie so gequält und verletzlich, dass mein Ärger verfliegt. Sie ist in der Regel so tough und gut organisiert, dass ich leicht vergesse, wie alt sie ist: neunundsechzig. Mir fällt es ja schon schwer, mich nach der Trennung von Jo neu zu finden, wie schwer muss es dann erst für sie sein, nach all den Jahren einen Neuanfang zu wagen? Die längste Zeit ihres Lebens war sie verheiratet.

„Dann reißt du dich zusammen und baust dir ein Leben ohne ihn auf", antworte ich. „Glaub mir, das ist das Einzige, was du tun kannst."

Guter Rat, Lou, denke ich, während wir in Richtung Kasse gehen. Zu dumm nur, dass du das selbst nicht schaffst.

Daniel

„Setz dich gerade hin für Mr. King."

Daniel seufzte beim Anblick des Schülers vor ihm. Jason Leigh war einer seiner intelligentesten Schüler. Beim General Certificate of Secondary Education, der in etwa dem Realschulabschluss entspricht, hatte er hervorragend abgeschnitten. Aber jetzt bei der Hochschulreife drohte er auf ganzer Linie zu versagen. Also hatte seine Mum um ein Gespräch mit dem Schuldirektor gebeten, um zu erfahren, was noch getan werden konnte, damit der Junge nicht durchfiel.

Daniels ehrliche Antwort lautete: nicht viel, wenn Jason selbst nicht zu dem Schluss kam, dass er ab sofort ordentlich Gas geben müsse. Aber er vermutete, dass war nicht die Antwort, die Mrs. Leigh hatte hören wollen. Soweit er das beurteilen konnte, war sie Teil des Problems: ein besonders übler Fall von Helikopter-Mutter, die ihrem Sohn ständig im Nacken saß und Stress machte.

Insgeheim verspürte Daniel Mitleid mit Jason, der offensichtlich die Nase voll hatte vom Bildungssystem und bei den Vorprüfungen haarsträubend schlechte Ergebnisse erzielt hatte. Wie durch ein Wunder und obwohl er sich ausgesprochen lustlos beworben hatte, hatten gleich zwei Universitäten ihm einen Studienplatz angeboten. Daniel vermutete, dass Jason, der mehr als fähig war, die geforderten Noten zu erzielen, sich nicht die Mühe machen würde, es auch nur zu versuchen.

„Wie siehst du das denn, Jason? Wie sind die Vorprüfungen gelaufen?", fragte er, bemüht, Mrs. Leigh nicht zu beachten, die eindeutig das Gespräch an sich reißen wollte.

„Weiß nicht", lautete die gemurmelte Antwort, und dabei sank Jason auf seinem Stuhl noch tiefer in sich zusammen. „Jason, sei nicht so unhöflich!", funkte seine Mutter dazwischen.

Daniel winkte ab. Er war nicht der Meinung, dass Jason absichtlich unhöflich war. Er war einfach nur ein Siebzehnjähriger, der nicht einsah, wozu das Ganze gut sein sollte.

„Komm schon, Jason", sagte Daniel. „Hier geht es nicht um mich oder deine Mum. Wir reden hier über deine Zukunft. Keiner von uns kann deine Prüfungen für dich ablegen."

Jason zuckte die Achseln. „Wo liegt das Problem? Ist doch nicht so, dass es mir helfen würde, einen anständigen Job zu kriegen, wenn ich Französisch oder Spanisch kann."

„Aber Jason", mischte sich seine Mutter erneut ein. „Du liebst Spanisch und Französisch."

„Nein, Mum", widersprach Jason. Er wirkte müde und erschöpft. „Du liebst es, dass ich gut in Spanisch und Französisch bin."

Dabei sackte er noch mehr in sich zusammen. Also änderte Daniel seine Taktik.

„Na schön, Jason, was würdest du denn lieber tun? Du kannst das Schuljahr auch wiederholen und im nächsten Jahr andere Fächer belegen, wenn du möchtest."

Achselzucken. Und Schweigen.

„Komm schon, Jason, du musst dich doch für irgendetwas interessieren."

„Computerspiele", sagte Jason. „Ich würde gern Computerspiele entwickeln."

„Das ist kein Beruf", warf Mrs. Leigh frustriert ein. „Ich glaube nicht, dass man einen Abschluss in Computerspielen bekommt."

„Sie würden sich wundern", erwiderte Daniel, beugte sich vor und wandte sich wieder an Jason. „Also, warum hast du dich dann nicht für Informatik entschieden?"

„Mum hat gesagt, ich soll Sprachen wählen." Dabei warf Jason seiner Mutter einen übellaunigen Blick zu.

„Diese verdammten Computerspiele!", schimpfte Mrs. Leigh. „Du verbringst viel zu viel Zeit damit."

„Aber ich mag sie. Und ich bin gut darin. Ich muss nicht studieren, um einen Job in der Computerspielbranche zu kriegen."

„Aber du könntest der Erste in der Familie sein, der die Universität besucht", jammerte seine Mum. „Ehrlich, Mr. King, ich bin sicher, Ihre Kinder benehmen sich nicht so."

„Ich glaube, alle Kinder benehmen sich manchmal so", erwiderte Daniel und dachte dabei an Sam, der sich stundenlang in der Garage einschloss, um Schlagzeug zu spielen, und ähnlich wenig Zeit aufs Lernen verwandte wie Jason. Auch Sams Vorprüfungen waren nicht gerade gut gelaufen. Und die wütende Reaktion seiner Mutter hatte ihm nur ein Achselzucken und ein „Sind doch nur Vorprüfungen" entlockt. Zu Daniels Ärger hatte das zu einer heftigen Auseinandersetzung geführt, infolge derer Beth und Sam mehrere Tage lang nicht mehr miteinander gesprochen hatten. Auch Daniel machte sich Sorgen um Sams Zukunft, aber manchmal dachte er, Beth stauche ihn zu sehr zusammen und mache damit alles nur noch schlimmer.

„Das ist also ein Beruf, den du dir vorstellen kannst, Jason?", fragte Daniel.

„Auf jeden Fall", erwiderte Jason, sofort besser gelaunt. Er stürzte sich förmlich auf das Thema, erwies sich als bestens informiert und erzählte sachkundig von den Spielen, die ihn interessierten, und von Computern ganz allgemein, bis Daniel der Kopf schwirrte.

„Ich könnte säckeweise Geld verdienen", endete er schließlich. „Warum also soll ich Zeit auf ein Studium verplempern?"

„Jason!" Seine Mutter stand kurz vor einem Schlaganfall. Daniel sah, wie eine Ader an ihrer Schläfe pulsierte. „Aber das bietet dir doch keine Sicherheit. Du musst studieren. Du *musst* einfach."

Allmählich begann sie Daniel ein wenig leidzutun. Er wusste nur zu gut, wie schwer man es als Eltern manchmal hatte, besonders wenn es um einen renitenten Teenager ging. Er konnte sich vorstellen, dass Beth und er ein ähnliches Gespräch mit Sams Klassenlehrer würden führen müssen.

„Du brauchst vielleicht nicht unbedingt einen Universitätsabschluss, um in der Computerspielbranche zu arbeiten, Jason", sagte er, „aber du bist ein kluger Junge, und ein Abschluss hat noch niemandem geschadet. Dir bleiben nur noch ein paar Monate bei uns. Warum versuchst du nicht wenigstens das zu erreichen, wozu du in der Lage bist? Es gibt Kinder an dieser Schule, die für deine Fähigkeiten morden würden. Du solltest sie nicht vergeuden."

„Mag sein."

„Mr. King hat recht", mischte seine Mutter sich wieder ein, freundlicher diesmal. „Es ist einen Versuch wert, meinst du nicht?"

Jason nickte kaum merklich, den Blick auf die Tischplatte gesenkt.

„Also, was meinst du?", fragte Daniel. „Lohnt es sich, dass du dich in den nächsten paar Monaten noch einmal richtig ins Zeug legst? Schaden kann es nicht, oder?"

„Ich schätze, nein."

„Versuchst du es also?"

Jason zuckte die Achseln.

„Es liegt ganz bei dir", fuhr Daniel fort, „aber wenn du es ernstlich angehen willst, wirst du den Förderunterricht besuchen müssen, den deine Lehrer anbieten. Sie opfern ihre wertvolle Freizeit, um zu helfen, Jason. Ich denke, du solltest es wenigstens versuchen."

Jason hatte immerhin so viel Anstand, leicht beschämt zu wirken.

„Hör auf Mr. King", sagte Mrs. Leigh ein wenig einlenkend. „Ich hatte nie die Chancen, die sich dir bieten. Wirf sie nicht einfach weg."

„Außerdem musst du nicht schon dieses Jahr auf die Uni gehen", fügte Daniel hinzu. „Du könntest dir ein Jahr Auszeit nehmen und in aller Ruhe ausloten, was du tun möchtest. Warum bittest du nicht um eine Berufsberatung bei Mr. Price? Vielleicht kann er dir ein paar Vorschläge machen?"

Zu seiner Erleichterung kam dieser Vorschlag offenbar gut an, und während sich die Unterredung dem Ende näherte, begannen sowohl Jason als auch seine Mutter zu lächeln. Wer weiß, vielleicht würde der Junge sie alle mächtig überraschen.

Daniel geleitete die beiden aus seinem Büro und setzte sich seufzend wieder an seinen Schreibtisch. Jason Leigh war Sam so ähnlich. Auch der glaubte, mit der Schule verplempere er nur seine Zeit, und zeigte so gut wie keinen Ehrgeiz. Daniel hatte keine Ahnung, wie er zu ihm durchdringen sollte. Was er auch sagte, er stieß auf taube Ohren. Daniel wollte keinesfalls so herrisch sein wie sein eigener Vater. Außerdem hatte er im Laufe der Jahre so viele Helikopter-Eltern gesehen, dass er sich bei seinen eigenen Kindern so wenig wie nur möglich einmischte. Vielleicht war das ja ein Fehler, wie Beth immer wieder behauptete.

„Kehr erst mal vor deiner eigenen Haustür!", sagte er zu sich und machte sich wieder an seine Arbeit, in Gedanken immer noch bei der Frage, wie er den Abgrund überwinden konnte, der sich zwischen ihm und seinem Sohn aufgetan hatte.

3. Kapitel

Lou

Als wir wieder zu Hause sind und unsere Einkäufe auspacken, kommt mir der Gedanke, dass ich meinen Rat auch selbst beherzigen sollte. Seitdem Jo mich verlassen hat und ich arbeitslos bin, also seit etwa einem Monat, fühle ich mich hundeelend. Mir fehlt Jo so sehr, und ich muss mich schwer zusammenreißen, um sie nicht anzurufen, denn ich weiß, dass nichts Gutes dabei herauskommen kann. Ich habe kein Geld und bin emotional so am Boden, dass ich nicht einmal an Arbeit denken kann.

An meinem Beziehungsstatus kann ich nichts ändern, aber einen neuen Job zu finden, könnte meinem angeschlagenen Selbstbewusstsein wenigstens ein bisschen aufhelfen. Also lasse ich mich, kaum zu Hause angekommen, bei mehreren Arbeitsvermittlungsagenturen registrieren und beginne nach passenden Stellen zu suchen. Da ich nicht allzu lange an meinem letzten Arbeitsplatz war, ist mein Lebenslauf aktuell, und ich weiß, man wird mir ein gutes Zeugnis ausstellen. Mir wurde ja nicht gekündigt, weil man mit meiner Arbeit nicht zufrieden war. Es war Pech, dass die Firma in finanzielle Schwierigkeiten geriet, kurz nachdem ich dort angefangen hatte. Pech, dass Personaleinsparungen der Regel folgen: zuletzt eingestellt, zuerst entlassen.

Ich starre aus dem Fenster in das Grau des Januartages. Der Januar ist ein trostloser Monat, vor allem wenn man unglücklich ist. All die Hoffnung und freudige Erwartung der Weihnachtszeit ist vorüber, und man hat nichts, worauf man sich freuen kann. Vielleicht sollte ich irgendwohin verreisen, etwas Sonne tanken, um mich ein bisschen aufzuheitern? Und vielleicht sollte ich Mum dazu bringen, mich zu begleiten. Ich kann mich nicht erinnern, wann sie und Dad zum letzten Mal richtig verreist sind. Das würde uns beiden eine Chance geben, den Kopf wieder freizubekommen. Ich habe ein bisschen Geld gespart, und außerdem, wofür gibt es schließlich Kreditkarten?

Gerade habe ich eine Webseite aufgerufen, die Winterurlaube anbietet, da meldet sich mein Telefon. Jo. Mist, verdammter, dafür bin ich noch nicht bereit. Seit Neujahr hat sie mir mehrere SMS geschickt, aber ich habe sie ignoriert. Ich bin noch nicht stark genug, um mich mit ihr auseinanderzusetzen.

Wie geht es dir? Ich mache mir Sorgen um dich. xxx

Tatsächlich? *Tatsächlich?* Warum interessiert sie das überhaupt? Schließlich war sie diejenige, die mir das Herz gebrochen hat. Ich bin so sauer auf sie wegen dieser Behauptung, dass ich meinen Beschluss, jeden Kontakt zu vermeiden, beiseite fege, und bevor ich es mir anders überlegen kann, tippe ich zornig eine Antwort.

Beinahe hättest du mich getäuscht.

Nun sei nicht so, Lou Lou. Können wir nicht Freunde sein?

Natürlich können wir das nicht. Ich bin viel zu tief verletzt. Was denkt sie sich nur dabei? Am liebsten würde ich etwas sehr Unfreundliches antworten, aber ich weiß aus bitterer Erfahrung (oh ja, ich bin reich an bitteren Erfahrungen), dass das auch nicht helfen wird. Also begnüge ich mich mit:

Tut mir leid, dazu bin ich noch nicht bereit. Eines Tages vielleicht.

Wieder meldet sich das Telefon.

Das finde ich so schade. Hatten wir nicht eine schöne Zeit miteinander?

Ja, die hatten wir, denke ich. Außerdem auch weniger schöne Zeiten. Ich hatte gehofft, dass sie die Eine wäre, dass ich endlich jemanden gefunden hätte, mit dem ich mein Leben teilen konnte, aber für sie war ich offensichtlich nur ein kleines Zwischengeplänkel. All das kann ich ihr aber nicht mitteilen, ohne schrecklich bedürftig und jämmerlich zu klingen, und diese Befriedigung gönne ich ihr nicht.

Tut mir leid, Jo, so ist es nun mal. Keine SMS mehr, bitte.

Es sei denn, du willst mich zurückhaben – das würde ich am liebsten hinzufügen. Aber ich weiß, dass das nicht geschehen wird.

Ich schalte mein Telefon aus und wende mich wieder der Internetseite zu. Eine Woche Teneriffa – das sieht unglaublich verlockend aus. Das Leben ist zu kurz, um sich elend zu fühlen. Ich klicke auf den Link, bevor ich es mir anders überlegen kann, und buche kurzerhand unsere Flüge. Mum wird das vermutlich für eine ungehörige Einmischung halten, aber ich finde, wir haben uns beide redlich eine Auszeit verdient.

Beth

Die Besprechung ist eine einzige Tortur. Es ist so bizarr, dass Jack hier am Tisch sitzt, und aus irgendeinem Grund fällt es mir schwer, seinem Blick zu begegnen. Von Anfang an ist klar, dass meine Zeichnungen Vanessa überhaupt nicht gefallen, und sie lässt das mehr als deutlich durchblicken. Sie versucht nicht einmal, subtil vorzugehen oder den Schock ein wenig abzumildern. Meine anfängliche Wärme wandelt sich in Feindseligkeit, und als wir etwa die Hälfte der Besprechung hinter uns haben, koche ich innerlich vor Wut.

„Ich habe mir das Engelchen einfach nicht so vorgestellt", sagt sie. „Ich finde, es müsste niedlicher sein."

Da ist natürlich was dran. Mein Engelchen wirkt durchtriebener, als ich wollte, und leicht geistig minderbemittelt. Niedlich ist es definitiv nicht.

„Ich gebe zu, ich habe es noch nicht ganz richtig getroffen", sage ich. „Aber Disney-Engel möchte ich auch nicht zeichnen."

„Ich glaube, genau das wäre aber das Richtige", widerspricht Vanessa. „Niedlich und süß – das verkauft sich zu Weihnachten gut, vor allem in den Vereinigten Staaten."

Außerdem missfällt ihr der Entwurf, auf dem das Engelchen mit einer der Statuen auf dem Petersdom spricht.

„Hmm, mir ist nicht ganz klar, warum es nach Rom reisen sollte? Ich kann mich nicht dafür begeistern."

Einer von mehreren ihrer Lieblingssprüche, die ich zu hassen beginne.

„Aber warum sollte sie dann nach Paris oder London reisen?", werfe ich ein.

„Das verkauft sich bei den Amerikanern besser", erwidert sie wie aus der Pistole geschossen. Aha, *dann* ist es also in Ordnung.

Bis zu diesem Punkt hat Jack geschwiegen, aber jetzt mischt er sich ein.

„Vielleicht ist die Story noch nicht ganz stimmig", sagt er. „Vielleicht hat Beth genau damit Probleme. Ich weiß, ich bin gerade erst dazugestoßen, aber das Konzept bereitet mir ein wenig Kopfzerbrechen. Beth, gibt es einen Grund, warum der Engel die Metropolen bereist? Vielleicht habe ich etwas übersehen, aber für mich ergibt das keinen Sinn. Entschuldige, ich hoffe, du hältst mich nicht für überkritisch."

Er lächelt mich an, mit diesem schiefen Lächeln, an das ich mich so lebhaft erinnern kann, und mein Herz stockt ganz kurz. Wieder mache ich einen Zeitsprung, zurück zu jenem ersten Abend, an dem er mich so angelächelt hat. Ich reiße mich zusammen und werfe ihm einen dankbaren Blick zu.

„Das war ursprünglich auch nicht so geplant", erläutere ich. „Meine Story war im Grunde einfacher, aber ich hatte Probleme, sie stimmig auszuarbeiten. Deshalb hat Vanessa diesen Weg vorgeschlagen."

Ich sage nicht, was ich wirklich denke, nämlich dass Vanessas Idee alles nur noch schlimmer gemacht hat. „Lohnt es sich, noch einmal einen Blick auf den Originalentwurf zu werfen?", fragt Jack, und ich bin froh darüber.

Vanessa wirkt extrem verärgert. „Wir stehen schon unter enormen Zeitdruck, Jack. Ich denke, wir sollten bei der jetzigen Idee bleiben und daran arbeiten, bis alles passt."

„Na schön", meint Jack und zwinkert mir verschwörerisch zu. Ich fühle mich ein bisschen benommen, laufe rot an und wende den Blick ab. Zwar bin ich dankbar für seine Einmischung, aber zugleich stürzt er mich in tiefe Verwirrung. Noch habe ich nicht einmal den Schock des Wiedersehens verarbeitet. In unseren drei Jahren auf dem Kunst-College standen wir einander sehr nah. Allerdings hat er meine Gefühle nie ganz so erwidert, wie ich es mir gewünscht hätte. Für Jack war ich eine nette kleine Affäre. Ich hingegen war blind vor Liebe und glaubte in meiner Torheit, dass mehr daraus werden würde. Auf seine Weise war er mir gegenüber völlig ehrlich. Er sagte mir klipp und klar, er sei ein freier Geist, der sich nicht binden wolle. Aber ich war so vernarrt in ihn, dass ich viel zu lange an unsere Beziehung glaubte – bis zu dem Tag, an dem ich ihn mit meiner besten Freundin Kelly im Bett erwischte. Da fiel es mir wie Schuppen von den Augen, und trotz Jacks Beteuerungen, ich würde immer die Eine für ihn sein, zu der er stets zurückkehrte, kam ich endlich zur Vernunft. Danach lebten wir uns auseinander, und im Jahr darauf lernte ich Daniel kennen. Er war völlig anders als Jack: nett, teilnahmsvoll, witzig – es war leicht, sich in ihn zu verlieben. Das tat ich auch, Hals über Kopf, bevor ich es überhaupt richtig bemerkte, und dann wurde ich schneller schwanger als erwartet. Plötzlich war ich Mutter und Hausfrau, die sich um zwei kleine Kinder zu kümmern hatte, und Jack Stevens geriet völlig in Vergessenheit. Na ja, beinahe. Ab und zu verlor ich mich doch in abwegigen Tagträumen, was wohl geschehen würde, wenn ich Jack jemals wieder begegnete. Dennoch hatte ich nie ernstlich damit gerechnet.

Ich habe Daniel nicht einmal groß von ihm erzählt. Ich kam mir unglaublich dumm und naiv vor, weil ich auf Jack hereingefallen war, und zu Beginn unserer Beziehung wollte ich nicht, dass Daniel erfuhr, wie einfältig ich gewesen war. Im Laufe der Zeit wurde das Ganze dann einfach irrelevant. Jack Stevens war aus meinem Leben verschwunden, und ich hatte seit Jahren nicht mehr an ihn gedacht. Ihm jetzt plötzlich persönlich wiederzubegegnen, ist ein gewaltiger Schock. Diese leuchtend blauen Augen hatte ich vergessen ...

Die Besprechung endet ohne Ergebnis. Ich verspreche, wieder ans Werk zu gehen und sowohl den Text als auch die Zeichnungen zu überarbeiten. Während wir unsere Sachen zusammenpacken, schlägt Jack vor, gemeinsam einen Kaffee zu trinken, und bevor ich lange überlegen kann, sage ich Ja. Ich bin neugierig zu erfahren, was er so getrieben hat, und er erinnert mich an eine Zeit meines Lebens, die ich fast vergessen habe. An die Zeit, in der ich jung und ungebunden war und die Welt mit meiner Kunst verändern wollte.

„Sieh an, sieh an, Lizzie Holroyd", sagt er, als wir uns in ein fast voll besetztes Café in der Nähe des Verlagshauses quetschen. „Du glaubst ja nicht, wie ich mich freue, dich wiederzusehen."

Er wirft mir sein umwerfendes Lächeln zu, und mich schwindelt es ein wenig. Das ist doch verrückt. Was geht nur in meinem Kopf vor?

„Ich freue mich auch, dich zu sehen", erwidere ich. Wenn man von dem leichten Schwindelgefühl absieht, wohlgemerkt. „Man nennt mich inzwischen übrigens Beth." Lizzie – den Namen habe ich zusammen mit Jack abgelegt, und Daniel kennt mich nur als Beth.

Jack zieht die Brauen hoch. „Also, *Beth*, wie ist das Leben als erfolgreiche Bilderbuchautorin?", fragt er. „Ich habe immer gewusst, dass du es schaffen würdest."

„Schmeichler", sage ich, bin insgeheim aber erfreut. Abgesehen von meinen Empfindungen für ihn war Jack einer der begabtesten Studenten unseres Jahrgangs. Schon damals bedeutete mir seine Meinung viel, und ich bin überrascht, wie wichtig sie mir auch heute noch ist. „Ehrlich gesagt, kann ich ihm zurzeit nicht viel Freude abgewinnen. Dieses verdammte Buch bringt mich um", sagte ich. „Ich hatte noch nie so viele Schwierigkeiten, eine Geschichte zu Papier zu bringen."

„Du schaffst das", sagt er. „Du bist abartig talentiert, weißt du? Das warst du schon immer."

„Wirklich?" Ich spüre, wie ich rot anlaufe.

„Großer Gott, ja. Dir stand der Erfolg quasi auf der Stirn geschrieben. Du kannst dir nicht vorstellen, wie ich mich freue, dich wiederzusehen. Und zu erfahren, wie toll du dich gemacht hast."

Er wirkt so aufrichtig, so herzlich, dass es mir schwerfällt, mich an den Jack zu erinnern, der mir das Herz gebrochen hat. Ich kann nur an den Jack denken, in den ich mich damals verliebt habe. Mir ist, als hätte ich ein anderes Leben betreten, und für etwa eine Minute scheinen die inzwischen vergangenen Jahre wie ausgelöscht. Damals hatte ich keine Verantwortung zu tragen. Stattdessen hatte ich ehrgeizige Pläne, Ideen und Spaß. Wer war das Mädchen, das ich einmal war? Dieses lebenslustige, verliebte, hoffnungsfreudige Mädchen? Wo ist sie geblieben? Sie fehlt mir.

„Danke", sage ich. Mein Herz pocht aufgeregt. Das ist *lächerlich*.

Jack hat sich gut gehalten. Er wirkt fit und gesund und sieht mit beinahe vierzig immer noch umwerfend gut aus.

„Und wie steht es mit dir?", frage ich. „Hast du Kinder?"

„Eins", antwortet er, „eine Tochter. Fünf Jahre alt."

Er zeigt mir Fotos. Sie ist ein süßes kleines Ding.

„Ich lebe allerdings nicht mit ihrer Mutter zusammen. Meine Schuld." Er wirkt kleinlaut.

„Verstehe", sage ich. Der Kater lässt das Mausen nicht. „Tut mir leid, das zu hören."

„Meine Erfolgsbilanz bei Frauen ist ziemlich mau", gibt er zu. „Vor allem wegen meiner blöden Angewohnheit, die Guten nicht zu halten …"

Er verstummt und schaut mich an, auf eine irgendwie bedeutsame Weise. Mist, er meint doch nicht etwa …? Mein Puls beschleunigt sich rasant bei dem Gedanken.

„Soll heißen, ich bin eher bindungsscheu."

Er redet nicht von mir, rufe ich mich zur Ordnung. Er ist einfach nur freundlich.

„Ganz anders als du, wie ich sehe", fährt er mit einem prüfenden Blick auf meine Ringe fort.

„Ja, seit achtzehn Jahren glücklich verheiratet mit Daniel", sage ich und blicke ein wenig schuldbewusst auf meinen Ringfinger. „Zwei Kinder, ein Junge und ein Mädchen."

Und dann ertappe ich mich dabei, wie ich ihm voller Begeisterung von ihnen erzähle. Gerade so, als könnte ich dadurch einen Schutzwall zwischen ihm und meinem pochenden Herzen errichten.

Denn es ist schön, hier mit Jack zu sitzen. Viel zu schön. Es fühlt sich gefährlich an. Ich sollte gehen.

„Ich freue mich wirklich sehr, dass du glücklich bist", meint Jack. Es klingt nach aufrichtiger Freude.

„Danke, das bin ich."

Das bin ich wirklich. Ich weiß, dass ich das bin, aber gerade jetzt, hier mit Jack an einem Tisch, bin ich auch innerlich zerrissen, und ein Teil von mir fragt sich, wie mein Leben auch hätte verlaufen können. Ob das Mädchen, das ich damals war, vielleicht nicht unter der Fülle an Pflichten verloren gegangen wäre, wenn ich und Jack zusammengeblieben wären. Ich denke daran, wie wir in der Collegebar gesessen und uns bei Bier und Chips über das Leben unterhalten haben.

„Damals war ich ein Idiot", sagt er, und mir wird klar, dass das der Versuch einer Entschuldigung sein soll.

„Das ist lange her. Längst vergessen."

„Jugend schützt vor Torheit nicht", meint er lächelnd. „Dein Daniel ist ein Glückspilz."

Der Blick, den er mir dabei zuwirft, spricht Bände. Ich meine Reue zu sehen, zusammen mit etwas anderem. Begehren? Einen Moment lang haut es mich regelrecht um. Ich muss mich wirklich zusammenreißen.

„Ich bin der Glückspilz", entgegne ich fest. „Ich habe ein tolles Leben, wundervolle Kinder und einen fantastischen Mann. Ich bin wunschlos glücklich."

Ganz bewusst gehe ich hinter meiner Mauer des vollkommenen Familienlebens in Deckung und versuche den gefährlichen Empfindungen zu entkommen, die Jack in mir weckt.

Ich glaube, er spürt das, denn schlagartig wendet er sich dem Geschäftlichen zu. „Wenn du gern noch mal über deine Geschichte und die Bilder reden würdest, melde dich bitte bei mir."

„Danke für das nette Angebot", sage ich und umarme ihn. Er erwidert die Umarmung herzlich, und ich löse mich mit leisem Bedauern von ihm. „Es war so schön, dich wiederzusehen."

„Ganz meinerseits", sagt er.

Ich sehe ihm nach, wie er zum Verlag zurückeilt, und drehe dabei seine Visitenkarte zwischen meinen Fingern. Nein, ich werde nicht auf sein Angebot zurückkommen, beschließe ich. Es war nett, sich mal wieder zu unterhalten, aber trotz Jacks umwerfend blauer Augen und seiner charmanten Art sollte die Vergangenheit bleiben, wohin sie gehört. In der Vergangenheit.

Daniel

Daniel kam erst spät von der Arbeit nach Hause und traf Beth in der Küche an, wo sie das Essen zubereitete, während die Kinder sich wie üblich in ihre Zimmer zurückgezogen hatten. So wenig Notiz wie die Kinder von ihnen nahmen, hätten sie ebenso gut unsichtbar sein können. Trotzdem war es immer schön, nach Hause zu kommen, zu Beth, zu ihrem gemeinsamen Leben. Er konnte sich glücklich schätzen, eine solche Familie zu haben, ein großes Einfamilienhaus und einen Garten. Nie hätte er sich in seiner Jugend, in der winzigen Wohnung, die er mit seiner Mum bewohnte, vorstellen können, jemals so zu leben.

„Hattest du einen guten Tag?", fragte Beth und umarmte ihn zur Begrüßung. Er zog sie an sich, atmete ihren Duft ein. Für ihn sah sie immer noch ganz genauso toll aus wie an jenem Tag ihrer ersten Begegnung am College, als sie den Vorlesungsraum betrat und ihn anlächelte. Er hatte nur einen Blick auf das hübsche, extravagant gestylte Mädchen mit den langen Locken geworfen und war sofort hoffnungslos in sie verknallt gewesen. All die Jahre später war das immer noch der Fall.

„Viel zu tun", antwortete er. „Wie war deine Besprechung?"

„Grauenvoll. Dieses Mädchen. Puh … Ich bin unsicherer denn je und befürchte, dass dieses verdammte Buch noch mein Tod sein wird."

„So schlimm ist es bestimmt nicht", sagte Daniel. Beth zerquälte sich immer so, wenn sie an einem Buch arbeitete, aber schließlich schaffte sie es jedes Mal. Wie sie das tat, versetzte ihn immer wieder in Erstaunen. Er war unglaublich stolz auf sie.

„Doch, das ist es. Und du rätst nie, wer dort neuer Art Director ist."

„Wer denn?"

„Erinnerst du dich, dass ich dir mal von jemandem namens Jack Stevens erzählt habe?"

„Dem Typen vom College?" Daniel hatte nur eine vage Erinnerung daran, dass Beth vor Jahren mal einen Freund namens Jack aus ihrer Zeit an der Kunsthochschule erwähnt hatte. Offenbar hatte er sie immer wieder ermutigt, als sie noch studierten, und ihr damit das Selbstvertrauen vermittelt, das sie brauchte, um zu tun, was sie heute tat. Aus irgendeinem Grund hatten ihre Wege sich nach dem College getrennt. Warum das so war, hatte sie nie näher ausgeführt.

„Genau der", sagte Beth. „Die Welt ist klein, nicht wahr?"

„Oh ja. Wie ist er heute?"

„Genauso wie früher." Beth wirkte ein wenig zerstreut. „Immerhin weiß ich, dass er auf meiner Seite steht."

„Das ist doch schon mal was", meinte Daniel und seufzte. „Ich würde liebend gern noch ein bisschen mit dir plaudern, aber auf mich wartet ein Berg Papierkram. Wie lange dauert es noch bis zum Abendessen?"

„Du hast eine halbe Stunde."

Daniel ging nach oben und steckte kurz den Kopf in Megans Zimmer.

Sie saß auf ihrem Bett, in eine Decke gewickelt, und starrte auf einen Bildschirm.

„Hattest du einen guten Tag?", fragte er.

„Ganz okay." Sie schaute kaum auf.

„Ich hoffe, du sitzt an deinen Hausaufgaben."

Megan errötete. „Nicht ganz. Ich schaue mir nur etwas auf YouTube an."

„Nun, das solltest du dir anschauen, wenn du deine Hausaufgaben erledigt hast", meinte Daniel. „Du weißt doch, du hast …"

„Ich habe nächstes Jahr meine Zwischenprüfungen und muss mich auf den Hosenboden setzen", fiel Megan ihm ins Wort und verdrehte die Augen. „Ich *weiß*, Dad, und ich arbeite ja."

„Gut", sagte Daniel lächelnd. Megan hatte immer auf alles eine Antwort, aber wenigstens redete sie noch mit ihm.

Vor Sams Tür blieb er kurz stehen und dachte an Jason Leigh. Vielleicht brauchte auch Sam so einen Tritt in den Hintern.

Sam hockte genau wie seine Schwester vor einem Computer. Er saß an seinem Schreibtisch, mit dem Rücken zu Daniel.

„Na, wie läuft's?", fragte Daniel, um einen beiläufigen Tonfall bemüht. Er wusste nie, wie sein Sohn reagieren würde.

„Ganz gut", sagte Sam.

„Was ist mit deinem Nachhilfeunterricht? Wie war er heute?" Sam hatte in den Vorprüfungen sensationell schlecht abgeschnitten und war daher zu Nachhilfe in Wirtschaftslehre und Physik verdonnert worden.

„Bin nicht hingegangen."

„Sam!" Daniel reagierte entnervt. „Wir haben darüber gesprochen. Wenn du nicht bald Gas gibst, ist es zu spät."

Sam zuckte mit den Achseln.

„Es ist mein Leben, Dad. Und ich werde demnächst achtzehn, also halt dich einfach raus."

Daniel spürte, wie sich Anspannung in ihm aufbaute. Sam verhielt sich häufig respektlos, aber Daniel wollte ihn nicht zu sehr zusammenstauchen. Er hatte Angst, er könnte die gleichen Fehler machen wie sein eigener Vater Reggie. In seiner Kindheit hatte er viele heftige Standpauken über sich ergehen lassen müssen, wenn sein Vater betrunken nach Hause kam, und er hatte sich geschworen, er werde als Vater anders sein. Er erinnerte sich noch gut daran, dass er bei einem Diktat sehr schlecht abgeschnitten hatte und dafür von Reggie als Dummkopf beschimpft worden war. Daniel hatte sich allergrößte Mühe gegeben, seinen Kindern gegenüber nie ablehnend zu sein, und es war unglaublich frustrierend zu erleben, dass sich das jetzt anscheinend rächte.

„Du magst zwar schon fast achtzehn sein, aber noch lebst du unter meinem Dach", sagte er, bemüht, Ruhe zu bewahren und nicht laut zu werden.

„Und?" Sam drehte sich zu ihm um und schaute ihn an.

„Du könntest mir und deiner Mum wenigstens ein bisschen Respekt erweisen." Daniel spürte, wie seine Frustration sich in Zorn verwandelte angesichts der desinteressierten Miene seines Sohnes.

Sam sagte nichts und wandte sich wieder seinem Bildschirm zu. Daniel atmete tief durch. Er erinnerte sich plötzlich daran, wie er sich mit sechs Jahren unter seinem Bett versteckt hatte, weil Reggie an die Decke gegangen war, als Daniel eine Tasse zerbrochen hatte. So wütend er auch auf Sam war, er würde nicht zulassen, dass der Zorn die Oberhand über ihn gewann. Auf gar keinen Fall würde er das.

Also ging er stattdessen in sein Arbeitszimmer und fuhr seinen Rechner hoch, während er innerlich kochte. Was war nur schiefgegangen in seiner Beziehung zu Sam? Er hatte immer versucht, seinen Kindern gegenüber offen und ehrlich zu sein, aber im Laufe des letzten Jahres hatte Sam sich ihm gegenüber völlig verschlossen.

Seufzend öffnete er seine E-Mails und entdeckte im Posteingang einen Namen, der ihn erstarren ließ.

Reggie King. *Dad?*

Es lag schon ein paar Jahre zurück, dass Reggie sich das letzte Mal bei ihm gemeldet hatte, und das war Daniel durchaus recht. Jetzt verkrampfte sich sein Magen. Das Leben war sehr viel einfacher, wenn er nicht an Reggie dachte. Er las die E-Mail mit wachsendem Unbehagen.

Hi, Sohn, lange nicht gesehen. Im Februar komme ich zurück nach England. Vielleicht treffen wir uns auf einen Drink? Reggie.

Daniel starrte auf die Nachricht. Ihm schwirrte der Kopf. *Vielleicht treffen wir uns* nach fünf Jahren, in denen sie nur sehr sporadisch miteinander geredet hatten? Einfach so? Was zum Teufel wollte sein Vater von ihm?

4. Kapitel

Lou

Ich fahre bei Daniel und Beth vor, und wieder kann ich den Anflug von Neid nicht ganz unterdrücken, der mich jedes Mal befällt, wenn ich in die Einfahrt zu ihrem geräumigen, im georgianischen Stil gebauten Haus einbiege. Beth hat ein wunderschönes Haus, einen liebevollen Ehemann und großartige Kinder. Ich weiß, dass sie hart dafür gearbeitet und das alles verdient hat. Dennoch fällt es mir manchmal schwer, nicht daran zu denken, dass sie alles hat, was ich mir sehnlichst wünsche. Abgesehen vom Ehemann vielleicht. Aber eine feste Partnerin ...

Ich kann mich des Gefühls nicht erwehren, dass Beth es immer leicht gehabt hat im Leben – ganz im Gegensatz zu mir. Ich habe die Schule hingeschmissen und es nicht auf die Uni geschafft. In unserer Kindheit war stets sie die Musterschülerin, die Hübsche, diejenige, die mit Jungs ging. Ich blieb immer in ihrem Schatten. Sie gab nie damit an, dennoch fühle ich mich neben meiner erfolgreichen großen Schwester unweigerlich als Versagerin; ich hasse das. Und ich hasse mich selbst für diese Gefühle.

„Lou, komm rein." Beth umarmt mich, und sofort fühle ich mich schäbig. Sie ist stets nett und freundlich; es ist nicht ihre Schuld, dass mein Leben ein einziger Katastrophenschauplatz ist.

Noch in Schlafanzug und Morgenmantel, die Haare nachlässig hochgesteckt, sodass ein paar widerspenstige Locken ihr über die Schultern fallen, sieht sie dennoch fabelhaft aus. Beth gehört zu diesen nervigen Typen, die selbst dann noch gut aussähen, wenn sie einen Mehlsack trügen. Sie wirkt ein bisschen zerstreut und hat Farbe an den Händen. Mir sinkt der Mut. Wenn Beth in einer kreativen Phase ist, stehen die Aussichten auf eine vernünftige Unterhaltung sehr schlecht.

„Entschuldige, störe ich gerade?", frage ich. „Vielleicht sollte ich lieber ein andermal …"

„Nein, nein, ich freue mich, dich zu sehen", fällt sie mir ins Wort. „Um ehrlich zu sein, läuft es gerade gar nicht gut. Ich kann eine Pause gebrauchen."

Dabei reibt sie sich geistesabwesend übers Gesicht und hinterlässt auch dort Farbspuren.

„Wo liegt das Problem?", frage ich und folge ihr in die Küche. Von dort habe ich freien Blick in den Wintergarten, dessen Boden mit Farbklecksen, Papier und zusammengeknüllten Zeichnungen übersät ist. „Nutzt du dein Atelier gar nicht?"

Daniel hat ihr im Garten ein Atelier für ihre Arbeit gebaut. Natürlich hat er das für sie getan.

„Zu kalt. Da drin frieren mir fast die Finger ab. Außerdem hilft manchmal ein Tapetenwechsel."

„Aber im Moment nicht?"

„Im Moment hilft gar nichts." Beth wirkt verzagt. „Welchem Umstand verdanke ich das Vergnügen deines Besuchs? Mum und Dad, nehme ich an? Tut mir leid, ich hätte längst mal vorbeischauen sollen."

Es hat mich tatsächlich erstaunt, dass Beth nicht öfter vorbeigekommen ist. Sie hat sich oft bei mir beklagt, dass Mum von ihr erwarte, rund um die Uhr für sie verfügbar zu sein. Jetzt, wo wir eine echte Krise haben und ich zufällig wieder zu Hause bin, scheint sie alles mir überlassen zu wollen.

Beth und ich haben uns seit Weihnachten immer wieder über die Situation mit unseren Eltern unterhalten. Daniel hat sogar Dad auf einen Drink in eine Kneipe eingeladen. Nichts hat geholfen. Dad sagt nichts anderes, als dass er sich verliebt hat. Wie ein liebeskranker Teenager. Ich habe versucht, Dads Standpunkt nachzuvollziehen, obwohl ich immer noch wütend auf ihn bin, aber ich begreife ihn einfach nicht. Ich habe ihn gefragt, was ihn an Lilian so begeistert. Er sagt, er hat sie im Kunstkurs kennengelernt, zu dem Beth ihn ermutigt hat – ich schätze, sie hat deswegen Schuldgefühle –, und sie haben Freundschaft geschlossen.

„Lilian ist so ganz anders als deine Mum", meint er. „Irgendwie künstlerisch. Ein freier Geist. Mir war gar nicht klar, wie sehr ich verdummt war, bis sie wie ein frischer Wind durch mein Leben geweht ist. Ich weiß, wie schwer es dir fallen muss, das zu akzeptieren."

Es ist nicht schwer. Es geht nicht. Ich akzeptiere es nicht und werde es auch nicht akzeptieren. Schon allein die Vorstellung, dass mein Dad eine Affäre hat, ist völlig grotesk. Ganz ehrlich, manchmal können Männer solche Jammerlappen sein. Ein Grund von vielen, warum mir Frauen lieber sind. Obwohl ... meine Erfolgsbilanz ist auch nicht gerade umwerfend.

„Was gibt es Neues?", fragt Beth, als wir uns bei einer Tasse Kaffee zusammensetzen.

„Mum hat Dad endlich aufgefordert auszuziehen."

„Das ist nicht dein Ernst?" Beth wirkt ehrlich schockiert. „Ich glaube immer noch, dass sie sich irgendwie wieder zusammenraufen. In ihrem Alter können sie sich doch nicht trennen. Das ist absurd."

„Ich weiß. Aber so können sie auch nicht weitermachen. Du hast doch gesehen, wie scheußlich sie sich gegenseitig behandeln. Mit ihnen unter einem Dach zu leben, ist die Hölle."

„Gibt es irgendeine Chance, dass Dad seine Meinung noch ändert?" Beth greift nach jedem Strohhalm, und ich verstehe nur zu gut, warum. Aber wenn sie die letzten Wochen mit den beiden unter einem Dach gewohnt hätte, wäre ihr klar, warum Dad ausziehen muss. Wie es jetzt läuft, ist es unfair Mum gegenüber.

„Das halte ich ehrlich gesagt nicht für möglich. Ich glaube, sogar Ged hat es versucht."

Seit das Ganze ins Rollen gekommen ist, glänzt Ged vor allem durch Abwesenheit. Einmal hat er Dad aber tatsächlich angerufen, ich schätze, Rachel hatte ihm einen Tritt in den Hintern versetzt. Weiß der Himmel, was sie von der Familie hält, in die sie da hineingeraten ist.

„Wie geht es Mum?" Beth schaut schuldbewusst drein. „Ich nehme mir immer wieder vor, zu kommen und selbst nach ihr zu sehen, aber ich habe so viel zu tun. Du weißt ja, wie das ist."

Ja, das weiß ich. Es ärgert mich zwar, dass Beth nicht öfter bei Mum vorbeischaut, aber irgendwie kann ich ihr das nicht wirklich verübeln. Ich bin auf Mum und Dad gerade angewiesen, aber wenn ich die Chance hätte, täte ich wahrscheinlich dasselbe wie Ged und würde Reißaus nehmen. Vielleicht ist es an der Zeit, mich darum zu kümmern.

Also beschränke ich mich darauf zu sagen: „Mum würde sich sicherlich freuen, dich zu sehen", und erzähle ihr, dass ich beschlossen habe, mit Mum zu verreisen.

„Das wird uns beiden guttun."

„Das ist eine großartige Idee", sagt Beth, „aber kannst du dir das leisten? Wir können uns an den Kosten beteiligen, wenn nötig."

„Ich wollte eigentlich alles selbst bezahlen, aber angesichts der Preise habe ich meine Meinung geändert und Dad gesagt, dass er zumindest für Mum die Kosten übernehmen muss. Ich schätze, das ist er ihr schuldig."

„Mit Sicherheit ist er das", stimmt Beth zu. „Ich will das alles immer noch nicht wahrhaben. Ich kann einfach glauben, dass keiner von uns das hat kommen sehen."

„Ich auch nicht."

„Wahrscheinlich weiß man nie, was in anderer Leute Ehen so läuft", meint Beth.

„Vermutlich."

„Dad und diese Lilian ..."

Einen Moment herrscht Schweigen, und dann kommt ein seltsamer Laut aus ihrer Kehle. Ich schaue sie an. Sie fängt an zu lachen, hält die Hand vor den Mund.

„Ich weiß, es ist unrecht von mir, aber mal ehrlich – in seinem Alter! Was denkt er sich nur dabei?"

„Ich glaube nicht, dass es viel mit Denken zu tun hat", erwidere ich, und Beth kreischt empört auf.

„Daran möchte ich gar nicht denken", meint sie hilflos kichernd. „Wir sollten nicht darüber lachen, aber mal ehrlich: Die Vorstellung von ihm mit einer anderen Frau als Mum – das ist doch verrückt."

Damit ist es auch um meine Fassung geschehen, und wir schütten uns aus vor Lachen, bis uns die Tränen über die Wangen laufen. Nach all der aufgestauten Wut ist das eine wunderbare Erleichterung.

„Ich dachte ehrlich, das alles würde irgendwie von allein vorübergehen", meint Beth, als sie sich wieder gefangen hat. „Aber offensichtlich habe ich mich geirrt. Tut mir leid, ich habe so viel Stress mit diesem Buch, dass ich ihnen nicht so viel Zeit gewidmet habe, wie ich hätte sollen."

„Mach dir darüber keinen Kopf. Du hast eine Menge um die Ohren, und ich muss momentan wenigstens nicht arbeiten."

„Danke, Lou. Ich weiß das zu schätzen."

„Schon gut", sage ich und setze ein Lächeln auf. Ernüchterung macht sich in mir breit. Gute alte Lou, die ewige Junggesellin, deren Leben so unausgefüllt ist, dass sie die Last schultern kann. „Ich helfe gern."

Daniel

Schreckliche Kopfschmerzen plagten Daniel nach der stressigen Lehrerkonferenz. Sie hatten über die Budgetkürzungen für dieses Schuljahr sprechen müssen, und es gab von mehreren Seiten Widerspruch, als Daniel und der Schatzmeister darauf hinwiesen, dass sie die Gürtel enger schnallen müssten. Vor allem Jim Ferguson hatte sich lautstark zu Daniels Vorschlag geäußert, die Einführung eines neuen Computersystems, für das er sich besonders eingesetzt hatte, auf Eis zu legen. Leider kostete das alte System sie sehr viel Zeit und Energie, aber unterm Strich hatte die Schule einfach nicht genug Geld, um die Programme einzuführen, die Daniel zur Verbesserung der Effektivität hatte nutzen wollen. Sie würden damit noch ein Jahr warten müssen, auch wenn er nicht glaubte, dass die Prüfer der Schulaufsichtsbehörde das berücksichtigen würden, wenn sie irgendwann aufkreuzten. Er konnte nur hoffen, dass er sich damit keinen Ärger einhandelte.

Daniel eilte in sein Büro, machte sich einen Kaffee und setzte sich wieder an den Papierkram. Es gab immer so unglaublich viel zu tun. Selten kam er vor halb sieben Uhr aus der Schule weg und war entsprechend dankbar dafür, dass er jetzt nur noch solch einen kurzen Heimweg hatte. Das war wesentlich angenehmer als seinerzeit, als er noch in London gearbeitet hatte und selten vor zwanzig Uhr zu Hause gewesen war. So bekam er wenigstens noch ein bisschen was von seiner Familie zu sehen, auch wenn er dann jeden Abend noch stundenlang in seinem Arbeitszimmer zu tun hatte.

Nicht, dass Beth das zurzeit groß aufgefallen wäre. Sie war so mit ihrem neuen Buch und ihren Sorgen um ihre Eltern beschäftigt, dass sie manchmal kaum wahrzunehmen schien, wenn er nach Hause kam. Er war an ihre Geistesabwesenheit gewöhnt, wenn die Muse sie geküsst hatte, aber diesmal war es heftiger als sonst. An den meisten Tagen fand er sie in ihrem Atelier vor, wo sie mürrisch auf Papierbögen starrte und darüber ganz und gar vergessen hatte, das Abendessen vorzubereiten. Offenbar gefiel ihr nichts von dem, was sie bisher geschaffen hatte. Das machte sie gereizt und bissig. Daniel hatte das Gefühl, auf rohen Eiern zu gehen. Am Abend zuvor hatten sie sich sogar gestritten und waren beide brummig zu Bett gegangen. Das zerrte an den Nerven.

Daniel hatte es noch nicht geschafft, Beth gegenüber zu erwähnen, dass Reggie ihn kontaktiert hatte. Einerseits lag das daran, dass er in Versuchung war, die E-Mail zu ignorieren. Andererseits daran, dass er wusste: Beth würde wollen, dass er sich mit seinem Vater traf. Sie war schon ihr ganzes Eheleben bemüht, ihren Mann und ihren Schwiegervater, dem sie nur einmal vor sehr langer Zeit begegnet war, wieder miteinander zu versöhnen. Bei der Gelegenheit hatte Reggie all seinen Charme spielen lassen. Entsprechend überrascht war Beth von der für Daniel so untypischen Unhöflichkeit seinem Vater gegenüber. Damals hatten sie sich deswegen gestritten, denn Beth verstand einfach nicht, warum Daniel seinen Vater nicht wieder in sein Leben lassen konnte.

Vielleicht hätte er Beth mehr über seine Kindheit erzählen sollen, aber die war einfach zu trostlos verlaufen. Im Laufe der Jahre hatte Beth mehrfach versucht, ihn zum Reden zu bringen, aber Daniel hatte mit der Vergangenheit abgeschlossen und wollte sie ruhen lassen. Was ihm damals geschehen war, belastete ihn viel zu sehr, und er schämte sich irgendwie dafür. Außerdem hasste er die Verbitterung und den Zorn, die er Reggie immer noch entgegenbrachte. Er hatte stets befürchtet, diese Gefühle könnten das Leben, das er sich aufgebaut hatte, vergiften. Deshalb hatte er schon früh beschlossen, sie in sich zu vergraben und nie an sie zu denken. Meistens funktionierte diese Strategie.

Beth war ihrer eigenen Familie so eng verbunden, dass er ihr nicht erklären konnte, was für ein mieser Vater Reggie gewesen war. Obwohl Daniel sich aus frühester Kindheit vage einiger glücklicher Familienausflüge entsann, hatte er Reggie hauptsächlich betrunken und aggressiv in Erinnerung. Mit acht flüchtete er sich regelmäßig mit einem Buch in sein Bett und hielt sich mit dem Kissen die Ohren zu, um seinen Dad nicht herumbrüllen zu hören. Er hatte mit ansehen müssen, wie seine Mum davon regelrecht aufgerieben wurde, bis sie Reggie schließlich nach einem Streit, an den Daniel sich immer noch gut erinnern konnte, vor die Tür setzte. Danach hatte er nur noch seine Mum als seine Familie empfunden, obwohl Reggie ihn noch gelegentlich besucht hatte. Seine Eltern stammten beide aus Jamaica, hatten aber keinen Kontakt mehr zu ihren Familien, die ihre Ehe nie gutgeheißen hatten. „Wie recht sie doch hatten", seufzte Mum einmal. „Aber wenigstens habe ich dich."

Daniel vergötterte seine Mum, aber er hatte sich immer eine größere Familie gewünscht. Das war einer der Gründe, warum er sich so bedingungslos an Beths Familie angeschlossen hatte. Sie bot ihm alles, was ihm gefehlt hatte. Das Leben mit Beth schenkte ihm eine Freude, die er nie im Leben erwartet hatte. Sie hatten sich am College kennengelernt. Daniel hatte beschlossen, Lehrer zu werden, was ganz im Sinne seiner Mutter war. Dann lernte er Beth kennen und verliebte sich Hals über Kopf in sie. Es war eine Zeit, in der eigentlich alles hätte perfekt sein können. Aber dann, aus heiterem Himmel, bekam seine Mutter Krebs. Die Krankheit war so aggressiv, dass sie unmittelbar vor der Hochzeit ihres Sohnes starb. Um seine Trauer zu lindern, nahm Daniel sich vor, von nun an nur noch nach vorn zu blicken und niemals zurück. Reggie zerrte ihn zurück an einen dunklen Ort, an den er keinesfalls zurückkehren wollte. So einfach war das – auch wenn Beth das nicht begreifen konnte.

Sie hatte Familie so ganz anders erlebt als er selbst, dass er manchmal das Gefühl hatte, sie könnte nicht verstehen, was seine Kindheit so vergiftet hatte. Es war einfacher, mit der Vergangenheit abzuschließen, nach vorn zu schauen und ihre Familie zu seiner eigenen zu machen. Und jetzt drohten ihre Eltern sich zu trennen, und das entzog ihm den Boden unter den Füßen. Kein Wunder, dass Beth sich so elend fühlte. Er musste versuchen, irgendwie einen Ausgleich dafür zu schaffen.

Noch einmal öffnete er Reggies E-Mail, starrte ein paar Sekunden darauf und beschloss dann, es hinter sich zu bringen. Beth konnte er später, wenn Reggie wieder in den Vereinigten Staaten war, immer noch davon erzählen.

Hi, Reggie, schön, von dir zu hören. Hab wahnsinnig viel zu tun wegen der Schulaufsichtsbehörde und jede Menge Stress. Vielleicht beim nächsten Mal, wenn du hier bist? Daniel.

Eine Sekunde schwebten seine Hände über der Tastatur, unschlüssig, ob er auf Senden drücken sollte. Nein, im Moment hatte er viel zu viel um die Ohren und konnte sich nicht auch noch mit seinem Vater auseinandersetzen. Das Leben war schon stressig genug. Daniel schickte die Mail ab.

Beth

Die E-Mail kam heute Morgen. Ich habe sie schon mindestens ein Dutzend Mal gelesen, um eine möglicherweise darin versteckte Absicht zu finden. Jack Stevens ist schon immer aalglatt gewesen. Umwerfend gut aussehend, charismatisch, aber durch und durch aalglatt, wie ich zu meinem Leidwesen herausfinden musste. Das Wiedersehen mit ihm hat mich jedoch an den Menschen erinnert, der ich war, als wir noch miteinander verbandelt waren: jemand, dem viele Türen offen standen. Die Jahre als Mutter und Ehefrau haben einige davon verschlossen. Die Schwangerschaft mit Sam setzte meiner beruflichen Laufbahn ein vorläufiges Ende, und zu den Bilderbüchern gelangte ich nur per Zufall. Daniel kannte jemanden vom College, der im Verlagswesen arbeitete, und ermöglichte mir meine erste Veröffentlichung. Er hat meine Bemühungen immer sehr unterstützt, obwohl er keine Ahnung hatte, was alles zum kreativen Arbeiten gehört. Geschichten für Kinder zu schreiben, kam mir gerade recht, als meine eigenen Kinder noch klein waren, und die Arbeit ließ sich gut mit meinem Dasein als Mutter vereinbaren. Aber auf dem College hatte ich andere Pläne gehabt. Ich wollte eine avantgardistische Künstlerin werden und den Turner-Preis gewinnen. Oder meine geliebte Bildhauerei weiterentwickeln. Oder einer neuen Generation von Künstlern eine inspirierende Lehrerin sein. Daniel hat diese Seite an mir nie verstanden, also habe ich auch nie mit ihm darüber gesprochen. Jack hingegen ...

Jack hatte immer instinktiv erfasst, was ich meinte, wenn ich von meiner Kunst sprach. Er hatte tolle Ideen, wie man das Beste aus meiner Arbeit machen konnte. Oft saßen wir bis in die frühen Morgenstunden zusammen und schmiedeten Pläne für die Zukunft. Damals bildete ich mir ein, wir könnten ein richtiges Paar werden und eine feste Beziehung haben statt der halbherzigen Augenblicke, die so viel zu versprechen schienen und doch immer wieder zu nichts führten.

Jack Stevens. Ich weiß noch, wie er in meinem ersten Jahr an der Kunstschule war. Er glich einem äußerst selbstbewussten, prahlerisch umherstolzierenden Pfau. Damit war er einer von vielen, und dennoch hatte er etwas an sich, das ihn von allen anderen abhob. Jack machte damals eine Bowie-Phase durch, und, oh, er sah gut aus – unglaublich gut. Er hatte ein schmales, kantiges Gesicht, umwerfende Wangenknochen und blaue Augen, die einen magisch anzogen und einen glauben machten, er könne einem bis tief in die Seele schauen. Natürlich wusste er das und versammelte schnell einen Zirkel von Freunden beiderlei Geschlechts um sich. Seine sexuellen Präferenzen waren nie ganz eindeutig. Er spielte damit, noch bevor das in Mode kam, aber aus irgendeinem Grund gestand er mir eines Tages im Zustand völliger Trunkenheit ein, er sei durch und durch hetero. Das war, als wir einander noch kaum kannten.

Zuerst versuchte ich ihm keine weitere Beachtung zu schenken, weil ich glaubte, eine so schillernde Persönlichkeit wie Jack könne sich nicht für mich interessieren, aber zu meiner Überraschung suchte er immer wieder meine Nähe. Dann, eines Abends in einem Club, kamen wir miteinander ins Gespräch, und wir fühlten unmittelbar eine Verbindung zwischen uns. Ich wusste, dass ich mir das nicht nur einbildete, und am Tag danach lud Jack mich zum Kaffee ein. Obwohl ich ahnte, dass ich mir Probleme einhandeln würde, ließ ich mich darauf ein, denn er gab mir das Gefühl, etwas Besonderes zu sein.

„Die anderen sind nichts", pflegte er zu sagen, „aber du bist meine Muse."

Das war ungeheuer schmeichelhaft, und jung und naiv, wie ich war, glaubte ich ihm. Die Vorstellung, Jack zu inspirieren, berauschte mich. Sein Zimmer war voller Zeichnungen von mir – er überredete mich sogar, für ihn Modell zu stehen. Obwohl es Anzeichen dafür gab, dass da noch andere Frauen waren, verschloss ich die Augen davor, denn er sagte mir immer, ich sei der einzige Mensch, der ihm etwas bedeute. Ich schätze, ich wollte das einfach glauben. Bis zu dem Augenblick, an dem mir schließlich klar wurde, dass er mich die ganze Zeit belogen hatte …

Ich schaue mich in meiner schönen hellen Küche um, in der dank meiner Arbeit wieder einmal Chaos herrscht (Memo an mich: aufräumen, bevor Daniel heute Abend nach Hause kommt; die Unordnung treibt ihn zum Wahnsinn), und ich weiß, dass Jack mir niemals solch ein Zuhause geboten hätte. Mein Leben mit Daniel verläuft in geordneten, ruhigen, stabilen und sicheren Bahnen. Das alles wäre mit Jack nicht möglich gewesen. Wahrscheinlich wären wir irgendwo auf einem Hausboot gelandet. Oder hätten als Hausbesetzer geendet. Außerdem kann ich mir nicht vorstellen, dass ich mit ihm jemals Kinder gehabt hätte. Vermutlich wäre in dem Fall die ganze Arbeit an mir hängen geblieben. Anders als Daniel taugt Jack einfach nicht zum Vater. Jedenfalls taugte er damals nicht dazu. Heute vielleicht, aber ich bezweifle es. Nach Jack war es so leicht gewesen, mich in Daniel zu verlieben. Den guten, grundsoliden, verlässlichen, gut aussehenden Daniel. Ich weiß, dass er mich nie enttäuschen wird.

Ich betrachte meinen Ehering. Solide. Verlässlich. *Langweilig ...?* Ich weiß, das ist unfair, aber ich fühle, wie mein neunzehnjähriges Ich sich auflehnt und seine Stimme in meinem Kopf erhebt. *Damit hast du dich also zufriedengegeben, Lizzie?* Aber nein, das freigeistige Mädchen von damals habe ich tief in dem Herzen vergraben, das Jack Stevens gebrochen hat. Außerdem hätte sie niemals die glücklichen Jahre erlebt, die ich mit Daniel hatte. Ich weiß, dass Jack mir das nicht gegeben hätte.

Erneut lese ich seine E-Mail.

Hi Lizzie,
war schön, dich letzte Woche wiederzusehen, nach so langer Zeit. Freut mich, dass es dir so gut geht. Wenn du dich

*irgendwann mal mit mir treffen und über das Buch plaudern möchtest, würde es mich sehr freuen, dir zu helfen.
Alles Liebe, Jack*

Ich weiß nicht, wie ich darauf reagieren soll. Ja, nicht einmal, ob ich überhaupt reagieren soll. Aber dann denke ich, warum eigentlich nicht? Ich interpretiere viel zu viel in diese Mail hinein. Er ist einfach nur freundlich. Hier geht es um die Arbeit und sonst nichts.

Das klingt großartig, Jack, schreibe ich zurück. *Vielleicht können wir uns mal zum Plaudern verabreden.*

Er antwortet prompt.

Was hältst du von einem gemeinsamen Kaffee? Falls du Zeit hast, könntest du nächste Woche nach London kommen.

Vielleicht in ein paar Wochen?, schlage ich vor.

Ich will nicht den Eindruck erwecken, zu erpicht auf dieses Treffen zu sein, aber ganz ehrlich, ich komme mit dem Buch einfach nicht voran und bin sicher, es kann nicht schaden, mit ihm darüber zu reden. Zwei alte Freunde, die sich einfach mal so treffen. Wenn Jack in etwas richtig gut ist, dann in der Lösung kreativer Probleme. Es kann doch nur von Vorteil sein, wenn mir das hilft, meine Schreibblockade zu überwinden, oder? Es ist absolut nichts dabei ... Das sage ich mir wieder und wieder.

5. Kapitel

Lou

„Dein Pass, Mum", sage ich, als wir uns dem Check-in-Schalter nähern. Ehrlich, es ist, als hätte man ein Kleinkind dabei. Ich musste alles für diese Reise organisieren. Mir ist schleierhaft, wie es ihr je gelungen ist, mit uns irgendwohin zu fahren, als wir noch klein waren. Bei jeder noch so winzigen Entscheidung erweist sie sich als vollkommen hilflos.

„Ich bin sicher, er ist irgendwo hier drin." Mum wirkt komplett durcheinander und beginnt, in ihrer Tasche zu kramen, in der sie hauptsächlich Papiertaschentücher aufzubewahren scheint. Sie nimmt alles heraus und entschuldigt sich wortreich bei dem Mann hinter uns. Innerlich winde ich mich vor Verlegenheit, aber der Mann lächelt uns mitfühlend zu.

„Oh, nein", sagt Mum. „Ich finde ihn einfach nicht."

„Bist du sicher?", frage ich. Ich weiß, dass sie den Pass eingesteckt hat, bevor wir von zu Hause weggefahren sind.

„Ich bin sicher." Jetzt liegt auch ihre Geldbörse auf dem Boden, zusammen mit einer Haarbürste, einem Lippenstift und ihrer Kosmetiktasche.

„Mum, das musst du alles in deinen Koffer packen", erkläre ich. „Du darfst keine Flüssigkeiten mit an Bord nehmen. Das habe ich dir doch gesagt."

Drei Mal habe ich es ihr bereits gesagt, aber wie so vieles andere, was ich gesagt habe, hat sie es ignoriert. Damals, im Mittelalter, als Mum das letzte Mal ein Flugzeug bestiegen hat, gab es die Regel bezüglich Flüssigkeiten im Handgepäck noch nicht. In den letzten zehn Jahren haben meine Eltern sich auf Campingurlaub in New Forest beschränkt, und wenn ihnen mal nach Abenteuer zumute war, sind sie nach Frankreich gefahren.

„Hast du das, Schatz?", fragt sie. „Ich kann mich nicht erinnern."

Wir hocken uns auf den Boden und schauen ihre Habseligkeiten durch, dann lasse ich sie den Koffer öffnen. Dem Mann hinter uns bedeute ich, er möge vorgehen, aber er meint netterweise, er könne warten.

„Oh, ich weiß jetzt, wohin ich ihn getan habe", sagt Mum schließlich. Sie beginnt wieder in ihrem Koffer zu kramen, und siehe da, der Pass ist in einem von ihren Höschen eingewickelt. „Sicherheitshalber."

Unser Freund in der Warteschlange lächelt mich an, und ich wäre am liebsten gestorben. Immerhin scheint Mum nicht zu merken, was für ein Chaos sie verursacht. Abgesehen von dem Mann hinter uns wirken die wartenden Passagiere ein bisschen aufgebracht.

Schließlich sind wir so weit und können endlich an den Check-in-Schalter herantreten. Gott sei Dank habe ich online gebucht, sodass wir jetzt wenigstens schon den ganzen Papierkram erledigt haben und das Einchecken nicht lange dauert. Ich nehme Mums Pass und ihre Bordkarte an mich, bis wir die Sicherheitskontrolle passiert haben. Prompt löst sie dort Alarm aus, weil sie zerstreut ihre Uhr in die Jackentasche gesteckt hat. Dann stellt sich heraus, dass sich in ihrer Handtasche ganz unten noch eine Parfumflasche befindet. Sie wird konfisziert, und Mum ist am Boden zerstört.

„Aber das ist mein Rive Gauche", jammert sie. „Dein Vater hat es mir in Paris gekauft. Er mochte den Duft immer so sehr."

Warum um alles in der Welt hat sie das mitgenommen? Als Erinnerung an all das, was sie verloren hat?

„Mum!" Ich bin ungeheuer frustriert. „Dad ist nicht hier, weißt du noch? Warum kaufst du dir nicht ein anderes Parfum?"

„Ich mag das Rive Gauche", erwidert sie störrisch, und ich sehe, sie wird nicht nachgeben.

„Na schön, wir kaufen es dir im Duty-free-Shop", erkläre ich. Wenn das so weitergeht, werde ich sie womöglich erwürgen, bevor der Flieger abhebt.

Ich fühle mich gemein, weil ich so wütend bin. Mum ist aufgeregter als normal, denn sie und Dad haben beschlossen, es sei besser, dass er auszieht, während wir im Urlaub sind. Beth und Daniel kümmern sich um den Umzug, wofür ich ihnen unendlich dankbar bin. Ich weiß, wie schwer das für Mum sein muss. Dennoch macht es mich verrückt, dass sie sich so hilflos gebärdet. Ich werde das Gefühl nicht los, dass die nächste Woche sich endlos ziehen wird.

Aber tatsächlich lebt sie ein wenig auf, als wir Gatwick Village erreichen. Die Läden gefallen ihr, und sie kauft nicht etwa eine Flasche Rive Gauche, sondern gleich zwei, und bezalt mit ihrer und Dads gemeinsamer Kreditkarte. Offensichtlich hat er sie noch nicht gekündigt. Dass er Schuldgefühle hat, erkennt man auch daran, dass er sich keinerlei Gedanken darüber gemacht hat, wie viel Geld wir wohl ausgeben. Und er hat sich auch nicht als kleinlich erwiesen, als ich ein Vier-Sterne-Hotel gebucht habe.

Als wir uns in die Schlange einreihen, um das Flugzeug zu besteigen, benimmt Mum sich wie ein aufgedrehter Hundewelpe.

„Es ist so lange her, dass ich geflogen bin", sagt sie wieder und wieder. „Dein Dad fliegt gar nicht gern. Danke, Lou, dass du das organisiert hast."

Weniger begeistert ist sie, als sie feststellt, dass während des Fluges kein Film gezeigt wird.

„Ich bin sicher, bei meinem letzten Flug wurde ein Film gezeigt", sagt sie. Billigfluglinien kennt sie noch nicht. Und geradezu entsetzt ist sie, als sie erfährt, dass alles bezahlt werden muss.

„Du meinst wirklich, wir müssen fürs Essen bezahlen?", fragt sie aufgebracht. „Ich mag diese kleinen Flugzeugmahlzeiten. Die waren immer gratis."

„Dann warst du wohl die Einzige, die sie gemocht hat", erwidere ich. „Lass uns einfach einen Snack und ein Glas Wein nehmen."

Unser Freund aus der Check-in-Schlange hat den Platz neben uns und stellt sich als James Horton vor. Er ist Witwer und will seine Tochter und die Enkelkinder auf Teneriffa besuchen. Er ist ausgesprochen nett und freundlich, dennoch hätte ich erwartet, dass Mum ihn nach ein paar höflichen Bemerkungen einfach ignoriert. Zu meiner großen Erleichterung aber verstehen sie sich blendend. Es stellt sich heraus, dass James nicht allzu weit entfernt von Wottonleigh wohnt, und so finden er und Mum jede Menge Gesprächsstoff. Ich lehne mich zurück und lese auf meinem Kindle. Zu schade, dass James nicht in unserem Hotel untergebracht ist. Es sieht ganz so aus, als könnte er Mum blendend unterhalten. Aber so kann ich mich wenigstens auf diesem Teil der Reise entspannen...

Daniel

„Ist das jetzt alles?" Sam, Beth und Daniel hatten Freds Habseligkeiten hinten in ihrem Volvo verstaut. Megan war mit Freundinnen unterwegs, und Sam hatte sich widerwillig dazu nötigen lassen zu helfen. Fred schien nicht allzu viel mitzunehmen. Daniel vermutete, dass seinen Schwiegervater immense Schuldgefühle plagten und er deshalb nicht den Eindruck erwecken wollte, Ansprüche zu stellen. Er wirkte ein wenig ausweichend und konnte niemandem so recht in die Augen sehen.

Daniel konnte immer noch nicht ganz glauben, was geschehen war. In den letzten Wochen hatten er und Beth immer wieder lang und breit darüber gesprochen, vor allem weil keiner von ihnen es hatte kommen sehen. Was zum Teufel konnte einen Mann in Freds Alter dazu treiben, alles für eine neue Liebe aufzugeben? Das wirkte so befremdlich. Und es verunsicherte Daniel zutiefst. Immer war er davon ausgegangen, dass seine Schwiegereltern zusammenbleiben würden bis zum letzten Atemzug. Ihre Ehe war unauffällig verlaufen, aber stabil, und für Daniel fühlte es sich an, als wäre ihm eine der großen Gewissheiten seines Lebens abhandengekommen.

Fred konnte es sich anscheinend nicht einmal selbst erklären. Auf Beths Betreiben hin war Daniel ein paar Mal mit seinem Schwiegervater einen trinken gegangen, um unter vier Augen über die Sache reden zu können.

„Ged zu fragen, ist sinnlos", meinte Beth. „Entweder er klopft Dad einfach nur auf die Schulter und meint *Das hast du fein hingekriegt!*, oder er ärgert sich über ihn. So oder so kommt nichts Konstruktives dabei heraus."

Allerdings glaubte Daniel nicht, dass seine Einmischung mehr gebracht hatte. Fred hatte einfach nur dagesessen, in sein Glas gestarrt und gesagt: "Das habe ich nicht gewollt. Ich weiß, dass ich Mary und die Kinder verletzt habe, aber als ich Lilian kennengelernt habe, habe ich mich verliebt. Und mir wurde klar, was mir bisher gefehlt hat. Ich weiß, dass niemand das wirklich versteht."

"Nun, ich verstehe es jedenfalls nicht", sagte Daniel, während ihm etwas ganz anderes durch den Kopf ging. *Liebe? Er kann doch wohl nur Lust meinen.*

"Es ist so, Daniel", fuhr Fred fort. "Ich werde dieses Jahr zweiundsiebzig. Vielleicht bleibt mir nicht mehr viel Zeit. Den Rest meines Lebens wäre ich gern glücklich."

"Und diese Lilian macht dich glücklich?"

"Ja, das tut sie. Sie war plötzlich einfach da, und es hat mir den Atem verschlagen. Seit sehr langer Zeit habe ich keine solchen Empfindungen mehr gehabt."

"Aber ich dachte, du und Mary, ihr wärt ein so gutes Paar."

"Mary und ich, nun, wir haben uns schon lange auseinandergelebt", erwiderte Fred seufzend. "Du kennst sie ja. Alles muss so sein, wie sie es sich vorstellt. Ich fühle mich in meinem eigenen Zuhause eingeengt. Lilian ist ein freier Geist, und sie hat mich daran erinnert, dass auch ich ein freier Geist bin. Weißt du, ich war mal so wie Beth. Ich habe die Kunst geliebt und wäre gern auf die Kunsthochschule gegangen, aber damals tat jemand wie ich das einfach nicht. Also habe ich geheiratet und mir einen Job in einer Versicherung gesucht. Mit Mary hatte ich immer das Gefühl, dass irgendetwas in meinem Leben fehlt. Ich weiß, es klingt kitschig, aber mir ist, als würde Lilian mich erst zu einem ganzen Menschen machen."

Und mehr hatte er zu dem Thema nicht sagen wollen. Das machte Daniel traurig und jagte ihm ein wenig Angst ein. Bisher war er immer davon ausgegangen, dass er und Beth genauso solide Partner waren wie ihre Eltern. Dass nach so langer Zeit nichts das Boot ihrer Ehe zum Kentern bringen konnte. Aber wenn Mary und Fred sich trennten, wie konnte er dann noch sicher sein, dass die Beziehung zwischen ihm und Beth so stabil war, wie er immer geglaubt hatte? Seitdem sie zusammen waren, quälte ihn der Gedanke, nicht gut genug für sie zu sein – diese Unsicherheit wurzelte zweifellos in seiner Kindheit. So früh vom Vater verlassen, hatte Daniel sich sein Leben lang unzulänglich gefühlt. Stets blieb ein Rest Zweifel, ob Reggie nicht seinetwegen abgehauen war, obwohl Mum immer wieder versichert hatte, das sei nicht der Fall. Auch Beth sagte, es sei dumm, so etwas zu glauben, aber dennoch nagte tief in seinem Inneren die Angst, sie könne eines Tages beschließen, das Gleiche zu tun. Und jetzt, wo Mary und Fred auseinandergingen, wurde diese Angst nur noch größer. Vermutlich hatten auch die beiden geglaubt, ihre Ehe sei unerschütterlich. Konnte dasselbe also auch ihm und Beth passieren?

Daniel schüttelte den Kopf, um diese Gedanken zu vertreiben. Es ging ihnen gut zusammen, sie standen nur unter dem ganz normalen Druck, unter dem alle standen: die Kinder, die Arbeit, Geldsorgen. Es war einfach etwas beunruhigend, dass ein hohes Alter offenbar nicht vor Untreue schützte, mehr nicht.

Er und Sam stiegen in den Volvo, während Beth und Fred mit dem uralten Toyota seines Schwiegervaters fuhren. Den Wagen behielt er, weil Mary keinen Führerschein hatte. Was völlig in Ordnung war, solange Lou im Elternhaus lebte, aber

Daniel war sich darüber im Klaren, dass das kein Dauerzustand sein und irgendwann Probleme auftauchen würden. Egal, darüber konnten sie sich den Kopf zerbrechen, wenn es so weit war.

„Will Grandpa das allen Ernstes durchziehen?", fragte Sam, als Daniel losfuhr und die schäbige Wohnung ansteuerte, die Fred für die nächsten paar Monate gemietet hatte. Zur großen Erleichterung aller war er nicht sofort bei Lilian eingezogen. Das wäre mehr als peinlich gewesen.

„Sieht ganz so aus", meinte Daniel.

„Ich dachte immer, alte Menschen treiben's nicht mehr miteinander", fuhr Sam fort. „Ich meine, kriegt er überhaupt noch einen hoch?"

„Ich habe nicht die leiseste Ahnung, und ich werde ihm diese Frage auch ganz gewiss nie stellen. Und um Himmels willen, rede nicht so in Gegenwart deiner Mutter."

Sam grinste.

„Natürlich nicht. Aber du musst doch zugeben, dass das witzig ist. Mein Grandpa, der Aufreißer."

„Ich glaube nicht, dass dein Grandpa das so witzig findet."

„Nein, aber trotzdem. Das sind Gene, die ich geerbt habe. Voll krass!"

Jetzt musste sogar Daniel lachen. Die Vorstellung war zu komisch, und zum ersten Mal seit Monaten redete sein Sohn mal wieder mit ihm.

„Wage es ja nicht, Mum zu verraten, dass ich gelacht habe", sagte Daniel, als sie vor dem Mietshaus einparkten.

„Das fiele mir im Traum nicht ein", meinte Sam und zwinkerte Daniel verschwörerisch zu.

„Besser so. Deine Mum würde mich umbringen."

„Meine Lippen sind versiegelt."

„Gut", sagte Daniel, und sie grinsten sich an.

Er hatte das Gefühl, seit Ewigkeiten mal wieder einen Draht zu seinem Sohn gefunden zu haben. Daniel wünschte sich nur, es wäre unter anderen Umständen geschehen.

Beth

Die Fahrt zu Dads neuer Wohnung ist eine Tortur. Ihn sein Zeug packen zu sehen in dem Wissen, dass Mum in ein leeres Haus zurückkehren wird, hat mich zur Weißglut gebracht. Ich habe mich immer besser mit Dad verstanden als mit Mum. Wir sind beide künstlerisch veranlagt. Ich darf gar nicht daran denken, dass ich diejenige war, die ihm vorgeschlagen hat, mit dem Malen anzufangen, weil ich glaubte, das würde ihm guttun – welche Ironie, was dabei herausgekommen ist. Ich bin stinksauer, weil er Mum das angetan hat. Wie konnte er nur! Daniel hat er erzählt, er sei verliebt. In seinem Alter! Das ist einfach lächerlich! Von Lust getrieben ist er, das ist etwas ganz anderes.

Dad versucht, eine höfliche Unterhaltung in Gang zu bringen, aber ich ignoriere ihn. Ich fürchte, wenn ich etwas sage, platzt es aus mir heraus und ich finde kein Ende. Das will ich nicht. Vielleicht begreift Dad das, denn er gibt seine Versuche, mit mir zu plaudern, auf. Den Rest der Fahrt legen wir schweigend zurück.

Wir erreichen das Mietshaus als Erste, und Dad öffnet verlegen die Tür zu seiner neuen Wohnung.

„Willkommen in meinem neuen Zuhause", sagt er. Es ist scheußlich. Die Küche ist winzig und verdreckt. Das Bad ebenso. Es gibt ein kleines Wohn-Esszimmer, das in Brauntönen gestrichen ist, und ein deprimierend wirkendes Schlafzimmer mit einem durchgelegenen Doppelbett. Die Wohnung ist ungefähr so mies wie meine Studentenunterkünfte seinerzeit, und ich finde es unendlich traurig, dass mein Dad in seinem Alter ein solches Loch bezieht. Einen Augenblick lang würde ich ihn am liebsten ganz fest umarmen und ihm sagen, wie leid es mir tut, aber dann fällt mir wieder ein, dass er sich das Ganze selbst zuzuschreiben hat, und schon bin ich wieder stinksauer.

Dad räuspert sich.

„Sieh mal, Beth, ich weiß, dass ich mich danebenbenommen habe, aber ich bin immer noch dein Vater ..."

„Hör auf", sage ich, „bitte hör auf." Ich bin noch nicht bereit für ein vertrauliches Gespräch zwischen Vater und Tochter. Ich will nicht hören, wie er versucht, sein Verhalten zu rechtfertigen oder sich dafür zu entschuldigen. Noch bin ich zu sehr von Zorn erfüllt. Möchte ihn bestrafen für das, was er Mum angetan hat, was er uns allen angetan hat.

Weitere Unterhaltungsversuche bleiben mir erspart, denn Daniel und Sam trudeln mit Freds restlichen Habseligkeiten ein, und die nächste halbe Stunde geht dafür drauf, Kartons in die Wohnung zu schleppen und auszupacken. Das Ganze ist zutiefst verstörend, und keiner von uns redet viel. Ich krame einen überzähligen Teekessel aus unserem eigenen Haushalt hervor und brühe Tee auf. Ich weiß, dass Dad bestimmt nicht ans Einkaufen gedacht hat, deshalb habe ich ihm ein paar Vorräte besorgt. Wie er damit zurechtkommen wird, weiß Gott allein. Kochen kann er nämlich nicht.

Mein Telefon meldet sich. Jack. Oh. Freude durchzuckt mich kurz, aber ich unterdrücke sie sofort. Wir sind dazu übergegangen, uns hin und wieder eine SMS zu schicken, aber gerade jetzt ist er der Letzte, von dem ich hören möchte.

„Wer ist das?", fragt Daniel.

„Niemand", weiche ich aus. „Jemand vom Verlag."

Aus irgendeinem Grund habe ich es nicht geschafft, Daniel zu erzählen, dass ich mit Jack in Kontakt stehe. Ich weiß selbst nicht, warum nicht. Schließlich tun wir nichts Verbotenes. Andererseits, wenn ich nichts Verbotenes tue, warum quälen mich dann Schuldgefühle? Irgendwie freue ich mich wirklich darauf, Jack wiederzusehen, aber ich finde nicht die richtigen Worte, um Daniel davon zu erzählen. Mir ist, als hätte ich ein kostbares Geheimnis, das ich nicht mit ihm teilen will. Kurz stockt mir der Atem? Was treibe ich da eigentlich? Einen Moment frage ich mich, ob es wohl so zwischen Dad und Lilian angefangen hat – mit Lügen und Heimlichkeiten?

Das ist lächerlich. Ich bin ganz anders als mein Dad. Ja, ich hege eine unangemessene Schwärmerei für einen Mann, in den ich einst verliebt war, aber das heißt ja schließlich nicht, dass ich dem Taten folgen lassen werde. Und dass ich Daniel nichts davon erzähle, zeigt ja nur, wie unwichtig die ganze Sache ist. Außerdem hat Jack gar keine Ahnung, was ich für ihn empfinde. All das spielt sich ausschließlich in meinem Kopf ab, und weiter wird es auch nicht kommen.

Wir bleiben nicht lange in Dads Wohnung. Ich umarme ihn steif und verspreche, ihn in der kommenden Woche anzurufen, aber erst einmal bin ich froh, abhauen zu können. Obwohl Dad derjenige ist, der aus der Ehe ausbricht, riecht seine neue Wohnung nach Traurigkeit und Versagen. Wenn ich zu lange dort bleibe, fange ich womöglich noch an, Mitleid mit ihm zu haben, und ich finde nicht, dass er das verdient hat.

Wieder zu Hause, bestelle ich etwas zu essen beim Chinesen. Megan ist auch wieder da. Wie immer bekomme ich nur eine einsilbige Antwort auf meine Frage, wo sie denn gewesen sei, aber als wir uns vor dem Fernseher versammeln, um zu essen und gemeinsam einen Film anzuschauen, scheint sie sich zu entspannen und wird gesprächiger. Es ist seit Ewigkeiten das erste Mal, dass wir alle an einem Samstagabend zu Hause sind, und es ist richtig gemütlich. Ich kuschele mich an Daniel und bin dankbar für all das, was ich habe. Ich bin mit meiner Familie zusammen, zu der ich gehöre. Mein Telefon meldet sich erneut. Schon wieder eine SMS von Jack. Daniel streicht mir über die Haare, und ich drücke seine Hand. Höchste Zeit, diesen dummen Fantasien ein Ende zu bereiten. Ich schalte mein Telefon ab, ohne zu antworten.

6. Kapitel

Beth

Nach einer halben Woche gerät meine Entschlossenheit ins Wanken. Ich habe endlich den nächsten Satz Zeichnungen für *Das kleinste Engelchen* fertiggestellt und weiß, dass ich es immer noch nicht ganz richtig getroffen habe. Mein Engelchen wirkt nun zwar ein bisschen niedlicher, aber es gelingt mir einfach nicht, es vom Grimassenschneiden abzuhalten. Statt es im Vatikan landen zu lassen, schicke ich es jetzt auf den Markusplatz, wo es mit den Möwen spricht. Die geben ihm den Rat, ein Boot zu besteigen, das nach Osten fährt. Warum, weiß ich selbst nicht, und genauso wenig ist mir klar, wohin es sich anschließend wenden soll. Schließlich entscheide ich mich für die Pyramiden – Ägypten scheint so oder so in etwa der richtige nächste Schauplatz zu sein. Also schicke ich es dorthin und mache es mit einem ziemlich gelangweilten Kamel bekannt. Um ehrlich zu sein: Mein Kamel gefällt mir wirklich gut. Es wirkt angemessen sarkastisch.

Kaum habe ich die Bilder abgeschickt, erhalte ich einen Anruf von Vanessa.

„Oje, Beth, ich fürchte, das ist nicht ganz das, was ich mir vorgestellt habe", sagt sie. „Mir ist nicht klar, was ein Kamel in der Geschichte zu suchen hat."

Ich hätte gedacht, dass ein Kamel besser in die Weihnachtsgeschichte passt als eine Möwe, aber was soll ich dazu sagen?

„Ich dachte, das Kamel könnte dem Engel den Weg zu den Weisen aus dem Morgenland zeigen", erkläre ich.

„Oh ja, ich verstehe." Vanessas Tonfall lässt erkennen, dass sie keineswegs versteht. „Es ist nur so, Beth, es haut mich nicht wirklich um.

Das hätte ich mir denken können. Am liebsten würde ich irgendetwas zerschlagen.

Einen Moment herrscht Schweigen in der Leitung. „Na schön", meint sie dann, „mal sehen, was die Marketingabteilung dazu meint."

Oh Gott. Mir sinkt der Mut. Wenn die Lizenzabteilung glaubt, diese Geschichte nicht verkaufen zu können, dann bin ich geliefert. Was, wenn sie entscheiden, mich einfach fallen zu lassen? Ich weiß, wie eng der Bilderbuchmarkt zurzeit ist; vielleicht finde ich dann nie wieder einen neuen Verlag.

„Ich setze mich noch mal dran", sage ich und versuche die Gedanken zu ordnen, die mir durch den Kopf schwirren. „Vielleicht finde ich ja einen anderen Ansatz."

Lust habe ich dazu absolut keine, aber ich bin so verunsichert, dass ich sie beschwichtigen will.

„Das wäre toll, Beth, wirklich", sprudelt sie hervor. „Ich habe einfach Bedenken, dass es den Verkauf beeinträchtigen könnte. Ich finde, ein Kamel ist nicht niedlich genug. Könnte der Engel nicht stattdessen einem Lamm begegnen?"

Na toll, jetzt sind wir also wieder beim Niedlichen. Aber wenigstens passt ein Lamm in die Geschichte. Manchmal glaube ich, dass Vanessa und ich in Parallelwelten leben.

„Ich werde darüber nachdenken", sage ich. „Nächste Woche schicke ich die neuen Entwürfe."

„Großartig. Ich freue mich darauf."

Damit endet das Gespräch, und ich setze mich wieder an meine Zeichnungen, aber nichts funktioniert. Anscheinend kann ich auch Schafe nicht niedlich zeichnen. Sie sehen entweder geistig minderbemittelt aus oder verdrossen. Das hat bestimmt nichts damit zu tun, wie ich mich fühle, ganz bestimmt nicht ... Als Daniel nach Hause kommt, bin ich geradezu verzweifelt.

„Was ist los?", fragt er und küsst mich auf den Scheitel. Sofort fühle ich mich besser.

„Was, wenn ich ausgebrannt bin?", frage ich. „Etwas anderes kann ich doch nicht."

„Sei kein Narr", widerspricht er. „Du packst das. Du findest immer einen Weg."

Ich wünsche mir mehr von ihm als das, aber Daniels Glaube an mich ist unerschütterlich. Er sieht nicht, dass gelegentliche Aufmunterungen im Moment einfach nicht reichen. Nur dieses eine Mal hätte ich gern, dass er meine kreative Seite verstehen und mir echte, hilfreiche Tipps geben könnte. Aber das tut er nicht. Er ist unendlich stolz auf alles, was ich erreicht habe. Das weiß ich. Aber dass sich ein Großteil meines Lebens in meinem Kopf abspielt und dass ich ständig fürchte, die Muse könne mich eines Tages verlassen, das kann er nicht nachvollziehen. Dass Jack genau das kann, ist mir klar, aber ich weiß nicht, wie ich Daniel erklären soll, dass wir uns unverbindlich verabredet haben. Dann öffnet Daniel selbst mir den Ausweg, auf den ich gehofft habe.

„Hast du mit deinem Kumpel Jack darüber gesprochen?", fragt er. „Könnte er dir vielleicht helfen?"

„Ich glaube schon", sage ich und schaue zu ihm hoch. „Wenn es dir nichts ausmacht?"

„Warum sollte es mir etwas ausmachen?" Daniel wirkt verwirrt, und ich fühle mich schuldig, bis mir wieder einfällt, dass er nicht wissen kann, was in mir vorgeht, und dass ich ihm nie erzählt habe, wie viel Jack mir einst bedeutet hat. Vielleicht sollte ich es ihm sagen. Aber jetzt, nach so langer Zeit, wirkt das vermutlich verdächtig. Als ich Daniel kennenlernte, wollte ich endgültig mit Jack abschließen; das Thema jetzt plötzlich anzusprechen, wäre komisch. Es ist verständlich, dass mein Wiedersehen mit Jack die Erinnerung an die alten Gefühle erneut geweckt hat, aber daraus wird sich nichts ergeben. Ich muss mich also nicht schuldig fühlen. Wie üblich mache ich aus einer Mücke einen Elefanten. Und Jack könnte mir wirklich helfen. Er hatte immer gute Ideen, wenn es um meine Arbeit ging.

Also schicke ich ihm am nächsten Tag eine SMS.

Buchkrise! Hilfe! Können wir uns treffen?

Klar, lautet die Antwort. *Hast du nächsten Montag schon etwas vor?*

Ich lese den Text wieder und wieder und begreife: Darin steckt nichts außer professioneller Freundlichkeit. Ich war also wegen nichts und wieder nichts beunruhigt. Absurderweise bin ich ein wenig enttäuscht, ihn so falsch verstanden zu haben. Dann rufe ich mich zur Ordnung. Tagträumereien über Jack sind lächerlich, und ich brauche seine Hilfe. Zum ersten Mal seit Monaten scheinen mir die Probleme, die ich mit meinem Buch habe, nicht unüberwindlich, und das kann doch nur eine gute Sache sein.

Lou

Unser Urlaub auf Teneriffa macht Spaß. Jetzt, wo wir hier sind und nicht dem gewohnten Tagesablauf unterliegen, lebt Mum sichtlich auf. Es ist warm und sonnig genug, um morgens auf dem Balkon zu frühstücken, und wir haben schon etliche Ausflüge gemacht. Ich habe sogar einen Wagen gemietet, und wir sind auf den Teide gefahren – eine ziemlich grauenhafte Erfahrung, denn es war sehr neblig, und bei jeder Kurve hat Mum geschrien. Außerdem quietschte sie jedes Mal, wenn sich zwischen den Wolken eine Lücke auftat und sie sehen konnte, wie hoch oben wir waren.

James, unser Bekannter vom Flughafen, wohnt ganz in der Nähe und hat sich ein oder zwei Mal in der Stadt auf einen Kaffee mit uns getroffen. Mum scheint ziemlich viel Gefallen an ihm zu finden, ebenso wie er an ihr. Ich bin froh darüber. Sie wirkt jetzt viel weniger traurig als vorher, und ich könnte schwören, dass sie sogar ein bisschen mit James flirtet. Als er ihr einen Einkaufstrip vorschlägt, lasse ich sie deshalb mit Freuden allein losziehen. Ich bin mehr als zufrieden, einen Nachmittag für mich am Pool verbringen zu können, obwohl unerwünschte Gedanken an Jo sich immer wieder aufdrängen. So weit von zu Hause weg habe ich mehr Zeit, an sie zu denken. In meinem letzten Urlaub waren wir gemeinsam in Griechenland. Das war eine so schöne Zeit, und jetzt bin ich hier – allein. Ich schüttele entschlossen den Kopf. Nein, ich werde mir diesen Urlaub nicht verderben, indem ich mich meinem Elend hingebe. Auf keinen Fall.

Ich sitze am Pool, lese mein Buch und genieße die Wintersonne. Es ist schön, weit weg von zu Hause zu sein, und ich werde sogar ein wenig braun. Als ich aufblicke, sehe ich auf der anderen Seite des Pools eine Frau, die mich anschaut. Sie lächelt, ich lächele zurück, und Sekunden später kommt sie zu mir herüber und stellt sich als Maria vor. Sie ist eine sehr hübsche Spanierin, mit langen dunklen Locken, schönen braunen Augen und fröhlichem Lächeln. Ich schätze sie ein paar Jahre jünger, als ich es bin. Sie ist mir augenblicklich sympathisch; irgendetwas an ihr spricht mich sehr an.

„Bist du allein hier?", fragt sie.

„Nein, zusammen mit meiner Mum", erwidere ich. Himmel, wie traurig das klingt. Eine alleinstehende Frau mittleren Alters, die mit ihrer kurz vor der Scheidung stehenden Mutter Urlaub macht. Na, egal, diese Frau ist vermutlich ohnehin hetero.

„Magst du eine Sangria?", fragt Maria. Wir setzen uns an die Poolbar, und schon bald sind wir in ein Gespräch vertieft. Auch sie ist Single und arbeitet für einen hier ansässigen Immobilienmakler. Offensichtlich sucht die Firma noch Mitarbeiter.

„Klingt großartig", sage ich. „Im Moment bin ich arbeitslos."

„Du solltest hierbleiben", erwidert meine neue Freundin, „und auch hier arbeiten. Ich habe einen tollen Job. Es macht Spaß, sich um die ganzen Ferienwohnungen zu kümmern. Dir würde es auch Spaß machen."

„Das würde ich gern tun, aber Mum ..."

Ich erkläre ihr die momentane Lage, und sie erweist sich als ungeheuer teilnahmsvoll.

„Deine arme Mama", sagt sie. „Dein Papa ist sehr ungezogen." Ihr Akzent ist einfach entzückend.

„Ich weiß", sage ich. „So etwas hat er noch nie getan. Es ist total verrückt und schwierig. Er hat Mum so übel verletzt. Es fällt mir sehr schwer, ihm zu verzeihen."

„Paah, Männer!", stößt sie hervor und wirft die langen Haare schwungvoll nach hinten. In diesem Moment weiß ich Bescheid. In meinem Bauch regen sich Schmetterlinge. Vielleicht habe ich bei ihr ja doch eine Chance.

Normalerweise neige ich nicht dazu, die Initiative zu ergreifen, aber Sonne und Sangria machen mich ein bisschen verwegen. Mum wird vermutlich nichts mitkriegen, wenn ich mit meiner neuen Freundin ausgehe. Schließlich habe ich sie nie darüber aufgeklärt, dass Joe gar kein Mann war.

„Hast du heute Abend schon etwas vor?", frage ich mit einer Selbstsicherheit, die ich normalerweise nicht kenne. „Wir könnten gemeinsam etwas trinken gehen."

Maria lächelte mich auf eine Weise an, dass mir ganz anders wird. „Ich habe nichts vor", sagt sie, „und würde gern mit dir etwas trinken gehen."

Als Mum und James zurückkommen, freut sie sich zu hören, dass ich etwas vorhabe. Es stellt sich heraus, dass James Mum zum Essen eingeladen hat.

„Gut gemacht, Mum", sage ich. Ich freue mich, dass jemand sie zum Lächeln gebracht hat, auch wenn sich vermutlich nichts daraus ergibt und obwohl ich mir eigentlich wünsche, dass sie und Dad wieder zueinanderfinden. Aber diese Selbstbestätigung kann sie auf jeden Fall gut gebrauchen.

„Wir gehen doch nur essen", sagt sie, und ich lache. „So fängt es an."

Zum ersten Mal seit Weihnachten fühle ich mich lebendig und positiv gestimmt. Ich verwende eine Ewigkeit darauf, das richtige Outfit für das Treffen mit Maria zu wählen, und schminke mich sorgfältiger als seit Monaten. Als ich fertig bin, gefällt mir, was ich im Spiegel sehe. Außerdem bin ich ein bisschen nervös. Auch wenn es kein richtiges Date ist, glaube ich doch, dass ich Maria mag, und ich möchte, dass sie mich mag. Einen Moment verspüre ich Panik, frage mich, ob ich das wirklich durchziehen will. Dann reiße ich mich zusammen. Wie üblich neige ich zu vorschnellem Handeln. Zwischen mir und Maria wird nichts passieren, aber ein netter Abend mit ihr kann mir nur guttun. Ich kann es kaum erwarten.

Daniel

Als Daniel nach Hause kam, musste er feststellen, dass Reggie erneut einen Kontaktversuch unternommen hatte. Diesmal hatte er angerufen und mit Beth gesprochen. Das wollte er nach einem harten Tag in der Schule ganz und gar nicht hören. Und er wollte genauso wenig mit Beth darüber streiten.

„Warum hast du mir nicht gesagt, dass dein Dad in England ist?", fragte sie. „Er will dich unbedingt treffen."

„Ich wusste, dass du mir damit in den Ohren liegen würdest."

„Allerdings – er ist dein Dad!"

„Ja, nun, das zwingt mich dennoch nicht, mich mit ihm zu treffen."

Beth wurde etwas milder. „Schau, angesichts dessen, wie idiotisch mein eigener Dad sich im Moment benimmt, kann ich verstehen, dass du deinen nicht sehen willst, aber …"

„Gut. Dann hast du es ja begriffen", fiel Daniel ihr schärfer ins Wort, als er eigentlich beabsichtigt hatte. „Ich hoffe, du hast ihm nichts versprochen."

„Habe ich nicht. Ich habe ihm gesagt, er solle später noch mal anrufen."

„Oh, nein", stöhnte Daniel. Ihm war klar, dass er unvernünftig reagierte, aber Beths gut gemeinte Einmischung ging ihm tierisch auf die Nerven. Sie würde nie begreifen, warum er Reggie aus seinem Leben heraushalten wollte. „Ich will ihn nicht sehen. Und nicht mit ihm reden."

„Das weiß ich", erwiderte Beth, offensichtlich bemüht, ihn zu beschwichtigen. „Aber was ist mit den Kindern? Haben sie nicht das Recht, ihren Großvater kennenzulernen?"

„Damit ist er dir also gekommen?", fragte Daniel verbittert. Diese Taktik hatte sein Vater schon etliche Male ihm gegenüber benutzt.

„Nun, ganz unrecht hat er damit ja nicht."

„Und wenn ich nun sage, dass er dieses Recht an dem Abend verwirkt hat, an dem er mich und Mum im Stich gelassen hat?", fauchte Daniel verärgert. „Jetzt, wo sich gezeigt hat, dass auch dein Dad keine reine Weste hat, dachte ich eigentlich, dass du mich besser verstehst."

Kaum hatte er das gesagt, wünschte er auch schon, er hätte es nicht getan, denn Beth wirkte, als hätte er ihr einen Fausthieb in den Magen versetzt.

„Das ist etwas anderes", widersprach sie, „und unfair."

„Tatsächlich?" Daniel atmete tief durch, um wieder etwas runterzukommen. „Sieh mal, Beth, du hast das nie begriffen, aber mein Dad ist nicht so wie deiner. Er ist kein lieber netter Typ, der zu einem fröhlichen Familientreffen vorbeikommt. Das wird nie geschehen."

„Das sagst du jedes Mal", erwiderte Beth, eindeutig nicht gewillt, die Sache ruhen zu lassen. Warum nur musste sie so beharrlich sein? „Aber warum nicht?"

„Lass gut sein, Beth. Bitte." Daniel war plötzlich unendlich müde. Er hasste es, über diese Dinge zu reden. Hasste es, an die Vergangenheit zu denken. „Reggie war ein schrecklicher Vater. Er hat mir die Kindheit vergiftet. Ich will ihn nicht in die Nähe meiner Familie lassen. Ich will ihn nicht sehen. Und damit hat sich's!"

„Wenn ich es aber will?", mischte Sam sich ein, der unbemerkt hereingekommen war und das Gespräch mit angehört hatte. „Ich würde gern mehr über deine Seite der Familie wissen. Megan möchte das auch. Wir würden gern etwas über ihn erfahren. Wir wissen alles über Mums Familie und nichts über deine."

„Tut mir leid, wenn du das so empfindest, Sam, aber das kommt nicht infrage", sagte Daniel.

„Ich verstehe nur nicht, warum", ließ Sam nicht locker.

„Der Mann ist ein Albtraum, und er hat deine Großmutter sehr unglücklich gemacht. Ich will so wenig wie möglich mit ihm zu tun haben."

„Das ist lange her", wiegelte Sam frustriert ab. „Was, wenn er sich geändert hat?"

„Nicht lange genug für mich", erwiderte Daniel, inzwischen zornig. „Ich werde ihm nie verzeihen können, was er uns angetan hat."

„Trotzdem ist er mein Großvater", widersprach Sam, „und ich habe das Recht, ihn kennenzulernen."

„Na schön." Resigniert warf Daniel die Hände hoch. „Dann nimm du Kontakt mit ihm auf. Ihr dürft ihn alle treffen, aber ich will ihn nicht in diesem Haus haben. Niemals! Habt ihr verstanden?"

Er stand auf, verließ das Zimmer und knallte die Tür hinter sich zu. So wütend war er schon sehr lange nicht mehr gewesen. Vor allem erbitterte ihn, dass Reggie Ärger machte, auch ohne dass sie sich trafen. Vermutlich war es ganz natürlich, dass die Kinder neugierig waren, aber Daniel hatte sein Leben lang darum gekämpft, sie von seinem Vater fernzuhalten. Sam war beinahe achtzehn, und Daniel konnte ein Kennenlernen nicht mehr verhindern. Er schloss die Augen und versuchte Ruhe zu bewahren. Sie hatten das Recht, ihren Großvater zu treffen, aber keiner von ihnen hatte eine Ahnung, worauf er sich einließ.

7. Kapitel

Lou

Um drei Uhr morgens schleiche ich mich in unser Apartment und komme mir dabei wie ein schuldbewusstes Schulmädchen vor. Maria und ich hatten einen fantastischen Abend. Wir sind durch die Schwulen-Clubs von Los Americanos gezogen, ich habe geflirtet, getanzt und getrunken. So viel Spaß hatte ich schon ewig nicht mehr. In einer Bar namens Chaplins haben wir uns eine urkomische Drag-Show angesehen, und dann waren wir tanzen. Gegen Ende des Abends haben wir unsere Telefonnummern und unsere Facebookprofile ausgetauscht und einander versprochen, Kontakt zu halten. Ich habe Maria alles über Jo erzählt. Deshalb ist an diesem Abend tatsächlich nichts passiert, aber es bleibt die köstliche Aussicht, dass etwas passieren könnte. Irgendwann in der Zukunft. Wenn sonst nichts dabei herauskommt, habe ich immerhin eine Freundin gewonnen. Es war schön, mit Maria auszugehen. Sie hat mir das Gefühl gegeben, wieder jung und unbeschwert zu sein. Allerdings hatte ich mir nicht vorgestellt, erst um diese Zeit wieder ins Zimmer zu stolpern. Beinahe muss ich über mich selbst lachen: Ich bin achtunddreißig und kann nach Hause kommen, wann immer ich will. Aber ich bin nie so spät zu meiner Mum nach Hause gekommen, seit ich zwanzig war, und ich bin genauso nervös wie damals, während ich mich auf Zehenspitzen hereinschleiche.

Zu meiner Überraschung brennt im Bad Licht. Verdammt, Mum ist offenbar noch wach. Das war's also mit meinem Plan, mich heimlich, still und leise ins Bett zu schleichen. Dann höre ich eine Männerstimme. Verflucht noch mal, hat Mum etwa James mit hierhergenommen?

Zaghaft klopfe ich an die Tür und werde Zeuge einer Szene, mit der ich nie gerechnet hätte. Mum hockt auf dem Boden, über die Kloschüssel gebeugt, und übergibt sich. James sitzt neben ihr und tätschelt ihr uneffektiv den Rücken.

„Was zum …?" Oh Gott, ich hätte sie nie alleinlassen dürfen. Sie hat eine Lebensmittelvergiftung, und das ist nur meine Schuld.

„Ähm, es tut mir wirklich leid." James wirkt beschämt. „Ich fürchte, deine Mutter hat im Restaurant vielleicht zu viel Wein getrunken. Sie hat immerzu gesagt, sie wolle noch mehr."

Mum? Betrunken? Habe ich etwa soeben eine Parallelwelt betreten? Mum trinkt nur zu Weihnachten Alkohol, und auch dann immer nur in Maßen.

„Geht es dir gut, Mum?"

Mum hebt den Blick und schaut mich aus trüben, tränenverschleierten Augen an. „Ich bin eine neunundsechzigjähre Frau, die gerade von ihrem Mann verlassen wurde. Mein ganzes Leben war umsonst. Natürlich geht es mir nicht gut."

Und dann beginnt sie zu schluchzen, heftig, laut und steinerweichend. Dem armen James ist das sichtlich peinlich. Er wirkt, als würde er sich am liebsten sofort aus dem Staub machen, und wer wollte ihm das verübeln? Wahrscheinlich hatte er auf einen netten, entspannten Abend gehofft. Auf das hier war er nicht vorbereitet.

„Vielen Dank, dass Sie sich um sie gekümmert haben", sage ich. „Jetzt übernehme ich."

„Ihre Mutter ist eine wunderbare Frau", erklärt James, als ich ihn zur Tür begleite. „Wenn ich das so sagen darf: Ich glaube, Ihr Vater ist ein Idiot."

„Sie dürfen", erwidere ich, „Sie haben nämlich recht."

Nur gut, dass Dad jetzt nicht hier ist. Ich würde ihm nämlich ordentlich die Meinung geigen.

Als ich zurück ins Bad komme, sitzt Mum auf dem Boden und wäscht sich das Gesicht mit einem Waschlappen. Es ist grässlich, sie in diesem Zustand zu sehen.

Normalerweise kommt es nur sehr selten vor, dass ich Mum umarme. Sie hat nicht viel für solche Zärtlichkeiten übrig, aber jetzt ist sie so ein Häuflein Unglück, dass ich sie unwillkürlich in meine Arme schließe.

„Ich bin so eine Idiotin", sagt sie. „Schau mich nur an, eine betrunkene alte Närrin, die wegen eines Mannes heult."

„Da bist du nicht die Erste", erwidere ich und drücke sie an mich. Sie fühlt sich knochig an und unbeholfen. Großer Gott, sie hat stark an Gewicht verloren. „Und es ist nicht deine Schuld. Dad ist ein Arschloch."

„Ich dulde nicht, dass du so über ihn redest", widerspricht sie. „Es muss meine Schuld sein. Offenbar war ich ihm keine gute Ehefrau."

„Mum", erwidere ich sanft, „ich weiß, dass es heißt: Zum Tango gehören zwei. Aber in diesem Fall ist Dad der Schuldige."

Das ruft erneutes Schluchzen hervor, und ich drücke sie noch einmal fest an mich und streiche ihr übers Haar. Plötzlich fühle ich mich an meine Kindheit erinnert: Ich war sechs, und Mum hielt mich im Arm, als mir schlecht war. Als wir noch klein waren, war sie immer für uns da, und auf ihre Weise ist sie das auch jetzt noch, wo wir längst erwachsen sind. Ich bin mir nicht sicher, ob ich das immer bemerkt habe.

„Aber ich habe mein Leben verschwendet", klagt Mum. „Zweiundvierzig Jahre Ehe, und was ist davon geblieben?"

„Unsinn, du hast doch uns. Du warst eine wundervolle Mutter. Natürlich hast du dein Leben nicht verschwendet."

„Findest du?" Sie schaut mich aus verquollenen Augen an. Plötzlich kommt sie mir älter vor, verletzlicher. Mir ist, als hätten wir die Rollen getauscht und ich wäre die Erwachsene. Ich hasse es, Mum so zu sehen; es ist ein merkwürdiges Gefühl, zur Abwechslung mal diejenige zu sein, die die Zügel in der Hand hält, aber auch ein überraschend gutes.

„Ach, Mum", sage ich und drücke sie an mich. Ich wünschte, das wäre ihr nie passiert. Ich wünschte, Dad würde erkennen, dass er einen Riesenfehler gemacht hat, und alles würde wieder normal werden. „Du bist die Beste. Und wenn wir nach Hause fahren, werden wir Dad daran erinnern, was er einfach so aufgibt."

Beth

An dem Tag, an dem ich nach London fahre, um mich mit Jack zu treffen, bin ich schrecklich nervös. Ich frage mich, ob es Daniel aufgefallen ist, dass ich irgendwie anders bin, wenn ich gelegentlich Jacks Namen erwähne. Ich hoffe nicht. Ich weiß, dass da nichts läuft. Ich weiß, dass nichts passieren kann. Aber das Wiedersehen mit Jack war ein Katalysator, der mich daran erinnert hat, wie das Leben sein könnte. Ich liebe meine Familie und vergöttere sie. Natürlich tue ich das. Aber manchmal wird mir die damit verbundene Last einfach zu viel. Daniel ist ein großartiger Vater, aber er hat einen anspruchsvollen Job. Auch jetzt noch, wo die Kinder älter sind, bleibt es an mir hängen, ihre Aktivitäten zu organisieren, sie von Partys abzuholen, sie rechtzeitig zu Kursen anzumelden. Manchmal habe ich den Eindruck, das Leben aller anderen sei wichtiger als mein eigenes. Ich stehe eindeutig am unteren Ende der Skala. Wenn ich Jack eine SMS schicke oder an ihn denke, vergesse ich all das. Ich habe das Gefühl, eine Tür in eine andere Welt zu durchschreiten, in der ich nicht mehr nur Mutter und Ehefrau bin. Dort bin ich Beth, und ich bin frei.

Ich bin viel zu früh dran, also bestelle ich mir in dem Café, in dem wir uns verabredet haben, einen Cappuccino. Schluckweise trinke ich ihn, bemüht, nicht zu sehr wie eine Frau zu wirken, die sich auf eine Verabredung freut. Trotz meiner guten Vorsätze bin ich ein wenig aufgeregt.

Ich hole meinen Skizzenblock und mein Manuskript hervor und gehe beides noch einmal durch – stirnrunzelnd versuche ich, mich aufs Geschäftliche zu konzentrieren. Die Geschichte ergibt einfach keinen Sinn. Ich wünschte, ich könnte Vanessa überzeugen, dass meine ursprüngliche Idee trotz all ihrer Schwächen besser war als das.

„Du siehst aus, als würde die ganze Welt auf deinen Schultern lasten."

Plötzlich steht er da, und mein Herz setzt einen Schlag aus. Ich ertrinke förmlich bei seinem Anblick. Oh Gott, was tue ich hier? Es geht um die Arbeit, Beth, ermahne ich mich. Hör auf, an anderes zu denken. Aber ... ich bekomme keine Luft und spüre, dass mir übel wird. Genauso habe ich mich damals oft gefühlt. Hör auf, sage ich mir. Reiß dich zusammen.

„Ich schaue mir an, was ich bisher gemacht habe, und glaube, dass nichts davon funktioniert", sage ich. Hoffentlich ist meine Stimme nicht so zitterig, wie ich mich fühle. „Ich weiß nicht, was ich tun soll. Vanessa scheint keine meiner Ideen zu mögen."

„Ich bin sicher, dass es nicht so schlimm ist, wie du denkst. Lass mich einen Kaffee bestellen, und dann gehen wir alles gemeinsam durch. Möchtest du auch noch einen?"

Ich nicke stumm. In seiner Gegenwart bin ich kaum in der Lage, zusammenhängende Sätze von mir zu geben. Glücklicherweise scheint Jack nicht zu merken, wie durcheinander ich bin. Während er die Getränke holt, gewinne ich die Kontrolle über mich zurück.

„Es ist so schön, dich wiederzusehen, Lizzie", sagt er. „Du siehst sehr gut aus. Die Ehe scheint dir zu bekommen."

„Das tut sie", erwidere ich. „Und mich nennt wirklich niemand mehr Lizzie."

„Alte Gewohnheiten lassen sich nicht so leicht verändern", meint er leichthin. „Für mich wirst du immer Lizzie bleiben." Er lächelt. Was für ein Lächeln. Ich hatte vergessen, wie leicht man sich in diesem Lächeln verlieren kann. Eine Minute schweige ich, bis Jack mich wieder zurück auf die Erde holt und mich darum bittet, ihm meine Arbeit zu zeigen.

Schweigend schaut er die Seiten durch, und ich denke: Oh Gott, er findet es grässlich. Überrascht stelle ich fest, wie wichtig mir ist, was er von meiner Arbeit hält. Jack hat immer absolut ehrlich gesagt, was er denkt. Ich muss seine Meinung hören, selbst wenn sie mir nicht gefällt.

„Nun, du hast kein bisschen nachgelassen." Endlich lehnt er sich zurück, und er lächelt. „Lizzie – Beth –, die sind wunderbar."

„Tatsächlich? Ich habe das Gefühl, diesmal völlig auf dem Holzweg zu sein."

„Stimmt schon, an der Geschichte selbst musst du noch arbeiten. Aber dein Engelchen ... Wow, das hat so viel Charakter."

„Vanessa mag es gar nicht."

„Vanessa hat im Moment ziemliche Mühe damit, im Verlag durchzuhalten. Es ist schwer, in Karens Fußstapfen zu treten, und du bist ganz schön einschüchternd."

„Ich? Einschüchternd?" Ich bin völlig perplex. Meine Familie würde über diese Vorstellung lachen.

„Nun, das warst du schon immer ein wenig", erklärt Jack. „Am College warst stets du diejenige, die wusste, welchen Weg sie einschlagen wollte und was sie tat. Du warst dir deiner Vision so sicher."

„War ich das?" Ich lache. „Das Einzige, woran ich mich aus meiner Collegezeit noch erinnere, ist, dass ich immer nur improvisiert habe. Jedenfalls glaube ich, du irrst dich. Vanessa kann unmöglich von mir eingeschüchtert sein. Ich bin eine alte, vergangene Größe – sie ist die Zukunft. Wenn überhaupt, dann bin ich diejenige, die sich eingeschüchtert fühlen sollte. Sie hat mich völlig durcheinandergebracht mit diesem verdammten Buch. Ich hatte eine so einfache klare Idee, und sie hat sie unnötig verkompliziert."

„Tja, warum kehrst du dann nicht zu deiner ursprünglichen Idee zurück?", fragte Jack. „Ich weiß, dass die Erzählung selbst nicht in mein Fachgebiet fällt, aber ich ziehe immer das Einfache dem Komplizierten vor."

„Aber sie versuchen doch schon, Vanessas Version zu verkaufen. Ich bin mir nicht sicher, ob ich jetzt noch mal ganz von vorn anfangen kann."

„Ich denke, du solltest zurück zum Kern der Geschichte", erwidert Jack. „Vergiss sämtliche Anregungen von anderen, auch von mir, und erzähl deine Geschichte auf deine Weise. Ich weiß, dass du das kannst."

„Tatsächlich?"

„Ja", sagt er. Ganz kurz legt er seine Hand auf meine. Ich empfinde ein absurdes Kribbeln und lasse sie ein bisschen länger liegen, als ich eigentlich sollte. Der Reiz des Verbotenen ist stark, aber ich habe alles unter Kontrolle. Ein bisschen unschuldiges Flirten schadet schließlich niemandem, solange es dabei bleibt.

„Jetzt fühle ich mich schon sehr viel besser. Auch du hast kein bisschen nachgelassen."

Jacks Anziehungskraft beruhte immer auch darauf, dass er mein Selbstwertgefühl enorm stärkte. Vor allem zu Anfang unserer Beziehung, bevor ich erkannte, wie treulos er sein kann.

„Das freut mich zu hören", sagt Jack in einem Ton, der mein Herz zum Jubeln bringt.

Ich wechsele das Thema und versuche, das Gespräch in sichere Bahnen zu lenken.

„Wie läuft es denn bei dir bei der Arbeit?", frage ich und räuspere mich. „Ich hätte mir nie vorstellen können, dass du mal im Kinderbuchbereich arbeitest."

„Habe ich auch nicht immer. Erst nachdem meine Tochter Tash auf die Welt kam. Die Bücher, die sie las, fand ich toll, und ich hatte die Nase voll von meinem Job in der Unterhaltungsliteratur. Dann kam das Stellenangebot als Art Director für Smart Books. Gesucht wurde jemand mit Erfahrungen auf anderem Gebiet, ein Quereinsteiger – zum Glück für mich. Ich habe es nicht bereut."

„Das klingt wunderbar", sage ich. „Siehst du Tash häufig?" Ich gehe davon aus, dass Jack nicht das Sorgerecht für seine Tochter hat, da er nicht mit ihrer Mutter zusammenlebt. Einen Moment wirkt er traurig, und ich sehe kurz ein wenig von seiner ernsteren Seite.

„Nicht so oft, wie ich es gern hätte", meint er seufzend. „Ihre Mum ist nach Kent gezogen, in die Nähe ihrer Familie. Aber ich gebe mir Mühe. Sie ist mein Ein und Alles. Sie kann zwar ein bisschen primadonnenhaft sein, aber ich halte große Stücke auf sie."

„Warte nur, bis sie erst ein Teenager ist", erwidere ich. „Primadonna beschreibt meine Tochter bis aufs i-Tüpfelchen."

Jack lacht.

Anschließend gehen wir meine Zeichnungen durch und tauschen Ideen aus. Das Ganze ist wirklich hilfreich und inspirierend. Zum ersten Mal seit Monaten halte ich es für möglich, das Projekt doch noch zum Laufen zu bringen. Ich genieße Jacks Gesellschaft so sehr, dass ich völlig das Zeitgefühl verliere. Als ich schließlich auf meine Uhr schaue, stelle ich fest, dass es schon viel später ist, als ich dachte. Es wird höchste Zeit aufzubrechen, obwohl ich gern den ganzen Tag geblieben wäre.

„Ich danke dir vielmals, dass du dir Zeit für mich genommen hast", sage ich. „Das war wirklich nett von dir."

„Gern geschehen, Beth. Du weißt, dass ich immer Zeit für dich haben werde."

Wie er das sagt, jagt mir einen leisen Schrecken ein. Oh Gott, was, wenn ich mir nicht nur etwas einbilde? Was dann?

Daniel

„Wie war's in London?" Offensichtlich war Beth gerade erst zurückgekommen, denn im Flur, wo sie ihre Taschen abgelegt hatte, herrschte Chaos, und sie war dabei, halbherzig in den Küchenschränken nach etwas Geeignetem fürs Abendessen zu suchen.

„Gut", antwortete sie. „Jack hat mir sehr geholfen."

„Na prima. Meinst du, du kannst Vanessa doch noch überzeugen?"

„Keine Ahnung. Anscheinend findet sie mich einschüchternd."

Daniel lachte und setzte seiner Frau einen Kuss auf die Stirn. „Dich? Ehrlich?"

„Genauso habe ich auch reagiert."

„Wer ist einschüchternd?", fragte Megan, die gerade die Küche betrat. „Und wann gibt es Abendessen?"

„Deine Mum, und ich weiß es nicht", erwiderte Daniel.

Megan holte sich eine Schweinefleischpastete aus dem Kühlschrank und brach in Gelächter aus. „Mum ist die am wenigsten einschüchternde Person, die ich kenne."

„Ist es wirklich so schwer, sich mich als Furcht einflößend vorzustellen?", fragte Beth ein wenig betrübt lächelnd.

„Ja", sagte Megan und fing wieder an zu kichern.

„Ich fürchte ja", bestätigte Daniel. „Aber das ist in Ordnung. Ich liebe dich so, wie du bist."

Es klingelte an der Tür.

„Wer mag das denn jetzt sein?", sinnierte Beth. „Wir erwarten doch niemanden, oder?"

„Nein", antwortete Daniel. „Ich habe mich eigentlich auf einen ruhigen Abend gefreut."

Ganz gegen seine Gewohnheit kam Sam die Treppe heruntergerannt. „Ich mach schon auf!", rief er.

Daniel und Beth schauten sich überrascht an. Vielleicht hatte er eine Freundin, von der sie nichts wussten. Im Flur herrschte einen Moment Stille, dann Stimmengemurmel, bevor Sam jemanden in die Küche führte.

Daniel stand wie erstarrt vor Schock; er konnte einfach nicht fassen, was er sah.

„Reggie?", fragte er ungläubig. „Was tust du denn hier?"

Nein. Beth konnte seinen Vater unmöglich hinter seinem Rücken eingeladen haben. Oder vielleicht doch? Wütend wandte Daniel sich seiner Frau zu. „War das deine Idee?"

„Nein, war es nicht."

„Schon in Ordnung", meinte Reggie, sichtlich verlegen. „Der Augenblick ist offenbar ungünstig."

„Nicht doch, bitte", widersprach Beth mit gezwungenem Lächeln ihrem Schwiegervater. „Es ist schön, dich wiederzusehen."

Sie funkelte Daniel an, der ihren Blick ebenso zornig erwiderte.

„Nun, wenn du ihn nicht eingeladen hast, wer war es dann?"

„Ich", meldete sich Sam und trat vor. „Ich hielt es für eine gute Idee, dass du und Grandad sich mal sehen."

„Sam!" Beth war eindeutig schockiert. „Das hättest du nicht tun sollen, ohne vorher mit uns darüber zu reden."

„Warum nicht?", fragte Sam aufmüpfig. „Nur weil ihr Reggie nicht sehen wollt? Ich will es."

Reggie wirkte extrem peinlich berührt. „Es tut mir leid. Ich wollte keinen Streit auslösen."

„Ist schon gut", wiegelte Beth ab und machte Daniel damit

noch wütender. „Aber trotzdem, Sam. Das hättest du nicht tun sollen."

„Ich begreife nicht, warum das so ein großes Problem ist", sagte Sam.

„Das ist ein großes Problem, weil du hinter meinem Rücken gehandelt hast", erklärte Daniel. „Ich gehe jetzt, und wenn ich zurückkomme, will ich diesen Mann nicht mehr in meinem Haus sehen."

Damit stand er auf und ging hinaus. Seine Familie starrte ihm schockiert hinterher.

8. Kapitel

Beth

Ich fühle mich, als hätte mich der Schlag getroffen. Zum einen, weil Sam sich offensichtlich kein bisschen überlegt hat, was er tut, und zum anderen, weil Daniel einfach weggegangen ist. Eigentlich neigt er überhaupt nicht zu dramatischen Gesten – wenn überhaupt, dann sind die eher von mir zu erwarten. Was in aller Welt ist hier eigentlich los? Obendrein muss ich mich jetzt mit seinem Vater auseinandersetzen, der in meiner Küche steht und so peinlich berührt wirkt, wie ich mich fühle.

„Es tut mir wirklich leid", sage ich. „Es ist schön, dich zu sehen, aber ich fürchte, Sam hat einen Fehler gemacht. Ich will nicht unhöflich sein, aber wahrscheinlich ist es besser, wenn du wieder gehst."

„Dad ist ein totaler Versager", sagt Sam. „Er benimmt sich wie ein Kleinkind."

„Das reicht jetzt, Sam. Dies ist unser Haus. Du hättest uns informieren sollen."

„Du hast recht, ich sollte gehen", sagt Reggie. „Ich bin hier eindeutig unerwünscht."

„Ich will nicht, dass du gehst", erklärt Sam störrisch.

„Sam, das hast du nicht zu entscheiden", sage ich. „Im Moment halte ich es für besser, wenn dein Großvater geht. Es gibt aber keinen Grund, warum du ihn nicht besuchen solltest. In Ordnung?"

„In Ordnung", lautet die mürrische Antwort.

„Das tut mir wirklich sehr leid", wiederhole ich, als ich meinen Schwiegervater zur Haustür begleite. „Normalerweise ist Daniel nicht so grob."

„Nun, er ist vermutlich der Meinung, gute Gründe dafür zu haben. Ich war nicht gerade der beste Vater der Welt."

„Was ist zwischen euch beiden denn eigentlich vorgefallen?" Ich bin neugierig. Daniel spricht nie über seinen Vater, nur über seine Mutter, die er angebetet hat. Ich habe mich oft gefragt, warum, aber wenn ich ihn darauf anspreche, verschließt er sich völlig. Einmal habe ich ihn gefragt, ob sein Dad ihn geschlagen habe. Er meinte nur, nein, das nicht, aber diese Zeit seines Lebens sei eine so unglückliche gewesen, dass er nicht daran denken wolle. Ich kann sehen, dass es ihn aufwühlt, über die Vergangenheit nachzudenken. Und im Laufe der Jahre habe ich gelernt, dass es besser ist, das Thema ruhen zu lassen. Manchmal aber frage ich mich schon, ob es nicht gut für ihn wäre, darüber zu reden. Und gerade jetzt habe ich nicht die leiseste Ahnung, was in ihm vorgeht. Ich wünschte, ich wüsste es.

„Das ist lange her, und ich war in einer schlechten Verfassung", meint Reggie seufzend. „Zu viel Sprit, fürchte ich. Jedenfalls war ich nicht da, als Daniel mich brauchte, und ich bedaure das. Ich kann ihm nicht verübeln, dass er mich hasst, aber inzwischen ist eine Menge Wasser die Themse hinuntergeflossen. Ich würde wirklich gern die Sache wieder ins Lot bringen."

„Ich kann versuchen zu helfen", sage ich, „aber Daniel kann sehr starrköpfig sein."

„Tja, genauso wie sein alter Herr", meint Reggie mit schiefem Lächeln.

„Und dein Enkel." Ich seufze. „Liegt wohl in der Familie."

„Er scheint ein guter Junge zu sein."

„Meistens." Ich will nicht darüber reden, dass ich mich im Umgang mit Sam häufig als völlig unfähige Mutter fühle.

„Ja dann, Beth, es war nett, dich zu sehen", sagt Reggie. „Vielleicht können wir uns bald mal wieder treffen."

„Vielleicht." Damit schließe ich die Tür.

Ich denke an Daniels Gesichtsausdruck, als er seinen Dad anstarrte. Irgendwie kann ich mir nicht vorstellen, Reggie so bald wiederzusehen.

Daniel

Daniel stieg in sein Auto und fuhr einfach los. Er fuhr und fuhr, ohne darauf zu achten, wohin. Er merkte nicht, wo er war, bis er sich schließlich in der Evelyn Avenue in Tooting wiederfand, viele Meilen von seinem jetzigen Zuhause entfernt, und vor dem Mietshaus anhielt, in dem er aufgewachsen war. Sie hatten im obersten Stockwerk eines heruntergekommenen alten viktorianischen Hauses gewohnt, in einer Wohnung mit Schiebefenstern, in der es im Sommer brüllend heiß und im Winter eiskalt war. Jetzt saß er da und starrte das Gebäude an, das inzwischen saniert und für eine neue Generation herausgeputzt worden war. Jene Wohnung hatte so viel Zorn und Verbitterung erlebt. Erfüllt von Erinnerungen daran, wie oft sein Vater herumgeschrien, seine Mutter geweint und er selbst sich irgendwo verkrochen und sich meilenweit weggewünscht hatte, fragte er sich, ob der Zorn wohl Teil des Gebäudes geworden sein mochte; ob Elend und Verfall sich in den Wänden eingenistet hatten.

Sein ganzes Leben lang war er hiervor davongelaufen. Davongelaufen vor der Wut, mit der er aufgewachsen war. Vor den Verletzungen, die seine Eltern einander zugefügt hatten. Daniel war stolz auf sein ausgeglichenes Gemüt – es gehörte zu den Dingen, die ihn zu einem guten Lehrer machten. Sowohl zu Hause als auch in der Schule hob er kaum einmal die Stimme, und wenn sich Ärger in ihm breitmachen wollte, stemmte er sich mit aller Macht dagegen. Dennoch merkte er jetzt, dass er angesichts dessen, was Sam sich geleistet hatte, vor Wut kochte. Am liebsten hätte er mit voller Wucht zugeschlagen, auf irgendwen – *irgendwas* – eingeprügelt. Wie konnte Sam nur hinter seinem Rücken so etwas tun? Daniel hatte zweifelsfrei deutlich gemacht, dass er nichts mit seinem Vater zu tun haben wollte, und dennoch hatte Sam ihn eingeladen. Der kurze Augenblick der Einigkeit, den sie an jenem Tag erlebt hatten, als sie Fred beim Umzug halfen, war dahin. Es sah so aus, als würde Sam grundsätzlich das Gegenteil von dem tun, was Daniel tat und wollte – nur, um ihn zu reizen –, und seine Taktik war verdammt erfolgreich.

Frustriert hämmerte Daniel mit den Händen aufs Lenkrad. Was zum Teufel tat er überhaupt hier? Er sollte lieber nach Hause fahren. So benahm man sich einfach nicht.

Von Beth traf eine SMS ein: *Er ist fort. Komm bitte nach Hause.*

Daniel atmete tief durch. Er würde nicht zulassen, dass Erinnerung und Zorn die Oberhand gewannen. Auf keinen Fall.

Bin auf dem Weg.

Als er wieder zu Hause ankam, hatte er es geschafft, sich zu beruhigen.

Er nahm das Glas Wein, das Beth ihm anbot, und setzte sich an den Tisch, um zu essen, was sie ihm in der Mikrowelle aufgewärmt hatte.

„Wo sind die Kinder?", fragte er.

„Im Bett."

„Gut." Daniel sah sich einer Auseinandersetzung mit Sam noch nicht gewachsen. „Ich kann einfach nicht glauben, dass Sam das getan hat. Wie ist er überhaupt an Reggies Nummer gekommen?"

„Gar nicht", antwortete Beth. „Reggie hat angerufen, als wir nicht da waren. Sam hat nichts Schlimmes darin gesehen, ihn einzuladen. Er wollte keinen Ärger machen."

„Nicht?", schoss Daniel zurück. „Für mich sieht das anders aus." Er war müde und erschöpft. Eigentlich wollte er nur, dass Reggie zurückflog nach Amerika und sie in Ruhe ließ.

„Daniel", begann Beth. „Ich weiß, dass du nicht darüber reden willst, aber ich mache mir Sorgen um dich. Wäre es nicht besser, wenn du versuchst, dich mit Reggie auszusöhnen?"

„Nein", lautete seine knappe Antwort. „Er hat meine Kindheit zur Hölle gemacht, und ich sehe nicht ein, dass er sich jetzt einfach wieder in mein Leben drängt. Er hat nicht das Recht dazu."

„Aber vielleicht gab es gute Gründe", redete Beth auf ihn ein. „Ich hatte den Eindruck, dass er etwas wiedergutmachen möchte."

Daniel lachte sarkastisch auf.

„Wiedergutmachen? Wie denn, bitte schön? Wie kann er all die Zeiten wiedergutmachen, in denen er betrunken nach Hause kam und Mum beschimpft hat? Die Zeiten, in denen ich mich unter der Bettdecke verkrochen und so getan habe, als schliefe ich, damit er sich nicht auf mich stürzt? Ich denke, es ist ein bisschen spät für eine Wiedergutmachung."

„Oh." Beth wirkte schockiert. So offen hatte er noch nie mit ihr über Reggie geredet. „Ich weiß nicht, was ich sagen soll. Es tut mir so leid. Mir war nicht klar, dass es so schlimm war."

Daniel seufzte. Das war nicht Beths Problem, sondern seines. „Ich weiß. Es ist meine Schuld, weil ich es dir nie gesagt habe. Das ist der Grund, warum ich es hasse, darüber zu reden. Ich habe schon vor langer Zeit entschieden, dass Reggie genug Schaden bei mir angerichtet hat und dass ich nicht zulasse, dass das den Rest meines Lebens überschattet. Und es ist mir gelungen, Beth. Ich bin stolz darauf, kein bisschen so zu sein wie er. Ich will ihn nicht in meiner Nähe haben, auch nicht in der Nähe meiner Familie. Er ist pures Gift."

„Oh, Daniel." Beth stand auf und umarmte ihn. „Wenn du wirklich so empfindest ..."

„Tue ich", sagte er. Er hielt sie fest in seinen Armen und blinzelte die Tränen weg, die ihm zu kommen drohten. Seine Familie war sein kostbarstes Gut. Nichts fürchtete er mehr, als dass etwas geschah, das dieses Gut bedrohte. Er konnte Reggie nicht einlassen, mochte der sich auch noch sehr geändert haben. Erleichtert stellte er fest, dass Beth endlich zu begreifen schien.

„Dann reden wir nicht mehr darüber", sagte sie und küsste ihn.

Als Daniel den Kuss erwiderte, war ihm, als wäre eine schwere Last von seinen Schultern gefallen. Seine Familie war das Einzige, was zählte. Nichts und niemand sonst.

Lou

Das Taxi lädt uns um einundzwanzig Uhr vor der Haustür ab. Mum und ich fühlen uns beide zerschlagen und sind ein bisschen missgelaunt. Der Rückflug schien sich endlos zu ziehen, und am Flughafen mussten wir lange warten. Ich glaube, Mum ist ein wenig bang bei dem Gedanken, in ein Haus zurückzukehren, in dem kein Dad mehr wohnt. Sie ist sehr still. James haben wir auf dem Rückflug nicht gesehen, und ich vermute, dass Mum erleichtert darüber ist. Sie hat mit keinem Wort erwähnt, was geschehen ist, und ist James aus dem Weg gegangen. Den Rest des Urlaubs hat sie sich sehr zurückzogen. Schade. Mir gefiel die wilde Mum. Außerdem hatte das zur Folge, dass auch ich nicht mehr allzu oft ausgehen konnte. Immerhin hat es für einen Abschiedsdrink mit Maria gereicht, und wir haben einander versprochen, Kontakt zu halten. Ich bin oft genug von einer unpassenden Beziehung in die nächste gestolpert, und obwohl es Spaß gemacht hat, mit Maria zu flirten, hatte ich nicht wirklich Lust auf ein flüchtiges Abenteuer morgens um drei, das zu nichts führen würde und nur ein schlechtes Gewissen zur Folge hätte.

„Oh, wie schön, Beth war da", sagt Mum, als sie die Küche betritt. Auf dem Tisch steht ein Blumenstrauß, und im Kühlschrank ist eine vorbereitete Mahlzeit.

„Offen gesagt, glaube ich nicht, dass Beth das war", stelle ich überrascht fest. Denn da liegt auch ein Zettel von Ged, auf dem steht: *Willkommen zu Hause, Mum.* Hmm. Ged ist nicht gerade bekannt für so umsichtige Gesten. Dahinter sehe ich ganz klar die Hand der neuen Frau. Gut gemacht, Mädchen. Es wird höchste Zeit, dass Ged anfängt, mehr Verantwortung zu übernehmen, auch wenn er dazu gedrängt werden muss. Vielleicht begreift er das jetzt, wo er Vater wird, ja endlich.

Mum ist offensichtlich über die Maßen gerührt und fängt an, davon zu schwärmen, wie wundervoll Ged ist. Sie dröhnt mir damit die Ohren voll, bis ich sie am liebsten angeschrien hätte. Da hat er mal *eine* kleine Sache getan, und die vermutlich noch nicht mal aus eigenem Antrieb. Ich habe noch nie gehört, dass Mum mich oder Beth mal so über den grünen Klee gelobt hätte. Aber das war schon immer so. Sie bemerkt nicht einmal, was sie tut, aber Ged wird von ihr definitiv nachsichtiger behandelt als wir.

Sie ruft ihn sofort an und lädt ihn und Rachel ein, während ich mich ans Auspacken mache. Das Haus wirkt fremd ohne Dad darin. Irgendwie falsch. Ich rechne eigentlich ständig damit, in der Diele über seine Hausschuhe zu stolpern oder ihn im Garten werkeln zu sehen. Es wird dauern, bis ich mich an den neuen Zustand gewöhnt habe.

„Wir laden auch Beth und Daniel ein und machen ein Familienfest daraus", sagt Mum. Herrje, sie spricht von ihrem Geburtstag. Sie wird siebzig, und Beth und ich haben uns bereits endlos den Kopf darüber zerbrochen, was wir für sie tun sollen. Und jetzt will sie eine Familienfeier? Seit Weihnachten waren wir nicht mehr als Familie versammelt. Das ohne Dad zu tun, ist eine ausgesprochen bizarre Vorstellung.

„Ja, und ich werde auch deinen Vater einladen", fährt sie fort. „Es wird Zeit, dass wir diese unangenehme Sache vergessen und wieder eine richtige Familie werden."

Ich blinzele überrascht. Unangenehme Sache? Sie redet, als hätte es einen kleinen Streit gegeben. An so etwas hatte ich eigentlich nicht gedacht, als ich ihr den Rat gab, Dad zu zeigen, was ihm entgeht.

„Mum", sage ich so sanft wie möglich, als sie das Telefon auflegt. „Ich bin mir nicht sicher, ob es eine gute Idee ist, Dad zu deinem Geburtstag zu bitten. Das wird nichts wieder in Ordnung bringen."

„Da irrst du dich", entgegnet Mum wild entschlossen. „Wir waren mehr als vierzig Jahre zusammen. Ich werde ihn *nicht* kampflos aufgeben. Wir sind eine Familie, und Familien sollten zusammenhalten."

Autsch.

Das ist wirklich gar keine gute Idee.

9. Kapitel

Lou

Ich sitze bei Beth und Daniel in der Küche und unterhalte sie mit Stories aus unserem Urlaub. Megan sitzt ebenfalls am Tisch und hört mit offenem Mund zu.

„Nana hat sich betrunken?", fragt sie. „Das fasse ich nicht."

„Ich konnte es auch kaum glauben", sage ich. „Ich dachte, der Urlaub würde ihr guttun. Aber jetzt hat sie sich auf diesen siebzigsten Geburtstag versteift und darauf, deinen Großvater irgendwie wieder zurückzugewinnen. Ich kann mir nicht vorstellen, dass das funktionieren wird."

„Ich auch nicht", meint Beth traurig. „Als wir ihn in seiner neuen Wohnung abgesetzt haben, wirkte er ziemlich sicher, dass er nicht wieder nach Hause kommen würde. Er redet immer noch davon, dass er sich verliebt hat."

„Oh Gott", sage ich, „schlimmer als ein Teenager."

Megan beginnt zu kichern. „Glaubst du, dass Grandpa und diese Frau es wirklich tun?"

„Megan!", ruft Beth, „darüber möchte ich nicht nachdenken."

Daniel lacht.

„Das ist nicht lustig", meint Beth verstimmt. Dabei haben wir eben selbst noch darüber gelacht. Bilde ich mir das nur ein, oder reagiert sie ein bisschen gereizt auf Daniel?

„Ich weiß", sagt der. „Er ist nur ... dein Vater. Ich fasse das einfach nicht."

„Keiner von uns kann es fassen", stelle ich fest.

„Und wird Ged zu dieser tollen Party kommen?", fragt Beth.

Abgesehen von den Blumen hat Ged sich immer noch nicht blicken lassen. Er meidet peinliche Situationen oder Gefühle, und Mums Haus quillt über davon.

„Ich könnte Rachel anrufen", schlage ich vor. „Ich bin mir ziemlich sicher, dass sie hinter den Blumen steckt. Und es sieht ganz so aus, als könnte sie unsere Schwägerin werden."

Geds Freundinnen sind im Allgemeinen eine flüchtige Angelegenheit, deshalb haben Beth und ich schon gar nicht mehr versucht, uns mit ihnen anzufreunden. Aber Rachel scheint er tatsächlich treu ergeben zu sein. Obendrein ist sie schwanger und gehört damit zur Familie, soweit es mich angeht.

„Was ist mit eurem Vater?", fragt Daniel. „Weiß er schon von der Feier? Vielleicht sollte jemand mit ihm reden."

Beth seufzt. „Ich werde ihn besuchen. Das habe ich schon viel zu lange aufgeschoben."

Arme Beth. Sie hatte immer eine besondere Beziehung zu Dad. Ich vermute, dass sein Absturz sie viel härter getroffen hat als uns. Sie ist jedenfalls noch nicht bereit, ihm jetzt schon zu verzeihen.

„Ich kann mir nicht vorstellen, dass er die Einladung annimmt", fährt sie fort. „Aber versuchen werde ich es."

Beth

„Hi, Dad." Ich umarme ihn kurz, als ich seine Wohnung betrete. Müde wirkt er. Und dünn. Bestimmt isst er nicht anständig. Die Wohnung sieht noch trostloser aus, als ich sie in Erinnerung habe, und er hat nichts getan, um daran etwas zu ändern. In der Spüle türmen sich schmutzige Tassen, und im Wohnzimmer liegen überall Zeitungen, Zeitschriften und leere Fastfood-Kartons herum.

„Und, wie läuft das Singleleben?", frage ich mit einem Blick auf das Chaos. Ich bin entsetzt und traurig zugleich, dass er in so erbärmlichen Verhältnissen lebt.

Dad verzieht das Gesicht.

„Ich muss gestehen, dass ich nicht ganz zu schätzen wusste, wie viel deine Mum im Haushalt tut."

Wie kommt es nur, dass mir nie aufgefallen ist, was für ein Neandertaler mein Dad ist? Ich schätze, ich habe es darauf geschoben, dass beide einer anderen Generation angehören, und Mum die Schuld gegeben, weil sie ständig hinter ihm her räumt. Zum ersten Mal frage ich mich, ob dieses Urteil wirklich fair war. Was, wenn Mum geglaubt hat, das tun zu müssen, um ihn zu halten? Was weiß ich, ob er sie nicht schon früher hintergangen hat. Sein Verhalten scheint untypisch für ihn zu sein, aber wer weiß, vielleicht stimmt das gar nicht? Früher hat Mum gearbeitet, aber sie hat nie so etwas wie eine Karriere gemacht. Sie sagte immer, wir seien ihr Beruf. Und dann sind wir ausgezogen, und ihr Leben konzentrierte sich auf Dad. Was bleibt ihr dann jetzt noch? Sie haben eine sehr traditionelle Ehe geführt: Dad kümmerte sich um den Garten, häusliche Reparaturen und die Rechnungen, Mum um den Haushalt und den Herd, aber das schien beiden zu gefallen. Plötzlich erkenne ich, dass Dad das alles offenbar für selbstverständlich gehalten hat.

Ich seufze verärgert.

„Dad! Das ist doch nicht schwer. Du musst nur immer gleich aufräumen, abwaschen und putzen."

„Ich werde mich daran gewöhnen", sagt er. „Ich schätze, ich muss mich an vieles gewöhnen."

Ich mustere ihn scharf. Glaubt er, dass er einen Fehler gemacht hat?

„Du fehlst ihr, weißt du."

Dad wirkt ein wenig beschämt.

„Nun, mir fehlt sie auch", sagt er, „aber das ändert nichts. Lilian und ich wollen zusammen sein."

Wo ist sie jetzt? Am liebsten hätte ich ihn das gefragt. Es ist Samstagabend, aber Dad ist allein in seiner Wohnung. Vielleicht überlegt er es sich ja noch einmal anders. Und vielleicht können Schweine fliegen. Ich weiß, dass ich mir Illusionen mache, aber er ist sichtlich schuldbewusst, und ich nutze meinen Vorteil.

„Du weißt, dass Mum bald Geburtstag hat."

Jetzt packt ihn erkennbar die Panik.

„Sie wird siebzig. Und hat sich mit Sicherheit nie vorgestellt, diesen Geburtstag allein verbringen zu müssen."

Dads Panik verwandelt sich in Schuldgefühle.

„Ja", murmelt er. „Sie hat was von einer Feier gesagt."

„Sie möchte, dass du kommst. Wirst du das tun?"

Dad macht sich überflüssigerweise am Teekessel zu schaffen.

„Wäre ich denn willkommen? Ich weiß, dass es euch alle sehr getroffen hat, was ich getan habe. Bitte, Beth, du musst mir glauben. Ich will deine Mum nicht verletzen, aber Lilian ist das Beste, was mir seit Jahren begegnet ist. Ich wünschte, dass niemand darunter leiden müsste, aber leider scheint das nicht möglich."

Er wirkt so verloren, und obwohl ich immer noch sauer auf ihn bin, möchte ich ihn am liebsten drücken.

„Du bist immer noch unser Dad", sage ich. „Ohne dich wäre es nicht dasselbe. Bitte, komm."

Dad scheint sich zu freuen, dass ich das gesagt habe.

„Gut", meint er. „Ich komme gern. Aber dadurch ändert sich nichts. Das müsst ihr begreifen. Zwischen mir und deiner Mum ist es vorbei. Schon seit längerer Zeit."

„Ich weiß."

Zwar bin ich mir nicht sicher, dass Mum das auch so sieht, aber sei's drum …

Daniel

„Wohin willst du?" Sam eilte zur Haustür und machte den Eindruck, etwas verbergen zu wollen. Seit dem Debakel mit Reggie war er noch weniger mitteilsam als zuvor. Infolgedessen hatte Daniel keine Ahnung mehr, was sein Sohn so trieb. Er kam und ging nach Belieben, obwohl Beth ihn anschrie. Die ständigen lautstarken Streitereien bereiteten Daniel Kopfschmerzen und führten, soweit er feststellen konnte, zu rein gar nichts. Er hatte versucht, sich herauszuhalten, weil er fürchtete, sein Eingreifen würde alles nur noch schlimmer machen, aber inzwischen hatte er die Nase voll davon, dass Sam seine Mutter offenbar für selbstverständlich hielt.

„Was geht dich das an?" Sams Streitlust kam überdeutlich rüber.

„Auch wenn du beinahe erwachsen bist, lebst du immer noch unter meinem Dach", erklärte Daniel. „Und es ist eine Frage der Höflichkeit, andere wissen zu lassen, was du vorhast."

„Ich gehe weg", sagte Sam.
„Wohin?"
„Raus."
„Wann kommst du wieder?"
„Später."
„Um wie viel Uhr?"
„Weiß ich noch nicht. Ich nehme das Auto."
„Nein, das tust du nicht. Ich brauche es vielleicht noch."

Er brauchte es nicht, und er wusste, dass er sich kleinlich verhielt, aber dass Sam einfach davon ausging, das Auto benutzen zu können, ärgerte ihn.

„Okay. Darf ich bitte das Auto nehmen?"
„Warum brauchst du es?"
„Weil ich ausgehe."
„Vielleicht sage ich Ja, wenn du mir sagst, wohin du willst."
„Oh, verdammt noch mal, Dad, ich bin fast achtzehn. Ich muss dir nicht mehr alles sagen, was ich tue."

Plötzlich fühlte Daniel sich bleiern müde. Er wollte nicht mit Sam streiten, und er wollte auch nicht, dass es zu einer Situation kam, in der Sam das Auto einfach nahm, ohne vorher zu fragen.

„Na schön", gab er nach. „Nimm das blöde Auto. Aber komm nicht zu spät nach Hause."

Sam murmelte ein Dankeschön, schnappte sich die Autoschlüssel, und weg war er. Daniel kam sich vor wie ein Komplettversager.

Zehn Minuten später tauchte Megan auf.

„Kann ich ein bisschen Geld haben?"

„Wofür?"

„Ich gehe mit den anderen Mädchen ins Nando's."

„Was wird mit dem Abendessen?"

„Ist geklärt, ich habe es Mum gesagt", gab Megan leichthin zurück.

„Na schön", sagte Daniel, gab ihr einen Zwanziger und hatte das Gefühl, ausgetrickst worden zu sein.

„Wann kommst du nach Hause und wie?"

„Ich schicke euch nachher eine SMS", sagte Megan. „Und Alis Mum bringt uns nach Hause."

„In Ordnung, melde dich."

Er sah seiner Tochter nach, die in einem Wirbel von Make-up und Parfüm verschwand. Dann ging er ins Wohnzimmer und setzte sich schweren Herzens vor den Fernseher. Seine Kinder wurden erwachsen und entfernten sich immer weiter von ihm. Mochte die Zeit, als sie klein gewesen waren, auch noch so schwierig gewesen sein – heute wurde ihm bewusst, wie einfach das Leben damals gewesen war.

Früher hätten Beth und er einen Samstagabend ohne die Kinder genossen, aber jetzt hatte er das Gefühl, dass sie ihm aus den Händen glitten. Die beiden rannten von ihnen fort in eine Zukunft hinein, von der er und Beth kein Teil mehr waren. Und statt die Freizeit mit ihr zu genießen, fand er sich plötzlich ganz allein, denn seine Frau war noch bei ihrem Vater. Er kam sich verlassen vor. Also beschloss er, Josh anzurufen und zu fragen, ob sie sich auf ein Bier treffen sollten. Josh war sein bester Freund aus Collegezeiten, und sie hatten sich lange nicht mehr gesehen.

Er griff nach seinem Telefon und warf einen Blick auf sein Facebookprofil.

Das Erste, was er sah, war ein Bild von Sam, online gestellt erst vor wenigen Sekunden ... Er war bei Reggie.

Endlich lerne ich meinen Grandad kennen, hatte Sam geschrieben. *Umwerfend.*

Daniel war zutiefst schockiert. Er konnte nicht fassen, was er da sah. Schon wieder hatte Sam ihn belogen. Oder doch zumindest nicht ganz die Wahrheit gesagt. Da sah er es, schwarz auf weiß: Sam hatte seinen Arm um Reggies Schultern gelegt. Der Schock des Verrats traf ihn wie ein Faustschlag in den Magen. Sam wirkte auf eine Weise glücklich und entspannt, wie er es in Daniels Gegenwart niemals war.

Daniel ließ sich auf seinem Sitz zusammensinken. Ihm wurde übel beim Anblick des freudestrahlenden Gesichtes seines Sohnes. Er hatte das Gefühl, seinen Sohn an Reggie zu verlieren. Und es gab nichts, was er dagegen tun konnte.

Das kleinste Engelchen

Das kleinste Engelchen flog und flog, so schnell es seine Flügel trugen. Es war so weit von zu Hause fort.

Irgendwann landete es auf dem Turm einer großen Kathedrale. Es machte Pause, um wieder zu Atem zu kommen. Immer noch folgte es dem Stern, aber er war so weit entfernt.

„Bonjour! Wer bist du?" Eine Ratte steckte den Kopf zwischen den Dachsparren hervor.

„Ich bin ein Engel, und ich habe mich verirrt", antwortete das Engelchen. „Ich versuche nach Hause zu kommen, um das neue Baby zu finden und seine Geburt zu verkünden."

„Dann musst du in diese Riischtung fliegen", sagte sein neuer Freund. „Viel Glück!"

Vanessa Marlow: *Ich weiß nicht, ob wir wirklich französische Wörter nehmen sollten. Das ist für kleine Kinder.*
Vanessa Marlow: *Und der Akzent – ist das nicht ein bisschen stereotyp?*
Beth King: *Ähm, das sollte witzig sein?*
Vanessa Marlow: *Ich bin mir nicht sicher, ob es so schon stimmig ist. Muss es unbedingt eine Ratte sein? Wäre eine Maus nicht niedlicher?*
Beth King: *Na schön, Vanessa, du bekommst deine Maus.*

ZWEITER TEIL

Der lange Weg nach Hause

April bis Juni

Das kleinste Engelchen

Das kleinste Engelchen flog mit neuer Entschlossenheit weiter. Es flog und flog und flog so lange nach Osten, bis es das Land der Pyramiden erreichte, von dem ihm die Taube auf dem Markusplatz erzählt hatte.

Dort traf es ein mürrisch dreinschauendes Kamel.

„Hallo", sagte es. „Ich bin der allerkleinste Engel, und ich suche nach dem neugeborenen Baby."

„Dann musst du in diese Richtung fliegen", sagte das Kamel. „Der Stern wird dich leiten."

„Oh, ich danke dir", sagte das Engelchen und machte sich wieder auf den Weg.

Vanessa Marlow: *Muss das Kamel mürrisch dreinschauen?*
Beth King: *Was stört Sie an einem mürrisch dreinschauenden Kamel? Mir gefällt mein mürrisches Kamel.*
Vanessa Marlow: *Kann es nicht niedlich sein?*
Beth King: *Muss es das?*
Vanessa Marlow: *Ja.*

10. Kapitel

Daniel

„Seid ihr so weit?" Daniel wartete an der Tür und fragte sich nicht zum ersten Mal, warum seine Familie so lange brauchte, um aus dem Haus zu kommen.

Beth war hektisch dabei, letzte Hand an den Kuchen zu legen; Megan stylte sich zum x-ten Mal die Haare neu, und Sam ließ sich nicht blicken. Er hatte so lange herumgemosert, dass er keine Lust habe mitzukommen, dass Beth schließlich damit gedroht hatte, ihm das Taschengeld zu kürzen. Darüber war es zu einem heftigen Streit gekommen. Beth neigte dazu, schwere Geschütze aufzufahren, wenn sie wütend war. Problematisch hatte Daniel das schon immer gefunden, jetzt aber kam er besonders schlecht damit zurecht. Seit zwei Wochen nagte es an ihm, dass Sam sich hinter seinem Rücken mit Reggie getroffen hatte, und immer noch war es ihm nicht gelungen, die richtigen Worte zu finden, um zum Ausdruck zu bringen, was er diesbezüglich empfand. Als Sam seiner Mutter gegenüber frech wurde, wäre Daniel fast ausgerastet, aber es gelang ihm gerade noch, sich zu beherrschen. Und tatsächlich entschuldigte Sam sich in diesem Fall bei Beth, als er sich wieder ein bisschen beruhigt hatte, und versprach, doch mitzukommen. Das war mehr, als sie zu hoffen gewagt hatten.

Daniel war unschlüssig, was die Party anging. Ursprünglich

war es nur um eine Feier im Familienkreis gegangen, aber inzwischen schien etwas sehr viel Größeres daraus geworden zu sein. Seiner Meinung nach hätte Mary besser daran getan, kein so großes Tamtam zu machen, und ob es wirklich eine gute Idee gewesen war, Fred einzuladen, bezweifelte er stark.

„Aber sie sollte diesen besonderen Geburtstag richtig feiern können", beharrte Beth, „und Dad ist ihr einiges schuldig. Er muss kommen. Außerdem möchte Mum Rachel zeigen, dass sie es nicht mit einer total zerrütteten Familie zu tun hat."

„Aber es ändert doch nichts, wenn dein Dad zu der Feier eingeladen ist. Ich kann mir nicht vorstellen, dass Rachel nicht mitbekommt, was hier vorgeht."

„Vielleicht nicht", gab Beth zu. „Aber du kennst doch Mum. Sie hat keinen Zweifel daran gelassen, dass Dad kommen soll."

„Ich hoffe nur, das Ganze endet nicht in Tränen", sagte Daniel und ließ es dabei bewenden. Er hatte den Eindruck, dass er und Beth in den letzten Wochen ziemlich kurz angebunden miteinander umgingen. Zum Teil lag das an ihrer Arbeit an dem neuen Buch, die immer noch nicht gut voranging, und zum Teil an der Sache mit Reggie. Obwohl Beth seine Haltung gegenüber Reggie inzwischen akzeptiert hatte, war sie immer noch der Meinung, es sei unfair, Sam und Megan davon abzuhalten, sich mit ihm zu treffen.

„Es ist in Ordnung, wenn du ihn nicht sehen willst", sagte sie, „aber ich verstehe einfach nicht, warum daraus ein Problem für die Kinder werden soll. Sie sollten die Chance bekommen, etwas über ihre Familiengeschichte zu erfahren."

Daniel hatte Beth noch nichts von dem Foto erzählt, das er auf Sams Facebookprofil entdeckt hatte. Er befürchtete aber, wenn er nachhakte, würde er womöglich herausfinden, dass sie längst alles darüber wusste. Trotz ihrer häufig explosiven Beziehung neigte Sam dazu, Beth einiges zu erzählen. Daniel wusste, dass Sam sich seit Reggies Auftauchen abgekapselt hatte, und er fand keinen Weg, das zu ändern. Deshalb waren sie beide reizbar, und Beth fuhr ihn häufiger wegen Kleinigkeiten an, zum Beispiel, weil er sich nicht genügend an der Hausarbeit beteiligte und ihr nicht beistand, wenn Megan abends später heimkam, als sie sollte. Bisher war es aber noch nicht zu einem offenen Streit gekommen, eher verfielen sie in Schweigen, wenn Unterhaltungen zu gereizt verliefen. Es beunruhigte Daniel, dass sie nicht genügend miteinander redeten, aber dann gab es auch immer wieder Tage, an denen er nach Hause kam und alles normal schien. Also kam er zu dem Schluss, dass er wohl nur Gespenster sah. Jede Ehe hatte ihre Höhen und Tiefen, und gerade jetzt erlebten sie eben eine Phase, in der nicht alles rundlief.

Endlich tauchte Beth mit dem Kuchen und einigen Luftballons auf, gefolgt von Megan in einem superkurzen Minirock – „Das ist unpassend, junge Dame", meinte Beth und schickte sie zurück ins Haus, damit sie sich umzog; schließlich kam auch Sam maulend die Treppe herunter. Er sah aus, als wäre er gerade erst aus dem Bett gefallen, und beklagte sein Schicksal.

„Kannst du deiner Grandma nicht wenigstens diesen einen Gefallen tun?", fragte Beth verärgert, und Sam hatte immerhin so viel Anstand, ein wenig beschämt zu wirken.

Eine ganze halbe Stunde nachdem Daniel hatte losfahren wollen, waren sie endlich unterwegs, und er seufzte erleichtert. Zu spät zu kommen, hasste er wie die Pest.

„Dad ist noch nicht da", begrüßte Lou sie an der Tür, jetzt schon sichtlich nervös. „Mum dreht völlig durch. Er wird doch kommen, oder?"

Beth zuckte die Achseln. „Hat er gesagt. Es sei denn, die böse Hexe Lilian hat ihn verhext und überredet, es doch nicht zu tun."

„Er muss kommen", sagte Lou. „Es wäre absolut schrecklich für Mum, wenn er nicht käme."

Daniel war sich da nicht so sicher, aber er zog es vor, den Mund zu halten. Stattdessen ging er ins Haus und begrüßte seine Schwiegermutter.

„Du siehst zauberhaft aus", sagte er und küsste sie. Es stimmte. Sie trug ein schlichtes Samtkleid, dazu eine Perlenkette, und ihre grauen Haare waren zu einer flotten Kurzhaarfrisur geschnitten. Seit Fred sie verlassen hatte, hatte sie abgenommen. Das stand ihr, sie wirkte ausgesprochen elegant. Fred war ein Dummkopf, sie einfach so aufzugeben.

„Hast du schon einen Drink, Mary?", fügte er hinzu und sorgte dann dafür, dass seine Schwiegermutter es sich bequem machte, während er und die Kinder das Haus mit Ballons und anderen Dekorationen schmückten und Beth und Lou in der Küche verschwanden.

Es klingelte an der Tür: Ged und Rachel kamen. Und dann trudelten rasch nacheinander eine ganze Menge Freunde und Verwandte ein. Es sah ganz danach aus, als hätte Mary jeden eingeladen, den sie kannte. Daniel konnte nur hoffen, dass das Ganze nicht in einer Katastrophe endete.

Beth

Die Feier ist in vollem Gange, aber Dad ist immer noch nicht aufgetaucht. Lou, Ged und ich ziehen uns in die Küche zurück, um Kriegsrat zu halten.

„Soll ich ihn noch mal anrufen?", fragt Lou.

„Sinnlos", sage ich. „Er hat anscheinend sein Telefon abgeschaltet. Ich glaube einfach nicht, dass er nicht kommt. Er hat es *versprochen*."

Seit meinem letzten Besuch bei Dad bin ich ihm gegenüber ein bisschen weicher geworden. Obwohl er sich das Chaos, in dem er lebt, selbst zuzuschreiben hat, ertrage ich den Gedanken an ihn in dieser scheußlichen Wohnung nur schwer. Jetzt aber bin ich wieder stinksauer auf ihn.

„Vielleicht hat er es sich anders überlegt", meint Ged. „Vielleicht ist er zu dem Schluss gekommen, dass das keine so gute Idee ist"

„Ich neige dazu, ihm recht zu geben", sagt Lou, „aber Mum hat darauf bestanden, dass er kommt."

„Tja, wenn du mich fragst, ist sie ohne den alten Mistkerl besser dran", stellt Ged fest. „Er hat sie behandelt wie den letzten Dreck."

„Ja, damit kennst du dich ja bestens aus", meine ich zuckersüß. „Das hat aber keine der armen Irren davon abgehalten, dir nachzurennen."

„Ich bin inzwischen geläutert", meint Ged von oben herab.

„Ha, wer's glaubt ..."

„Oh, ihr Kleingläubigen", seufzt Ged und spielt den Gekränkten. „Ich hatte einfach noch nicht die Richtige getroffen."

„Oh, Ged hat endlich die Richtige kennengelernt", neckt ihn Lou. „Frauen der Welt, ihr dürft euch entspannen."

Er versetzt ihr einen spielerischen Knuff. „Vielleicht sollte ich zu Dad fahren und von Mann zu Mann mit ihm reden."

„Keine gute Idee", werfe ich ein. „Entweder ihr kriegt euch in die Haare oder ihr lasst euch beide volllaufen oder beides."

Ged und Dad haben sich nie wirklich gut verstanden. Bei ihrer letzten Diskussion über Geds katastrophale finanzielle Verhältnisse schlugen die Wogen so hoch, dass ich schon befürchtete, es könnte zu einer Prügelei kommen.

In diesem Augenblick klingelt es an der Tür, und ich beeile mich zu öffnen.

Dad steht vor mir, einen leicht zerdrückten Blumenstrauß in der Hand. Er wirkt, als wäre ihm das Ganze äußerst unangenehm.

„Habt ihr noch Platz für einen Gast?", fragt er.

Lou

Wir sind allesamt über die Maßen erleichtert, als Dad endlich eintrudelt. Was auch immer als Nächstes geschehen mag, er ist wenigstens gekommen. Mum schlägt sich fantastisch. Sie haucht ihm ein kurzes Küsschen auf die Wange.

„Hallo, Schatz. Ich freue mich sehr, dass du kommen konntest", sagt sie. „Du siehst aus, als hättest du eine Woche nicht geschlafen."

„Glückwunsch zum Geburtstag, Mary", sagt er verlegen und drückt ihr die Blumen in die Hand.

„Wie nett von dir", sagt sie. „Das wäre aber nicht nötig gewesen. Ich stelle sie eben in eine Vase. Derweil kümmern sich die Kinder um dich." Damit verschwindet sie in der Küche und widmet sich anschließend mit Bedacht ihren Gästen. Ich beobachte sie, wie sie redet und lacht, Witze macht und unterhält. Niemand, der sie nicht kennt, käme auf die Idee, dass das dieselbe Frau ist, die vor wenigen Wochen noch kaum einen Fuß vor die Tür setzen mochte. Dennoch kann ich sehen, wie viel Mühe sie das kostet. Sieh mich an, gibt sie Dad zu verstehen, willst du das *wirklich* aufgeben?

Dad landet schließlich in der Küche, wo er mit Ged und Daniel plaudert. Ich glaube, dass sie alle drei bemüht sind, sich im Hintergrund zu halten.

„Verkriecht euch hier nicht zu lange, Jungs", warne ich sie. „Irgendwem wird es auffallen."

„Wir kommen gleich rüber", sagt Daniel. „Wir sprachen gerade über Beths Geburtstag. Ich würde gern eine Überraschungsparty zu ihrem vierzigsten im Juli organisieren. Was hältst du davon?"

„Das ist eine tolle Idee, Daniel", antworte ich. „Lass uns ein anderes Mal darüber sprechen. Jetzt mischt euch bitte unter die Gäste."

Zurück im Wohnzimmer, entdecke ich Rachel, die allein in einer Ecke sitzt und ein bisschen verloren wirkt.

„Ged hat dich doch nicht bereits sitzen lassen, oder?", frage ich. „Zumal du schon so kurz vor dem Geburtstermin stehst. Jetzt sollte er ständig an deiner Seite sein. Am liebsten würde ich ihm den Marsch blasen."

Sie lacht.

„Mir geht es gut", sagt sie. „Ist ja nicht so, dass ich jede Minute in den Wehen liegen werde. Ged ist das Ganze hier etwas unangenehm. Ich glaube, er wollte sich nur ein bisschen zu den Männern verdrücken.

„Genau." Rachel gefällt mir. Sie scheint Ged sehr gut zu kennen.

„Lass nicht zu, dass er dich herumschubst", warne ich sie. „Ich liebe meinen kleinen Bruder, aber ..."

„... er kann ein richtiges Arschloch sein?", vollendet Rachel. „Da sagst du was. Weißt du, ich musste ihn tatsächlich für eine Weile verlassen, um sicherzustellen, dass er sich dem Baby gegenüber anständig verhält. Aber ich glaube, inzwischen ist er bereit, eine Familie zu gründen."

„Tatsächlich? Was ist geschehen?"

„Auf Bali habe ich festgestellt, dass ich schwanger bin, und er ist deswegen ein bisschen in Panik geraten", erzählt Rachel.

„Kann ich mir vorstellen." Nur zu gut sogar kann ich mir vorstellen, wie entsetzt mein leichtsinniger Bruder gewesen sein muss, als er feststellte, plötzlich Verantwortung übernehmen zu müssen.

„Also sagte ich, wenn er nicht bei mir bleiben und es richtig machen wolle, dann würde ich nach Hause zurückkehren und ihn nie wiedersehen."

„Ich werd verrückt." Keine der früheren Freundinnen meines Bruders hätte die Nerven oder den Verstand gehabt, ihn so herauszufordern. „Was ist dann geschehen?"

„Ich bin bis zum Flughafen gekommen. Dort fing er mich in letzter Minute am Check-in-Schalter ab, warf seine Arme um mich und sagte, er könne den Gedanken an ein Leben ohne mich nicht ertragen. Ob ich nicht mit nach England kommen und seine Familie kennenlernen wolle."

Ich breche in Lachen aus.

„Köstlich! Weiter so, Rachel – du Mädchen, das Ged gezähmt hat."

Rachel grinst. „Wir lieben einander, weißt du."

„Ich glaube, du tust ihm sehr gut", sage ich. „Ich gehe davon aus, dass du hinter den Blumen für Mum steckst? Dass Ged von sich aus an so etwas denken würde, kann ich mir nicht vorstellen."

„Ged benimmt sich eurer Mutter gegenüber viel zu ungezogen. Ein solches Benehmen werde ich unserem Sohn keinesfalls durchgehen lassen."

„Oh, ihr erwartet einen Jungen? Wie schön", sage ich. Typisch Ged. Natürlich hat er nicht daran gedacht, das irgendwem zu erzählen.

„Allerdings, und ich werde auf jeden Fall sicherstellen, dass er keine schlechten Gewohnheiten von seinem Dad annimmt."

Ich lache. Rachel gefällt mir immer besser. Offensichtlich hat Ged endlich eine ebenbürtige Partnerin gefunden.

Gläser klingen, und mir wird plötzlich klar, dass Mum eine Rede halten will. Davon hat sie uns vorher nichts gesagt. Oh Gott, was will sie ansprechen?

Rachel und ich schauen einander nervös an. Ich hoffe nur, dass Mum nicht wieder getrunken hat. Ob ich damit umgehen könnte, weiß ich nicht.

„Ich danke euch allen, dass ihr zu meiner Feier gekommen seid", erklärt Mum. „Ganz so habe ich mir meinen siebzigsten Geburtstag nicht vorgestellt, aber da zeigt sich mal wieder, dass man nie zu alt ist für Veränderungen, auch wenn sie einem aufgezwungen werden. Trinken wir auf ein zügelloses Alter!"

Sie hebt das Glas, und alle prosten ihr zu. Ich bin mir nicht sicher, wie viele der Gäste wirklich wissen, was los ist. Mein Blick wandert hinüber zu Dad, der in der Tür steht. Er wirkt etwas verloren, wie ein Kind, das man vorm Süßwarenladen hat stehen lassen.

Oh, guter Schachzug, Mum, guter Schachzug.

11. Kapitel

Lou

„Hallo, Louisa." Dad klingt ungewohnt nervös am anderen Ende der Leitung. „Ähm, ist deine Mum zu Hause?"

Mühsam unterdrücke ich ein Lachen. Er klingt, wie Beths Freunde zu Schulzeiten klangen, wenn sie anriefen, um mit ihr zu sprechen. Schon seltsam, ihm so anzuhören, wie unbehaglich er sich fühlt.

Zwei Wochen sind vergangen seit Mums Geburtstagsfeier, und Dad hat jeden Tag angerufen. Ich komme nicht dahinter, was da läuft. Ist er noch mit Lilian zusammen? Will er zurückkommen? Wenn ja, zeigt er das nicht gerade deutlich. Mum verhält sich recht unhöflich, sie geht entweder nicht ans Telefon oder sorgt dafür, dass sie nicht zu Hause ist, wenn er anruft. Ich bin ziemlich beeindruckt. Dass sie dazu fähig ist, hätte ich nie gedacht. Sie ist beinahe jeden Abend unterwegs, hat angefangen, einen Zumba-Kurs zu besuchen, arbeitet ehrenamtlich in einem karitativen Secondhand-Laden mit und hat sich sogar mal mit James verabredet. Na ja, sie behauptet, es sei kein Date gewesen, aber dafür hat sie ziemlich lange überlegt, was sie anziehen soll. Für ganz fair gegenüber James halte ich das nicht. Es ist offensichtlich, dass er sie mag, und ich finde, sie sollte ihn nicht benutzen, um Dad zurückzugewinnen.

Das habe ich ihr auch gesagt, aber sie zuckt nur die Achseln und meint: „James ist ein Freund. Er versteht, dass ich noch nicht bereit bin, eine Beziehung zu ihm einzugehen."

„Du spielst mit dem Feuer", warne ich, aber sie ignoriert meine Warnung und macht Ausflüchte, warum sie nicht mit Dad sprechen kann.

Nur ein einziges Mal haben sie miteinander gesprochen, und da hat sie sehr betont, dass sie mit einem Freund zum Essen gehen wolle. Ich hoffe, sie weiß, was sie tut. Mir ist klar, dass sie so tut, als wäre sie schwer zu kriegen, aber wenn James zwischen die Fronten geriete, täte mir das außerordentlich leid. Seltsamerweise scheint ihre Vorgehensweise zu wirken. Dad ist eindeutig bemüht, wieder Kontakt aufzunehmen, während Mum sich dem erfolgreich entzieht.

„Mum ist nicht zu Hause, Dad."

„Weißt du, wann sie zurück sein wird?" Die Eine-Million-Dollar-Frage. Zurzeit liege ich häufig schon im Bett, wenn Mum nach Hause kommt.

„Nein, keine Ahnung", erkläre ich ihm. „Im Augenblick kommt und geht sie, wie sie will."

„Oh." Dad klingt so niedergeschlagen, dass er mir ganz schön leidtut. Also schlage ich aus einem Impuls heraus vor: „Warum kommst du am Sonntag nicht zum Essen? Wenn Mum nicht da ist, koche ich."

„Das wäre schön", sagt Dad. „Und würdest du deiner Mum bitte sagen …"

„Ja?"

„Ach … nichts." Damit legt er auf.

„Wer war das?" Mum ist gerade vom Zumba zurück. Das bekommt ihr offenbar gut. Sie wirkt strahlend und kerngesund.

„Dad. Er möchte dich sehen."

„Ach, möchte er das?" Sie kann ihr Triumphgefühl nicht verbergen.

„Ich habe ihn für Sonntag zum Essen eingeladen", sage ich. „Wenn du ausgehen möchtest, tu's ruhig. Das geht in Ordnung."

„Nein, ich werde hierbleiben", sagt Mum und lächelt selbstzufrieden in sich hinein. „Ich glaube, ein Essen ist eine ausgezeichnete Idee."

Daniel

Daniel saß im Bett und beschäftigte sich mit liegen gebliebenem Papierkram. Er war hundemüde und wollte früh schlafen. Beth hatte unten noch zu tun; sie meinte, das käme ihr gerade recht, da Sam ausgegangen war und sie erst zu Bett gehen wolle, wenn er wieder zu Hause sei. Sam hatte nicht gesagt, wohin er wollte, aber Daniel konnte es sich gut vorstellen.

Irgendwann hörte er die Haustür ins Schloss fallen. Dann sprachen Sam und Beth noch eine Weile im Wohnzimmer miteinander, bevor schließlich Schritte auf der Treppe erklangen und er Sam „Nacht!" rufen hörte. Viel war das nicht, aber immerhin Kommunikation.

Kurz danach kam Beth ins Schlafzimmer. Sie wirkte nachdenklich.

„Hatte Sam einen netten Abend?", fragte Daniel.

„Ja." Offenbar wollte sie noch etwas hinzufügen, überlegte es sich aber anders und verschwand im Bad.

„Hat er gesagt, wo er war?", fragte Daniel, als sie zurückkam.

Beth zögerte. „Es wird dir nicht gefallen …"

„Er hat Reggie besucht, richtig?", meinte Daniel trocken. Sie wusste Bescheid, das sah er ihr sofort an. Wie lange hielt sie das schon vor ihm geheim? Er spürte, wie die mittlerweile vertraute Wut in ihm hochkam.

„Woher weißt du das?"

„Beim letzten Mal hat er auf seinem verdammten Facebookprofil damit geprahlt."

„Ist das denn wirklich so schlimm?", fragte Beth sanft, aber Daniel ließ sich nicht beschwichtigen.

„Ich will nicht, dass unser Sohn etwas mit diesem Mann zu schaffen hat. Ich habe dir gesagt, warum ich nichts mit ihm zu tun haben will."

„Ich weiß, und ich verstehe das, Daniel. Aber er ist nicht Sams Dad. Er kann Sam nicht so verletzen, wie er dich verletzt hat. Sam hat schließlich uns."

Daniel seufzte. „Das mag wohl sein, Beth. Es ist trotzdem verflixt schwer, weil ich weiß, wie er war. Es bereitet mir Sorge, dass Sam ihn näher kennenlernt."

„Aber er scheint heute anders zu sein. Vielleicht hat er sich verändert."

„Vielleicht hat er das, aber ich kann nicht vergessen."

„Glaubst du, du könntest lernen zu vergeben?"

Daniel hätte wissen müssen, dass sie das sagen würde. Beth wollte immer alles wieder ins Lot bringen.

„Ach, vergiss es", sagte er. „Wenn Sam sich mit Reggie treffen will, kann ich ihn nicht daran hindern. Gefallen muss es mir aber nicht."

„Daniel, sei doch nicht so." Beth beugte sich vor, um nach seiner Hand zu greifen, aber Daniel schüttelte sie ab. Er wusste, dass er unfair war, aber er drehte ihr den Rücken zu.

„Ich will jetzt schlafen", sagte er und schaltete seine Nachttischlampe aus.

Seufzend kroch Beth zu ihm ins Bett und schaltete ihre eigene Lampe aus, während Daniel wach lag und innerlich kochte. Trotz seiner Erschöpfung konnte er nicht einschlafen. Immer wieder kreisten seine Gedanken um die Dinge, die zu vergessen er sich so sehr bemüht hatte.

Er konnte einfach nicht darüber reden. Über all die Jahre, bevor sein Vater fortging, in denen er geglaubt hatte, es sei seine Schuld, dass Reggie immer wütend war, auch wenn seine Mutter das Gegenteil behauptete. Und dann jene schicksalsschwere Reise in die Vereinigten Staaten, bei der er seinen Dad in seiner neuen Bude besucht hatte, nur um zu sehen, dass er in wilder Ehe mit einer anderen Frau zusammenlebte und für deren Kinder den Vater spielte, der er für Daniel nie gewesen war. Die Beziehung war längst in die Brüche gegangen, Reggie hatte die Frau nie wieder erwähnt, aber dennoch konnte Daniel nach wie vor niemandem erklären, wie sehr ihn das Gefühl der Zurückweisung und Ablehnung damals getroffen hatte. An jenem Tag beschloss er, nie wieder etwas mit seinem Dad zu tun haben zu wollen und nie wieder das Risiko einzugehen, von ihm verletzt zu werden.

Von da an hatte Daniel nur noch sporadischen Kontakt mit Reggie gehabt, und er wollte, dass das auch so blieb. Er konnte es nicht ertragen, dass Reggie aufgetaucht war und sich in die Familie zu drängen versuchte, die Daniel in den letzten achtzehn Jahren für sich aufgebaut hatte.

Was ihn ganz besonders schmerzte, war die Tatsache, dass

Sam so viel Zeit mit Reggie verbringen wollte. Obwohl er der Vater war, den er sich selbst immer gewünscht hatte, musste Daniel in den letzten Jahren erleben, dass Sam sich immer weiter von ihm entfernte. Er schien nicht zu wollen, was Beth und Daniel sich für ihn wünschten, und zog es vor, sich auf seine Musik zu konzentrieren, statt erfolgreich zu studieren. Mit mehr Glück als harter Arbeit hatte er so gerade eben die mittlere Reife geschafft, aber was seine Hochschulreife anging, sah Daniel schwarz. Sam tat einfach nicht genug dafür. Daniel erkannte durchaus, welche Anziehungskraft ein lange verloren geglaubter Großvater ausübte, der obendrein Musiker war. Er sah auch, dass Sam mit ihm vermutlich viel mehr Spaß hatte als mit seinen langweiligen Eltern. Dennoch schien es ihm einfach nicht fair, dass Sam zwar Zeit für den Mann hatte, der als Vater komplett versagt hatte, Daniel aber weitestgehend links liegen ließ.

Im Laufe der Jahre hatte Beth mehrfach versucht, Daniel nach Reggie auszufragen, aber er hatte sie immer abgewiesen. Bis jetzt hatte sie das akzeptiert, aber er wusste, dass er sie an diesem Abend verletzt hatte mit seiner Weigerung, sich ihr zu öffnen. Reggie trieb also nicht nur erfolgreich einen Keil zwischen ihn und seinen Sohn, er hatte es obendrein geschafft, für Probleme mit seiner Frau zu sorgen. Und im Augenblick wusste Daniel beim besten Willen nicht, was er dagegen unternehmen konnte.

Beth

„Du wirkst ziemlich geistesabwesend." Ich bin in London, wo ich mich in der Woche nach Ostern mit Jack treffe. Es ist ein schöner Frühlingstag, und ich habe die Kinder allein zu Hause gelassen. Sam sollte lernen, Megan trifft sich mit Freundinnen, und Daniel ist zur Arbeit gegangen, um ein paar Arbeitsgruppen bei der Wiederholung des Prüfungsstoffs zu beaufsichtigen. Ich steige in den Zug und habe dabei das Gefühl, mein Alltagsleben abzustreifen. Ich bin hin- und hergerissen zwischen Schuldgefühlen und Vorfreude. Ein paar Mal habe ich Jack angerufen, um ihn wegen einiger Ideen zu befragen, und obwohl es immer nur um die Arbeit gegangen ist, kann ich nicht anders: Ich überlasse mich Fantasien über ein Leben, in dem ich mich nicht mit familiären Problemen herumschlagen muss und mich nur darauf zu konzentrieren brauche, wie ich dieses verflixte Buch aufbaue.

Mit Jacks Hilfe habe ich endlich das Gefühl, Fortschritte zu machen. Ich genieße unsere Unterhaltungen. So inspiriert habe ich mich seit Jahren nicht mehr gefühlt.

Ich seufze. „Es ist wegen Daniel", gebe ich schließlich zu. „Ich mache mir Sorgen um ihn."

Mit Jack über Daniel zu reden, bereitet mir ein schlechtes Gewissen. Es kommt mir wie Verrat vor, aber ich bin ungeheuer erleichtert, meine Sorgen bei jemandem abladen zu können. Daniel scheint sich vor mir zu verschließen, ich dringe im Moment nicht zu ihm durch, und das hasse ich. Ich erzählte vom plötzlichen Aufkreuzen Reggies und, bevor es mir überhaupt bewusst wird, auch von Mums und Dads Trennung sowie davon, wie viele Sorgen mir die Kinder bereiten.

„Es ist, als ob alles, dessen ich mir in meinem Leben gewiss war, plötzlich ungewiss wird. Alles fällt auseinander."

„Nichts im Leben ist jemals gewiss", erwidert Jack, „und ich bin sicher, dass es nicht so schlimm ist, wie du denkst."

Er lächelt sein zauberhaftes Lächeln, und mir wird ganz warm ums Herz.

„Vielleicht nicht", sage ich, „aber witzigerweise wünschte ich mir, ich könnte die Zeit ein paar Jahre zurückdrehen. Alles schien so viel einfacher zu sein, als die Kinder noch klein waren."

Damals war das Leben keineswegs leicht gewesen, Daniel hatte seine erste Stelle als Lehrer angetreten, wir hatten unsere erste Wohnung als Familie, und obwohl es anstrengend war, sich um kleine Kinder zu kümmern, hatte ich irgendwie immer das Gefühl, dass wir an einem Strang zogen. Jetzt dagegen … bin ich mir dessen nicht mehr so sicher. Nie hätte ich gedacht, dass es schwieriger sein könnte, Eltern von Teenagern zu sein, aber in mancher Hinsicht ist es das wirklich.

Mehr als alles andere aber wünsche ich mir, ich könnte zurückgehen in die Zeit vor Weihnachten, als Mum und Dad noch zusammenlebten und miteinander auskamen wie immer. Lou scheint zwar zu glauben, dass Dad darüber nachdenkt, zu Mum zurückzukehren, aber selbst wenn das geschieht, wird nichts mehr so sein, wie es war. Und ich fühle mich dadurch in meiner eigenen Beziehung verunsichert. Es gab Zeiten, da war ich überzeugt, Daniel und mich könnte nichts auseinanderbringen, aber jetzt habe ich das Gefühl, dass sich erste Risse zeigen. Und ich sitze hier und rede mit einem anderen Mann darüber. Einem Mann, den ich ausgesprochen attraktiv finde.

Augenblicke wie dieser mit Jack regen mich zu Tagträumen über ein anderes Leben an, eine andere Wirklichkeit. Was wäre wohl geschehen, wenn vor so vielen Jahren Jack und ich ein Paar geworden wären? Was würde geschehen, wenn ich jetzt meinen Empfindungen für ihn nachgeben würde? Wir rutschen immer enger zusammen, und mir wird klar, dass ich auf eine Weise in Versuchung gerate wie noch nie zuvor. Gehe ich wirklich dieses Wagnis ein?

Jack spricht wieder. Er greift nach meiner Hand, hält sie fest. Ich lasse ihn, rede mir wider besseres Wissen ein, dass er mich nur unterstützen möchte, doch ich weiß, dass mir gefällt, wie er meine Hand hält, so fest und sicher.

„Es wird alles gut, Beth. Du und Daniel, ihr führt anscheinend eine sehr stabile Ehe. Natürlich bist du im Moment verunsichert. Aber du bist ein Glückspilz. Du hast etwas, was ich nie hatte."

Ich bin ein Glückspilz, denke ich. Er hat recht, ich bin ein Glückspilz. Und dann schaue ich in diese wunderschönen blauen Augen und denke: Verdammt noch mal, was tue ich hier eigentlich? Das ist ein Spiel mit dem Feuer. Rasch entziehe ich ihm meine Hand. Bilde ich es mir nur ein, oder drückt Jack sie ganz kurz, bevor ich das tue?

„Ich glaube, ich sollte jetzt besser gehen", sage ich. „Ich muss dringend zurück zu den Kindern."

Muss ich nicht. Sam wird inzwischen wahrscheinlich ausgegangen sein, und Megan wird, sofern sie zu Hause ist, im Wohnzimmer sitzen und über Snapchat mit Freundinnen chatten. Beiden ist es meistens egal, ob ich da bin oder nicht; manchmal komme ich mir vor wie ein Möbelstück. Trotzdem kann ich nicht bei Jack bleiben, sonst tue ich womöglich noch etwas, was ich hinterher bereue. Ich werfe einen Blick auf mein Telefon. Ein entgangener Anruf von zu Hause. Na also, ich muss jetzt wirklich los.

„Wann immer du mal reden möchtest, weißt du ja, wo ich bin", sagt Jack.

„Ja, natürlich", antworte ich. Er starrt mich noch einen Moment an, als wollte er mich herausfordern, den Blick abzuwenden. Ich gebe ihm einen Kuss auf die Wange und verlasse fluchtartig das Café. Dabei fühle ich mich, als hätte ich Daniel hintergangen, und weiß nicht einmal genau, warum.

12. Kapitel

Beth

„Daniel", melde ich mich ziemlich atemlos, als ich in den Zug nach Hause einsteige. „Gleich drei verpasste Anrufe. Ist alles in Ordnung?" Ich schaue auf meine Uhr. Der Nachmittag ist wie im Flug vergangen, und ich komme viel später nach Hause zurück, als ich geplant habe.

„Wo hast du gesteckt?" Daniel klingt gestresst und wütend. „Megan ist abgehauen."

„Was meinst du mit *Megan ist abgehauen*?"

„Wir hatten eine Auseinandersetzung wegen ihrer Hausaufgaben. Ich habe sie auf ihr Zimmer geschickt, aber da ist sie nicht. Und sie geht auch nicht an ihr Telefon."

Mist, Mist, Mist. Mein Herz beginnt zu rasen; ich spüre, wie Panik sich in mir breitmacht. In den letzten Monaten ist Megan ziemlich geladen. Der geringste Versuch, sie zu erziehen, lässt sie explodieren. Aber einfach abgehauen ist sie noch nie. Normalerweise sagt sie uns immer, wo sie steckt. Natürlich hat sie den richtigen Zeitpunkt für das erste Mal gewählt: als ich in London bin und damit meilenweit entfernt. Die meiste Zeit bin ich zu Hause und arbeite in meinem Atelier. Warum zum Teufel muss das ausgerechnet heute passieren? Auch wenn es nicht meine Schuld ist, habe ich ein schlechtes Gewissen.

„Hör mal, keine Panik jetzt", sage ich, obwohl ich ja selbst Panik in mir spüre. „Ich rufe reihum alle Mütter an, die ich kenne. Vielleicht weiß ja eine von ihnen etwas." Leichter gesagt als getan. Megan hält mich, soweit sie kann, von den Müttern ihrer Freundinnen fern. Vermutlich, damit ich hinter keine Heimlichkeit von ihr komme. So wie in dem Fall, als ich glaubte, sie würde bei einer bestimmten Freundin übernachten, und sich dann herausstellte, dass sie sich woanders einquartiert hatte, um dann in einen Club für unter Sechzehnjährige zu gehen. Ein paar Telefonnummern ihrer Freundinnen habe ich aber in meinem Telefon gespeichert. Also schicke ich SMS an sie und frage, ob sie wüssten, wo Megan steckt. Schließlich antwortet ihre Freundin Chloe: *Sacha sagt, sie sei im Park.* Erleichterung macht sich in mir breit, sofort gefolgt von einem grässlichen Gedanken.

In welchem?, frage ich hastig zurück. Bitte nicht im Prince's Park. Das ist der örtliche Treff für Teenager, wo all die schlimmen Dinge passieren. Und natürlich, als ich Chloes Rückantwort öffne, steht da, dass sie genau dorthin gegangen ist. Wie ist das möglich? Megan weiß doch, dass ich das nicht möchte. Wir haben uns oft genug darüber unterhalten, und sie sagte jedes Mal, so dämlich sei sie nicht. Und ich Volltrottel habe ihr geglaubt.

Ich rufe Daniel an. „Ich weiß, wo sie steckt", sage ich. „Im Prince's Park. Mein Zug sollte in etwa fünfzehn Minuten ankommen. Wenn du mich vom Bahnhof abholst, können wir direkt hinfahren."

Daniel stöhnt. Er weiß viel mehr als ich über die Teenager-Subkultur im Ort.

„Was zum Teufel hat sie vor?"

„Was immer Teenager normalerweise im Park tun?", sage ich. „Sehen wir einfach zu, dass wir sie finden, ja? Danach können wir uns immer noch überlegen, was wir tun."

Als der Zug in den Bahnhof einfährt, sitze ich wie auf Kohlen. Ich bete nur darum, dass Megan nichts passiert.

Daniel redet kaum mit mir, als ich in den Wagen steige.

„Warum kommst du so spät?", fragt er. „Ich bin fast wahnsinnig geworden vor Sorge. Und weshalb zum Teufel gehst du nicht ans Telefon?"

„Tut mir leid, ich habe es während der Besprechung abgeschaltet und vergessen, es wieder einzuschalten. Und das Essen anschließend hat ein bisschen länger gedauert als geplant."

„Du riechst nach Alkohol." Daniel schaut mich missbilligend an.

„Ich hatte ein Glas Prosecco", protestiere ich. Allerdings bin ich viel zu besorgt, um mich jetzt mit ihm zu streiten, und ich kann nachvollziehen, dass er sauer ist. Ich hätte früher nach Hause kommen sollen.

Den Wagen stellen wir in einer der Parkbuchten der Grünanlage ab und eilen den baumgesäumten Pfad hinunter bis zum Spielplatz. Dort hängen ein paar Teenager auf den Schaukeln herum. Mir sinkt der Mut. Sie alle rauchen, ich entdecke eine Wodkaflasche, und mir steigt der unverkennbare Geruch von Marihuana in die Nase. Na toll.

Weit und breit ist nichts von Megan zu sehen, aber ich erkenne eines der Mädchen aus der Gruppe. Sie alle wirken viel älter als Megan. Beruhigend ist das nicht.

„Kennt eine von euch Megan King?", frage ich. Allgemeines Achselzucken ist die Antwort. Nur das eine Mädchen, das mir bekannt vorkommt, antwortet.

„Ich glaube, sie ist nach Hause gegangen."

„Wann?"

„Vor etwa zehn Minuten."

Verdammt, wir haben sie verpasst. Immerhin weiß ich, dass sie vor zehn Minuten noch in Sicherheit war, aber ich habe Angst, in welchem Zustand sie jetzt sein mag.

„Sie ist dort entlanggegangen." Das Mädchen zeigt auf einen Pfad, der zu einem anderen Eingang des Parks führt. Von dort geht es auf die andere Seite der Stadt. Megan ist in der völlig falschen Richtung unterwegs.

„War sie allein?"

Noch mehr Achselzucken. Dann sagt jemand: „Ich glaube, Jake war bei ihr."

Jake? Wer ist Jake? Soweit ich weiß, kennt Megan kaum irgendwelche Jungs.

„Am besten gehe ich den Weg entlang, und du fährst mit dem Wagen zum anderen Parkeingang", schlage ich mit klopfendem Herzen vor.

„Gute Idee", sagt Daniel und läuft zurück, während ich weitergehe. Mir ist fast schlecht vor Sorge und Schuldgefühlen. Was, wenn Megan etwas passiert ist? Das würde ich mir nie verzeihen.

Ich brauche nicht lange, um sie zu finden. Auf halber Strecke zum Parkausgang stoße ich auf sie. Sie kauert am Boden und übergibt sich auf ein Blumenbeet, während ein mir unbekannter Junge ihr unbeholfen den Rücken tätschelt. Der geheimnisvolle Jake, nehme ich an.

„Oh Meg", sage ich. Ich bin unglaublich wütend auf sie, aber zugleich erleichtert, dass sie in Sicherheit ist.

Sie schaut zu mir hoch und sagt: „Ich bin so voll." Dann übergibt sie sich auf Jakes Füße.

Daniel

„Hab sie gefunden." Beths Stimme am Telefon erleichterte ihn kolossal. Daniel hatte sich die letzten Stunden mit Vorstellungen gequält, was Megan zugestoßen sein konnte, während er vergebens versucht hatte, Beth zu erreichen. Gott sei Dank hatten sie sie gefunden. „Ich muss dich aber warnen. Sie ist kein schöner Anblick", schiebt Beth hinterher. „Sie ist sehr betrunken."

Verdammt, verdammt, verdammt! Von solchen Dingen hörte er andauernd im Lehrerzimmer. Seines Wissens war Megan heute zum ersten Mal betrunken. Daniel schüttelte den Kopf. Aber wer weiß, was sie so trieb, wenn sie bei Freundinnen übernachtete. Sie erzählte ihnen ja nie etwas. Megan war sein kleines Mädchen. Er ertrug den Gedanken, dass sie sich so benahm, einfach nicht, obwohl er wusste, dass andere Kinder das taten. Auch wenn man seinen Kindern vertraute, wusste man nie, was sie hinter dem Rücken ihrer Eltern trieben. Er hatte oft mit verzweifelten Eltern gesprochen, die nicht verstehen konnten, was ihre Kinder getan hatten. Er und Beth würden sich mit Megan zusammensetzen und ein ernstes Gespräch mit ihr führen müssen. Allerdings nicht jetzt sofort.

Als Beth und Megan den Park verließen, konnte er sehen, dass Megan sich kaum auf den Beinen halten konnte und jede Menge Erbrochenes an ihr klebte.

„Scheiße", sagte er.

„Das kann man wohl sagen", meinte Beth. „Zur Strafe darf sie morgen den Wagen putzen."

Daniels Zorn löste sich schnell in Erleichterung auf. Wenigstens war seiner Tochter nichts passiert.

„Es tut mir so leid", wiederholte Megan immer wieder. „Das wollte ich nicht."

„Warst du schon mal so betrunken?" Daniel konnte nicht anders, der Lehrer kam in ihm durch. Er legte einen Arm um Megan und half Beth, sie zum Auto zu bringen. Sie mussten nun mal wissen, wie groß das Problem tatsächlich war.

„Nein!" Megans Empörung klang etwas übertrieben.

„Dann nehme ich das mal als Ja", erklärte Beth. „Junge Dame, du hast Hausarrest."

„Ja, natürlich", sagte Megan. Geradezu zwanghaft entschuldigte sie sich wieder und wieder, während sie zugleich von einem heftigen Schluckauf gequält wurde.

Trotz seiner Besorgnis musste Daniel den Drang zu lachen unterdrücken. Megan war so eine ernsthafte und reumütige Betrunkene. Ihr Verhalten erinnerte ihn daran, dass sie sich schon als kleines Kind immer übermäßig entschuldigt hatte, wenn sie etwas angestellt hatte. Sein kleines Mädchen steckte also immer noch irgendwo tief in ihr.

Schließlich zu Hause angekommen, musste Beth ihre Tochter waschen, bevor sie sie mit Handtüchern und einem Eimer – für den Fall, dass sie sich noch mal übergeben musste – ins Bett verfrachtete.

„Wenn das keinen Spaß gemacht hat", meinte Beth, als sie schließlich wieder nach unten kam.

„Ich wusste, dass irgendetwas los war", sagte Daniel. „In letzter Zeit tat sie immer so heimlich."

„Und warum hast du dann nichts davon erzählt?"

„Weil du immer so streng mit ihr bist."

„Und du bist viel zu nachgiebig", erwiderte Beth verärgert. „Sieh dir doch an, wozu das geführt hat.

Sie funkelten sich wütend an, und Daniel wollte gerade noch etwas sagen, aber dann fiel ihm seine Tochter oben in ihrem Zimmer wieder ein.

„Ach, vergiss es", meinte er. „Lass uns nicht darüber streiten, wer Schuld hat. Wenigstens ist nichts Schlimmeres geschehen."

„Ja, Gott sei Dank. Wenn ich daran denke, was hätte passieren können …"

„Denk nicht darüber nach. Es ist ja noch mal gut gegangen. Wir können nur hoffen, dass sie so etwas nie wieder tut."

Lou

Es ist Sonntagmorgen, und Mum ist schon früh putzmunter und auf den Beinen. Der Tag verspricht, schön zu werden, die Sonne scheint durchs Küchenfenster. Mum hat ein paar Narzissen aus dem Garten hereingeholt, und sie bringen einen Hauch von Frühling ins Haus. Als ich herunterkomme, blitzt und blinkt alles. Gerade habe ich über Skype mit Maria telefoniert; wir unterhalten uns oft in letzter Zeit, und wie immer, wenn ich mit ihr gesprochen habe, fühle ich mich beschwingt und positiv gestimmt. Sie hat ein Händchen dafür, mein Selbstwertgefühl zu heben.

Eigentlich hatte ich heute das Essen vorbereiten wollen, aber Mum hat den Braten schon im Ofen. Sie hat sich toll herausgeputzt und sieht in ihrem engen roten Kleid einfach bezaubernd aus. Dazu trägt sie ein Set aus Kette und Ohrringen, das Dad ihr irgendwann mal zu Weihnachten geschenkt hat, und sogar hochhackige Schuhe.

„Wow, sieh dich nur an, umwerfend schaust du aus", sage

ich. „So wird Dad auf jeden Fall klarwerden, was ihm jetzt entgeht."

„Das ist der Sinn der Sache", antwortet sie. „Jetzt sei bitte so lieb und deck den Tisch für vier Personen."

„Für vier?"

„Oh, habe ich das nicht gesagt? Ich habe James eingeladen."

„Mum!" Ich bin entrüstet. „Hältst du das für fair James gegenüber?" Dad hat das verdient, aber James hat sich Mum gegenüber so nett verhalten.

„Das war seine Idee. Ehrlich, Liebes: Ich weiß, was ich tue."

Sie geht zurück in die Küche, wo Gloria Gaynor in voller Lautstärke beteuert: „I will survive". Ehrlich, noch weniger subtil könnte sie kaum vorgehen.

Das Essen wird kein Erfolg.

James kommt als Erster und fühlt sich offensichtlich unwohl. Vielleicht ist er inzwischen zu dem Schluss gekommen, dass das Ganze doch keine gute Idee war. Wir beide unterhalten uns ziemlich verworren über Cricket, offenbar eine Leidenschaft von ihm, während Mum sich weiterhin in der Küche zu schaffen macht. Ich hoffe nur, sie lässt die Finger vom Sherry.

Dad kommt zu spät. Diesmal ohne Blumen.

„Dad, das ist James", verkünde ich strahlend. „Mum und ich haben ihn im Urlaub kennengelernt."

„Ich weiß", knurrt Dad. Es kostet ihn sichtlich Überwindung, James die Hand zu reichen.

Der wendet sich wieder dem Thema Cricket zu, während Dad in der Ecke finster vor sich hin brütet.

„Können Sie sich für das Spiel begeistern?", fragt James in dem Versuch, ihn ins Gespräch einzubeziehen.

„Ist nicht mein Ding."

„Schade."

„Ich habe mehr für Rennen übrig", sagt Dad schließlich, weil ich ihm immer wieder böse Blicke zuwerfe und er möglicherweise endlich begriffen hat, dass er sich ziemlich unhöflich verhält.

Es stellt sich heraus, dass James sich auch für Rennen begeistern kann, und als Mum aus der Küche kommt – ihre rosige Gesichtsfarbe lässt den Schluss zu, dass sie nicht die Finger vom Sherry gelassen hat –, plaudern die beiden wie alte Freunde. Herrje, so hatte Mum das wohl eher nicht geplant.

„Kann ich dir bei irgendetwas helfen, Mum?", frage ich.

Ich empfinde die Situation als qualvoll. Dad hatte sich nach Mums Geburtstagsfeier davongeschlichen, ohne eine Szene zu machen, aber sein Verhalten zeigte deutlich, dass ihm die Geschichte unter die Haut gegangen ist. Dafür sprechen zum Beispiel seine Anrufe und die Verlegenheit, mit der sich nach ihrem Befinden erkundigt. Ich frage mich, ob er wohl kalte Füße kriegt, was Lilian angeht. Vielleicht möchte er ja zurück nach Hause? Er wirkt heute sehr nervös und trinkt viel schneller als sonst. Er und James stehen anscheinend kurz davor, derbe Witze zu reißen. Es wird also höchste Zeit, dass ich mich verdrücke.

Mum lächelt nur zuckersüß, als ich meine Hilfe anbiete. „Ich habe alles im Griff, Liebling", sagt sie.

Es vergeht eine weitere halbe Stunde, dann serviert sie das Essen. Wir sitzen in unbehaglich höflicher Runde zusammen, bis sie sich an Dad wendet. „Also, wie geht es dir? Und der lieben Lilian?"

„Ähm ..." Dad weiß ganz offensichtlich nicht, was er sagen soll. „Mir ... ihr geht es gut."

„Schön", sagt Mum. „Ich freue mich für dich."

Beinahe hätte ich mich an meinem Bissen verschluckt. Trotz der neuen, besseren Version ihrer selbst weiß ich doch: Das entspricht nicht dem, was Mum wirklich denkt.

James wirkt peinlich berührt und fängt an, übers Wetter zu reden. Darüber, dass es nach wochenlangem Regen endlich wärmer geworden ist. Dankbar für den Themenwechsel, lässt Dad sich auf einen Schwatz über die globale Erwärmung und die Überschwemmungen im Norden ein.

Als wir schließlich bei der Nachspeise sind, beginne ich zu glauben, dass wir vielleicht um eine unschöne Szene herumkommen, aber ich habe die Rechnung ohne Mum gemacht. „Also, wann wollen wir über die Scheidung reden?", fragt sie urplötzlich.

Eins steht fest: Beim nächsten Mal verstecke ich den Sherry unauffindbar für sie.

Diesmal verschluckt sich James an seinem Kaffee und bekommt einen heftigen Hustenanfall. Ich kann es ihm nicht verübeln; damit hatte er vermutlich nicht gerechnet.

„Ich sollte wohl besser gehen", sagt er. „Das sind private Angelegenheiten."

„Nein, bitte bleib, James", widerspricht Mum. „Ich hätte gern einen unabhängigen Zeugen. Ich möchte nicht übers Ohr gehauen werden. Du hast doch hoffentlich nicht vor, mich übers Ohr zu hauen, oder, Fred?"

Dad wirkt entsetzt.

„Mary, wie kannst du nur so etwas denken? Wir waren zweiundvierzig Jahre verheiratet!"

„Was dich trotzdem nicht davon abgehalten hat, mir untreu zu werden, nicht wahr? Du hast mich einmal hintergangen. Warum solltest du das nicht wieder tun?"

James steht auf. Ich kann es ihm nicht verübeln. Mum benimmt sich entsetzlich daneben.

„Sieh mal, Mary, du weißt, dass ich dich unterstützen möchte, aber wie dieses Gespräch sich entwickelt, behagt mir ganz und gar nicht. Ich finde selbst den Weg hinaus."

Mum wirkt einen Moment reumütig, aber jetzt, wo sie Fahrt aufgenommen hat, lässt sie sich nicht beirren. Sie nimmt kaum wahr, dass ich James peinlich berührt zur Haustür begleite.

„Es ist eine Schande, dass du nicht an unsere zweiundvierzig Jahre Ehe gedacht hast, als du mit Lilian abgehauen bist", sagt sie, als ich das Wohnzimmer wieder betrete. „Deshalb habe ich ja wohl das Recht zu sagen, was ich will."

„Mary!" Unverkennbar trifft ihre Verbitterung ihn wie ein Schock.

„Also – die Scheidung", fährt sie fort, als hätte er gar nicht gesprochen.

Dad schweigt einen Moment. „Ich glaube nicht, dass ich mich scheiden lassen möchte, Mary", sagt er dann.

„Das will ich auch nicht", erwidert Mum plötzlich deutlich milder gestimmt. „Ich will aber auch nicht mit einem untreuen Mann verheiratet sein."

Einen Moment herrscht Schweigen, und zu meiner Verwunderung sehe ich Tränen in Dads Augen.

„Mary, ich weiß, dass ich es nach dem, was ich dir angetan habe, nicht verdiene, aber wenn ich nun sage: Ich habe einen schrecklichen Fehler gemacht? In den letzten Wochen kann ich an nichts anderes denken als daran, wie schlecht ich dich behandelt habe, wie gedankenlos ich war. Glaubst du, du könntest – ich meine, würdest du darüber nachdenken – Mary, würdest du mich eventuell wieder zurücknehmen?"

13. Kapitel

Beth

„Du meinst also wirklich, dass Dads Geliebte Vergangenheit sein könnte?" Ich habe mich mit Lou auf einen Kaffee in der Stadt getroffen, und sie erzählt mir von Mums ungeheuerlichem Benehmen am Sonntag.

„Sieht jedenfalls so aus. Zumindest will er keine Scheidung. Ich muss schon sagen, sosehr ich mir auch wünsche, dass die beiden sich zusammenraufen, ich empfinde es als ziemlich rückgratlos von ihm, dass er jetzt wieder angekrochen kommt."

„Nimmt Mum ihn denn wieder zurück?"

„Ich bin mir nicht sicher. Sie hat es nicht eilig, was vernünftig ist, aber sie benimmt sich ehrlich nicht wesentlich besser als Dad. Wie sie den armen James hat zappeln lassen, ist schockierend."

Wenn jemand mir vor einem halben Jahr gesagt hätte, ich würde eine solche Unterredung über meine Eltern führen, hätte ich demjenigen ins Gesicht gelacht. Einerseits freue ich mich – vorsichtig –, dass Dad zurückkommen will, andererseits hoffe ich, dass er Mum nicht noch einmal hinters Licht führen wird.

„Das zeigt es wieder einmal, nicht wahr?", sage ich.

„Das zeigt was?"

„Dass man nie wissen kann, was sich in anderer Leute Leben

wirklich abspielt." Ich seufze. Wenn jemand mir vor einem halben Jahr gesagt hätte, dass Daniel und ich in so schwieriges Fahrwasser geraten würden, hätte ich wohl auch das nicht geglaubt.

Lou schaut mich plötzlich besorgt an.

„Ist alles in Ordnung, Beth? Hat Megan sich wieder gefangen?"

Ich habe sie in Bruchstücken über Megans Abenteuer informiert. Um jemandem alle Details zu erzählen, schäme ich mich zu sehr. Im Moment komme ich mir als Mutter wie eine Versagerin vor, zumal Megan sich komplett vor mir verschließt und mir absolut nichts mehr erzählt.

„In gewisser Weise. Wir behalten sie sehr genau im Auge, und sie hat immer noch Hausarrest. Hoffentlich war das ein einmaliger Ausrutscher. Das ist es aber nicht allein. Ich weiß nicht ..." Ich hole tief Luft. „Daniel und ich machen im Moment eine schwierige Zeit durch. Die Kinder bereiten so viele Probleme, es regt ihn wahnsinnig auf, dass Sam seinem Großvater näherkommt, und ..."

„Und?"

„Und wir scheinen im Moment keinen guten Draht zueinander zu haben, verstehst du?"

Ich sage das nur sehr ungern. Stimmt es denn? Oder übertreibe ich? Normalerweise rede ich nicht mit Lou über Daniel. Aber im Augenblick bin ich furchtbar aufgewühlt und durcheinander, was meine Gefühle für Jack angeht.

„Ich verstehe", sagt Lou voller Mitgefühl. „Ich bin mir sicher, das ist nur eine vorübergehende Phase. Du und Daniel, ihr seid füreinander bestimmt. Ihr habt immer perfekt zueinandergepasst."

„Tatsächlich?" Wehmütig schaue ich aus dem Fenster und spiele mit meinem Kaffeelöffel. Plötzlich habe ich das Bedürfnis, mich meiner Schwester anzuvertrauen. Außer einem sehr kurzen Gespräch mit meiner Freundin Gemma aus Collegezeiten, die von unserer gemeinsamen Vergangenheit weiß, habe ich niemandem von Jack erzählt geschweige denn von meinen Gefühlen für ihn. Ich bin mir nicht sicher, ob Lou das verstehen wird, aber ich muss einfach mit jemandem darüber reden, sonst drehe ich noch durch.

„Erinnerst du dich an Jack Stevens, Lou?"

„Du meinst diesen ungeheuer eingebildeten Künstlertypen, mit dem du am College zusammen warst?"

„Genau den. Und er war nicht eingebildet." Plötzlich wünschte ich mir, ich hätte mich früher nicht gar so negativ über Jack geäußert.

„Und ob er das war. Du warst nur zu verblendet, um das zu merken. Was ist mit ihm?"

„Er ist der neue Art Director bei Smart Books."

„Ach? Du liebes bisschen, das muss ja gruselig für dich sein."

„In gewisser Weise. Allerdings hilft er mir sehr bei meinem neuen Buch und ..."

Entsetzen macht sich auf Lous Gesicht breit, obwohl ich noch gar nichts gesagt habe. „Nein, nein, nein, Beth. Das kannst du nicht tun. Das darfst du nicht."

„Es ist nichts passiert", wiegele ich hastig ab. „Und es wird auch nichts passieren. Es ist nur ..."

„Nur was?"

„Er erinnert mich daran, wie es einmal war. Wer ich einmal war."

Lous Augen werden schmal, und sie presst die Lippen aufeinander. Normalerweise neigt sie absolut nicht dazu, über andere zu richten, aber für mich ist klar, dass sie jetzt ein Urteil über mich fällt.

„Beth! Du bist verheiratet. Ihr habt zwei Kinder. Ich glaube einfach nicht, dass du einen Wichser anschmachtest, der dich schon früher einmal sehr schlecht behandelt hat. Du musst verrückt sein."

„Ich schmachte ihn nicht an", widerspreche ich. „Er weckt nur diese Gefühle in mir."

„Hast du auch nur die geringste Vorstellung, was für ein Glückspilz du bist?" Jetzt wirkt Lou richtig wütend. „Du führst ein vollkommenes Leben, Beth – du hast einen umwerfenden Ehemann, zwei tolle Kinder. Warum denkst du auch nur daran, das wegzuwerfen?"

„Niemandes Leben ist vollkommen", erwidere ich verärgert, weil sie über mich urteilt. „Du hast ja keine Ahnung, wie langweilig das Familienleben sein kann. Für dich und Ged ist das okay. Ihr habt die Freiheit gehabt zu tun, was ihr wolltet, während ich die pflichtbewusste Tochter und Ehefrau spielen musste. Ist es wirklich so schlimm, wenn man sich gelegentlich nach etwas anderem sehnt? Über etwas nachzudenken, ist schließlich nicht dasselbe, wie etwas zu tun."

„Aber es ist gefährlich", beharrt Lou. „Du solltest vorsichtig sein."

„Ich bin vorsichtig. Es ist nur so, dass mir manchmal die Dinge zu Hause … einfach zu viel werden. Ich habe das Gefühl, mein wahres Ich wird unter meinem Dasein als Ehefrau und Mutter verschüttet. Es ist doch nichts Schlimmes dabei, wenn ich versuche, es wieder auszugraben."

„Werd erwachsen, Beth. Du kannst nicht einfach achtzehn

Jahre aus dem Fenster werfen, weil du gerade mal eine schwierige Zeit durchmachst", sagt Lou verbittert. „Wenigstens bist du nicht alleinstehend und kinderlos."

Wow. Als sie das sagt, wird mir plötzlich klar, wie sehr mich Lou möglicherweise um das beneidet, was ich habe. Gesagt hat sie das allerdings noch nie. Obwohl sie genug Herzschmerz erlebt hat, hat sie immer so getan, als gefiele es ihr, Single zu sein. Also habe ich meine Sorgen um sie als unnötig abgetan, die nagenden Zweifel, sie könnte vielleicht gar nicht so zufrieden mit ihrem Leben sein, beiseitegefegt. Arme Lou, jetzt verstehe ich, womit ich sie so verärgert habe. Ich will mich wirklich nicht mit ihr streiten und wünschte, ich hätte Jack ihr gegenüber nicht erwähnt. Dabei brauchte ich doch nur jemanden, dem ich mich anvertrauen konnte.

„Du hast recht", sage ich. „Ich hätte nichts sagen sollen. Daniel und ich werden schon damit fertigwerden. Kommt Zeit, kommt Rat. Tut mir leid, ich wollte dich nicht verärgern."

„Gut", sagt sie fest. „Denn wenn ich etwas gelernt habe, dann das: Wenn man etwas so Kostbares besitzt wie ihr beide, dann sollte man mit allen Kräften darum kämpfen, es zu behalten."

Ich weiß, dass sie recht hat. Natürlich weiß ich das. Aber in mir regen sich ganz leise Zweifel, ob ich die Kraft für diesen Kampf habe.

Daniel

Die Inspektoren der Schulaufsichtsbehörde tauchten schließlich in der zweiten Woche des Schuljahres auf. Die Atmosphäre in der Schule war zum Zerreißen angespannt, zwei Lehrerinnen waren bereits in Tränen ausgebrochen, und nun stritt sich der Geografielehrer Andy Barlow nicht gerade leise mit dem Sportlehrer. Es ging um den gemeinsam genutzten Minibus der Schule.

„Du weißt, dass ich ihn für die Geografie-Exkursion der sechsten Klasse nächste Woche gebucht habe", erklärte Andy zornig im Gang vor dem Lehrerzimmer. „Das steht seit Wochen im Kalender."

„Schon, aber das Junior-Rugby-Team hat unerwartet das Finale erreicht", erwiderte Malcom Chalmer laut, „und wir brauchen den Minibus."

„Ihr beiden! Rein hier!", zischte Daniel zornig und zog sie in ein leeres Büro neben dem Lehrerzimmer.

„Worum geht es? Wir haben die Inspektoren im Haus, und ihr kriegt euch in aller Öffentlichkeit in die Wolle."

„Tut mir leid", sagte Andy, „aber die Geografie-Abteilung hat den Minibus für den gesamten Donnerstag reserviert, und ich glaube nicht, dass wir rechtzeitig für das Rugby-Spiel zurück sein werden."

„Können Eltern aushelfen?", fragte Daniel. „Wenn es ganz schlimm kommt, kann ich Freiwillige aus der Lehrerschaft rekrutieren. Ich würde selbst ein paar Spieler fahren, aber solange die Inspektoren hier sind, kann ich die Schule nicht verlassen."

„In Ordnung", sagte Malcolm. Er akzeptierte die Situation mit einem mürrischen Nicken, und Andy freute sich sichtlich über seinen Triumph. Auch das noch. Dabei gab es bereits Rivalitäten zwischen Geografie und Sport; Daniel konnte nur hoffen, dass diese nicht zu einer offenen Fehde ausarteten.

„Und jetzt raus mit euch!", sagte er. „Ihr seid ja schlimmer als die Kinder."

Er lehnte sich an die Wand und stieß einen tiefen Seufzer aus. Als ob er nicht schon genug um die Ohren hätte. Die Inspektion der Schulbehörde kam zu einer äußerst ungünstigen Zeit. Megan hatte noch Hausarrest und schmollte, während Beth sie mit Argusaugen bewachte, damit ihr kein weiteres Fehlverhalten entging. Bisher schien Megan sich zu benehmen, aber sie war extrem verschlossen. Es beunruhigte Daniel, dass sie sich ihnen kaum einmal anvertraute. Er hatte zu oft gesehen, dass Mädchen im Teenageralter ein ähnliches Verhalten an den Tag legten und dadurch in einen Teufelskreis von Selbstzerstörung gerieten. Auf keinen Fall wollte er, dass Megan das passierte.

Sam verfiel derweil immer mehr in Schweigen und schien sich überhaupt nicht auf seine Abschlussprüfung vorzubereiten. Wenn Daniel oder Beth die anstehenden Prüfungen erwähnten, sagte er immer nur, sie sollten ihn in Ruhe lassen und er habe alles im Griff. Letzteres hielt Daniel für sehr unwahrscheinlich. Hinzu kam, dass er und seine Frau nicht etwa zusammenarbeiteten, um die Probleme zu lösen, sondern eher gegeneinander. Angesichts all dessen, was sich zu Hause abspielte, konnte er den zusätzlichen Druck durch grantige Mitarbeiter in etwa so gut brauchen wie ein Loch im Kopf.

Die Inspektoren waren höflich und unverbindlich, aber er wusste, dass mindestens drei Unterrichtsstunden nicht planmäßig verlaufen waren. Die Vorstellung, das Ergebnis könnte schlechter als Herausragend ausfallen, verursachte ihm Übelkeit. Zwar hatte er das Gefühl, mit den jüngeren Lehrern immer besser klarzukommen, und er wusste, dass er sich auf die Unterstützung von Mitarbeitern wie Carrie Woodall verlassen konnte. Aber Jim Ferguson war ihm weiterhin ein Dorn im Auge, hatte er doch die ganze Zeit alles, was Daniel vorschlug, behindert und Widerstand dagegen geleistet. Daniel wusste, dass Jim und seine Anhänger nur darauf warteten, dass er scheiterte. Und wenn er scheiterte, konnte er sich nicht mit Sicherheit auf die Unterstützung des Direktoriums verlassen. Das bereitete ihm erhebliche Kopfschmerzen.

„Mr. King?" Seine Sekretärin schaute zur Tür herein. „Die Inspektoren würden gern mit Ihnen reden."

Daniel lächelte müde. „Keine Ruhe den Frevlern."

Unterm Strich war er sich nicht sicher, wo er lieber gewesen wäre, am Arbeitsplatz oder zu Hause. Verlockend schien ihm beides nicht.

Lou

„Zieht Dad also wieder hier ein?", frage ich, während ich nach dem Essen das Geschirr in die Spülmaschine räume. Seit dem berüchtigten Essen ist Mum diesbezüglich ziemlich zugeknöpft. Ich schätze, dass James inzwischen aus dem Rennen ist; zufällig habe ich neulich den Schluss eines ziemlich gereizten Telefonats mit ihm mitbekommen. Ich glaube nicht, dass er sonderlich angetan von Mums Verhalten ist, und das kann ich ihm nicht verübeln. Meine Eltern haben sich beide in den letzten paar Monaten in verantwortungslose Halbstarke verwandelt. Ich muss schon sagen, das ist verdammt anstrengend.

„Schon möglich." Mum legt Lippenstift auf und lockert ihre Haare, bevor sie zum Zumba-Kurs geht. Hoffentlich hat sie nicht auch dort ein Auge auf einen Mann geworfen. Das hätte mir gerade noch gefehlt.

Ist das normal nach so vielen Jahren des Verheiratetseins? Fängt man da an, sich wie ein freigelassener Gefängnisinsasse zu verhalten?

Ich weiß, dass ich mir gewünscht habe, dass sie wieder zueinanderfinden, aber ein Rest Misstrauen um Mums willen bleibt. Natürlich habe ich mit Maria über Skype darüber gesprochen, oft und viel, und sie ist meiner Meinung.

„Deine wunderbare Mutter sollte vorsichtig sein", sagt sie. „Wenn ein Mann einmal untreu war ..."

Ich weiß, was sie meint, aber wir reden hier schließlich von meinem Dad. Ich kann mir nicht vorstellen, dass er zu ihr zurückkommt und sie dann wieder verletzt. Dennoch frage ich mich natürlich, warum er seine Meinung geändert hat. Zunächst schien er doch so sicher, dass er nie nach Hause zurückkehren würde.

„Bist du dir sicher, Mum?", frage ich. „Dad hat sich so unanständig verhalten. Für mich wirkt das, als würdest du ihn ungeschoren davonkommen lassen."

„Ja, ich bin mir sicher. Dein Dad und ich, wir waren sehr lange verheiratet. Wir verstehen einander. Ich glaube, ihm ist klargeworden, dass er einen großen Fehler gemacht hat. Ich weiß, dass er uns allen sehr viel zugemutet hat, aber er versucht wirklich, alles wieder in Ordnung zu bringen. Also sei bitte ein bisschen nachsichtig mit ihm, um meinetwillen."

„Fein", sage ich seufzend. „Ich hoffe nur, du triffst die richtige Entscheidung."

„Das tue ich", erklärt Mum nachdrücklich. „Und zu deiner Information: Ich lasse ihn nicht ungeschoren davonkommen. Er darf noch ein bisschen länger zappeln."

Ich lache. Ein Gutes hat das Ganze: Diese neue Mum, die nicht mehr alles tatenlos hinnimmt. Wie gesagt, so getan. „Wenn Dad anruft, sag ihm, dass ich ausgegangen bin und erst spät zurückkomme."

Weiter so, Mum. Mach dich rar. Dieser alte Trick zieht immer.

„Klar", sage ich. „Viel Spaß."

Nachdenklich lächelnd sehe ich ihr nach. Mehr und mehr kommt es mir so vor, als lebte ich in einer Parallelwelt, so bizarr ist das alles.

Das Telefon klingelt.

Welche Freude. Vermutlich ist es Dad, und ich werde wieder eine qualvolle Unterhaltung mit ihm führen und Mum entschuldigen müssen.

„Hi, Dad", melde ich mich, werde aber sofort von einer hysterisch klingenden Stimme unterbrochen. Einer Stimme, die ich nur zu gut kenne. Mein Herz beginnt zu pochen. Warum zum Teufel ruft sie mich an? Und woher hat sie diese Nummer?

„Lou, ich bin es – Jo", sagt sie. „Ich sitze ganz tief in der Patsche. Du musst mir helfen."

14. Kapitel

Lou

„Was ist los, Jo?" Ich versuche das Zittern in meiner Stimme zu unterdrücken. „Und wie bist du an diese Nummer gekommen?"

„Ich hab sie nachgeschlagen. Oh, Lou, alles ist eine einzige Katastrophe."

Nach Monaten der Funkstille ruft sie mich an, weil sie in Schwierigkeiten ist. Ich packe das Telefon fest. Einerseits möchte ich das Telefonat am liebsten sofort beenden, aber was, wenn sie mich wirklich braucht?

„Und?", frage ich. „Ich bin auch nicht gerade auf Rosen gebettet."

„Ich weiß, und es tut mir leid. Niemand versteht mich so, wie du es tust. Das habe ich jetzt begriffen."

Aha. Das ist neu. Ich schätze, jetzt weiß ich recht gut, was los ist.

„Hast du dich mit Nikki verkracht?" Nikki hat meinen Platz eingenommen, unangemessen kurz nachdem ich ihn räumen musste. Mein damals schon gehegter Verdacht, dass Jo eine Affäre hat, hat sich also als richtig erwiesen. Von Nikki habe ich erst vor einiger Zeit erfahren, nachträglich. Eine gemeinsame Freundin hatte sie in der Annahme erwähnt, ich wisse Bescheid. Wusste ich nicht. Vor ein paar Monaten hätte mich diese

Information fertiggemacht, aber meine Bekanntschaft mit Maria hat mein Selbstvertrauen gestärkt, und jetzt amüsiert mich das Ganze sogar ein bisschen. Soweit ich gehört habe, ist Nikki wesentlich härter als ich, und ich vermute, sie ist nicht bereit, sich Jos Bockmist gefallen zu lassen, wie ich das so lange getan habe.

„Nicht direkt", widerspricht Jo. Dann Schweigen. Ich warte. „Na gut, ja, wir haben uns gestritten, und niemand hat für mich Partei ergriffen. Mir ist, als hätte ich gar keine Freunde mehr. Ich fühle mich so im Stich gelassen. Ich kann niemandem mehr trauen außer dir."

Toll, einfach nur toll. Jo ist verdammt gut, wenn es darum geht, andere zu manipulieren. Ich weiß, was sie von mir erwartet, nämlich dass ich sage: Arme Jo, wie gemein alle zu dir sind. Aber ich weigere mich, mich in diese Sache hineinziehen zu lassen.

„Du meinst, endlich hat dich mal jemand zur Rede gestellt wegen der Scheiße, die du baust?"

„Lou!" Ich kann beinahe hören, wie sie einen Schmollmund zieht. „Musst du so gemein zu mir sein? Ich weiß, dass ich dir eine Menge schuldig bin, aber mir geht es hier gerade richtig schlecht."

Sie klingt, als wäre sie wirklich traurig, und ich spüre, wie ich weich werde. Seit Monaten versuche ich sie mir aus dem Kopf zu schlagen. Seit Ewigkeiten habe ich sie weder gesehen noch mit ihr gesprochen – aber jetzt meldet sie sich ausgerechnet bei mir, und ich bin ein so jämmerliches Geschöpf, dass ich mich darüber freue, dass sie mich anscheinend braucht.

„Was erwartest du von mir, Jo?", frage ich.

„Ich brauche einfach mal eine Auszeit, um dem allem zu entkommen", sagt sie. „Deshalb dachte ich …"

„Nein", falle ich ihr ins Wort. Ich weiß, worum sie mich bitten will. Sie möchte kommen und bei mir bleiben. Darauf würde ich wetten. „Denk nicht mal dran."

„Bitte, Lou, es wäre doch nur für kurze Zeit. Wenn ich nicht so verzweifelt wäre, würde ich dich nicht darum bitten."

„Dies ist nicht mein Haus, weißt du noch?" Großer Gott, wie jämmerlich: Wenn sie tatsächlich bliebe, müsste ich meine Mum um Erlaubnis bitten. Im Alter von achtunddreißig Jahren. Ich gebe mir einen Ruck. Nein, ich würde sie nicht bleiben lassen, selbst wenn es mein Haus wäre. Wenn ich etwas gar nicht gebrauchen kann, dann einen Weg finden zu müssen, meine Ex-Freundin hier zu beherbergen, ohne dass Mum irgendeinen Verdacht schöpft.

„Lou, ich weiß, dass du sauer auf mich bist, aber können wir nicht wenigstens versuchen, so etwas wie Freundinnen zu bleiben?", bettelt Jo. „Es würde mir so viel bedeuten, wenn du mir wenigstens erlauben würdest, dass ich dich besuche."

Das Telefon in der Hand, beginne ich wankelmütig zu werden. Mein Herz schlägt viel zu schnell. Unwillkürlich packt mich Aufregung bei dem Gedanken, sie wiederzusehen.

„Du kannst hier nicht bleiben, Jo, es tut mir leid", sage ich schließlich. „Aber vielleicht können wir uns irgendwann mal treffen. Oder so."

Ich will keine konkreten Pläne schmieden, aber ein bisschen freue ich mich doch darauf, Jo wiederzusehen. Ich hoffe nur, dass ich das nicht bereuen werde.

„Gute alte Lou Lou", sagte Jo, hörbar erleichtert und wieder obenauf. „Ich wusste doch, dass ich mich auf dich verlassen kann."

„Ich habe dir nichts versprochen", warne ich sie. Aber Jo hört nicht zu. Sie fängt an davon zu reden, wie sehr sie sich wünscht, mich wiederzusehen, und wie einsam sie ist. Oh nein, worauf habe ich mich da nur eingelassen?

Daniel

„Hi, Dad." Nur Megan begrüßte ihn, als er das Haus betrat, das ziemlich unaufgeräumt wirkte. Sie „arbeitete" im Wohnzimmer in einem Nest aus ihrer Bettdecke, ihrem iPod, ihrem Computer und ihrem Telefon. Wie viel sie tatsächlich lernte, war fraglich, aber es lagen überall Bücher und Hefte herum, sodass es immerhin nach Arbeit aussah.

Beth hatte sich offensichtlich in ihr Atelier zurückgezogen. In der Küche herrschte Chaos. Die Spülmaschine war nach dem Frühstück nicht ausgeräumt worden, das Geschirr stand noch darin. Das konnte nur eines bedeuten: Beth hatte eine sehr kreative Phase.

Sams Blazer, seine Schultasche und seine Schuhe lagen in der Diele auf dem Boden. Von ihm selbst war nichts zu sehen, aber Daniel hörte das Schlagzeug in der Garage. Wenn Sam nur halb so viel Arbeit in seine Prüfungsvorbereitungen stecken würde wie in sein Spiel auf dem Schlagzeug, würde er die Hochschulreife problemlos erlangen. So aber ...

Er warf einen Blick in die Garage.

„Sam?", rief er, um den Lärm zu übertönen.

Sam hörte ihn nicht, also rief er noch lauter.

„Sam!"

Der hielt inne und schaute ihn herausfordernd an.

„Solltest du nicht deinen Stoff wiederholen?"

„Hab ich schon in der Schule gemacht."

„Wirklich?"

„Ja. Lass mich in Ruhe, Dad. Meine erste Prüfung ist in Mathe. Ich muss dafür nur üben."

„Nun, dann geh und übe jetzt."

Mürrisch stand Sam auf und ging nach oben, aber wenigstens hatte er diesmal gehorcht. Wenn Daniel doch nur diese Mauer aus Feindseligkeit durchbrechen und Sam zeigen könnte, dass er auf seiner Seite stand. Es brachte ihn schier um, dass ihm das nicht gelang. Seufzend löste er seine Krawatte, knöpfte sich das Hemd auf, nahm sich ein Bier aus dem Kühlschrank und ging ins Atelier, um nach Beth zu sehen.

„Wie läuft's?", fragte er.

Beth war mit Farbe beschmiert und starrte kritisch ein Bild an, das sie gerade fertiggestellt hatte. Es zeigte einen winzigen Engel, der auf einem Hügel saß und mit einem kleinen Jungen sprach. Irgendetwas an dem Bild rührte Daniels Herz an. Es erinnerte ihn an Sam und Megan, als sie noch klein waren, und er spürte ein schmerzliches Verlangen nach jenen Tagen. In diesem Moment fühlte er sich von all seinen Aufgaben vollkommen ausgelaugt und überfordert.

„Das sieht toll aus", sagte er.

„Findest du?" Beth schenkte ihm ein strahlendes Lächeln. „Ich glaube tatsächlich, dass ich endlich die Kurve gekriegt habe."

„Du hast Farbe in den Haaren."

„Wirklich?"

„Und auf der Nase."

„Nur gut, dass nur du das sehen kannst", meinte sie lachend.

„Nicht wahr?", sagte Daniel und küsste sie.

Bei diesem Kuss fiel die Anspannung des Tages langsam von ihm ab. Mochte die Arbeit auch noch so stressig sein, zu Hause war dort, wo sein Herz war. Jeden Tag der Woche.

Beth

Nach dem Telefonat mit Vanessa stoße ich einen Seufzer der Erleichterung aus. Sie hat vorsichtige Zustimmung signalisiert zu der neuen Richtung, die ich mit dem Buch eingeschlagen habe. Außerdem hat sie nicht einmal gesagt: Das überzeugt mich nicht ganz. Gott sei Dank – eine Sache weniger, um die ich mir Sorgen machen muss.

Außerdem freue ich mich wegen Mum und Dad. Nach Lous Informationen wird Dad wieder zu Hause einziehen, eine überraschende Wende und noch eine Sorge weniger. Ich mache mir im Geiste eine Notiz, dass ich die beiden besuchen muss, damit Dad sieht, wie viel es uns allen bedeutet, dass er wieder zu Hause ist. Vielleicht wird jetzt ja doch alles besser, nachdem der Start ins neue Jahr so holperig verlaufen ist.

Megan hat sich mir gegenüber wieder ein bisschen mehr geöffnet, aber ich weiß immer noch nicht, wer der geheimnisvolle Jake ist oder ob sie sich regelmäßig treffen. Heimlich durchforste ich ihr Facebookprofil, aber sie scheint dort nicht viel preiszugeben. Meistens chattet sie über Snapchat mit ihren Freundinnen, und auf diese Unterhaltungen habe ich keinen Zugriff. Ich bin hin- und hergerissen. Einerseits möchte ich ihre Privatsphäre respektieren, andererseits habe ich große Angst, dass sie sich auf etwas Ungutes einlässt. Aber wenigstens benimmt sie sich nach außen hin anständig, und das hat zur Folge, dass auch Daniel und ich entspannter miteinander umgehen.

Sam bereitet uns immer noch Sorgen. Seine Prüfungen rücken näher, und er scheint mehr und mehr Zeit mit Reggie zu verbringen und verflixt wenig Zeit auf seine Prüfungsvorbereitungen zu verwenden. Ich versuche mit ihm darüber zu reden, aber er will nichts davon hören, und ausnahmsweise glaube ich, dass Daniels Taktik, ihn gewähren zu lassen, doch die richtige sein könnte. Man kann ein Pferd ans Wasser führen, aber nicht zwingen zu trinken ... Schließlich kann ich ihn nicht an seinen Schreibtisch ketten und mit einer Peitsche hinter ihm stehen. Er ist fast einen Meter achtzig groß und überragt mich deutlich. Daniel würde mit ihm fertigwerden, käme aber natürlich nie auf die Idee, handgreiflich zu werden. Also bleibt uns nichts anderes übrig, als das Beste zu hoffen.

Immerhin scheint Reggie einen guten Einfluss auf ihn auszuüben, denn Sam macht sich immer nur dann an die Arbeit, wenn er bei seinem Großvater war. Natürlich habe ich Daniel gegenüber nichts davon erwähnt. Megan begleitet ihn gelegentlich, und auch sie scheint völlig geblendet von Reggie. Ich weiß, dass Daniel Probleme damit hat, mit ansehen zu müssen, wie gut seine Kinder und sein Vater sich verstehen. Abgesehen von jenem einen Augenblick, in dem er sich mir anvertraut hat, schweigt er sich weiter über Reggie aus. Immerhin verstehe ich jetzt wenigstens ein bisschen, warum Daniels Beziehung zu Reggie so schlecht ist. Trotzdem ist es hart für mich, ausgeschlossen zu sein – ich will doch nur helfen. Während ich der festen Überzeugung bin, die Kinder sollten Reggie ruhig besuchen, verstehe ich dennoch, wie bitter es für Daniel ist, wenn Sam nach Hause kommt und geradezu übersprudelt vor Begeisterung über die Musikbranche, in der er unbedingt arbeiten möchte.

Mein Telefon klingelt. Es ist Jack. Ich versuche, jegliches Gefühl zu unterdrücken, aber mein Herz setzt treulos einen Schlag aus.

„Hi, Jack, wie geht's?" Bleib oberflächlich, Beth, bleib oberflächlich.

„Wie ich sehe, hat die böse Hexe deine neuen Zeichnungen für gut befunden", sagt er.

Ich lache; Jack ist dazu übergegangen, Vanessa als böse Hexe zu bezeichnen, nachdem ich ihm bei einer Gelegenheit die Ohren vollgejammert habe, wie uneinsichtig sie doch ist.

„Du bist ein ganz Schlimmer", sage ich.

„Aber du liebst mich." Oh. Ich weiß, es ist scherzhaft gemeint, aber ich überspiele die Bemerkung schnell.

„Ich bin so erleichtert", sage ich. „Endlich ist ein Ende in Sicht."

„Ich finde, das sollten wir mit einem Drink feiern", meint Jack leichthin.

„Klingt verlockend", sage ich. Ist aber unmöglich, denke ich. Gerade jetzt sollte ich besser nicht nach London fahren, um mich zu vergnügen. Was, wenn Megan die Gelegenheit nutzt, um wieder abzuhauen? Schlimm genug, dass ich beim letzten Mal nicht da war. Noch einmal kann ich mir das nicht leisten. Ich träume von einer anderen Welt, in der es möglich ist, mein reales und mein imaginäres Leben miteinander zu vereinbaren, ohne dass es zu Konsequenzen kommt.

„Das wäre großartig, Jack, aber ich habe hier im Moment

unglaublich viel um die Ohren", sage ich. „Vielleicht in ein paar Wochen, wenn wieder Ruhe eingekehrt ist."

„Ich werde dich daran erinnern", sagt Jack.

Erst als ich das Telefon auflege, frage ich mich, ob das eine Drohung war. Oder ein Versprechen?

15. Kapitel

Daniel

„Sam! Steh jetzt endlich auf! Du kommst zu spät!" Beth mochte noch so laut rufen, es nutzte nichts.

Daniel fragte sich, warum sie sich überhaupt noch die Mühe machte. Sam war in der Oberstufe nahezu jeden Tag zu spät gewesen; es schien ziemlich sinnlos, jetzt noch etwas an dieser Gewohnheit ändern zu wollen. Inzwischen war Megan in T-Shirt und Shorts heruntergekommen. „Wo ist meine Uniform?", jammerte sie.

„In deinem Zimmer", antwortete Beth verärgert.

„Da habe ich schon nachgeschaut."

„Dann sieh halt noch mal nach."

Megan ging laut schimpfend wieder nach oben, während Beth sich in der Küche zu schaffen machte und dabei an einem Toast knabberte. Ganz vorsichtig wagten sie und Daniel zu hoffen, dass Megan sich wieder gefangen hatte. Ihr Hausarrest war aufgehoben, und es war zu keinen weiteren Zwischenfällen wie dem im Park gekommen. Beth machte sich immer noch Sorgen, weil ihre Tochter so verschlossen war, denn die Töchter einiger ihrer Freundinnen erzählten ihren Eltern alles. Megan hingegen vertraute sich nur selten einem von ihnen an, aber Daniel war zu dem Schluss gelangt, dass sie daran nicht viel ändern konnten.

„Möchtest du einen Kaffee?", fragte Beth.

„Keine Zeit", erwiderte Daniel. „Ich habe schon früh eine Besprechung."

„Daniel! Du weißt doch, dass das Frühstück die wichtigste Mahlzeit des Tages ist."

Daniel grinste. Das hatte schon seine Mutter immer wieder betont. „Na schön, nehme ich halt das hier", sagte er und biss von Beths Toast ab.

„Du könntest dir selbst einen machen."

„Brüderlich geteilt und schwesterlich aufgefressen." Er küsste sie auf die Wange. „Einen schönen Tag wünsche ich dir."

„Ich dir auch."

„Ach ja, ich komme heute Abend erst spät nach Hause. Es gibt noch eine Sitzung mit dem Direktorium."

Dass er sich darauf freute, konnte er nicht behaupten. Die Prüfung der Schulaufsicht hatte ihnen ein Gut eingehandelt statt des erhofften Herausragend, und er wusste, dass er dieses Ergebnis würde rechtfertigen müssen.

„Viel Glück dabei", sagte Beth, aber Daniel hatte das Gefühl, dass sie das eher automatisch sagte, denn sie eilte schon wieder zur Treppe und rief noch einmal nach Sam. In letzter Zeit war sie oft so geistesabwesend. Sie hatte ihn nicht einmal gefragt, was bei der Inspektion herausgekommen war, und er war zu deprimiert, um es ihr von sich aus zu sagen.

„Tschüss, Dad", sagte Megan, die in ihrer vermissten Uniform die Treppe herunterkam.

„Und, wo hast du sie gefunden?"

„In meinem Zimmer."

„Schau nächstes Mal gründlicher nach", riet Daniel ihr, verwuschelte ihr die Haare und verließ das Haus, ziemlich erleichtert, das häusliche Durcheinander hinter sich zu lassen.

Er freute sich wirklich nicht auf seinen Arbeitstag. Infolge des schlechter als erwartet ausgefallenen Inspektions-Ergebnisses musste er einige Nachbesprechungen mit den Lehrern führen, um zu klären, was schiefgegangen war. Und damit nicht genug, würde der höllische Tag von der Direktoriumskonferenz gekrönt werden, in der er seinen Managementstil würde verteidigen müssen. Dabei spielte es keine Rolle, dass er eine glückliche Schule leitete. Auch nicht, dass seine Schüler gute Leistungen erbrachten, ja häufig sogar wesentlich bessere als erwartet. Die Prüfung durch die Schulaufsichtsbehörde hatte für die Schulleitung nicht das Ergebnis erbracht, das sie wollten, und jetzt ging es um seinen Kopf. Daniel wusste, dass er es geschafft hatte, mit Veränderungen die Schule voranzubringen, aber er wusste auch, dass Gut dem Direktorium einfach nicht reichte. Außerdem war er sicher, zumindest Jim Ferguson würde sich darüber freuen, dass nicht alles so gelaufen war, wie Daniel es wollte.

Der Tag entwickelte sich genauso wie erwartet. Die Lehrer reagierten demoralisiert, als sie erfuhren, dass ihr Unterricht nicht ihren Erwartungen entsprechend bewertet worden war. Das machte Daniel wütend. Er hätte, wie mancher andere Schulleiter, dafür sorgen können, dass die Störenfriede zu Hause blieben. Er hätte sicherstellen können, dass der schwache Geografieunterricht in der achten Klasse nicht auffiel, indem er sie auf eine Exkursion schickte. Aber das hatte er nicht getan. Die betreffende Geografielehrerin, Ellie, kam frisch von der Uni und versprach eine großartige Lehrerin zu werden. Im Moment aber führten ihre Schüler sie gnadenlos vor und hatten das auch während der Schulinspektion getan. Es war eine Schande, denn Ellie hatte in letzter Zeit Fortschritte gemacht, und dieses Ergebnis war ein harter Schlag für ihr Selbstvertrauen.

„Vielleicht habe ich den falschen Beruf gewählt", sagte sie. „Vielleicht sollte ich kündigen."

„Tu das bitte nicht. Du wirst eine sehr gute Lehrerin werden. Dies ist eine schreckliche Schlappe, aber die Achtklässler sind selbst für erfahrenere Lehrer eine mächtige Herausforderung. Ich sorge dafür, dass du Schulungen bekommst und Unterstützung. Nächstes Jahr wird es ganz sicher besser laufen."

Das Ganze war sehr frustrierend für ihn. Das Prüfungsergebnis bewies in seinen Augen keineswegs, dass die Schule nicht überragend war – sie war es in vieler Hinsicht –, sondern nur, dass die Schulbehörde nach ziemlich engstirnigen Kriterien urteilte. Daniel wünschte sich, es gäbe andere, bessere Wege, Erfolg zu messen.

Nach einer erbitterten Debatte in der Direktoriumskonferenz, in der Jim Ferguson herumstänkerte, die Schule habe wegen der schlechten Leitung nicht sehr gut abgeschnitten, und in der die Schulbeiräte ihrer Enttäuschung Ausdruck gaben, war Daniel erleichtert und froh, nach Hause fahren zu können.

Bis er nach Hause kam.

Beth und Megan stritten sich heftig und lautstark. Beth wollte Megan nicht erlauben, abends auszugehen, da sie am nächsten Tag Unterricht hatte. Megan rannte schließlich in Tränen aufgelöst nach oben und brachte die Grundfesten des Hauses zum Wanken, als sie die Tür ihres Zimmers hinter sich zuknallte.

Beth war so wütend, dass sie ihn kaum begrüßte. „Das Mädchen wird noch mein Tod sein!", fauchte sie. „Ich dachte, sie hätte ihre Lektion gelernt, aber nein. Sie war drauf und dran, mit ihren Freundinnen heute Abend in den Park zu gehen. Als ich sagte, das komme nicht infrage, ist sie explodiert."

„Lass sie eine Weile in Ruhe", meinte Daniel. „Ich bin sicher, sie wird sich beruhigen."

„*Ich* aber nicht", erwiderte Beth. „Ich werde noch ein bisschen arbeiten." Bereits im Hinausgehen fiel ihr noch etwas ein.

„Ach, wie war eigentlich dein Tag?"

„Einfach toll", antwortete Daniel. Sie war schon aus der Tür. So viel zum Thema Familienglück.

Lou

Meine erste Woche in meinem neuen befristeten Job. Ich arbeite in der Kreditüberwachung eines Büros in Wottonleigh, und obwohl ich mir wie üblich Sorgen mache, ob ich dem Job überhaupt gewachsen bin, macht es mir bisher Spaß. Die Kollegen und Kolleginnen sind freundlich, die Arbeit ist nicht allzu schwer, und es tut ungeheuer gut, mal wieder aus dem Haus zu kommen. Ich würde nicht behaupten, dass die Kreditüberwachung der Traumjob meines Lebens wäre, aber ich bin gut darin, und es fühlt sich fantastisch an, wieder eigenes Geld zu verdienen. Mit etwas Glück kann ich genug sparen, um wieder aus meinem Elternhaus auszuziehen.

Seit dem hysterischen Anruf habe ich nichts mehr von Jo gehört, und ein Teil von mir ist darüber erleichtert. Zwar war ich versucht, sie anzurufen, aber Maria hat mir zu Zurückhaltung geraten, und vermutlich hat sie recht damit. Ich möchte wirklich nicht in dieses Wespennest stechen und Jo einladen, bei mir zu wohnen, zumal jetzt, wo Dad wieder zu Hause eingezogen ist und auch so schon genug Spannung in der Luft liegt.

Dad ist vor einer Woche zurückgekommen. Das war ein irgendwie bizarrer Tag. Ich bin zu ihm gefahren, um ihm beim Packen zu helfen, während Mum zu Hause blieb und das Essen vorbereitete. Beim Auspacken half sie, aber sie war zunächst einmal kratzbürstig, was ich für verständlich halte. Nachdem eine Weile unbehagliches Schweigen geherrscht hatte, räusperte Dad sich. „Mary", begann er ernst, „ich kann gar nicht oft genug sagen, wie leid es mir tut, was ich dir angetan habe. Ich hoffe, du kannst mir vergeben."

Unwillkürlich hielt ich den Atem an. Einen endlos langen Moment schauten die beiden sich an, und dann schien Mum plötzlich weich zu werden, streckte die Arme nach ihm aus und lächelte.

„Ach, Fred, natürlich", sagte sie. Dad öffnete eine Flasche Sekt, um zu feiern, und wir alle drei bekamen feuchte Augen, allerdings vor Freude.

Bisher scheint es zwischen ihnen gut zu laufen. Dad gibt sich wirklich große Mühe. Ich habe sogar mitbekommen, wie er Mum gefragt hat, wie die Waschmaschine funktioniert. Das gab es noch nie! Auch Mum scheint froher zu sein. Obwohl sie verständlicherweise skeptisch ist, freut sie sich, dass er wieder da ist. Außerdem stürzt sie sich in die Vorbereitungen für die Geburt ihres Enkelkindes. Der errechnete Termin nähert sich rasch, und sowohl Mum als auch Dad scheinen sich darauf zu konzentrieren, mithilfe dieses Ereignisses ihre Beziehung zu reparieren. Ged scheint sogar begriffen zu haben, was da abgeht, und kommt oft mit Rachel zu Besuch. Mum macht unglaublichen Wirbel um Rachel, weil deren eigene Mutter so weit weg ist. Ich versuche, keine Eifersucht aufkommen zu lassen, aber nachdem Mum zunächst sauer auf Ged war wegen des Familienzuwachses, ist er jetzt wieder uneingeschränkt ihr Goldjunge.

„Stell dir nur vor, noch ein Enkelkind", hat sie mir vergnügt erklärt. „Gerade, als ich die Hoffnung schon fast aufgegeben habe."

„Tja, ich schätze, du kannst die Hoffnung darauf, dass das dritte deiner Kinder dir einen weiteren Enkel schenkt, getrost ganz aufgeben", bemerke ich bissig.

„Ja, das ist schade", erwidert sie und macht mich damit traurig und wütend zugleich.

Ich weiß, dass sie es nicht wirklich so meint, aber schon, seitdem wir alle aus dem Haus sind, hat sie immer auf viele Enkelkinder gehofft, und bis jetzt hatten sowohl Ged als auch ich sie enttäuscht. Nun bin ich die Einzige, die versagt hat, und das wird sich voraussichtlich auch nicht so bald ändern.

Ich räume meinen Schreibtisch auf, um Feierabend zu machen, da ruft die Kollegin aus dem Vorzimmer an und eröffnet mir, dass jemand auf mich wartet. Seltsam – niemand weiß, wo ich arbeite. Oh Gott, vielleicht ist Mum und Dad etwas zugestoßen. Ich renne aus meinem Büro und stoße völlig überraschend auf – „Jo?"

„Tut mir leid, dass ich dich am Arbeitsplatz überfalle. Ich wusste einfach nicht, an wen ich mich sonst wenden sollte", sagt sie und bricht lautstark in Tränen aus.

Beth

Ich sitze in meinem Atelier und fühle mich elend. In den letzten Wochen lief es gut mit meiner Arbeit, aber heute nicht. Immer wenn ich mein Engelchen zeichne, schaut es mich anklagend an. Mit gutem Grund. Daniel und ich gehen im Moment immer kratzbürstiger miteinander um. Nachdem Megan neulich Abend auf ihr Zimmer gestürmt ist, hat er es geschafft, sie zu beruhigen und mit Schokoladenpfannkuchen – ihrem absoluten Lieblingsessen – nach unten ins Wohnzimmer zu locken. Dann hat er mir vorgeworfen, zu streng mit ihr zu sein, was wieder einmal zum Streit zwischen uns geführt hat. Augenblicklich scheint sich bei uns eine ewige Spirale zu drehen: streiten, versöhnen, ein paar Wochen in einer Art Waffenruhe verharren, wieder streiten. Das zermürbt mich, aber ich weiß nicht, was ich dagegen tun kann.

Vielleicht hat Daniel ja recht, und ich bin analfixiert und überkontrollierend, was die Kinder angeht, aber es regt mich auf, wenn er mir nicht den Rücken stärkt. Ich will einfach nicht, dass einer der beiden den gleichen Weg einschlägt wie Lou. Sie ist in der Oberstufe von der Schule abgegangen, hat Jahre gebraucht, um sich zu orientieren, und Monate, um wieder Arbeit zu finden, nachdem sie Weihnachten ihren Job verloren hat. Ist es wirklich so falsch von mir, mir Sorgen zu machen, dass ihnen das Gleiche passiert? Zumal Sam extrem wenig tut, um sich auf seine Prüfungen vorzubereiten.

Ich bin es so leid, immer die Verantwortung tragen zu müssen. Mein Leben lang geht das schon so. „Pass auf deinen kleinen Bruder und deine Schwester auf" – wie oft habe ich das in der Kindheit gehört. Und wie oft bin ich dieser Aufforderung auch später noch gefolgt und habe sie aus Bredouillen befreit, in die ich mich selbst nie gewagt hätte. Meine einzige winzige Rebellion hat darin bestanden, dass ich Mum und Dad überredet habe, mich auf die Kunsthochschule gehen zu lassen, nur um mich dann dort in den unpassendsten Jungen zu verlieben, den es gab. Nachdem das gründlich schiefgegangen war, bin ich wieder in meine alten Gewohnheiten verfallen. Und als ich dann heiratete, musste ich die perfekte Mutter, Ehefrau und Tochter sein. Ich habe versucht, dem gerecht zu werden. Ich habe es wirklich versucht. Aber im Moment bin ich das alles mehr als leid. Manchmal wünschte ich mir wirklich, mein Leben würde anders verlaufen.

Mein Engelchen scheint zu wissen, was ich empfinde. Jetzt scheint sein Gesichtsausdruck mich zu warnen: Gib Acht, was du dir wünschst.

Aber weiß ich denn überhaupt, was ich mir wünsche? Wünsche ich mir, dass Mum sich so auf mich verlässt, wie sie sich im Moment auf Lou zu verlassen scheint? Dass sie wieder zu Hause eingezogen ist, kam wie gerufen; ich werde sehr viel seltener mir nichts, dir nichts gebeten vorbeizukommen als früher, aber das gibt mir zugleich das Gefühl, von meinem Platz verdrängt worden zu sein. Warum kann ich mich nicht darüber freuen, dass Lou geschafft hat, was ich nicht konnte, und Dad dazu gebracht hat, wieder zu Mum zu ziehen? Ich bin immer noch im Zweifel, was ihre Versöhnung angeht, und hoffe, dass Dad nicht etwa versucht, sich das Beste aus beiden Welten zu sichern. Als ich sie am Abend seines Wiedereinzugs besuchte, gab er sich sehr versöhnlich und versprach mir, alles zu geben, damit es zwischen Mum und ihm wieder funktioniert. Ich muss also versuchen, ihm zu glauben.

Ich seufze tief. Warum kann ich Daniel gegenüber nicht verständnisvoller sein, zumal er mit solchen Problemen an seinem Arbeitsplatz zu kämpfen hat? Oder netter zu meinen Kindern und versuchen, auch ihren Standpunkt zu verstehen? Ich habe das Gefühl, allen gegenüber unfair zu sein, und das hasse ich.

Natürlich weiß ich, woran das liegt. Es liegt daran, dass mir zwar klar ist, dass Daniel mich liebt und mir beisteht, ich das aber im Chaos der häuslichen Verantwortung nicht mehr wahrnehme. Vermutlich geht es ihm mit mir genauso. Vielleicht lässt sich das nicht vermeiden, je länger man verheiratet ist, aber manchmal möchte ich mich wieder als jemand Besonderes fühlen. Ich wünsche mir dieses berauschende Gefühl, für jemanden der einzige wichtige Mensch auf der Welt zu sein. Wenn ich mit Jack zusammen bin, fühle ich mich anders. Dann *bin* ich anders, freier, kreativer. Dass ich so empfinde, zerreißt mich förmlich, aber ich komme anscheinend nicht dagegen an.

Noch einmal zeichne ich mein Engelchen, und diesmal schaut es mich missbilligend an. Eigentlich sollte ich seine Missbilligung teilen, denn trotz bester Absichten, trotz dessen, was ich zu Lou gesagt habe, und obwohl ich weiß, dass nichts Gutes dabei herauskommen kann, muss ich ständig an Jack denken und daran, wie sich mein Leben wohl entwickelt hätte, wenn ich bei ihm geblieben wäre. Vermutlich katastrophal. Aber wäre es so gewesen wie jetzt? Ich weiß es nicht, aber der Gedanke daran elektrisiert und ängstigt mich gleichermaßen. Ich habe Angst, dass ich schon bald meinen Gefühlen nachgeben könnte, und was tue ich dann?

16. Kapitel

Lou

„Lass uns hier verschwinden", zische ich und vergewissere mich, dass keiner meiner Kollegen in der Nähe ist. Das alles ist mir mehr als peinlich. Warum um alles in der Welt ist Jo hier? Wie hat sie mich hier gefunden? Und warum macht sie solch eine Szene?

Verlegen lächele ich unsere Vorzimmerdame Gina an und bitte sie wortlos um Entschuldigung, bevor ich die schniefende Jo aus dem Gebäude schaffe.

Ich weiß nicht, was sie erwartet, aber ich werde ihr keinesfalls sagen, dass alles in Ordnung ist und wir wieder beste Freundinnen werden. *Auf gar keinen Fall.*

Eine Weile gehen wir schweigend nebeneinander her, während ich mir hektisch überlege, was ich tun oder sagen soll.

„Sei nicht böse auf mich, Lou Lou", beginnt sie in dem schmeichelnden Tonfall, den ich schon immer verabscheut habe.

„Warum sollte ich?", erwidere ich. „Du hast mich abserviert, schon vergessen? Du hast nicht das Recht, an meinem Arbeitsplatz aufzutauchen und eine Szene zu machen. Das steht mir zu. Und ich würde das mit verdammt viel mehr Würde tun als du." (Stimmt nicht ganz – ich habe kurz nach unserer Trennung öfter, als ich zugeben würde, vor dem Ge-

bäude gestanden, in dem sie arbeitet, aber nie die Dreistigkeit gehabt hineinzugehen. Ein bisschen Stolz habe ich immerhin.)
„Und nenn mich bitte nicht Lou Lou." Lou Lou war ihr Kosename, als unsere Beziehung noch hoffnungsfroh, die Welt noch strahlend schön und unser Glück für alle Zukunft gesichert schien.

„Es tut mir leid", sagt Jo schließlich. „Ich hätte nicht kommen sollen. Ich wusste nur einfach nicht, wohin sonst."

„Woher wusstest du, wo du mich findest?"

„Ich habe deine Mum angerufen."

Uff. Das wird eine interessante Essensunterhaltung geben.

„Schau, ich weiß, du willst das vermutlich nicht, aber können wir irgendwo etwas trinken gehen? Ich könnte jetzt wirklich eine Freundin brauchen."

Eine Freundin? Ich schaue auf die Uhr, suche nach Ausreden. Tatsächlich habe ich heute Abend nichts vor. Ich bin immer noch sauer auf Jo, aber ein wenig freue ich mich auch, mit ihr zusammen zu sein. Nach all den Monaten stehe ich ihr tatsächlich gegenüber. Ich schaue sie an, und mir wird übel, als ich erkenne, dass sie immer noch so umwerfend aussieht wie eh und je und dass meine Gefühle für sie noch genauso stark sind wie früher, obwohl ich alles getan habe, um sie zu überwinden. Ich spüre, wie ich schwach werde.

„Ein Drink kann doch nicht schaden", fährt sie fort. „Um der alten Zeiten willen?"

„Na schön", gebe ich nach. Ich bin neugierig. Und auch ein wenig hoffnungsvoll, obwohl ich das zu unterdrücken versuche. Kann es sein, dass sie mich zurückgewinnen möchte? Ich kann es mir nicht erlauben, diese Flamme der Hoffnung heller brennen zu lassen, ich muss mich schützen, aber sie brennt.

„Also, warum bist du hier?", frage ich, als wir uns in der nächsten Bar hinsetzen. Ich bestelle ein Glas Soave für sie und einen Rotwein für mich.

„Das weißt du noch", sagt sie offensichtlich zufrieden.

„Natürlich weiß ich das noch. Ich weiß noch alles über dich. Dass deine Lieblingsfarbe Blau ist, dass du dir mit dreizehn den Arm gebrochen und deshalb beschlossen hast, Krankenpflegerin zu werden. Wir waren verliebt, schon vergessen?"

„Waren?"

„Sofern du nicht hier bist, um mir zu sagen, dass du es dir anders überlegt hast, glaube ich, dass unsere Beziehung vorbei und vergangen ist." Ich gebe mir solche Mühe, fest zu bleiben, aber etwas in mir wäre am liebsten sofort eingeknickt. Wenn ich mich mit Jo versöhne, dann muss das zu meinen Bedingungen geschehen.

Einen Moment herrscht unbehagliches Schweigen, und plötzlich wirkt Jo, als hätte sie etwas zu verbergen.

„Lou", sagt sie, „es tut mir so leid."

„Das sagtest du bereits. Sehr oft. Aber das ändert nichts."

„Doch, das tut es. Oder könnte es." Sie beugt sich vor und ergreift meine Hand. Meinen verräterischen Körper überläuft ein freudiges Kribbeln. „Es tut mir leid. Ich dachte, du liebst mich nicht. Weil du nie wolltest, dass ich deine Familie kennenlerne."

„So? Das hat dich gestört?"

Mit offenem Mund starre ich sie an. Ich hatte keine Ahnung, dass Jo so empfunden hat. Ich weiß, dass sie vorgeschlagen hatte, Weihnachten zusammen zu verbringen, aber sie tat immer so, als läge ihr nichts an Familie, sagte, wir bräuchten sie nicht, solange wir einander hätten.

Ich war noch nicht ganz bereit gewesen, Jo meinen Eltern vorzustellen, aber ich hatte daran gearbeitet, Beth und Daniel die Wahrheit zu sagen. Mum und Dad war es schon schwer genug gefallen, damit fertigzuwerden, dass Beth einen farbigen Freund mit nach Hause gebracht hatte, ich mochte mir nicht vorstellen, wie sie damit zurechtkommen würden, wenn ich eine Frau anschleppte. Ich weiß, dass es Beth im Grunde egal sein würde, aber trotzdem habe ich nie die Worte gefunden, es ihr zu sagen. Außerdem hatte vor Jo keine meiner Beziehungen sehr lange gehalten. Es zeigt, wie viel sie mir bedeutete, dass ich bereit war, sie wenigstens ein paar Familienmitgliedern vorzustellen. Aber jedes Mal, wenn ich versuchte, Jo mit den beiden zusammenzubringen, ließ sie mich abblitzen.

„Natürlich hat es das. Ich dachte, du schämst dich für mich – für uns. Ich musste von Bord gehen, bevor ich zu sehr verletzt wurde. Ich dachte, du kannst mich unmöglich so lieben, wie ich dich liebe."

Liebe, sie hat Liebe gesagt. Mein Herz jubelt vor Freude. Ich atme tief durch.

„Das habe ich. Ich liebte – liebe – dich", sage ich. „Das Problem sind meine Eltern. Sie sind ziemlich altmodisch. Das dachte ich jedenfalls. Ich wollte sicher sein, bevor ich dieses besondere Minenfeld betrete. Ich wollte den besten Weg finden, es ihnen zu sagen, aber dazu ist es nie gekommen."

„Und bist du dir jetzt sicher?", fragt Jo.

„Ich war es", sage ich. „Jetzt ..."

„Was, wenn ich dir sage, dass die letzten Monate meines Lebens entsetzlich waren?", meint Jo. „Und dass ich begriffen habe, dass ich einen schrecklichen Fehler gemacht habe? Ich weiß, dass ich dich sehr verletzt habe, aber ich wünsche mir nichts sehnlicher, als dich zurückzugewinnen."

„So leicht ist das nicht für mich", erwidere ich. „Ich … Jo, du hast mir das Herz gebrochen. Und dann ist da noch Nikki …"

„Das mit Nikki ist vorbei", fällt Jo mir ins Wort. „Ich habe einen großen Fehler gemacht. Mir ist sehr schnell klargeworden, dass sie dir nicht das Wasser reichen kann."

„Aber – weshalb sollte ich dir vertrauen?", frage ich, über die Maßen nervös. So gern würde ich ihr glauben, aber ich habe Angst, wohin mich das führen wird.

„Deshalb", sagt sie, beugt sich vor und küsst mich.

Daniel

Im Haus herrschte ein unbehaglicher Friede. Oberflächlich kamen er und Beth gut zurecht, aber irgendwie spürte Daniel, dass sich seine Frau von ihm zurückgezogen hatte, an einen Ort in ihrem Kopf, an den er ihr nicht folgen konnte. Sie weigerte sich, mit ihm über die Kinder zu reden, und beschränkte sich auf leichte, wenig heikle Gesprächsthemen. Sam verbrachte noch mehr Zeit bei Reggie, obwohl seine Prüfungen begonnen hatten und er zu Hause hätte bleiben müssen, um zu lernen. Megan war still und wenig mitteilsam. Manchmal kam Daniel sich wie ein Fremder im eigenen Heim vor. Also ging er eines Freitags Anfang Juni, als er von der Arbeit nach Hause kam, gleich in Beths Atelier. „Was hältst du von einem freien Abend?", fragte er.

Beth schaute auf: Ihre Augen waren überanstrengt vom ständigen Starren auf ihre Arbeit, und ihre Haare fielen wirr über ihre Schultern. Zaghaft beugte Daniel sich vor und strich ihr eine verirrte Strähne hinters Ohr.

„Woran dachtest du?", fragte Beth.

„Dinner für zwei bei Prezzi's?", schlug er vor.

Prezzi's war ihr Lieblingsitaliener, ein billiges und fröhliches Restaurant mitten im Ort. Sie waren schon ewig nicht mehr dort gewesen. Es würde nett sein, zur Abwechslung gemeinsam zum Essen auszugehen.

Beth reckte ihre Arme über den Kopf, dann griff sie nach seiner Hand und küsste sie. „Das klingt nach einer ausgezeichneten Idee. Ich könnte die Pause vertragen."

„Wie läuft es denn?", fragte Daniel.

„Viel besser inzwischen, danke. Möchtest du mal schauen?"

Sie zeigte ihm die neuesten Skizzen, an denen sie gearbeitet hatte. Da war ein großes Bild von einem Engel, der fragend ein paar Schafe anschaute, und eines, auf dem ihm die Heiligen Drei Könige begegneten. Daniel konnte es nicht wirklich beurteilen, aber ihre Zeichnungen wiesen eine Lebendigkeit auf, die den früheren Versuchen gefehlt hatte.

„Die sind toll, Beth", sagte er und küsste sie. „Ich bin so stolz auf dich."

„Tatsächlich?" Beth schaute ihn wehmütig an.

„Natürlich bin ich das." Er drückte sie fest an seine Brust. „Immer. Es tut mir leid, wenn ich das nicht immer zeige."

„Was soll das werden?", fragte Beth lachend.

„Ein Geständnis: Du bist meine umwerfend schöne, wundervolle Frau, und ich liebe dich, und ich sage dir das nicht oft genug."

„Ach, Daniel, ich sage dir das auch nicht oft genug. Es tut mir leid, dass wir uns immer wieder streiten."

„Mir auch. Also: Gehen wir essen?"

„Das wäre toll. Ich habe heute nicht viel gegessen."

„Offenbar auch nicht getrunken, wenn ich mir das so ansehe." Damit zeigte Daniel auf eine Reihe Kaffeetassen, die mit erkaltetem Inhalt auf der Fensterbank standen.

„Ich lasse mich immer wieder ablenken", sagte Beth. „Gib mir eine Minute, mich zu waschen, umzuziehen und ein Abendessen für die Kinder zu zaubern. Dann gehöre ich dir."

„So wie ich dir – immer."

Sie zögerte für den Bruchteil einer Sekunde, und plötzlich überfiel ihn eine innere Unruhe. Dann küsste sie ihn auf die Lippen. „Immer."

Daniel lächelte erleichtert. Was für ein guter Start ins Wochenende.

Beth

Daniels Vorschlag, essen zu gehen, ist eine großartige Idee. Ich freue mich schon auf ein Glas Wein, bis mir einfällt, dass Megan ebenfalls ausgehen will und später noch abgeholt werden muss. Daniel bietet an zu fahren, aber ich weiß, dass er eine harte Woche hinter sich hat. Also nehme ich das ehrenvolle Opfer auf mich und verzichte auf Alkohol.

Sam ist fort zu einer Musikveranstaltung. Ich vermute, zusammen mit seinem Großvater. Gesagt hat er aber nicht, mit wem er geht. Ich weiß, dass er Reggie sehr nahegekommen ist, und es macht mich traurig, dass Daniel darin keine gute Entwicklung sehen kann. Seiner Beziehung zu Sam schadet es jedenfalls enorm. Sam versteht seine Einstellung absolut nicht und ich – offen gesagt – auch nicht so recht, aber Daniel weigert sich, darüber zu reden, und mir fällt nichts Brauchbares ein, was ich tun könnte, um die Situation zu entspannen.

Im Restaurant beginnt die Abwärtsspirale. Wir kommen später an als geplant, und alle Tische sind besetzt. Da wir nicht reserviert haben, müssen wir an der Bar warten. Dort ist es so laut und voll, dass man kaum sein eigenes Wort verstehen kann. Daniel hat bereits mehrere Gläser Bier getrunken, bevor wir an unseren Tisch geführt werden. An der Bar haben wir uns kaum unterhalten, und als wir endlich sitzen, zermartere ich mir den Kopf, was ich sagen soll. Es ist schon so lange her, dass wir zwei allein ausgegangen sind, ich scheine den Dreh nicht mehr herauszuhaben.

Als wir endlich bedient werden, bestellt Daniel sich Wein. Na toll. Er wird sich betrinken, und ich werde stocknüchtern bleiben. Das entspricht nicht ganz meiner Vorstellung von einem netten Abend.

„Wie war deine Woche?", frage ich. Mir ist aufgefallen, dass Daniel Stress in der Schule hat, aber auch darüber hat er nicht viel erzählt. Vielleicht hätte ich mehr Interesse zeigen sollen, aber manchmal verschließt er sich so sehr, dass ich nicht weiß, was er denkt.

„Beschissen", sagt er und schwingt sich zu einer langen Tirade über die Ungerechtigkeiten des Schulsystems auf, die Idioten an verantwortlicher Stelle, die keine Ahnung vom Lehrberuf haben, und darüber, wie unfair der Bericht der Schulaufsichtsbehörde ausgefallen ist.

Oh Gott. Die Schulaufsicht. Ich bin so mit mir selbst beschäftigt gewesen, dass ich das komplett vergessen habe. Er hat es nicht erwähnt, und ich habe nicht danach gefragt. Ich fühle mich grässlich.

Nach ungefähr fünf Minuten hält er inne. „Tut mir leid, ich wollte dich nicht endlos damit zutexten", sagt er.

„Es tut mir so leid", sage ich. „Ich hätte dich danach fragen sollen. Gut, dass du es mir erzählt hast. Um ehrlich zu sein, ich wünschte, du würdest mir mehr erzählen. Ich weiß nie, was du denkst."

„Nicht?" Er wirkt überrascht. „Ich dachte, ich wäre ein offenes Buch für dich."

„Du?" Ich lache. „Du bist irre gut darin, deine Gedanken für dich zu behalten."

„Wohingegen ich natürlich immer weiß, was du denkst", entgegnet Daniel lachend.

Ich bin mir ziemlich sicher, dass das nicht stimmt. Jedenfalls hoffe ich das sehr ... Ich möchte wirklich nicht, dass er auch nur ahnt, was im Moment in mir vorgeht.

„Na schön, was denke ich jetzt?"

„Ob du dich für Steak oder Schwertfisch entscheiden sollst."

In Ordnung, das ist verständlich. Normalerweise entscheide ich mich hier für eins von beidem.

„Außerdem?"

„Du wirst mir eine Predigt halten, dass ich zu nachsichtig mit den Kindern bin."

„Heute Abend nicht", entgegne ich. „Auch wenn es wahr ist."

„Woran denkst du dann?" Er beugt sich vor und berührt meine Hand.

„Daniel", sage ich sehr vorsichtig. „Ich weiß, dass es schwierig für dich ist, und ich weiß, dass ich versprochen habe, das Thema nicht mehr anzusprechen, aber es macht mir wirklich zu schaffen. Sam versteht sich so gut mit Reggie. Ich glaube ehrlich, dass er sich geändert hat. Wäre es wirklich so schrecklich, wenn wir uns mit deinem Dad träfen?"

17. Kapitel

Daniel

„Oh." Dass Beth das Thema noch einmal anschnitt, hatte er wirklich nicht erwartet. Nicht nach all dem, was er ihr gesagt hatte. Er zog seine Hand zurück. „Müssen wir darüber reden?"

Beth wirkte ein wenig hilflos. „Tut mir leid. Vielleicht ist es dumm, das zu sagen, aber ..."

„Aber was?"

„Das gehört zu den Dingen, die ich an dir nicht verstehe. Ich weiß, du hast gesagt, du wollest alles, was mit deinem Dad zu tun hat, hinter dir lassen. Aber ich frage mich, ob das eine so gute Idee ist. Reggie ist hier, ob dir das gefällt oder nicht, und er baut eine Beziehung zu unserem Sohn auf. Die wird sich nicht einfach in Luft auflösen. Deshalb glaube ich, du solltest dich der Vergangenheit stellen, statt weiter vor ihr davonzulaufen."

„Ich dachte, du hättest verstanden. Für mich bleibt die Vergangenheit besser begraben."

„Das habe ich verstanden", sagte Beth. „Aber es ist ein bisschen schwierig, sie begraben zu lassen, wenn sie plötzlich vor deiner Tür steht. Vielleicht wird es Zeit, dass du dich deinen Dämonen stellst."

Daniel versuchte zu lachen, stellte aber fest, dass es ihm nicht gelang. Er nahm einen Schluck Wein, aber der schmeckte bitter, und so schob er sein Glas zur Seite.

„Ich glaube, das kann ich nicht", erklärte er.

„Warum nicht? Ich glaube, das könnte dir helfen. Diese Geschichte bringt dich offensichtlich aus dem Gleichgewicht."

„Deshalb will ich nicht darüber nachdenken", sagte Daniel. „Das war eine sehr schlimme Zeit in meinem Leben. Ich weiß, dass Reggie heute freundlich und entspannt wirkt, aber wenn er getrunken hatte, war er gemein zu Mum und mir. Wir waren beide froh, als er fortging. Mum und ich ließen das Ganze hinter uns, und dann starb Mum. Ich möchte mich an die guten Zeiten erinnern, verstehst du? Nicht an die schlechten. Es ist vorbei, und ich will nicht darüber nachdenken. Es ist Vergangenheit."

„Das ist es leider nicht, weil es sich auf unsere Gegenwart auswirkt", sagte Beth sanft. „Sam scheint Reggie zu mögen, und es fällt ihm schwer zu begreifen, warum du damit nicht einverstanden bist. Mir fällt es auch schwer, um ehrlich zu sein. Wäre es denn wirklich so schlimm, einen Versuch zu wagen und Brücken zu schlagen?"

„Danke, dass du mich daran erinnerst, dass mein Dad und mein Sohn eine bessere Beziehung zueinander haben als ich zu beiden von ihnen", erwiderte Daniel zornig.

„Daniel, so meinte ich das nicht. Bitte, öffne dich mir, wenigstens dieses eine Mal."

Daniel spürte, wie ihm die Tränen kamen.

„Ich kann nicht, Beth", flüsterte er. „Ich kann einfach nicht."

Beth

Der Abend, der so schön hätte werden können, verläuft im Sande, nachdem ich Reggie erwähnt habe. Ich wünschte, ich hätte den Mund gehalten. Daniel tut nach diesem Streit so, als hätten wir das Thema überhaupt nicht angeschnitten, und wir verbringen den Rest des Abends damit, über Banalitäten zu plaudern. Ich wünschte, wir wären zu Hause geblieben.

Gegen Ende des Abends trudelt eine SMS von Jack ein. *Die neuen Skizzen sehen fantastisch aus. Im Verlag sind alle begeistert.*

Ich lächle. Das muntert mich auf. Sowohl, dass Jack glaubt, das Buch komme gut an, als auch, dass er mir am Freitagabend eine SMS schickt. Ich frage mich, wo er steckt und was er tut. Dann verscheuche ich den Gedanken schnell wieder. Ich sitze mit meinem Mann im Restaurant und sollte nicht an andere Männer denken. Ich bin ein verdorbener Mensch.

„Wer war das?", fragt Daniel, irritiert, weil ich das Telefon gezückt habe, um eine SMS zu lesen.

„Jack", sage ich rasch. „Nur, um mich zu informieren, dass die Skizzen gut ankommen."

Daniel mustert mich nachdenklich.

„Warum schickt dir Jack eine SMS und nicht deine Lektorin? Ist es nicht ein bisschen spät an einem Freitag, um über die Arbeit zu reden?"

„Oh, er wusste, dass ich mir deswegen Gedanken mache, und hat mir versprochen, mich zu informieren. Dann hat er es aber vergessen. Er sagt, er wollte mich nur beruhigen, damit ich das Wochenende genießen kann. Und das ist ihm gelungen. Großartig."

Ich setze ein Lächeln auf und hoffe, dass es nicht zu falsch wirkt.

„Wie gut hast du Jack am College gekannt?", fragt Daniel plötzlich.

Mir wird ein bisschen übel. Wird er etwa misstrauisch? Ich habe nichts Verwerfliches getan, aber ich habe ein schlechtes Gewissen, weil ich ihm nicht die ganze Wahrheit über mich und Jack erzählt habe.

„Nun, du weißt doch, wie das am College ist. Wir standen uns eine Zeit lang nahe und haben uns dann – auseinandergelebt." Jetzt wäre es an der Zeit, ihm reinen Wein einzuschenken und ihm zu sagen, wie es wirklich war. Nur ... irgendetwas hält mich davon ab. Daniel hat Geheimnisse vor mir. Das weiß ich. Nehmen wir nur heute Abend, nehmen wir Reggie. Warum also sollte ich ihm von etwas erzählen, das schon so viele Jahre zurückliegt? Was kann Gutes dabei herauskommen, wenn ich es ihm jetzt erzähle?

„Er war also nicht deine heimliche Liebe?", meint Daniel neckend. Ich spüre, wie mein Puls sich beschleunigt.

„Jack?", frage ich prustend. „Jack Stevens hat immer nur sich selbst geliebt."

Lou

Nachdem Jo mich geküsst hat, stehe ich völlig unter Schock. Damit hatte ich überhaupt nicht gerechnet und noch weniger mit ihrer Liebeserklärung. Ich würde ihr so gern glauben. Ich weiß, dass ich sie immer noch liebe; ein Abend in ihrer Gesellschaft genügt, um mir klarzumachen, wie sehr ich mir in den letzten Monaten etwas vorgemacht habe. Wie sich jetzt herausstellt, bin ich kaum einen Schritt weitergekommen. Aber kann ich Jo vertrauen? Ich sehe, dass sie sich wirklich große Mühe gibt, und ich bin nahe dran, einen Versuch zu wagen, aber nach einem weiteren Drink beschließe ich, mir an Mum ein Beispiel zu nehmen und es Jo nicht zu leicht zu machen. Also entschuldige ich mich und fahre nach Hause. Und obwohl sie vorschlägt, dass wir uns wiedertreffen, erhält sie von mir keine klare Antwort. Stattdessen sage ich ihr, ich werde darüber nachdenken. Für mehr bin ich noch nicht bereit.

Und ich denke darüber nach. Ich überstürze nichts, obwohl sie dazu übergegangen ist, mich jeden Tag anzurufen und mir SMS zu schicken. Nach einer Woche jedoch knicke ich schließlich ein. Wir treffen uns in einer belebten Weinbar in London. Das scheint ein angemessen neutraler Ort zu sein. Ich will nicht, dass sie ins Haus meiner Eltern kommt, und erst recht will ich nicht in ihre Wohnung. Ich bin mehr als nervös und mir ganz und gar nicht sicher, ob ich das Richtige tue. Aber das Leben ist schließlich kurz, nicht wahr? Mir bietet sich eine Chance, mich mit der Frau, die ich liebe, auszusöhnen. Es wäre vermutlich dumm, es nicht wenigstens zu versuchen.

Sie begrüßt mich mit einem Kuss, und ich sehe, dass auch sie nervös ist. Dadurch entspanne ich mich sofort. Immer war sie die Kühle, die Abgeklärte in unserer Beziehung. Ich fühle mich stärker bei dem Gedanken, dass ich womöglich am längeren Hebel sitze.

Jo redet zu viel, plappert über ihren Tag, bringt mich mit allem möglichen Tratsch über ihre Freundinnen auf den neuesten Stand – die meisten habe ich seit unserer Trennung nicht mehr gesehen. Überrascht stelle ich fest, dass die Schuld bei mir liegt.

Ich habe zugelassen, dass meine übliche Verzweiflung über eine weitere katastrophale Beziehung die Oberhand gewonnen hat, und bin einfach davon ausgegangen, dass sie Partei für Jo ergreifen würden. SMS von ihnen habe ich ignoriert. Vielleicht hätte ich das nicht tun sollen.

Wir verstehen uns so gut, dass ich einem gemeinsamen Essen zustimme.

„So", sagt Jo, als wir uns bei einem diskreten Italiener in Soho an einen Tisch setzen.

„So", sage ich.

„Wie machen wir jetzt weiter?"

„Jo, ich habe absolut keine Ahnung. Du hast mir Weihnachten eröffnet, es sei vorbei zwischen uns. An Heiligabend, verdammt noch mal. Es dauerte nur Wochen, und schon warst du mit einer anderen zusammen. Dann kreuzt du Monate später plötzlich auf und eröffnest mir, du hättest einen Fehler gemacht und liebtest mich doch. Was soll ich davon halten?"

„Ich weiß, dass du nicht noch mal von mir hören willst, dass es mir leidtut."

„Stimmt."

„Ich habe den größten Fehler meines Lebens gemacht", fährt sie fort. „Das habe ich inzwischen erkannt. Ohne dich ist nichts mehr so wie früher. Ich vermisse dich so sehr."

„Tatsächlich?" Das würde ich wirklich gern glauben. Jo ist die Erste seit langer Zeit, für die ich so tiefe Gefühle hege. Ich hatte mich darauf eingestellt, den Rest meines Lebens mit ihr zu verbringen, und der Schock ihrer Zurückweisung hat mich zutiefst erschüttert. Ich will nichts lieber, als wieder mit ihr zusammen sein, aber kann ich dieses Risiko wirklich eingehen? Was, wenn sie mich erneut fallen lässt? Ich weiß nicht, ob ich stark genug bin, um das zu ertragen. „Ich weiß nicht", sage ich.

Dann unterbricht sie mich. „Schhht, lass uns jetzt nicht reden", sagt sie und wirft mir einen Blick zu, der mir den Boden unter den Füßen wegzieht. Großer Gott, was bin ich doch für ein Fähnchen im Wind.

„Warum sehen wir nicht zu, dass wir hier wegkommen?"

Und ich Idiotin folge ihr.

18. Kapitel

Lou

„Also, wer ist Jo?" Darauf habe ich gewartet. Mum hat sich überraschend lange die Frage verkniffen, wer die geheimnisvolle Frau ist, die sie angerufen hat, um nach meiner Büronummer zu fragen. Ich hätte wissen müssen, dass sie irgendwann damit ankommen würde.

„Eine Freundin", sage ich, unsicher, ob ich bereit bin, Einzelheiten preiszugeben. Nein, noch nicht.

„Nur eine Freundin?" Mum zieht eine Augenbraue hoch. „Hieß nicht dein *Freund* Joe?"

„Ähm." Ich bin perplex. „Ja, so hieß er. Das ist eine Freundin. Mit Namen Jo."

Einen Moment herrscht Schweigen.

„Lou, ich bin nicht blöd, weißt du", sagt sie schließlich sanft. „Ich weiß, dass es Lesben gibt. Mich macht nur traurig, dass du mir etwas vorzumachen versuchst."

„Oh!" Ich bin so geschockt, dass ich nicht weiß, was ich sagen soll. Diesen Teil meines Lebens habe ich so lange verheimlicht, dass mir gar nicht der Gedanke kam, Mum könne von allein dahinterkommen.

„Ich bin deine Mutter", sagt sie. „Ich hatte immer diesen Verdacht, wenn deine Beziehung zu einem Jungen wieder einmal sehr schnell in die Brüche ging. Das soll nicht unbedingt heißen, dass ich es verstehe, aber ich akzeptiere es. Ich will doch nur, dass du glücklich bist." Sie schweigt einen Moment. „Ich habe recht, nicht wahr?"

Ich bin völlig überrascht. All die Jahre, in denen ich mir den Kopf zermartert, mir Sorgen gemacht und mich nicht in der Lage gesehen habe, mein wahres Ich meiner Mutter zu offenbaren, und sie hat es die ganze Zeit gewusst.

„Ich wollte es dir sagen, ich wusste nur nicht, wie. Du und Dad ..."

„... gehören einer anderen Generation an", ergänzt sie. „Verstehe. Aber wir sind nicht völlig realitätsfremd. Trotzdem bin ich froh, dass du es mir jetzt sagst."

„Ich auch." Tränen schießen mir in die Augen. Es ist ungeheuer erleichternd, jemanden zu haben, mit dem man darüber reden kann. Endlich, nach so langer Zeit. Und ihre Reaktion fällt so anders aus, als ich mir das vorgestellt habe. Zu meinem Erstaunen scheint Mum das locker wegzustecken. Das Gefühl der Erleichterung ist überwältigend.

„Also, was läuft zwischen dir und diesem Mädchen?", fragt sie weiter.

„Ach, Mum. Wir haben uns getrennt, und jetzt will sie mich zurück, aber ich weiß nicht, was ich tun soll."

„Liebst du sie?"

„Ich habe sie geliebt. Ich glaube, ich tue es noch, aber ich bin mir nicht sicher, ob ich ihr trauen kann."

„In Sachen Liebe muss man manchmal ein Risiko eingehen. Aber es hat keine Eile. Du musst tun, was sich für dich richtig anfühlt." Sie tätschelt mir die Hand und wechselt dann das Thema, bittet mich, Dad Bescheid zu sagen, dass das Abendessen fertig ist. Gerade so, als wäre nichts geschehen.

Ich bin immer noch völlig durch den Wind, wie gut sie das aufgenommen hat. Und ich weiß, dass, wenn sie glücklich damit ist, Dad es auch sein wird. So war es schon immer in unserer Familie.

Ich stecke meinen Kopf durch die Tür seines Arbeitszimmers und Dad zuckt an seinem Laptop zusammen, als hätte ich ihn dabei ertappt, sich Pornos anzuschauen. Mir wird schwer ums Herz. Er hat doch nicht etwa wieder Kontakt mit ihr? Ich hasse es, meinem eigenen Vater gegenüber so misstrauisch geworden zu sein, aber ich kann mich nicht dagegen wehren. Er wirkte so überzeugt, dass Lilian die Richtige für ihn ist. Was, wenn er einfach nur zurückgekommen ist, um uns einen Gefallen zu tun?

„Was treibst du da?"

„Ich schaue nach Urlaubsreisen. Ich dachte, ich könnte vielleicht mit deiner Mum verreisen – als verspätetes Geburtstagsgeschenk."

Auf dem Bildschirm ist eine Webseite mit spanischen Urlaubszielen geöffnet. Vielleicht sehe ich auch Gespenster.

„Gute Idee", sage ich, „das wird ihr sicher gefallen."

Er wirkt jedoch so schuldbewusst, dass ich mich unwillkürlich frage, ob er nicht doch etwas verbirgt. Er scheint nichts anderes zu tun, als ein pflichttreuer Ehemann zu sein, aber ich spüre, dass zwischen den beiden immer noch Spannungen herrschen. Vermutlich ist das unter den gegebenen Umständen unvermeidlich. Ich komme zu dem Schluss, dass es mich nichts angeht. In den letzten Monaten habe ich sehr viel mehr über das Liebesleben meiner Eltern erfahren, als ich jemals wollte. Es liegt einzig und allein an ihnen, ihre Probleme aus der Welt zu schaffen. Ich habe genug eigene.

Seit dem Abend, den Jo und ich zusammen verbracht haben, kann ich kaum an etwas anderes denken. Meint sie es wirklich ernst, wenn sie sagt, dass sie mich zurückhaben will? Sie schien mir aufrichtig zu sein. Und ihr Kuss war eine Erinnerung an das, was mir fehlt. Beim Essen beobachte ich Mum und Dad und erkenne, wie sehr sie sich bemühen, ihre Beziehung zu retten. Vielleicht hat Mum ja recht, dass man in der Liebe manchmal Risiken eingehen muss.

Ich greife nach meinem Handy und wähle Jos Nummer. „Hi", sage ich ohne Vorrede, „was hast du Freitagabend vor?"

Daniel

Das Haus erbebte förmlich unter dem Lärm, den Sam mit seinem Schlagzeug macht. Nicht mehr lange, und die Nachbarn würden sich beschweren. Obwohl Daniel sich mit der Schalldämmung größte Mühe gegeben hatte, hallte der Rhythmus der Trommeln im ganzen Haus wider. Das ging ihm auf die Nerven. Bildete er sich das nur ein, oder spielt Sam noch häufiger, seit er Reggie kannte? Mit seinen Prüfungen war er fast durch, und seine Eltern hatten keine Ahnung, wie sie gelaufen waren. Sam beschränkte sich nach jeder abgelegten Prüfung immer nur auf: „Es war okay." Daniel und Beth blieb nichts anderes übrig, als das Beste zu hoffen. Anscheinend gelang es nur Reggie, ihren Sohn zu inspirieren.

Reggie war alles andere als berühmt, aber er hatte es immer geschafft, sich seinen Lebensunterhalt als Studiomusiker zu verdienen. Als sehr kleiner Junge – bevor alles den Bach hinunterging – hatte Daniel es geliebt, wenn sein Dad sein Saxophon herausholte und anfing zu spielen. Oder wenn er Mum ein paar Töne auf der Mundharmonika vorspielte. Das waren glückliche Zeiten gewesen, trotz allem, was später kam. Er hatte ein paar gute Erinnerungen; sie waren von den schlechten nicht völlig ausgelöscht worden.

Nicht zum ersten Mal fragte Daniel sich, was wirklich zwischen seinen Eltern vorgefallen sein mochte. Er nahm an, dass die üblichen Probleme schuld gewesen waren. Reggie war häufig unterwegs und spielte. Mum hatte mehrfach angedeutet, dass er leicht in Versuchung geriet. Obendrein trank er. Als Reggie schließlich fortging, konnte Daniel sich nicht mehr daran erinnern, wie es war, wenn sein Dad nüchtern war. Daniel hatte es kaum mit ansehen können, wie seine fröhliche, aufgeschlossene Mum zu einem Schatten ihrer selbst wurde, bis sie schließlich dafür sorgte, dass Reggie ging.

Im Alter von zehn hörte er von ihr, dass er jetzt der Mann im Hause sei, und ganz allmählich kehrte die lebensfrohe Mum, die er so liebte, wieder zurück. Aber sie hatte dennoch schwer zu arbeiten, um regelmäßig Essen auf den Tisch zu bringen und dafür zu sorgen, dass er genügend anzuziehen hatte. Sie wollte ihm unbedingt die Möglichkeiten bieten, die sie nie gehabt hatte, und dank ihrer Liebe und Entschlossenheit war er nicht vom Weg abgekommen wie so viele seiner Altersgenossen. So viele Menschen, die er kannte, waren arbeitslos und kriminell geworden. Das hätte auch ihm leicht passieren können, aber dank seiner Mum war es nicht geschehen. Als sie ihm grausam früh mit Mitte fünfzig entrissen wurde, schwor Daniel sich, das Beste aus den Möglichkeiten zu machen, die sie ihm eröffnet hatte.

Inzwischen war sie schon lange tot, aber er hatte nie aufgehört, sie zu vermissen oder an sie zu denken, und er fragte sich, was sie an seiner Stelle jetzt wohl täte. Sie hatte immer dafür plädiert, Türen offen zu halten und sich mit Menschen auszusöhnen. Sie hatte auch immer darauf geachtet, Reggie nicht vor Daniel zu kritisieren, obwohl sie guten Grund dazu gehabt hatte. Vielleicht würde sie wollen, dass er ein Friedensangebot machte.

Daniel fasste einen Beschluss. Er ging in die Garage, um Sam spielen zu sehen. Obwohl die Musik aus so großer Nähe ohrenbetäubend laut war, war Sam wirklich gut. Plötzlich überkam ihn Stolz auf seinen Sohn. Auch wenn er keinen akademischen Erfolg haben sollte, musikalisch war er sehr talentiert. Daniel wusste, dass er ihm das unbedingt sagen sollte. Wenn er es nicht tat, riskierte er, dass sein Sohn sich für immer von ihm entfremdete.

„Hat dir jemand Unterricht gegeben?", fragte er.

Sam wirkte ein bisschen auf der Hut. Es schmerzte Daniel zu sehen, wie nervös sein Sohn in seiner Gegenwart war, so nervös, wie er selbst in Reggies Gegenwart gewesen war. Dabei hatte er sich all die Jahre bemüht, es niemals so weit kommen zu lassen.

„Ich gehe davon aus, dass du und Reggie euch über Musik unterhaltet, wenn ihr euch trefft?"

„Ja", sagte Sam. „Das tun wir."

„Schau." Daniel räusperte sich plötzlich verunsichert. „Es tut mir leid, dass ich Schwierigkeiten wegen Reggie gemacht habe. Es gibt da ein paar alte Dinge zwischen uns. Mit dir hat das nichts zu tun."

„Wirst du dich also mit ihm treffen?" Sam sah plötzlich so hoffnungsvoll aus, dass Daniel das Gefühl hatte, nicht Nein sagen zu können.

„Ja, ich werde mich mit ihm treffen, aber ich bezweifle, dass wir je gute Freunde werden können." Er holte tief Luft. „Wie fändest du es, wenn ich ihn mal zum Mittagessen einlade?"

Beth

„Geht's dir gut?" Daniel tritt an mich heran und umarmt mich, während ich dabei bin, die Spülmaschine auszuräumen.

„Ja, bestens, warum?" Ich bin ein bisschen kurz angebunden, in Daniels Nähe fühle ich mich momentan latent etwas angespannt. Er hat Jack nicht wieder erwähnt, und ich habe Reggie nicht erwähnt, aber ich weiß, dass beide Themen gegenwärtig sind und unter der Oberfläche brodeln. Zu allem Überfluss schickt Jack mir weiterhin SMS. Ich lösche sie immer sofort, wenn ich geantwortet habe, aber ich habe deshalb ein schlechtes Gewissen, und ich weiß, dass ich es an Daniel auslasse.

„Ich habe mit Sam gesprochen", sagt er.

„Das ist gut." Seit Wochen haben die beiden kaum ein Wort miteinander gewechselt.

„Und, nun ja, wie fändest du es, wenn ich Reggie an einem Sonntag zum Mittagessen einlade?"

„Das halte ich für eine fantastische Idee!" Ich bin überrascht, aber erfreut. „Was veranlasst dich dazu?" Meine Augen werden schmal, ich bin plötzlich misstrauisch. „Du lädst ihn doch nicht etwa ein, damit du dich wieder mit ihm streiten kannst, oder?"

„Nein", sagt Daniel. „Es ist einfach nur so, dass Sam und er sich sehr gut zu verstehen scheinen, und ich sehe, dass Sam unter der Situation leidet. Auch Megan sollte ihren Großvater kennenlernen. Ich bin derjenige, der ein Problem mit ihm hat, und ich sollte die Kinder damit nicht belasten. Du hast recht. Es ist nicht fair, Reggie von seinen Enkelkindern fernzuhalten."

„Ich freue mich so, Daniel", sage ich. „Ich glaube, du tust das Richtige."

„Das heißt aber nicht, dass es zu einer großen Versöhnung kommen wird", warnt er.

„Verstanden", sage ich, aber insgeheim habe ich Hoffnung. Immerhin ist ein Anfang gemacht.

Als ich ihn umarme, klingelt das Telefon. Mum ist dran, und sie ist völlig aufgelöst.

„Ist dein Dad bei euch?"

„Nein, wieso?"

„Er sagte, er schaue vielleicht bei euch vorbei. Rachel liegt in den Wehen, und er hat den Wagen. Also warum geht er nicht ans Telefon?"

„Hoppla, Rachel hat Wehen – das ist wunderbar."

„Es läuft leider nicht glatt", sagt Mum. „Sie bereiten sie gerade auf einen Kaiserschnitt vor. Ich bin mit Ged im Krankenhaus, aber wir können deinen Dad nicht erreichen."

„Mach dir keine Sorgen", sage ich. „Wir finden ihn. Bleib ruhig."

Ich rufe der Reihe nach Dads Kumpel an, aber niemand hat ihn gesehen, und er geht immer noch nicht ans Telefon. Ganz ehrlich, ich weiß nicht, warum er überhaupt eines hat. Schließlich meint einer seiner Freunde: „Vielleicht ist er in den Swan gegangen." Seltsam. Der Swan ist nicht Dads Lokal. Warum sollte er dort sein? Ich schnappe mir die Wagenschlüssel und mache mich eiligst auf den Weg.

Ich war noch nie zuvor im Swan. Es ist Mittag, und das Lokal ist voll besetzt mit älteren Paaren, die sich den Mittagstisch schmecken lassen. Warum zum Teufel sollte Dad hier sein?

Fieberhaft suche ich den Gastraum nach ihm ab, kann ihn zunächst aber nicht entdecken. Wo könnte er nur sein?

Dann sehe ich ihn, in einer Ecke, in ein ernsthaftes Gespräch mit einer groß gewachsenen, wie eine Künstlerin aussehenden Frau vertieft, die ihre Haare zu einem wirren Knoten aufgesteckt hat. Die beiden halten Händchen und haben keinen Blick für andere übrig. Oh, mein Gott. Er ist mit Lilian Mountjoy hier.

Das kleinste Engelchen

Das kleinste Engelchen war inzwischen sehr müde. Es flog zu Boden und setzte sich auf einen Hügel, um wieder zu Atem zu kommen.

Plötzlich sah es einen kleinen Jungen mit einem Lamm auf den Armen.

Er ging sehr langsam und sah traurig aus.

„Geht es dir gut?", fragte das Engelchen.

„Ja", sagte der kleine Junge, „aber ich möchte das besondere neugeborene Baby suchen, das heute Nacht geboren wird, und ich habe mich verlaufen."

„Ich habe mich auch verirrt", sagte das Engelchen. „Vielleicht können wir einander helfen."

Vanessa Marlow: *Wer ist dieser kleine Junge?*
Beth King: *Ein Schafhirte. Er hat die anderen Schafhirten verloren.*
Vanessa Marlow: *Aber wie kann der Engel dem kleinen Jungen helfen? Sie kann ihn doch kaum dorthin tragen, oder?*
Beth King: *Ich arbeite daran.*

DRITTER TEIL

Sehr weit von zu Hause

Juli bis September

Das kleinste Engelchen

Das kleinste Engelchen wurde allmählich immer aufgeregter. Der Stern kam ihm näher vor. Sicher war es jetzt nicht mehr allzu weit.

Es konnte eine Karawane sehen, die sich vom Stern entfernte.

Das Engelchen flog hinunter, um mit einem der Pagen zu sprechen, der am Ende der Karawane ging und eine Schachtel trug.

„Was hast du denn da?", fragte das Engelchen.

„Gold für den neuen König", sagte der Page.

„Du meinst, für das neugeborene Baby?", fragte das Engelchen.

„Ich weiß nicht", sagte der Page. „Meine Herren suchen nach einem König. Sie sagten, wir sollten dem Stern folgen. Der würde uns zu ihm führen."

„Oh", sagte das Engelchen. „Ich glaube, ihr geht in die falsche Richtung."

Vanessa Marlow: *Ich verstehe nicht ganz, was der Sinn dieser Begegnung ist?*
Beth King: *Ein Versuch, die Weisen aus dem Morgenland in die Geschichte zu integrieren?*
Vanessa Marlow: *Warum gehen sie in die falsche Richtung? Ich bin verwirrt!*
Beth King: *Ähm, haben Sie je die Weihnachtsgeschichte gelesen, Vanessa? Sie wollten zuerst Herodes aufsuchen.*

19. Kapitel

Beth

„Seid ihr fertig? Wir wollen los!"

Sam und Megan poltern die Treppe herunter, während Daniel den Wagen rückwärts aus der Einfahrt manövriert. Wir wollen zum Sonntagsessen bei Mum und Dad, um Ged, Rachel und das neugeborene Baby Thomas willkommen zu heißen. Nach ein paar recht qualvollen Stunden war Thomas heil und gesund auf die Welt geholt worden, aber bei Rachel gab es Komplikationen, sodass sie noch ein paar Tage im Krankenhaus bleiben musste. Mum hat sich auf ihre organisatorischen Fähigkeiten besonnen, das Zepter an sich gerissen und ist quasi bei der jungen Familie eingezogen, um zu helfen, solange Rachel sich von der Geburt erholt. Das ist wahrscheinlich auch gut so. Feige, wie ich bin, und feige, wie auch Dad ist, hat keiner von uns beiden erwähnt, wo ich ihn an dem Tag gefunden habe, an dem Thomas geboren wurde, geschweige denn, mit wem er dort war.

Es hatte sich noch keine Gelegenheit ergeben, in der ich Dad hätte fragen können, was zum Teufel er eigentlich treibt. Als ich ihn aufstöberte, sagte er nur: „Es ist nicht so, wie es aussieht", und dann: „Es ist kompliziert" – gerade so, als spielte er in einer romantischen Komödie einen Mittzwanziger. Am liebsten hätte ich ihn angeschrien und ihm ordentlich die Meinung ge-

geigt, aber dafür war es weder der richtige Zeitpunkt noch der richtige Ort. Also musste ich so tun, als wäre nichts geschehen. Ihn im Krankenhaus bei Mum abzuliefern, ohne die Beherrschung zu verlieren, fiel mir so schwer wie selten etwas. Seitdem hatte es keinen Moment mehr gegeben, wo ich mit ihm allein hätte reden können.

Daniel meint, wir sollten keine schlafenden Hunde wecken und es den beiden selbst überlassen, ihre Probleme zu lösen. Aber ich quäle mich trotzdem mit der Frage, ob ich Mum nicht wenigstens wissen lassen sollte, dass entgegen ihrer Annahme nicht alles eitel Sonnenschein ist. Andererseits freut sie sich so sehr über das Baby, dass ich ihr die gute Laune nicht verderben möchte. Ich habe mit dem Gedanken gespielt, Lou einzuweihen, aber sie neigt dazu, aus allem ein Drama zu machen, und meiner Meinung nach gab es in dieser Familie mehr als genug davon in letzter Zeit.

Als wir bei Mum und Dad ankommen, sind Rachel und Ged mit dem Kleinen schon da. Mum umsorgt Rachel wie eine Glucke, und mir fällt auf, dass sie und Ged einander leicht entnervte Blicke zuwerfen.

„Keine Sorge", sage ich ihnen, als Mum einen Moment außer Hörweite ist. „Das geht auch wieder vorbei. Sie hat sehr lange auf diesen Augenblick gewartet. Darf ich ihn mal halten?"

„Natürlich." Rachel reicht mir meinen kleinen Neffen, und ich nehme ihn auf den Arm und herze ihn.

„Ach, du süßer kleiner Mann", sage ich, atme tief den entzückenden Babyduft ein und bekomme plötzlich Sehnsucht nach meinen eigenen Kindern in diesem Alter. Damals bekam ich nicht viel Schlaf, aber wenigstens haben sie nicht andauernd widersprochen. Im Rückblick erfüllt mich Sams und Megans

Babyzeit mit enormer Zärtlichkeit. Sie war mit harter Arbeit verbunden, aber Daniel und ich waren so glücklich und hatten das Gefühl, gemeinsam eine wundervolle Abenteuerreise angetreten zu haben. Ich hatte ja keine Ahnung, dass das Leben so viele Jahre später so kompliziert werden würde. Thomas greift nach meinen Fingern und schaut mich aus großen blauen Augen an. Ich liebe es, wie Babys einen anschauen – als wüssten sie alles, was es zu wissen gibt, und man selber wüsste nichts.

„Ach, ist der niedlich", sagt Megan, beugt sich über ihn und fasst nach einem seiner Finger.

„Möchtest du ihn auch mal nehmen?", fragt Rachel, und ich zeige Megan, wie sie Thomas halten muss. Er gluckst leise in ihren Armen.

„Ich will auch eins", sagt Megan.

„Nein, willst du jetzt noch nicht, junge Dame", erwidere ich. Eine schwangere Tochter fehlte mir gerade noch. „Und täusch dich nicht. Er mag jetzt unwiderstehlich sein, aber ich bin sicher, dass er seine Mum die ganze Nacht auf Trab hält, nicht wahr, Rachel?"

„Offen gesagt, hält er seinen Dad auf Trab", erwidert Rachel zärtlich lächelnd und greift nach Geds Hand. Er schaut sie albern verliebt an. „Ich pumpe Milch ab, und Ged übernimmt die Fütterung um zwei Uhr morgens."

„Wo ist mein Bruder, und was hast du mit ihm angestellt?" Ich lache. „Gut gemacht, Rachel. Endlich hat eine Frau Ged gezähmt."

„Oh, er kennt inzwischen seine Stellung, nicht wahr, Liebling?"

Ged wirft ihr noch einen verliebten Blick zu. Du meine Güte, ich hätte nie gedacht, dass ich diesen Tag einmal erleben würde. Vom Schwerenöter zum hingebungsvollen Vater. Rachel muss eine verdammt tolle Frau sein.

Ich gehe in die Küche, wo Dad unter Mums Aufsicht fleißig Gemüse schneidet. Zum Teufel noch mal, was geht eigentlich in meiner Familie vor?

„Warum lässt du mich nicht mal eine Weile übernehmen, Mum?", frage ich. Das ist die Gelegenheit, mit Dad allein zu sprechen. „Ich weiß, dass du Zeit mit Thomas verbringen möchtest."

Mum lächelt, gibt mir ein paar Anweisungen und verschwindet. Schon wieder eine Premiere. Normalerweise lässt sie mich nicht einmal in die Nähe der Küche.

Ich beginne, mich am Braten zu schaffen zu machen, unsicher, wie ich dieses Gespräch eröffnen soll. Da räuspert sich Dad.

„Ich schätze, du erwartest eine Erklärung."

„Das ist wohl das Mindeste, was du mir schuldest." Ich bin mir nicht sicher, ob ich seine Ausflüchte hören will, und ich fürchte, wenn ich erst mal loslege, gibt es kein Halten mehr, und es kommt zu einer Szene. Das aber ist das Letzte, was ich will.

Dad seufzt. „Ich versuche nur, das Richtige zu tun."

„Indem du dich hinter Mums Rücken mit Lilian triffst?"

„Bitte, glaub mir, wenn ich dir sage, das ist das Schwerste, das ich je getan habe. Ich begreife, dass ich einen Fehler gemacht habe, aber Lilian und ich haben starke Gefühle füreinander entwickelt. Es ist nicht so einfach, sie loszulassen, wie ich geglaubt habe. Aber ich schulde es deiner Mum und euch allen, meiner Ehe noch eine Chance zu geben. Ich habe gesehen, wie sehr ich euch verletzt habe, als ich fortgegangen bin. Ich gebe mir solche Mühe, Beth. Bitte, glaub mir."

Ich würde ihm so gern glauben.

„Wie kann es helfen, Lilian wiederzusehen?", frage ich. „Du bist zu Mum zurückgezogen. Sie glaubt, es sei vorbei zwischen euch beiden."

„Das ist es, versprochen. Aber …"

„Aber was?" Ich spüre, dass er unentschlossen und mir gegenüber nicht ganz aufrichtig ist.

„Schau, ich weiß, dass du in dieser Sache für Mum Partei ergreifst, und das verstehe ich. Aber das Ganze ist alles andere als einfach, und ehrlich gesagt, ich stecke ziemlich in der Klemme. Lilian ist eine erstaunliche Frau, und ich habe geglaubt, dass ich mit ihr leben möchte. Aber das geht nicht. Nicht, wenn es alle so unglücklich macht. Das Dumme ist, jetzt macht es auch sie unglücklich. Ich will niemandem wehtun. Kannst du mir bitte wenigstens das glauben?"

Ja, das kann ich. Dad ist im Grunde ein netter Mensch, und er hasst es, jemanden zu verletzen. Ich fürchte jedoch, dass er mit seinem Versuch, das Richtige zu tun, andere mehr verletzt, als er will.

„Also, warum warst du mit Lilian zusammen?"

„Um mich für immer von ihr zu verabschieden. Ich war nur da, um ihr zu sagen, dass es vorbei ist. Das schwöre ich dir."

Er stockt und schaut mich nervös an. „Hast du deiner Mutter irgendwas gesagt?"

„Nein."

„Und – wirst du es ihr sagen?"

Ich denke über das nach, was er mir erzählt hat. Denke daran, dass auch ich Daniel gegenüber nicht ganz aufrichtig bin, was Jack angeht. Vielleicht ist manchmal Ehrlichkeit nicht das Wahre. Menschen mit Wahrheiten zu konfrontieren, die sie nicht zu wissen brauchen, kann auch Leid verursachen.

„Nicht, wenn es wirklich vorbei ist."

„Das ist es."

„Dann verlieren wir kein Wort mehr darüber." Damit küsse ich Dad auf die Wange und mache mich wieder an die Essensvorbereitungen. Ich kann nur hoffen, das Richtige getan zu haben.

Lou

Wow. Eben war ich noch Single und wähnte meine Eltern völlig unwissend hinsichtlich meiner sexuellen Neigungen, und wenige Zeit später habe ich anscheinend eine völlig andere Dimension betreten: Sie haben akzeptiert, wer ich bin, und obendrein bin ich wieder mit der Frau zusammen, die ich liebe. Das ist ein bisschen schwindelerregend, aber wer A sagt, muss auch B sagen. Als Mum Jo zu Geds und Rachels Willkommens-Essen einlädt, beschließe ich, es zu wagen. Lieber bringe ich die Sache ein für alle Mal hinter mich, als sie jedem einzeln vorzustellen. Außerdem besteht bei so vielen Anwesenden eine Chance, mit weniger unbequemen Fragen konfrontiert zu werden. Um solchen Fragen auszuweichen, habe ich mich entschieden, Jo zu treffen, bevor wir gemeinsam zu Mum und Dad fahren. Inzwischen habe ich schon ein paar Mal bei ihr übernachtet, und wir scheinen allmählich wieder auf Kurs zu kommen. Jedenfalls gibt sie sich eindeutig mehr Mühe als früher. An einem Abend hat sie sogar für mich gekocht, was sie vorher kaum je getan hat. Tatsächlich war der Abend ein wenig heikel. Maria rief mich mittendrin über Skype an, und ich musste ihren Anruf ignorieren. Ich unterhalte mich immer noch manchmal mit ihr, erzähle ihr von Jo. Sie ist mir eine große Stütze, aber irgendwie kann ich mir nicht vorstellen, dass Jo begeistert wäre, wenn sie wüsste, dass ich mit einem Mädchen auf Teneriffa über unsere Beziehung rede. Und ich will nichts tun, was Ärger bedeuten könnte. Jo und ich haben noch nicht über die Zukunft geredet. Sie macht immer wieder Andeutungen, wir könnten unsere Beziehung zu etwas Dauerhaftem machen, aber ich habe das Gefühl, dafür ist es noch zu früh. Bevor ich zustimme, muss ich erst mal richtig verarbeiten, was geschehen ist.

Beth öffnet uns die Tür, und zu meiner Erleichterung umarmt sie Jo.

„Schön, dich endlich kennenzulernen, Jo. Ich wusste, dass du kein Kerl bist."

Ich starre Beth überrascht an. „Warum hast du nichts gesagt?", frage ich.

„Ich habe darauf gewartet, dass du es mir sagst", meint sie achselzuckend. „Ich weiß das schon ewig."

Na toll, ich habe nicht gewagt, meiner Familie etwas zu erzählen, und sie haben es alle längst gewusst? Ich bin baff.

Das Wohnzimmer meiner Eltern wirkt ziemlich überfüllt mit all den Babysachen und den zwei Teenagern, die sich auf dem Sofa lümmeln. Ich könnte schwören, dass Sam jedes Mal ein Stück gewachsen ist, wenn ich ihn sehe.

„Hi, Sam, wie waren die Prüfungen?"

„Frag nicht", stöhnt er.

Ich habe ein Faible für Sam. Genau wie ich kommt er mit der Schule nicht zurecht, und ich verstehe seinen Hass auf das System besser, als Beth das jemals könnte. Sie war immer die Überfliegerin.

„Was sind schon Prüfungen? Das Leben geht weiter, auch wenn du nicht bestehst."

„Danke", mischt Beth sich ein. „Das entspricht so gar nicht unserer Linie."

„Tut mir leid", sage ich und zwinkere Sam zu.

„Sehe ich genauso", sagt Jo. „Man muss wenigstens bestehen, damit sich die nächste Tür öffnet."

„Musik in meinen Ohren", meint Beth grinsend zu Jo. Ich bin erleichtert. Sie haben etwas miteinander gemein. Das ist immerhin ein Anfang. Als Beth dann auch noch erfährt, dass Jo ausgebildete Hebamme und Krankenpflegerin ist, unterhalten sie sich im Nu über die Freuden kleiner Babys. Ich bin Beth dankbar, dass sie sich solche Mühe mit Jo gibt.

Mir graust es davor, Mum mit Jo bekannt zu machen, aber sie sagt nur: „Wie nett, endlich eine von Lous besonderen Freundinnen kennenzulernen", bevor sie sich wieder dem Baby widmet. Wie gut, dass es kleine Babys gibt. Ich sollte eins bei mir tragen, als permanenten Eisbrecher in heiklen Situationen.

Jedenfalls wird es ein schönes Beisammensein. Mum und Dad schwelgen in Erinnerungen über unsere Zeit als Babys.

„Also, wer von uns war das beste Baby?", fragt Ged. „Ich wette, ich war es."

„Beth war besonders pflegeleicht, Lou hat am meisten geweint, und du hast am wenigsten geschlafen", sagt Mum.

„Ich wusste doch, dass ich die Beste war", freut sich Beth.

„Ihr wart alle süß und liebenswert", erklärt Mum fest, „jeder auf seine einzigartige Weise."

„Aber ich bin immer noch dein Liebling", meint Ged grinsend.

„Ich habe keine Lieblinge", behauptet Mum. Ja, klar doch. Ged ist definitiv immer ihr Liebling gewesen.

Ged und Rachel wirken überglücklich, Beth und Daniel scheinen entspannter als sonst in letzter Zeit, und die Kinder sind in ihren neuen kleinen Cousin vernarrt. Alles in allem ist es ein sehr entspannter Tag. „Du bist ein Glückspilz, weißt du das?", meint Jo, als ich sie zurück zum Bahnhof fahre. „Ich beneide dich um deine Familie."

„Warum?" Es ist seltsam. Noch nie hat jemand so etwas zu mir gesagt.

„Weil ihr euch zwar gegenseitig anknurrt" (tun wir tatsächlich oft, vor allem Ged und ich), „man aber doch sieht, wie stark die Bindungen zwischen euch allen sind. Darum beneide ich dich. Ich kriege meine Geschwister nie zu sehen."

„Familie ist Familie, nicht wahr. Vielleicht habe ich mit meiner mehr Glück, als ich dachte."

Das ist eine seltsame Vorstellung. So lange habe ich mich als die Versagerin in der Familie gefühlt und den anderen deswegen ein bisschen gegrollt, dass mir gar nicht aufgefallen ist, welches Glück ich möglicherweise habe.

„Also, wann sehen wir uns wieder?", fragt Jo, als sie aus dem Wagen steigt. Irgendwie finde ich es bizarr, dass sie plötzlich die Klammernde ist.

„Bald", sage ich. „Ich ruf dich an."

„Vergiss es nicht." Sie gibt mir einen Kuss zum Abschied.

„Versprochen", sage ich. Ich winke ihr nach und fahre zurück nach Hause. Plötzlich erfüllt mich Hoffnung. Vielleicht packen wir beide es ja doch.

Daniel

Dass in Beths Familie wieder Harmonie herrschte, war Balsam für Daniels Seele. Seine eigene fehlende Bindung an eine Familie hatte er immer als Mangel empfunden. Seine Mum war gegen den Willen ihrer Eltern mit Reggie durchgebrannt, und es war nie zu einer Versöhnung gekommen. Nach dem Tod ihres Vaters hatte sie vergeblich versucht, sich mit ihrer Mum auszusöhnen. Die Reise nach Hause mit dem damals zwölfjährigen Daniel erwies sich als einzige Katastrophe. Daniels Großmutter machte sich ein Vergnügen daraus, darauf hinzuweisen, dass sie von Anfang an recht gehabt hatte, und so kam es, dass seine Mutter sich fast die ganze Zeit entweder mit ihr stritt oder weinte. Sie hatte keine Geschwister, nur eine Kusine, die schon vor ihr nach England gegangen war, die Daniel aber kaum mal zu sehen bekam. Das hatte dazu geführt, dass die Familie, in die er eingeheiratet hatte, ihm besonders am Herzen lag. Er war froh, dass seine Schwiegereltern wieder zusammengefunden hatten und Fred endlich der anderen Frau den Laufpass gegeben hatte, wie Beth ihm heimlich zuflüsterte. Er hoffte, das neue Enkelkind würde dazu beitragen, ihre erneuerte Beziehung zu festigen.

Das war auch besser für die Kinder, die trotz aller Witzeleien darüber, dass ihr Großvater „diese Sache" immer noch konnte, die Trennung ziemlich verunsichert hatte. Vor allem Megan hatte das Ganze schwer getroffen, weil sie sehr an Fred hing. Die Besuche bei ihm hatten ihr in den Monaten, die er nicht zu Hause gewohnt hatte, sehr gefehlt. Es war schön, sie wieder vereint und sich necken zu sehen wie früher.

Insgesamt verlebten sie so schöne Stunden miteinander, dass

er unwillkürlich an Reggie denken musste. Das von Beth in der Woche zuvor arrangierte Sonntagsessen war recht gut verlaufen. Er und Reggie waren sich höflich, aber distanziert begegnet. Zugleich war klar, wie fasziniert Megan und Sam von Reggies Erzählungen über seine Kindheit auf Jamaika waren. Ein paar Mal, wenn Reggie davon schwärmte, wie toll er es fand, endlich seine Enkelkinder kennenzulernen, hatte Daniel sich eine bissige Bemerkung verkneifen müssen. Aber er sah, wie begeistert sie Reggies Geschichten aufnahmen, und erkannte schlagartig, dass er dadurch, dass er seine Kinder von ihrem Großvater ferngehalten hatte, ihnen unabsichtlich die Chance versperrt hatte, mehr über ihre Wurzeln zu erfahren. Das löste Schuldgefühle bei ihm aus, und er kam zu dem Schluss, dass er vielleicht doch versuchen sollte, engeren Kontakt zu seinem Vater zu halten. Sam würde demnächst achtzehn werden. Eine Familienfeier lehnte er ab, er wollte lieber mit seinen Freunden losziehen. Vielleicht konnten Daniel und Beth ja zwei Fliegen mit einer Klappe schlagen – wenn sie etwas organisierten, an dem Reggie beteiligt war, würde Sam womöglich schwach werden.

„Vielleicht sollten wir zu Sams Geburtstag übers Wochenende verreisen", sagte er zu Beth. „Schließlich haben wir dieses Jahr keinen Urlaub gebucht. Wir könnten eine Auszeit brauchen."

„Glaubst du, Sam würde das wollen?" Beth waren die Zweifel anzusehen.

„Nun, ich dachte daran, Reggie dazu einzuladen."

„Hältst du es für klug, ein ganzes Wochenende mit deinem Vater zu verbringen?", fragte Beth erstaunt.

„Es wäre vielleicht eine gute Möglichkeit, einander wieder näherzukommen." Daniel fühlte sich positiver gestimmt und offener für eine Veränderung. Er hatte seinem Dad nie nahegestanden, aber Reggie war die einzige Familie, die er hatte. Vielleicht war es an der Zeit, Brücken zu schlagen.

„Ich halte das für eine großartige Idee", erklärte Beth und umarmte ihn. „Reggie wird sich freuen."

Tatsächlich freute Reggie sich sehr, als Daniel ihm den Vorschlag per E-Mail unterbreitete. Es stellte sich heraus, dass er in ein paar Wochen einen Auftritt in Brighton hatte.

„Ich habe eine Unterkunft", sagte er, „aber es wäre schön, wenn wir uns treffen könnten."

Sam war nicht begeistert von der Aussicht auf ein Familienwochenende, reagierte aber enthusiastisch auf den Vorschlag, einen Auftritt seines Großvaters zu besuchen. Daniel schluckte seinen Stolz hinunter und gab sich Mühe, sich nicht darüber zu ärgern. Wenn sie Fortschritte machen wollten, musste er versuchen, etwas von seinem Ärger über Sams Beziehung zu Reggie abzuschütteln. Also buchte Daniel Zimmer in einem Premier Inn und klammerte sich an die unrealistische Hoffnung, das Richtige zu tun.

20. Kapitel

Lou

Schläfrig blinzele ich, soeben erwacht, in den Sommermorgen. Ich bin in Jos Wohnung und liege zusammengerollt neben ihr. In letzter Zeit bin ich immer öfter über Nacht geblieben. Trotz meiner anfänglichen Skepsis läuft es gut zwischen uns. Jo und ich haben eine Menge Spaß miteinander, gehen gemeinsam ins Kino, auf Konzerte und mit Freunden essen. Alle scheinen sich zu freuen, dass wir wieder zusammen sind. In meinem neuen Job läuft auch alles gut, und das Leben ist schön. Schöner als seit Langem. Maria ist die Einzige, die zur Vorsicht rät. „Diese Jo hat dir schon einmal das Herz gebrochen", meinte sie Anfang der Woche. „Sei vorsichtig." Ich weiß, sie macht sich nur Sorgen um mich, aber ich bin so viel glücklicher als seit Monaten, also schlage ich alle Vorsicht in den Wind und genieße den Augenblick.

Träge strecke ich mich und schaue auf meine Uhr. Ach du Schande, es ist schon fast sieben. Unter der Woche bei Jo zu übernachten, bringt ein Problem mit sich: Ich muss einmal quer durch London zum Bahnhof, um nach Hause zu fahren und meinen Arbeitsplatz zu erreichen. Jo fängt um halb neun an, braucht aber nur fünf Minuten mit dem Auto bis zu der Praxis, in der sie arbeitet.

„Kannst du mir eine Tasse Tee machen, Süße?", fragt sie träge.

„Klar." Ich küsse sie kurz und eile in die Küche. Als ich zurückkomme, ist sie unter der Dusche. Verdammt, ich hätte zuerst duschen sollen.

„Dauert das lange?", rufe ich. „Ich muss in zwanzig Minuten los."

„Gib mir eine Sekunde", antwortet sie.

Ich suche auf dem Fußboden meine Kleidung zusammen. Gestern Abend haben wir in der Kneipe bei Jo um die Ecke ein Glas zu viel getrunken und deshalb über die Stränge geschlagen. Unsere Kleidung liegt immer noch überall verstreut herum. Nach zwei Nächten hintereinander bei Jo habe ich fast keine saubere Unterwäsche mehr. Das T-Shirt von gestern hat einen Weinfleck, das von vorgestern liegt zerknittert auf dem Boden. Am besten gehe ich kurz mit dem Bügeleisen drüber. Mit etwas Glück ist die Dusche frei, wenn ich fertig bin.

Sie ist es natürlich nicht. Ich schaue auf meine Uhr: nur noch fünf Minuten. Also muss ich ins Büro, wie ich bin, und mir die spöttischen Kommentare dort gefallen lassen. Ich kenne meine neuen Kollegen noch nicht näher, aber meine wiederaufgeflammte Beziehung ist ihnen nicht entgangen, und ich werde entsprechend oft gutmütig damit aufgezogen.

„Jo, ich muss jetzt wirklich los", sage ich.

„Dann komm doch rein, stell dich mit unter die Dusche", sagt Jo, öffnet die Tür und schaut mich herausfordernd an.

„Täte ich gern, aber ich habe wirklich keine Zeit."

Ich putze mir die Zähne, fahre kurz mit angefeuchteter Bürste durch mein Haar, wasche mich notdürftig und sprühe mir Deo unter die Achseln.

„Sehen wir uns heute Abend?" Jo folgt mir in ihr Schlafzimmer. Sie hat sich ein Handtuch umgeschlungen und sieht umwerfend aus. Die Versuchung zu bleiben ist mächtig.

„Geht nicht", sage ich. „Ich habe nichts Sauberes mehr anzuziehen."

„Na und? Ich habe eine Waschmaschine."

„Ich würde wirklich gern eine Nacht in meinem eigenen Bett schlafen. Komm doch zu mir, wenn du magst."

Mum ist bemerkenswert entspannt, was diese Dinge angeht. Jedenfalls verglichen mit meinen Erfahrungen in meinen späten Teenagerjahren, als es definitiv ausgeschlossen war, einen Jungen oder gar ein Mädchen bei uns übernachten zu lassen. Ich schätze, jetzt, wo ich achtunddreißig bin, hält sie es für in Ordnung.

Jo verzieht das Gesicht.

„Nimm's mir nicht übel, Baby", sagt sie, „aber unter der Woche ziehe ich meine Wohnung vor."

„Okay, dann sehen wir uns morgen."

Morgen ist Freitag; vielleicht kann ich sie überreden, übers Wochenende mit zu mir zu kommen.

„Wir können bei mir abhängen, gemeinsam essen?", schlage ich vor.

„Das wäre nett, aber ich habe Tash und den anderen schon zugesagt, uns mit ihnen im Green Man zu treffen. Tut mir leid."

„Oh", sage ich und versuche, mir meine Enttäuschung nicht anmerken zu lassen.

Ich schnappe mir meine Sachen, gebe ihr rasch einen Kuss und renne zum Bahnhof, wohl wissend, dass ich bereits zu spät dran bin. Auf dem Weg dorthin machen sich Befürchtungen in mir breit, die gleichen Befürchtungen wie schon einmal. Warum bekomme ich allmählich das Gefühl, an der Nase herumgeführt zu werden?

Daniel

„Wir machen alle zusammen Sommerurlaub", trällerte Daniel im Auto. Er hatte gute Laune, die Sonne schien, und sie waren auf dem Weg nach Brighton. Seinem Lieblingsort. Er liebte alles daran: die Fahrt dorthin, den Pier, das Meer, die Lanes. Hier hatten er und Beth viel Zeit verbracht, als sie noch nicht lange zusammen waren, deshalb würde der Ort immer einen besonderen Platz in seinem Herzen behalten.

„Lahm, Dad, wirklich lahm", sagte Sam. „Wir fahren doch nur übers Wochenende weg."

„Trotzdem ist es schön, mal ein paar Tage frei zu haben", beharrte Daniel. Er spürte, wie ihm eine Last von den Schultern fiel. Es war schon so lange her, dass sie zu viert irgendetwas unternommen hatten, und es war toll, mal rauszukommen.

„Wenn du meinst." Damit zog Sam sich hinter sein iPhone zurück.

Megan saß neben ihrem Bruder, den iPod auf volle Lautstärke aufgedreht und offenbar wild entschlossen, jeden Kontakt mit der realen Welt zu unterbinden.

Früher gehörte zu Fahrten wie dieser das ständige Gequengel: „Wann sind wir endlich da?", und: „Mir ist schlecht!" Daniel war sich nicht sicher, ob der Rückzug auf technische Errungenschaften so viel besser war.

„Schön, dich so gut gelaunt zu sehen", sagte Beth und drückte ihm die Hand.

„Das bin ich", erwiderte Daniel. „Ich freue mich auf dieses Wochenende."

Die Fahrt nach Brighton ging relativ schnell, und schon eine Stunde später hielten sie vor dem Hotel. Nach der wie üblich albtraumhaften Suche nach einem Parkplatz entschieden sie sich schließlich für eine Tiefgarage in einer halben Meile Entfernung und mussten ihr Gepäck durch die Straßen schleppen.

Infolgedessen erntete Daniel nur entsetzte Blicke von seinen Sprösslingen, als er einen Spaziergang vorschlug. „Nein", lautete die einstimmige Antwort. Die beiden wollten lieber über Snapchat chatten oder sich irgendwelchen Müll im Fernsehen anschauen. Na schön, dann hatten er und Beth ein wenig Zeit füreinander.

Sie zogen los, um am Strand entlangzugehen. Die Sonne schien, das Meer war ruhig, obwohl ein leichter Sommerwind wehte, und über ihnen kreisten Möwen herum. Daniel empfand ein absurdes Glücksgefühl, als er und Beth händchenhaltend über den knirschenden Strandkies wanderten. Sie gönnten sich unterwegs ein Eis und gingen dann weiter bis ans Ende des Piers.

„Lust auf ein Spiel am Automaten?"

„Oh, klar, dann mal los", sagte Beth.

Frisch verheiratet und mit einem sehr kleinen Sam im Schlepptau, hatten er und Beth oft einen Tag in Brighton verbracht, und ein Spiel an einem der Automaten gehörte immer dazu. Das waren glückliche Zeiten gewesen, Zeiten voller vielversprechender Möglichkeiten. Leichte Zeiten. Na ja, wenigstens in mancher Hinsicht, entschied Daniel. Damals war er Sams Held gewesen und hätte sich nie vorstellen können, dass sein so anhänglicher kleiner Junge sich zu einem so verschlossenen jungen Erwachsenen entwickeln würde.

Sie kauften sich Pommes und ließen sich damit auf einer Bank nieder. Eine Weile saßen sie nur da, aßen und sahen den Möwen und den Familien zu, die am Strand spielten.

„Das ist toll", sagte Beth. „Obwohl ich ein wenig ein schlechtes Gewissen habe, weil wir den Kindern keine Pommes gekauft haben."

„Brauchst du nicht. Ich habe Sam etwas Geld gegeben. Sie können sich problemlos etwas zu essen besorgen, wenn sie wollen.

„Auch wieder wahr", meinte Beth und warf ihre letzten Pommes einer einsamen Möwe zu. „Bummeln wir noch ein bisschen durch die Gässchen, bevor wir zurückgehen?"

„Gute Idee." Sie waren immer gern hier entlanggeschlendert. Also stöberten sie in Scherzartikel- und Antikläden und verloren sich in Erinnerungen an ihr erstes Mal hier, vor langer Zeit, als sie sich gerade erst kennengelernt hatten.

Als sie wieder im Hotel ankamen, war es bereits nach sechs.

„Nehmen wir noch einen Drink, bevor wir aufs Zimmer gehen?"

„Ich schau nur kurz, was die Kinder treiben", meinte Beth.

„Nicht nötig, sie sind hier."

Ohne es zu wollen, durchzuckte Daniel ein eisiger Schmerz, als er seine Kinder entdeckte. Sie standen mit Reggie zusammen und lachten über etwas, was er gesagt hatte. Daniel hatte nicht erwartet, dass sein Vater direkt zum Hotel kommen würde, um sie zu treffen. Es ärgerte ihn ein wenig, wie Reggie sich in ihre Familie drängte. Diese Zeit hätte ihnen allein gehören sollen. Reggie nahm Megan in den Arm und wuschelte dann Sams Haare durcheinander. Die beiden wirkten so begeistert, dass Daniel Mühe hatte, seine plötzlich aufkeimende Eifersucht zu unterdrücken. Er kämpfte dagegen an, während er und Beth an die Bar gingen, um sich zu den dreien zu gesellen.

„Schön, dich zu sehen, Reggie", sagte er und streckte ihm

die Hand entgegen. Er konnte sich nicht überwinden, den Mann zu umarmen, aber wenigstens höflich wollte er sich verhalten.

Beth ging mehr aus sich heraus, drückte ihren Schwiegervater kräftig an sich und gab ihm einen Kuss, was Daniel sofort wieder eifersüchtig machte. Das war einfach lächerlich; er musste sich zusammenreißen.

Also bestellte er Getränke für alle, gab sich größte Mühe, freundlich zu sein, und versuchte die dunkle Flamme des Neides zu unterdrücken, die ihn zu verzehren drohte. Es war nur ein Wochenende. Er musste diese Mühe aufbringen, um Sams und Megans, wenn schon nicht um seiner selbst willen.

Beth

Ganz ehrlich, manchmal könnte ich Sam umbringen. Er hätte uns warnen können, dass sein Großvater schon hier war. Ich sehe Daniel an, welche Probleme er hat, damit zurechtzukommen. Es ist ihm hoch anzurechnen, wie er sich zusammenreißt, ein Lächeln aufsetzt, das Megan sein „falsches Lehrerlächeln" nennt, und mit ausgestreckter Hand auf Reggie zugeht.

„Schön, dich zu sehen, Reggie", sagt er. Als träfe er einen alten Bekannten. Ich finde es unendlich traurig, dass Daniel, der so viel Liebe geben kann, unfähig ist, seinem Vater Liebe zu zeigen.

„Ganz meinerseits", antwortet Reggie. Steif schüttelt er Daniel die Hand, und ich sehe es seinen Augen an: Er ist ein wenig verletzt. Also gehe ich zu ihm, gebe ihm zum Ausgleich einen Kuss und nehme ihn in den Arm. Daniel mag ein Problem mit seinem Vater haben, aber mir hat Reggie nie etwas getan, und ich mag ihn.

„Also, dein Auftritt morgen. Was spielt ihr?", frage ich.

„Ein bisschen Jazz, ein bisschen Blues, ein bisschen Rock."

Sam mischt sich begeistert ein. „Grandads Band ist einfach super! Sie haben einen tollen Leadsänger, und Grandad spielt fantastisch Saxophon."

„Davon habe ich gehört", sage ich. Von dieser Eigenschaft seines Vaters hat Daniel erzählt. Sie hat ihn davon abgehalten, jemals selbst ein Musikinstrument zu erlernen. Er behauptet, nicht musikalisch zu sein, meint, das Gen habe eine Generation übersprungen und sei erst bei Sam wieder zum Tragen gekommen. Das glaube ich ihm aber nicht, er hat eine kräftige, schöne Baritonstimme. Ich vermute eher, dass er die Musik ganz bewusst aus seinem Leben ausgeschlossen hat, um sich damit von seinem Vater zu distanzieren.

Daniel kommt mit den Getränken von der Bar zurück, und wir plaudern höflich über die Kinder, das Wetter und allerhand Unwichtiges. Es ist quälend anstrengend, aber so kommt es wenigstens nicht zum Streit.

„Wollen wir im Hotel essen oder irgendwohin gehen?", frage ich.

„Hotel", sagt Daniel, aber Reggie fällt ihm ins Wort.

„Ich bestehe darauf, mit euch essen zu gehen. Ich lade euch ein. Wie wäre es mit dem Giovanni?"

Das Giovanni ist ein nobles Restaurant, das uns schon immer gereizt hat, das wir uns aber nie leisten konnten.

Daniel setzt schon zum Protest an, aber ich bringe ihn zum Schweigen.

„Das wäre nett, Reggie", sage ich. „Danke."

„Ich möchte diesem Mann wegen nichts verpflichtet sein", nörgelt er, als wir auf unserem Zimmer sind und uns zum Ausgehen fertigmachen.

„Das bist du nicht", gebe ich verärgert zurück. „Er möchte seiner Familie nur etwas Gutes tun. Sei nett."

„Na schön", murrt Daniel.

„Komm schon. Du warst derjenige, der diesen Vorschlag gemacht hat. Es ist nur ein Wochenende. Wenn du mir versprichst, dich zu benehmen, bekommst du vielleicht eine Belohnung."

Ich küsse ihn verführerisch, und er grinst.

„Ich werde dich daran erinnern."

21. Kapitel

Daniel

Als Daniel erwachte, lächelte Beth auf ihn herunter.

„Welch ein erfreulicher Anblick", sagte er und zog sie in seine Arme. Er hatte in der Nacht nicht gut geschlafen und fand es beruhigend, beim Aufwachen als Erstes Beth zu erblicken, die felsenfeste Konstante in seinem Leben.

„Für dich gilt dasselbe", meinte Beth. Kichernd rollten sie sich zusammen herum. In solchen Augenblicken kam es ihnen vor, als fielen die Jahre von ihnen ab und sie wären wieder junge Liebende. Es war so leicht, vom Arbeitsalltag und den Sorgen um die Kinder vereinnahmt zu werden; da tat es gut, sich an das zu erinnern, was wirklich zählte.

„Das war eine gute Idee, nicht wahr?" Daniel war plötzlich beunruhigt. Der Abend zuvor war so gut verlaufen, wie zu erwarten war. Daniel hatte seine Eifersucht erfolgreich verdrängt und hatte festgestellt, er konnte distanziert und höflich bleiben, wenn er Reggie wie einen flüchtigen Bekannten behandelte. Das ermöglichte eine Unterhaltung, die zwar gelegentlich etwas stockte, aber dennoch erträglich blieb. Zwar schmerzte es ihn gewaltig, mit ansehen zu müssen, wie gut sich die Kinder mit Reggie verstanden, aber er gab sich größte Mühe, sich davon nicht verunsichern zu lassen. Das Problem war seines, nicht ihres. Schwer war es trotzdem. Aber immerhin kam es nicht zum Streit. Hinterher ging Sam noch mit Reggie einen trinken und schickte Beth gegen ein Uhr morgens eine betrunkene SMS: *Wahnsinnsabend!*

Daniel dachte zurück an die Zeit, als er so alt war wie Sam. Er hätte dafür morden können, mit Reggie einen trinken gehen zu können, aber damals war sein Dad schon lange auf und davon gewesen. Daniel hatte immer gehofft, eines Tages mit seinem Sohn ein Bier trinken zu gehen, aber es war sinnlos, Sam einzuladen, denn der würde ablehnen.

Er durfte sich jetzt nicht ärgern. Dieses Wochenende gehörte Sam, nicht ihm.

„Okay, Schatz, was ist los?", fragte Beth, die Stirn gerunzelt, als versuchte sie dahinterzukommen, was er dachte.

„Nichts."

„Ja, klar doch. Du hast diesen Gesichtsausdruck."

„Welchen Gesichtsausdruck?"

„Den, der mir sagt, dass du dich bemühst, nicht wütend zu werden."

Daniel rollte sich herum.

„Es ist einfach nur dumm."

„Spuck's aus", sagte Beth sanft und streichelte seinen Arm. Gott, was für ein Glück er mit ihr doch hatte. Er wünschte, er könnte zur Wurzel seiner seelischen Not vordringen und ihr die Sache erklären, aber er hatte das Ganze so lange verdrängt, dass er nicht recht wusste, wie und wo er anfangen sollte.

„Es ist nur wegen Sam und Reggie ..."

„Wenn du eifersüchtig bist, ist das okay", meinte Beth. „Das geht mir auch ein wenig so. Mit uns redet Sam ja kaum ein Wort, dann ist er fünf Minuten mit seinem Großvater zusammen, und schon sind die beiden dicke Freunde. Und Megan ist genauso vernarrt in den Mann. Ich weiß, dass das schwer für dich ist, aber denk daran: All das ist im Moment neu für Sam. Das bedeutet nicht, dass er uns nicht liebt. Dass er dich nicht liebt."

„Ich weiß. Es ist trotzdem schwer für mich, das zu akzeptieren."

„Das wirst du aber müssen – um Sams willen. Sonst verlieren wir ihn."

„Wann bist du so weise geworden?", fragte Daniel.

„Ich bin schon immer weise gewesen. Du hast es nur nicht bemerkt." Sie küsste ihn. „Also, wie sieht es aus: Nutzen wir dieses wunderbare Hotelzimmer nun aus oder nicht?"

Lou

Es ist Samstag, und ich habe es endlich geschafft, Jo dazu zu bringen, zu mir zu kommen und über Nacht zu bleiben. Ich weiß, dass es nicht ideal ist, im Haus meiner Eltern zu sein, aber wenn wir wieder ein richtiges Paar sein wollen, dann muss ich bei ein paar Dingen fest bleiben. Und ich will nicht diejenige sein, die ständig auf Achse ist. Ich freue mich wirklich, als sie sagt, sie wolle schon früh kommen. Dann haben wir einen ganzen Tag für uns, und ich kann ihr die Sehenswürdigkeiten zeigen, die Abinger Lea aufzuweisen hat. Ich möchte, dass sie den Ort, an dem ich aufgewachsen bin, richtig kennenlernt.

Mum ist begeistert.

„Es wird nett sein, diese junge Frau wiederzusehen", sagt sie.

Diese junge Frau? Ich liebe Mums Euphemismen.

„Sie ist meine Freundin, Mum", sage ich. „Das darfst du ruhig aussprechen."

„Was auch immer sie ist, ich freue mich darauf, sie kennenzulernen. Beim letzten Mal war hier so viel los."

Viel los? Ich würde eher sagen, hier hatte das totale Chaos geherrscht, und ich war dafür außerordentlich dankbar. Aber jetzt, wo ich mir selbst sicherer bin, möchte ich, dass Mum und Dad Jo kennenlernen. Wenn wir eine gemeinsame Zukunft haben, dann soll sie sich auch mit meiner Familie verstehen. Ich will, dass sie sie so sehr lieben, wie ich es tue.

Der Tag fängt nicht gut an. Gegen Mittag ruft Jo an, um mir mitzuteilen, dass sie sich verspätet. Sie wurde in letzter Minute gebeten, noch bei einer Operation zu helfen. Ich schätze, dagegen lässt sich nichts sagen, und versuche, meine leisen Zweifel zu verdrängen. Die sagen mir nämlich, dass sie absichtlich einen Samstag für ihren Besuch bei mir gewählt hat, um einen Grund für eine Absage zu haben, wenn sich die als nötig erweist.

Ich habe Mum gebeten, keinen besonderen Aufwand zu treiben, aber sie hat das ignoriert und bereitet ein opulentes Mittagsmahl vor. Dad ist irgendwo unterwegs. Er hat angerufen, weil er sich auch verspätet. Infolgedessen ist Mum ziemlich verstimmt, als Jo in einer Parfümwolke, mit wehenden Schals und jeder Menge Entschuldigungen eintrudelt.

„Mrs. Holroyd, es tut mir so leid", sagt sie. „Ich hatte noch so viel Papierkram zu erledigen. Lou hat mir nicht gesagt, dass Sie ein Essen kochen."

„Schon gut", meint Mum halbwegs besänftigt. „Jetzt sind Sie ja hier, und bitte: Nenn mich Mary."

Jo verhält sich absolut bezaubernd, aber ich merke, wie wenig sich Mum davon beeindrucken lässt. Das zeigen die leicht schnippischen Bemerkungen über Jos mangelnde Pünktlichkeit mir gegenüber. Allerdings zielen einige davon auch eindeutig gegen Dad, der sich mit Verspätung hereingeschlichen hat. Er murmelt, er sei in der Bücherei gewesen, wirkt aber ein wenig so, als hätte er etwas zu verbergen, und ich werde schlagartig misstrauisch. Hoffentlich trifft Dad sich nicht wieder mit dieser Frau. Mum scheint jedoch nichts zu merken, und ich frage mich, ob ich Gespenster sehe. Ich hasse es, Dad nicht zu vertrauen, aber nach dem, was geschehen ist, sind die Zweifel schwer zu überwinden.

Trotzdem bin ich erleichtert, weil Dad sich auf Anhieb bestens mit Jo versteht. Die neuesten Entwicklungen scheinen ihn überraschend wenig zu beeindrucken. Er hat mich nur in den Arm genommen, als ich mich ihm offenbart habe, und gesagt: „Wer bin ich, ein Urteil zu fällen? Wichtig ist nur, dass du glücklich bist." Beim Essen fragt er Jo ein Loch in den Bauch wegen seiner eingebildeten gesundheitlichen Probleme. Tatsächlich ist alles in Ordnung mit ihm, aber er war schon immer ein wenig hypochondrisch veranlagt, und Jo leistet Großartiges, um ihn zu beruhigen. Wenigstens ein Elternteil glücklich und zufrieden – keine schlechte Bilanz.

Wir verbringen einen entspannten Nachmittag, und ich schaffe es sogar, Jo zu einem Spaziergang am Kanal zu überreden. Das ist mein Lieblingsplatz in Abinger Lea. Im Sommer ist es hier besonders schön, ein Anziehungspunkt für Familien und Leute, die ihre Hunde am Wasser und im angrenzenden Wald ausführen. Obwohl viel los ist, kann man leicht auf einen der Waldwege ausweichen, und schon genießt man himmlische Ruhe.

„Es ist herrlich hier", ruft Jo begeistert, als wir aus dem Schatten der Bäume auf eine sonnige Wiese hinaustreten, auf der Kornblumen, Löwenzahn und Butterblumen sich in der leichten Brise wiegen. Irgendwo in den Bäumen singt eine Heidelerche, und über der Wiese hängt das Summen Tausender von Bienen. Ich bin rundum glücklich. Endlich habe ich, wonach ich mich seit meiner Jugend sehne: eine stabile, glückliche Partnerschaft mit einem Menschen, den meine Eltern mögen.

Als wir zum Haus zurückgehen, lässt Jo ihre Bombe platzen.

„Es tut mir wirklich leid, Süße, aber ich kann leider nicht bleiben."

„Was? Warum nicht?"

„Ich habe versehentlich einen Tag gewählt, an dem ich schon etwas anderes vorhabe. Tash und Becky haben schon vor Monaten Karten für ein Konzert besorgt – als wir uns getrennt hatten. Ich habe meine Karte bezahlt und konnte sie so kurzfristig nicht verkaufen."

„Oh", sage ich, und dumpfe Trauer macht sich in mir breit. Warum tut sie mir immer wieder so etwas an?

„Es macht dir doch nichts aus, oder?", fragt sie. „Es tut mir so leid. Ich dachte, das Konzert wäre nächste Woche. Ich mach das wieder gut. Versprochen."

Tut mir leid. Wie leicht ihr das über die Zunge geht. Ich bin wirklich sauer auf sie, aber wir hatten einen so schönen Tag. Da ich den Rest des Tages nicht verderben will, lass ich es ihr durchgehen.

Jo saust zurück ins Haus, dankt Mum für das nette Essen, gibt Dad noch ein paar Gesundheitstipps, und dann ist sie fort, und in mir macht sich Leere breit. Wir haben verabredet, uns morgen Abend zu treffen, aber ich hatte mich so auf heute

Nacht gefreut. Mir bleibt nichts übrig, als meine Enttäuschung herunterzuschlucken und vor Mum und Dad möglichst zu verbergen, wie traurig ich bin.

Trotzdem durchschaut Mum mich sofort.

„Ich hoffe, du empfindest das nicht als Einmischung, Liebes", sagt sie, „aber ich werde das Gefühl nicht los, dass Jo dich nicht ganz fair behandelt."

„Ist schon gut", sage ich. Stimmt nicht.

„Wenn du es sagst, Schatz. Aber pass auf, dass das nicht zu einer einseitigen Sache wird. Zu einer Beziehung gehören immer zwei."

„So wie du und Dad, meinst du", erwidere ich ein bisschen barsch und habe sofort ein schlechtes Gewissen deswegen. Ihre Ehe war immer so. Kein Wunder, dass ich mit Beziehungen auf Kriegsfuß stehe.

„So wie wir waren", gibt Mum fest zurück. „Ich musste das auf die harte Tour lernen. Bitte, pass auf, dass dir nicht das Gleiche passiert."

Beth

Wir treffen früh in dem auf alt gestylten Pub ein, in dem das Konzert stattfinden soll. Er ist gerammelt voll, Reggie und seine Band bauen ihre Instrumente in einer Ecke auf. Er kommt zu uns herüber und besteht darauf, uns allen einen Drink auszugeben.

Wir unterhalten uns über dies und das, immer darauf bedacht, heikle Themen zu vermeiden, wie schon das ganze Wochenende. Trotzdem ist Daniel bis zum Äußersten angespannt und umklammert die ganze Zeit meine Hand.

Nach einer Weile geht Reggie zurück zu seiner Band, und Sam folgt ihm, um ihm beim Aufbau zu helfen. Sie plaudern fröhlich miteinander. Sam wirkt wie im siebten Himmel. Vielleicht habe ich ihn in die falsche Richtung gedrängt. Als er seine Fächer für das Abschlussjahr belegte, schien er in eine naturwissenschaftliche Richtung zu tendieren, aber um ehrlich zu sein, war die Oberstufe für ihn ein einziges Desaster. Ich begreife, dass die Musik seine Leidenschaft ist, so wie die bildende Kunst für mich. Nur hätte ich es gern gesehen, dass er die Abschlussprüfung besteht. Vielleicht war ich wirklich zu streng mit ihm.

Das Konzert beginnt, und wir entspannen uns alle ein wenig. Die Band ist großartig, und sie scheint wirklich alles spielen zu können – vom guten alten Blues bis zu moderneren Stücken. Dabei stellt sich heraus, dass Reggie nicht nur Saxophon spielt, sondern auch Bassgitarre, und singen kann er auch. Er legt eine großartige Version von „Pinball Wizard" hin, nachdem er zur Gaudi des Publikums eine große Elvisbrille aufgesetzt hat. Der Abend ist fantastisch, und selbst Daniel lässt die Füße im Takt wippen.

Als die Band eine Pause einlegt, ist Sam völlig aufgekratzt.

„Das ist richtig gut, nicht wahr, Dad?", fragt er.

„Brillant", stimmt Daniel zu, und ausnahmsweise sieht es nicht so aus, als müsste er sich dazu zwingen, das zu sagen.

„Ich hatte keine Ahnung, wie cool Grandad ist", sagt Megan voller Bewunderung. Sie nutzt die Pause, um mit all ihren Freunden zu chatten und Selfies mit der Band zu schießen.

„Findest du ihn nicht viel zu alt und so?", ziehe ich sie auf.

„Er wirkt nicht alt", erwidert Megan, „nicht so, wie Grandpa und Nana."

Das stimmt. Vielleicht liegt es daran, dass er ein Leben frei von Verantwortung geführt hat.

Wir haben alle eine Menge Spaß, und ich glaube, sogar Daniel fängt endlich an, sich zu entspannen.

Dann ist die Pause zu Ende, und das Schicksal nimmt seinen Lauf.

Reggie tritt ans Mikrofon. „Ich hatte kürzlich das große Glück, diesen großartigen jungen Mann kennenzulernen, der heute seinen achtzehnten Geburtstag feiert. Sam King, komm nach vorn und spiel mit deinem alten Grandad Bassgitarre."

Was? Daniel und ich schauen einander an. Damit haben wir nicht gerechnet. Sam hingegen ganz offensichtlich schon, denn er hüpft sofort auf die Bühne und sieht aus, als hätte er gerade das große Los gezogen.

Reggie reicht ihm die Gitarre, und Sam sagt schüchtern: „Das ist für meinen Dad und meinen Grandad, die beide auf jeweils ihre Weise bewundernswert sind." Und damit stimmt er „Father and Son" von Cat Stevens an.

Oh, wie schön. Vielleicht erkennt Daniel ja jetzt, dass Sam und Reggie beide versuchen, ihm die Hand zu reichen. Vielleicht hilft das. Ich beuge mich zu ihm hinüber, um das zu sagen, aber dann sehe ich Daniels Gesichtsausdruck. Er wirkt, als hätte man ihm gerade in den Unterleib getreten. Irgendetwas ist ganz gewaltig schiefgegangen.

„Daniel, was ist los?"

„Jeden anderen Song hätten sie wählen können", murmelt er. „Jeden verdammten Song. Warum musste es ausgerechnet dieser sein?"

„Daniel, ich weiß nicht, wovon du redest."

„Tut mir leid, Beth, ich kann nicht – das ist zu viel. Ich muss hier weg."

Er stellt sein Bierglas ab und drängt sich aus der Bar heraus.

Ich kann sehen, wie sehr es Sam auf der Bühne verletzt, seinen Vater gehen zu sehen. Aber jetzt ist es zu spät, Daniel ist weg. Ich renne ihm nach und entdecke ihn auf der anderen Straßenseite an der Promenade, wo er aufs Meer hinausstarrt.

„Was ist los, Daniel? Sam wollte etwas Nettes tun."

„Ich weiß. Es ist nur dieser Song. Reggie hat ihn mir oft vorgesungen, als ich noch klein war. Das fühlte sich so an, als hätte man mir einen Faustschlag in den Magen versetzt."

„Ach, Daniel. Das wusste Sam doch nicht."

„Aber Reggie muss es gewusst haben."

Ich nehme ihn in den Arm.

„Komm, lass uns wieder reingehen. Sam wird sich fragen, was los ist."

Daniel erklärt sich zögernd dazu bereit, aber als wir die Bar betreten, stoßen wir mit Sam zusammen, der wütend herausgestürmt kommt.

„Du kannst es einfach nicht, richtig?" Er kocht vor Zorn.

„Was kann ich nicht?", fragt Daniel.

„Ein Mal, ein einziges Mal stolz auf mich sein!", brüllt Sam. „Ich bin es so leid. Wenigstens Reggie versteht mich."

„Sam, so ist es nicht", widerspricht Daniel.

„Ach nein? Das war's für mich. Wartet nicht auf mich."

Damit ist er fort, hinausgestürmt in die Nacht, und Daniel und ich bleiben völlig verloren zurück.

22. Kapitel

Lou

Die Wochen vergehen, und Jo und ich haben zu einer Routine gefunden. Einer überwiegend guten. Die meiste Zeit verbringen wir bei ihr und gelegentlich ein Wochenende bei Mum und Dad. Ich bin so oft fort von zu Hause, dass ich erst nach einiger Zeit bestürzt feststelle, dass die beiden mehr und mehr getrennte Wege gehen. Wenn ich abends da bin, ist Dad oft allein zu Hause. Mum geht immer noch mit Begeisterung zwei Mal pro Woche zum Zumba und weigert sich, darauf zu verzichten. Außerdem verbringt sie viel Zeit mit Rachel und Thomas und lässt Dad allein, ein Umstand, den er häufig beklagt.

„Deine Mum ist schon wieder bei deinem Bruder", sagt er dann beleidigt.

„Warum begleitest du sie nicht einfach?", gebe ich meistens verärgert zurück. So ganz allmählich werde ich richtig sauer auf ihn. Obendrein fürchte ich um die Beziehung der beiden. Nach der großen Versöhnung, für die ich es gehalten habe, sieht es jedenfalls nicht aus. Sie scheinen noch weniger als früher miteinander zu reden. Ich hoffe, dass ich mir grundlos Sorgen mache.

Außerdem fällt mir auf, dass Dad auch in Sachen Hausarbeit einen anderen Ton angeschlagen hat. Ganz offensichtlich bemüht er sich längst nicht mehr so sehr wie unmittelbar nach seinem Wiedereinzug. In der Küche hilft er kaum noch, und wenn ich von der Arbeit komme, sieht das Haus oft aus wie eine Müllhalde. Mum putzt und räumt eindeutig nicht mehr hinter ihm her – gut für sie, aber trotzdem ein bisschen ärgerlich, denn jetzt finde ich mich in ihrer alten Rolle wieder.

Genauso, wie ich anscheinend immer diejenige bin, die in Jos Wohnung das Putzen und Aufräumen übernimmt. Allmählich komme ich zu dem Schluss, dass sie ein bisschen verwöhnt ist. Sie mag ja nicht gut mit ihren Eltern zurechtkommen, aber sie haben ihr diese hübsche Wohnung mit den zwei Schlafzimmern in Stoke Newington bezahlt. Ihr Dad hat ihr zum Einzug eine neue Küche und ein neues Bad einbauen lassen, und sie betrachtet das offenbar als völlig selbstverständlich. Sie kümmert sich nie vernünftig um die Wohnung, und dementsprechend sieht es darin aus. Wenn ich da bin, bin immer ich diejenige, die kochen muss. Ich verstehe ja, dass sie einen stressigen Job hat, aber zu Hause ist sie unglaublich faul. In ihrem Zimmer fliegen überall schmutzige Kleidungsstücke herum. Erschreckend verschwenderisch ist sie außerdem. Statt die Waschmaschine anzuwerfen, kauft sie sich lieber ein neues Hemd. Ihre Schulden sind enorm hoch, aber ich schätze, sie weiß: Die Bank namens Mum und Dad wird schon zahlen, wenn sie es nicht kann. Ich nehme das alles hin. Schließlich ist es ihre Wohnung, nicht meine. Aber wenn ich am Wochenende bei ihr bin, wird mir das Chaos manchmal zu viel, und ich ertappe mich dabei aufzuräumen, Volltrottel, der ich bin.

„Ach, lass das doch, Baby", sagt sie dann und blättert träge in einer Zeitschrift. „Das läuft doch nicht weg."

Tatsächlich läuft es nicht weg, es wird einfach nur immer schlimmer. Vielleicht bin ich ja wirklich analfixiert, wie Jo immer wieder behauptet, aber ich ziehe nun mal eine saubere, ordentliche Umgebung vor.

„Ich verstehe nicht, wie du so leben kannst", sage ich eines Tages, nachdem ich den Schmutz von sechs Wochen aus der Wanne geschrubbt habe.

Sie zuckt nur die Achseln. „Das erwarte ich auch nicht. Ich habe dich nicht gebeten zu putzen. Du brauchst dich nicht zur Märtyrerin zu machen, Lou. Das ist keine sonderlich attraktive Eigenschaft."

„Aber wenn wir zusammenleben, wirst du erwarten, dass ich all das hier mache", erkläre ich. Sie bittet mich immer wieder, bei ihr einzuziehen, doch bis jetzt habe ich immer Ausflüchte gesucht. Warum, weiß ich selbst nicht genau.

„Möchtest du das?", fragt sie. „Du weißt, dass mich das freuen würde."

Möchte ich das? Ich weiß es nicht. Ich habe viel mit Maria darüber gesprochen. Obwohl ich ein schlechtes Gewissen habe, weil ich mit ihr über Jo plaudere. Aber ich kann mit niemandem sonst über dieses Thema reden, und Maria, die Ähnliches durchgemacht hat, gibt so vernünftige Ratschläge.

„Ich würde es langsam angehen lassen", rät sie mir. „Wenn es so sein soll, dann lösen sich all diese Probleme irgendwann von selbst."

Vermutlich hat Maria recht, und obwohl ich einerseits das Zusammenleben will, habe ich es nicht eilig. Jedenfalls nicht so eilig wie früher. Wenn ich mit Jo zusammenziehe, dann bin ich vollkommen abhängig von ihr – das hier ist schließlich ihre Wohnung. Und ich weiß, ich werde als ihr Dienstmädchen enden, so wie Mum all die Jahre das Dienstmädchen für Dad gespielt hat. Das ist schon in meinem Erbgut so angelegt. Ich liebe

Jo. Ich liebe sie wirklich. Aber allmählich dämmert mir, dass ich vielleicht einen Fehler gemacht habe. Im Januar glaube ich noch, ich würde alles tun, um sie zurückzugewinnen. Heute? Ich bin mir nicht sicher.

Daniel

Es war ein sonniger Nachmittag Anfang August. Daniel hatte den ganzen Tag im Garten gewerkelt, während Beth in ihrem Atelier intensiv an neuen Ideen arbeitete. Daniel liebte seinen Garten. Aufgewachsen erst in einer Stadtwohnung und dann in einem Haus mit winzigem Hinterhof, genoss er den Platz, den er und Beth hatten. Seine Mum hatte einen grünen Daumen gehabt und den kleinen Hinterhof in den Sommermonaten immer in ein wunderschönes Blumenmeer verwandelt. Sie hatte es sogar geschafft, Tomaten und Kräuter zu ziehen. Daraus hatte sich seine Liebe zum Gärtnern entwickelt, bei dem er sich ihr immer besonders nahe fühlte. Heute hatte er den Rasen gemäht, das Gemüsebeet von Unkraut befreit und Bohnen, Tomaten und Kartoffeln geerntet. Die Arbeit befriedigte und beruhigte ihn zugleich.

Als er fertig war, kam ihm Beth aus ihrem Atelier entgegen, bereit, die Arbeit für heute ruhen zu lassen. Es war gerade drei Uhr nachmittags, und die Sonne schien von einem strahlend blauen Himmel. Es wäre dumm gewesen, nicht das Beste daraus zu machen.

„Wollen wir grillen?", fragte Daniel.

„Gute Idee. Allerdings werden wir wohl nur zu zweit sein. Die Kinder sind beide nicht zu Hause."

Sam arbeitete über den Sommer in einer Bar im Ort. Seit seinem Geburtstag war er noch verschlossener als je zuvor. Sie bekamen ihn kaum zu Gesicht, er verbrachte immer mehr Zeit woanders. Daniel hatte versucht, ihm seine Reaktion beim Konzert zu erklären, aber Sam hatte die Erklärung nicht hören wollen. Beth meinte immer nur, sie sollten ihm Zeit und Raum lassen, aber Daniels Sorge, Sam könnte sich immer weiter von ihnen entfernen, wuchs ständig.

Megan war mit Freundinnen im Kino gewesen und nun kurz zu Hause. Später wollte sie aber wieder weg ins Nando's. Jedenfalls hoffte Sam, dass sie das vorhatte. Soweit er und Beth wussten, hatte sie sich nicht wieder betrunken, aber sicher konnten sie sich dessen nicht sein, und sie machten sich beide Sorgen deswegen.

„Dann lass uns Josh, Helen und die Kinder einladen", sagte Daniel und küsste Beth auf die Wange.

Josh und Helen stimmten begeistert zu, und sie kamen mit Bier, Burgern und zwei ziemlich quirligen kleinen Kindern. Joshs Kinder waren ein bisschen später als Daniels zur Welt gekommen, und es war schön, die Kleinen mal wieder zu sehen. Weil es so heiß war, schloss Daniel den Wasserschlauch an, und in den ersten Stunden rannten die Kinder kreischend mit Megan durch den Garten. Sie hatten eine regelrechte Wasserschlacht veranstaltet, bevor sie wieder loszog. Sam war schon verschwunden, wofür Daniel irgendwie dankbar war. Die Spannung zwischen ihnen war im Moment unerträglich, und er wusste einfach nicht, wie er das Problem lösen sollte. Er hatte das Gefühl, sich in eine Ecke manövriert zu haben, in der er nicht von seinem unglaublich hohen Ross absteigen konnte.

„Kommt, Leute, das Essen ist fertig!", rief Daniel, als Beth und Helen die Kinder abtrockneten. Als Sam und Megan noch kleiner waren, hatten sie öfter solchen Spaß miteinander gehabt. Irgendwie traurig, dass diese Zeiten vorbei waren.

Es war ein schöner Abend, doch allzu bald standen Helen und Josh auf, um zu gehen. Der Nachteil von kleinen Kindern war nun mal, dass sie recht früh müde wurden.

„Zeit, die beiden zu Bett zu bringen", sagte Helen. „Danke für den schönen Abend."

„Wir müssen uns bald mal wieder treffen", meinte Josh und schüttelte Daniel an der Haustür zum Abschied die Hand.

„Vergesst die Überraschungsparty zu Beths Geburtstag nicht", flüsterte Daniel. Er und Lou saßen schon seit Wochen an der Planung. Mit ihrer Hilfe war es ihm gelungen, die meisten Freunde seiner Frau zu erreichen. Längst konnte er die geflüsterten Telefonate und die heimlichen Unterredungen mit Lou in der Küche nicht mehr zählen. Die Heimlichkeit, mit der das alles geschehen musste, trieb Daniel in den Wahnsinn. Er hätte einen lausigen Spion abgegeben, aber es war den Stress wert, etwas Besonderes für Beth auf die Beine zu stellen.

Er kam zurück und goss sich ein Glas Wein ein. Dann ging er in den Garten und setzte sich zu Beth, die inzwischen aufgeräumt hatte. Es war schön, mit ihr allein zu sein, aber er wusste, sie würde ihn wieder auf Sam ansprechen.

„Ich weiß, dass du und Sam im Moment nicht miteinander redet, aber kannst du es nicht wenigstens versuchen? Sam wollte dich nicht verletzen."

„Das weiß ich", sagte Daniel. „Es ist so, wie ich bereits gesagt habe: Nur dieses Lied war schuld. Ich begreife einfach nicht, warum Reggie es ausgesucht hat. Er muss gewusst haben, wie sehr er mir damit wehtut. Ich weiß nicht, wie ich Sam all das erklären soll. Er betet Reggie an; ich will ihm nicht sagen, wie sein Großvater wirklich ist."

„Ich weiß, dass Reggie dir wehgetan hat, aber er scheint heute ein ganz anderer Mensch zu sein. Ich glaube nicht, dass er Sam genauso verletzen wird. Vielleicht dachte er, der Song könne etwas wiedergutmachen?"

„Ich glaube nicht, dass das die beste Methode dafür war. Ich bin einfach so gekränkt, Beth."

„Das solltest du aber nicht!", erwiderte Beth gereizt. „Du kannst nichts an Vergangenem ändern, aber Reggie hat versucht, etwas Nettes zu tun, und du haust ihm das um die Ohren. Und Sam ebenfalls."

„Auf wessen Seite stehst du eigentlich?"

„Auf deiner, immer", erwiderte Beth ein wenig weicher. „Selbst dann, wenn nicht einmal du auf deiner Seite stehst."

Daniel knurrte missbilligend und brachte Beth damit zum Lachen.

„Ganz ehrlich, du klingst genauso wie Sam", sagte sie. „Hast du eine Vorstellung davon, wie schwer es ist, mit euch beiden auszukommen? Noch dazu zur selben Zeit? Ihr seid wie große Kinder, alle beide."

Daniel zog eine Grimasse. „So schlimm?"

„Viel schlimmer. Und das muss ein Ende haben."

„Du hast recht", gab Daniel nach. „Wie immer." Er zog sie in seine Arme und drückte sie an sich. „Ich verspreche, ich gebe mir mehr Mühe, und ich tue, was ich kann, um mit Reggie auszukommen."

„Gut", sagte Beth. „Trinken wir noch ein Glas Wein."

Beth

Es war ein schöner Abend mit Josh und Helen, aber ich muss gestehen: Ich genieße es, als sie wieder fort sind. Gerade habe ich die letzten, die allerletzten Korrekturabzüge für mein Buch abgezeichnet und fühle mich zum ersten Mal seit Monaten entspannt. In letzter Zeit habe ich kaum etwas von Jack gehört, und um ehrlich zu sein, ist auch das eine Erleichterung, obwohl ich ein kleines bisschen enttäuscht bin. Ich kann meine verrückte heimliche Schwärmerei wieder in den dunklen Tiefen meines Gehirns ablegen, wohin sie gehört.

Die Sonne geht über den Bäumen hinter dem Garten unter, und Fledermäuse durchkreuzen den Abendhimmel. Es ist still und friedlich, ich bin entspannt und glücklich und lehne meinen Kopf an Daniels Schulter. Nach all der Anspannung der letzten paar Wochen genieße ich es, dass wir zwei Zeit miteinander verbringen wie früher. Gerade will ich uns noch ein Glas Wein einschenken, als es an der Tür klingelt.

Wir erwarten die Kinder vorläufig nicht zurück. Entsprechend überrascht bin ich, dass Megan vor mir steht.

„Wo hast du deine Schlüssel?", frage ich automatisch, bevor mir auffällt, dass sie verstört aussieht. Sie drängt sich an mir vorbei und rennt in Tränen aufgelöst die Treppe hinauf.

„Megan, Schatz, was ist denn los?" Ich laufe ihr nach.

„Geh weg, ich will nicht darüber reden", ruft sie und knallt mir die Tür vor der Nase zu.

Ich warte fünf Minuten, dann betrete ich ihr Zimmer, wo sie auf dem Bett liegt und zum Steinerweichen schluchzt.

„Ach, Liebling, was ist denn passiert?"

Ich lege meinen Arm um sie, und diesmal wehrt sie mich

nicht ab. Ich kann ihre Tränen nicht ertragen. Wie alt sie auch werden mag, nie werde ich aufhören, sie vor Schmerz und Kummer bewahren zu wollen.

„Es ist wegen Jake", stößt sie schluchzend hervor. Oh. Der geheimnisvolle Jake. Ich hatte doch geahnt, dass er noch Ärger machen würde. „Er hat mit Charlie Bennett geschlafen." Bemüht zu ignorieren, dass Sex und Jake in derselben Unterhaltung eine Rolle spielen, und in der Hoffnung, dass Megan nicht dem Charme des netten Jake erlegen ist, meine ich leichthin: „Klingt, als wäre er ein Vollidiot."

Das ringt ihr ein leichtes Lächeln ab.

„Aber Mum", sagt sie. „Was stimmt mit mir nicht? Ich dachte, er liebt mich."

„Ach, Megan. Mit dir stimmt alles. Es ist eine erwiesene Tatsache, dass alle Männer Idioten sind."

„Nicht alle Männer." Daniel steht in der Tür, Liebe und Besorgnis im Blick. „Okay, nur fünfzehnjährige Jungen", räume ich ein.

Megan lächelt ein bisschen mehr.

Daniel kommt zu uns herüber und setzt sich neben ihr aufs Bett. Er nimmt sie in die Arme und drückt sie fest.

„Jeder Kerl, der nicht weiß, dass Megan King das umwerfendste Mädchen auf dem ganzen Planeten ist, ist ein Trottel", sagt er. Am liebsten würde ich ihn dafür umarmen, weil er Megans Selbstbewusstsein auf die Sprünge hilft.

„Ach, Daddy", sagt sie. „Glaubst du das wirklich?"

„Ich weiß es. Und jetzt trockne dir die Tränen ab, komm nach unten, und ich backe dir Pfannkuchen mit Schokoladensoße."

Und tatsächlich – Megan rappelt sich auf, zieht sich ihren Schlafanzug an, und schon kurz darauf steht sie in der Küche und backt fröhlich Pfannkuchen mit ihrem Dad. Ich sehe zu, wie die beiden zusammen werkeln, und versuche mir die Situation vorzustellen, wenn ich mit Jack verheiratet wäre. Ich kann mir nicht vorstellen, dass er so viel Feingefühl für seine Tochter aufbringen würde; vermutlich stände er auf der Seite ihres Freundes. Mir fällt wieder ein, wie es war, als Gemma etwas Ähnliches passiert ist. Jack gab sich vordergründig mitfühlend, aber zugleich bewunderte er, wie ihr Freund beinahe damit durchgekommen wäre. Damals hatten wir uns deshalb gestritten. Das ist eine gesunde Erinnerung daran, wie Jack sein kann. Heimliche Schwärmereien und Wünsche nach einem anders gearteten Leben sind gut und schön, denke ich, aber das hier ist mein Leben. Und ich bin damit glücklich.

23. Kapitel

Daniel

„Hi, Lou, ich wollte nur mal fragen, ob du die Spa-Geschichte organisieren konntest." Daniel telefonierte mit seiner Schwägerin. Es war geplant, Beth an ihrem vierzigsten Geburtstag tagsüber aus dem Weg zu schaffen, damit er und die Kinder das Haus für die Überraschungsparty vorbereiten konnten. Beth hatte viele Freunde, die in der Nähe wohnten. Er hatte also jede Menge Helfer.

„Ja, der Plan steht", antwortete Lou. „Rachel und Jo sind eingeweiht und dabei. Sollte Spaß machen."

„Du Glückliche, du hast die angenehmste Aufgabe erwischt", meinte Daniel lachend.

„Hey, das war deine Idee!"

„Ich weiß, ich weiß." Daniel war froh, den Entschluss gefasst zu haben, etwas Nettes für Beths Geburtstag vorzubereiten, aber es war eine gewaltige Herausforderung. Er hatte es geschafft, Beths Kontakte einschließlich ihrer Freunde vom College, befreundeter Mütter von Klassenkameraden, Josh und Helen sowie verschiedener anderer Bekannter in der Nähe durchzuackern. Mithilfe von Gemma, einer Freundin von Beth aus Collegezeiten, hatte er sogar die E-Mail-Adresse von Jack Stevens ausfindig machen können. Der Mann hatte ihr bei ihrem Buch so sehr geholfen, dass es Daniel nur recht und billig schien, ihn einzuladen. Allerdings gehörte Jack zu den wenigen, die nicht auf die Einladung reagiert hatten.

„Ich bin sicher, sie wird begeistert sein, Daniel", sagte Lou. „Was du tust, ist so lieb von dir."

Das hoffte Daniel. Beth hatte es verdient. Er wusste, dass er ihr das Leben in den letzten Wochen nicht gerade leicht gemacht hatte.

Er blieb einen Moment sitzen und dachte darüber nach, was sie in Bezug auf Sam und Reggie zu ihm gesagt hatte. Sein Verhalten war idiotisch und sorgte dafür, dass er mit seiner Eifersucht auf die Beziehung der beiden zueinander sein Verhältnis zu seinem Sohn zerstörte.

Sam war in der Garage und spielte wie üblich auf seinem Schlagzeug. Daniel ging hinüber, um ihm zuzuhören. Von der Lautstärke abgesehen, war Sam gut. Daniel beobachtete ihn eine Weile. Dabei empfand er Bewunderung und Stolz für seinen talentierten, hübschen Sohn. Wenn er nicht aufpasste, verlor er Sam womöglich für immer. Es wurde Zeit, ihm ein Friedensangebot zu machen. Sam war so in seine Musik vertieft, dass er erst nach etlichen Minuten aufblickte. Als er es tat, reagierte er überrascht angesichts seines Vaters.

„Wie lange stehst du schon da?"

„Lange genug. Klingt gut."

„Wirklich?" Schüchterne Freude zeigte sich auf seinem Gesicht, und Daniel schoss durch den Kopf, wie freudig erregt Sam schon als kleiner Junge auf Lob reagiert hatte. Wann hatte er zum letzten Mal etwas Positives zu seinem Sohn gesagt?

„Abgesehen davon, dass einem fast die Ohren wegfliegen, ja."

Sam lachte, was Daniel als Ermutigung aufnahm.

„Sieh mal, wegen deines Geburtstags …"

„Was ist damit?" Sam wirkte misstrauisch, und Daniel spürte einen Stich des Bedauerns, seinen Sohn von sich gestoßen zu haben.

„Es tut mir leid", sagte er. „Ich weiß, dass du mich nicht ärgern wolltest. Es war nicht deine Schuld, sondern meine. Es gibt da nur einfach eine Menge alten Mist zwischen Reggie und mir, mit dem ich nur schwer umgehen kann. Es war eine so nette Geste von dir."

Einen Moment schwieg Sam. „Schon in Ordnung", sagte er dann zu Daniels großer Erleichterung. „Reggie hat mir gesagt, dass er einen Fehler gemacht hat. Er hat auch gesagt, er sei dir nicht immer ein guter Vater gewesen und ich solle versuchen, das zu verstehen."

„Hat er das?", fragte Daniel berührt und überrascht, dass Reggie ihn Sam gegenüber verteidigt hatte. Das war ein seltsames Gefühl. In seiner Vorstellung war Reggie so lange der Böse gewesen, dass es ihm merkwürdig vorkam, etwas, was er getan hatte, als gut zu empfinden.

„Ja. Aber weißt du, ich glaube, Reggie ist heute ganz anders. Er hat ein schlechtes Gewissen wegen dem, was mit dir geschehen ist. Ich denke, du solltest ihn nicht abschreiben."

„Ich werde darüber nachdenken", versprach Daniel. Dann holte er tief Luft. „Hör mal, ich wollte ein Bier trinken gehen. Magst du mitkommen?"

„Klar. Wenn du bezahlst."

„Frechdachs", sagte Daniel. Aber er war glücklich.

Beth

Vanessa ruft an, um mir zu sagen, *Das kleinste Engelchen* errege ziemliches Aufsehen. Obwohl sie ursprünglich gar nicht begeistert war, weil ich meine ursprüngliche Idee wieder aufgreifen wollte, ließ sie sich mit Jacks Hilfe schließlich umstimmen. Sie hat sogar zugegeben, die von mir eingeschlagene neue Richtung sei besser als die vorliegende Version. Die Auflage wird immer höher, und meine Arbeit hat sich für die Buchmesse in Bologna eindeutig gelohnt, denn viele ausländische Verlage beteiligen sich mit Lizenzausgaben.

„Deshalb bin ich am Überlegen", fährt sie fort. „Was halten Sie von einem Nachfolgeband?"

„Wie sollte es dazu einen Nachfolgeband geben?", frage ich. „Die Adventsgeschichte *ist* Weihnachten. Mehr gibt es da nicht." Für mich steht fest, dass Vanessa nicht ganz dicht ist.

„Aber das Engelchen ist ein so liebenswerter Charakter", erklärt sie. „Ich bin sicher, Ihnen fällt etwas ein, was es sonst noch tun kann."

„Einen Engelchor gründen? Mit dem kleinen Jesus spielen?", frage ich halb im Scherz.

„So was in der Art." Vanessa klingt wild entschlossen. „Was halten Sie davon, wenn ich schon mal einen Termin festlege, wo wir Ideen sammeln? Etwa in einem Monat? Ich werde auch Jack ins Boot holen."

„Oh. Na gut", sage ich und versuche, den unpassenden Anflug freudiger Erregung zu unterdrücken. Was ist nur los mit mir, dass mein Puls schon zu rasen beginnt, wenn nur sein Name fällt? Jedes Mal, wenn ich denke, ich habe diese Sache überwunden, geschieht etwas, und alles geht von vorn los.

Eigentlich sollte ich das nicht, das weiß ich, aber nach dem Telefonat mit Vanessa schicke ich Jack eine SMS.

Hast du schon von Vanessas neuester Idee gehört? Ich soll einen Nachfolgeband für Das kleinste Engelchen verfassen. Hat sie den Verstand verloren?

Ha. Ich glaube nicht, antwortet Jack. *Sie sieht nur den möglichen Gewinn.*

Aber wie zum Teufel soll ich einen Folgeband schreiben? Die Adventsgeschichte ist in sich abgeschlossen. Da gibt es nichts weiter zu schreiben!

Oh, ihr Kleingläubigen, erwidert Jack. *Du wirst eine Lösung finden. Wie immer.*

Freut mich, dass jemand glaubt, ich könne das.

Natürlich kannst du das, Beth. Eine so umwerfend schöne und talentierte Frau wie du lässt sich nicht von so was kleinkriegen.

Er hält mich für umwerfend schön. Mein verräterisches Herz jubiliert. Auch wenn ich mich auf gefährlichem Boden bewege, gefällt mir, welche Empfindungen Jack in mir auslöst.

Danke für deine Unterstützung, aber von meiner Warte aus scheint das unmöglich.

Nichts ist unmöglich, lautet seine Antwort. *Schon gar nicht für dich.* xxx

xxx, schreibe ich zurück, lösche den gesamten SMS-Wechsel und schalte mein Telefon aus. Was treibe ich da eigentlich? Ich muss mich zusammenreißen.

„Na schön, gehen wir das Ganze systematisch an", sage ich laut und schaue hinaus in den Garten. Wie um alles in der Welt soll ich eine weitere Geschichte mit meinem Engelchen schreiben? Wenn doch Karen endlich aus dem Mutterschaftsurlaub zurückkäme! Leider dauert das aber noch ein paar Monate. Sieht also ganz so aus, als hätte ich weiterhin Vanessa am Hals. Irgendetwas muss ich mir einfallen lassen.

Ich ertappe mich dabei, wie ich mein Engelchen skizziere. Es schaut mich fragend an. Du könntest Nein sagen, scheint es zu raten. Und ich habe das Gefühl, es spricht nicht nur von dem Buch. Ich könnte, denke ich. Ich sollte vermutlich, aber irgendwie glaube ich selbst nicht, dass ich es tun werde.

Lou

Zu Hause ist der Dritte Weltkrieg ausgebrochen, also verstecke ich mich in meinem Zimmer wie ein kleines Kind. Als Mum vom Zumba-Kurs zurückkam, musste sie feststellen, dass Dad den ganzen Tag nur herumgesessen und nichts getan hat. Im Haus herrscht völliges Chaos. Ich habe die letzten Tage bei Jo übernachtet und war nicht da, konnte also auch nichts tun. Das Wohnzimmer sieht aus wie eine Müllhalde, und in der Küchenspüle stapelt sich das schmutzige Geschirr. Ich frage mich, warum er es nicht in die Spülmaschine geräumt hat. Dann sehe ich: Sie ist voll.

„Ich habe dich gebeten aufzuräumen", sagt Mum. „Ich bitte dich nur um eine Kleinigkeit, und erledigst du sie? Nein."

„Das werde ich noch", sagt Dad. „Ich bin nur noch nicht dazu gekommen."

„Wann gedenkst du, dazu zu kommen?", fragt sie. „So können wir nicht weitermachen."

„Du tust auch nicht gerade viel zurzeit."

„Also höre mal!" Jetzt ist Mum außer sich vor Zorn. „Einer der Gründe, warum ich dich zurückgenommen habe, war dein Versprechen, dein Verhalten zu ändern. Das hast du nicht getan. Du erwartest immer noch von mir, dass ich hinter dir her putze und aufräume. Ich habe die Nase voll davon." Sie zieht ihren Mantel wieder an. „Ich gehe jetzt aus, und wenn ich zurückkomme, will ich diesen Saustall ausgemistet sehen."

Ich bin völlig baff. So habe ich meine Mutter noch nie erlebt. Das ist wirklich umwerfend. Für mich sieht das so aus, als hätte sich das Machtgefüge zwischen ihnen verschoben. Allerdings empfinde ich das auch als beunruhigend. Als sie fort ist, kann ich deutlich erkennen, dass Dad wütend ist. Er geht nicht gerade sanft mit den Gegenständen in der Küche um. Das halte ich nicht aus. Also gehe ich hinüber, um ihm zu helfen, und riskiere damit, Mums Zorn auf mich zu ziehen.

„Ich weiß nicht, was der Aufstand soll", murrt er. „Deine Mutter ist sowieso kaum noch zu Hause."

„Du meinst, sie tanzt nicht mehr nach deiner Pfeife", korrigiere ich. „Mum ist dabei, sich selbst zu verwirklichen. Du könntest ruhig ein bisschen mehr mithelfen."

„Meinst du?" Dad wirkt ein wenig perplex, als wäre ihm dieser Gedanke noch gar nicht gekommen.

„Ja, das meine ich, Dad. Wenn du es nicht tust und Mum es nicht tut, bleibt letztlich alles an mir hängen. Wir leben alle drei hier."

„Du hast recht." Ein wenig ungeschickt tätschelt er mir die Schulter. „Ich halte euch beide vermutlich für selbstverständlich, und mir ist klar, dass ich das nicht sollte."

„Ja, das tust du, und das ist nicht fair." Ein gewisses Unbehagen befällt mich. Die Beziehung zwischen meinen Eltern kam mir immer einseitig vor, weil die ganze Arbeit und Mühe an Mum hängen geblieben ist. Jetzt hat Mum sich verändert, und ich bin mir nicht sicher, ob Dad damit zurechtkommen kann. Was geschieht dann?

„Es tut mir leid", sagt er. „Ich verspreche, mich zu bessern."

Exakt das Gleiche, was Jo immer wieder zu mir sagt. Mir wird allmählich klar, dass ich in Bezug auf Jo genauso bin wie Mum. Ich lasse mich von ihr regelrecht vorführen, und das sollte ich nicht. Was, wenn ich ihr die Stirn biete, so wie Mum es mit Dad tut? Will ich das Risiko eingehen? Ich bin mir nicht sicher, was ich tun soll. Aber ich weiß, ich brauche keine Maria, um mir sagen zu lassen, was ich nicht will, nämlich in dreißig Jahren so sein wie Mum. Das Problem ist, ich weiß nicht, wie ich das verhindern soll.

24. Kapitel

Lou

„Ist das jetzt alles?" Daniel ist gekommen, um die Sachen für die Party heute Abend abzuholen, die ich für ihn im Haus meiner Eltern aufbewahrt habe. Die ganze Woche über ist er immer wieder heimlich zu Sainsbury's gefahren, und Mums Kühlschrank quillt bereits über.

„Wie willst du das alles ins Haus schaffen, ohne dass Beth etwas davon mitbekommt?", frage ich.

„Ah, sie war im Bad, als ich gegangen bin, und ich weiß, dass sie noch etwa eine Stunde darin bleiben wird. Megan und Sam passen für mich auf und schicken mir eine SMS, ob die Luft rein ist. Ich stelle den Wagen in der Garage ab und lade erst aus, wenn ihr weg seid."

„Und wenn sie in die Garage geht?"

„Das wird sie nicht. Ich habe die Schlüssel konfisziert und ihr gesagt, ihre Geschenke lägen darin."

„Du hast wirklich an alles gedacht", meine ich lachend.

„Das hoffe ich doch sehr. Vielen Dank noch mal für deine Hilfe und dafür, dass du Beth heute beschäftigst. Ich hätte das niemals ohne dich schaffen können."

„Gern geschehen", sage ich und nehme ihn in den Arm.

Meine Aufgabe besteht heute darin, Beth für ihren vorgeburtstaglichen Wellnesstag zu entführen. Gegen sieben werden wir zurück erwartet. Bis dahin sollten Daniel und die Kinder alle Vorbereitungen abgeschlossen haben.

„Das ist so eine großartige Idee, Daniel", sage ich. „Es wird ihr sehr gefallen."

„Das hoffe ich."

„Ganz bestimmt." Ich drücke ihm einen Kuss auf die Wange. „Ich komme in einer halben Stunde, um sie abzuholen. Bist du sicher, dass sie keinen Verdacht geschöpft hat?"

„Absolut sicher", meint er grinsend.

„Perfekt." Er ist einfach ein Schatz. Beth hat großes Glück, ihn zu haben. Ich kann mir nicht vorstellen, dass jemals jemand mir gegenüber so aufmerksam sein wird. Der Gedanke macht mich traurig. Ich weiß, so gut Jo und ich auch miteinander auskommen, wenn es darum geht, was wir voneinander erwarten, werden wir immer wieder in derselben Sackgasse landen. Ich habe sie gebeten, sich mir, Beth und Rachel heute anzuschließen, aber sie hat abgesagt. Sie hat mir versprochen, zur Feier zu kommen – immerhin etwas –, aber ein bisschen sauer bin ich trotzdem auf sie, um ehrlich zu sein.

Beth sieht so toll aus wie immer, als ich sie abhole. Der Tag wird sonnig, und sie trägt ein lose sitzendes leichtes Kleid, Flip-Flops und eine Sonnenbrille. Ich beneide sie um ihre mühelose Eleganz. Neben ihr komme ich mir immer ein wenig schwerfällig vor. Sie war schon immer die hochgewachsene Schlanke und ich die ein wenig Pummelige. Letzteres stimmt nicht mehr, ich habe seit damals an Gewicht verloren, und mit ein bisschen Mühe kann ich mich hübsch zurechtmachen. An meiner Größe, gerade mal einen Meter sechzig, lässt sich nichts ändern, aber ich weiß inzwischen, was mir steht, und trage die Haare in einem kurzen Bob. Als ich noch jünger war, habe ich Beth gern nachgeahmt, aber die Zeiten sind vorbei. Heute ist mir klar, dass Dinge, die ihr stehen, mich nicht annähernd so gut kleiden. Ich schätze, ich bin ganz zufrieden mit meinem Aussehen, aber Beth wird mich in dieser Hinsicht immer überstrahlen.

Rachel ist ziemlich durch den Wind, als wir sie abholen – das Baby hat leichtes Fieber. Ged muss sie förmlich aus dem Haus werfen.

„Du fährst, und damit basta", sagt er fest. „Thomas und ich kommen zurecht, und du hast dir die Erholung verdient." Er ist wirklich heftig in sie verliebt, und plötzlich bin ich auch neidisch auf Rachel. Warum muss ich die Einzige in der Familie sein, die ein Händchen dafür hat, selbstsüchtige Partner zu wählen?

Das Spa, für das ich mich entschieden habe, liegt zwanzig Meilen weit weg und befindet sich in einem großen alten Landhaus auf einem umwerfenden Grundstück. Es verfügt über zwei Saunen, zwei Dampfbäder, zahlreiche Whirlpools sowie ein wunderschönes Schwimmbecken. Meine Wahl war goldrichtig, und wir verbringen einen herrlichen Tag miteinander. Wir schwimmen, trinken Prosecco, gönnen uns ein paar Behandlungen und schwimmen dann noch ein wenig. Den ganzen Tag plaudern wir und lachen viel, vor allem, als Rachel anfängt, uns Geschichten über unseren kleinen Bruder zu erzählen. Sie hat ihn komplett um den Finger gewickelt.

„Das hätte ich nie geglaubt", sage ich und wische mir die Lachtränen aus dem Gesicht, als sie mir erzählt, wie sie es geschafft hat, Ged dazu zu bringen, seine Hemden selbst zu bügeln: mit dem Versprechen, an bestimmten Tagen der Woche Sex mit ihm zu haben!

Sie ist nett, und ich bin froh, dass Ged sie gefunden hat. Sie tut ihm unglaublich gut, und es ist für mich unübersehbar, dass sie ihn wirklich liebt, auch wenn sie noch so sehr über ihn spöttelt.

Gegen sechs machen wir uns auf den Heimweg. Ohne dass Beth etwas davon mitbekommen hat, habe ich tagsüber immer wieder mit Daniel gesimst, und er hat mich gerade wissen lassen, dass wir jetzt nach Hause kommen können.

Als ich in den Wagen steige, vibriert mein Telefon – eine SMS von Jo. *Tut mir leid, Lou Lou, mir ist etwas dazwischengekommen. Ich schaffe es heute Abend doch nicht zu kommen.* Na großartig. Ich koche vor Wut, darf mir aber nichts anmerken lassen, damit Beth keinen Verdacht schöpft. Warum nur tut Jo mir das immer wieder an? Ich habe die Nase so voll davon.

Als wir vorfahren, ist das Haus anscheinend leer. Daniel hat es großartig geschafft, die Gäste zu verstecken. Ich habe keine Ahnung, wo sie sein könnten.

„Hallo?", ruft Beth, als wir den Flur betreten, aber alles bleibt still. Ich sitze wie auf glühenden Kohlen und hoffe, dass niemand die Überraschung verdirbt.

„Wo stecken sie denn alle?", fragt Beth verwirrt. „Ich dachte, sie wären heute Abend zu Hause."

„Vielleicht sind sie nur mal auf einen Sprung raus", sage ich, bemüht, nichts zu verraten.

Beth öffnet immer noch sichtlich verwirrt die Tür zum Wohnzimmer, als ihr ein gewaltiges „Überraschung!" entgegenschallt, Daniel und die Kinder aus dem Wintergarten stürmen und sie heftig umarmen.

„Alles Liebe zum Geburtstag, Beth", sagt Daniel und küsst sie.

„Oh", sagt Beth. Und noch einmal: „Oh!", als sich all die Gäste ins Zimmer drängen. Ihr Gesichtsausdruck ist unbezahlbar, und für einen Moment vergesse ich meinen Ärger über Jo. Ich bin so froh, dass Daniel das für meine Schwester getan hat.

Daniel

Im Laufe des Tages wurde Daniel immer nervöser. So zu tun, als wolle er den Tag für Heimwerkerarbeiten nutzen, während Beth im Spa war, hatte sich für ihn als mühsames Unterfangen erwiesen. Er hatte längst den Überblick verloren, wie viele Lügen er seiner Frau im Vorfeld auftischen musste. Lebensmittel und Getränke hatte er in der Garage versteckt und heimlich mit Beths Freunden Kontakt aufgenommen. Mehr als einmal hätte sie ihn fast in flagranti erwischt, und er hatte sich schnell eine fadenscheinige Ausrede einfallen lassen müssen.

Gegen halb sieben trudelten die ersten Gäste ein: Freunde aus der Zeit, als Beth öfter Elterntaxi gespielt hatte, ein paar Mitstudenten aus ihrer Zeit an der Kunsthochschule und einige ihrer gemeinsamen Freunde vom College. Auch ihre Eltern waren da sowie Ged mit dem Baby. Ged hatte sich als überraschend hilfsbereit erwiesen. Offenbar bekam es ihm gut, Vater geworden zu sein. Beths Dad jedoch wirkte geistesabwesend und unglücklich. Daniel fragte ihn mehrfach, ob alles in Ordnung sei, aber Fred ging nicht wirklich darauf ein. Er und Mary schienen kaum miteinander zu reden. Daniel hoffte, dass es zwischen ihnen nicht schon wieder kriselte. An diesem Abend ging es nur um Beth. Eine Szene konnte er nicht gebrauchen.

Während sie auf Beth warteten, geriet Daniel mit ihrer Freundin Gemma ins Gespräch.

„Toll, wie gut Beths neues Buch ankommt, nicht wahr?", sagte er. „Anscheinend sind alle ganz begeistert."

„Das liegt bestimmt an Jack Stevens", sagte Gemma. „Er war schon immer gut, wenn es darum ging, Beth zu helfen, ihre kreative Magie zu finden."

„Tatsächlich?" Daniel war überrascht. „Ich wusste nicht, dass die beiden sich so gut kennen."

„Oh, das tun sie auch nicht, nicht so", erwiderte Gemma ein bisschen zu hastig. „Sie konnten nur schon immer sehr gut zusammenarbeiten, und das hat sich bei diesem Buch offensichtlich ausgezahlt."

„Ist Jack schon da?", fragte Daniel. „Ich weiß nicht mal, wie er aussieht."

„Nein. Er hat mir eine SMS geschickt, dass er ein bisschen später kommt. Wenn er eintrifft, stelle ich ihn dir vor."

„Gut." Jetzt war Daniels Neugier geweckt. Wieder einmal rätselte er, warum Beth sich immer nur vage zu Jack geäußert hatte. Bevor er Gemma weiter ausfragen konnte, kam eine SMS von Lou. Sie waren auf dem Weg nach Hause. Also sorgte er dafür, dass die ungefähr sechzig sehr aufgeregten Gäste sich in den Wintergarten zurückzogen, wo sie geduldig warteten, bis der Schlüssel im Schloss herumgedreht wurde. Daniel schlug das Herz bis zum Hals, und ihm war leicht übel. Er hoffte inständig, dass Beth seine Idee gefallen würde.

Beth betrat das Wohnzimmer. Im selben Moment sprangen Daniel und die Kinder hervor, riefen: „Überraschung!", und zündeten Partyknaller. Dann ergossen sich die Gäste ins Wohnzimmer, wo Beth kaum glauben konnte, was sie sah.

„Oh, Daniel", sagte sie, „ich hatte ja keine Ahnung."

„Dein Gesichtsausdruck ist für die Götter", sagte Daniel und reichte ihr ein Glas Sekt. „Alles Gute zum Geburtstag."

„Danke, ich danke euch so sehr", wiederholte Beth immer wieder, halb lachend, halb weinend, während sie sich nacheinander all ihren Gästen zuwandte und ihrer Überraschung, sie zu sehen, Ausdruck verlieh.

„Darf ich kurz etwas sagen?", meldete Daniel sich zu Wort und klopfte gegen ein Glas, damit alle still wurden. „Lasst uns unsere Gläser erheben zu Ehren meiner wundervollen, talentierten, umwerfend schönen Frau Beth. Ich weiß nicht, warum sie mit mir griesgrämigem alten Kerl vorliebnimmt, aber ich bin sehr dankbar dafür, dass sie es tut. Alles Gute zum Geburtstag, Schatz!"

Beth

Ich bin überwältigt, was Daniel für mich auf die Beine gestellt hat. Ganz offensichtlich hat er mein gesamtes Adressbuch durchgeackert, denn hier sind lauter Leute versammelt, die ich seit Ewigkeiten nicht mehr gesehen habe. Auch für Essen hat er gesorgt und das Haus mit Lichterketten geschmückt. Megan sagt, er hatte eine Menge Hilfe, aber das ist mir egal. Dass er das getan hat, ist so lieb von ihm. Ich bin froh und dankbar dafür. Meine ganze Familie ist hier, meine Freunde ebenso. Mein Leben mag nicht immer vollkommen sein, aber in diesem Moment fühlt es sich verdammt gut an.

Angesichts der Menge von Gästen entdecke ich Jack erst nach etwa einer halben Stunde. Was zum Teufel? Warum um alles in der Welt hat Daniel ihn eingeladen? Ich weiß nicht, ob ich damit umgehen kann, ihn heute hier zu haben. Es fühlt sich an, als hätte mein Fantasieleben sich auf unschöne Weise in die Wirklichkeit gedrängt.

Das Herz schlägt mir bis zum Hals, als er zu mir herüberkommt und so umwerfend aussieht wie immer. Es ist grauenvoll. In einem Moment, in dem ich mich auf meine Familie und meinen Mann konzentrieren sollte, steht mein heimlicher Schwarm vor mir. Tagträume sollten Tagträume bleiben, statt plötzlich hereinzuschneien und höllisch sexy auszusehen.

„Jack", stoße ich quietschend hervor. „Was tust du denn hier?"

„Daniel hat mich eingeladen. Darf ich dir sagen, dass du umwerfend aussiehst?"

„Danke", sage ich, angestrengt bemüht, ja nicht rot zu werden.

„Ein hübsches Zuhause hast du hier", sagt er und lässt den Blick durch die Küche schweifen. „Du hast Glück."

„Oh ja." Ich will nicht, dass er hier steht und mein Leben abschätzend unter die Lupe nimmt. Ich will die unbequemen Empfindungen nicht, die mich in seiner Nähe überfallen, schon gar nicht im Kreis meiner Familie.

„Hast du etwas zu trinken?", frage ich ihn und hoffe auf Ablenkung.

„Ja, dein Mann hat mich versorgt." Ich mag es nicht, wie er das sagt: „dein Mann" – als wäre es eine Herausforderung für ihn. Ich mag es nicht, dass er hier ist, aber zugleich bin ich auch ein wenig aufgeregt, eben weil er hier ist. Was ist nur los mit mir? Es ist, als ob es irgendwo juckt und ich dem Drang zu kratzen nicht widerstehen kann. Nichts Gutes kann dabei herauskommen. Absolut nichts Gutes.

Die Party breitet sich aus. Der Abend ist schön, und die meisten Gäste sind im Garten. Nur Jack und ich stehen in der Küche. Ich sollte rausgehen und mich unter meine Gäste mischen, stattdessen stehe ich wie angewurzelt da.

„Es ist toll, dich wiederzusehen, Beth", sagt er. „Es kommt mir so vor, als hätten wir uns ewig nicht mehr gesehen."

Das liegt vor allem daran, dass es so ist. Ich bin ihm bewusst aus dem Weg gegangen.

„Wir treffen uns aber bald mal wieder, nicht wahr?", sage ich hastig. Ich will wirklich nicht allein mit ihm sein. „Jetzt muss ich raus und mich auch um meine anderen Gäste kümmern."

„Beth", sagt er plötzlich eindringlich und hält mich am Arm fest. „Ich weiß, es ist weder die richtige Zeit noch der richtige Ort, aber ich muss dir etwas sagen."

„Nein, Jack, das ist es wirklich nicht", unterbreche ich ihn, aber er hört nicht auf mich.

„Ich werde noch verrückt wegen dieser Sache zwischen uns. Immerzu muss ich an dich denken, und ich weiß, du empfindest genauso."

„Jack, es gibt keine Sache zwischen uns", widerspreche ich. Mein Herz hämmert in meinen Ohren. „Wir hatten mal vor vielen Jahren was miteinander. Inzwischen führen wir beide völlig andere Leben."

„Ich habe dich nie vergessen, weißt du", meint er leise. Oh Gott, nichts wie raus hier.

„Jack", warne ich, aber er legt mir seinen Finger auf die Lippen. Das ist eine so sinnliche Geste, dass ich seiner Anziehungskraft nicht widerstehen kann.

Er beugt sich vor, und ich denke – nichts. Denn genau in diesem Augenblick platzt Daniel in die Küche. „Beth, wo ist der Korkenzieher?", fragt er.

Schuldbewusst mache ich einen Satz rückwärts und kann nur hoffen, dass er nichts gesehen hat.

„Na, hier, du Trottelchen", sage ich und danke Gott, dass der gesuchte Gegenstand direkt neben mir auf der Arbeitsplatte liegt.

„Tolle Party, die Sie für Lizzie schmeißen", meint Jack zu Daniel. Er steht immer noch neben mir, zu dicht neben mir. „Sie hat großes Glück."

„Das hat sie wirklich", sage ich fest. „Entschuldige mich jetzt bitte, Jack, ich habe noch nicht alle Gäste begrüßt."

Mir entgeht nicht, wie Daniel Jack einen nachdenklichen Blick zuwirft. Hoffentlich hat er keinen Verdacht geschöpft. Ich muss hier raus.

Auf dem Weg in den Garten ziehe ich Bilanz. Ich atme schwer und lehne mich gegen die Hauswand.

Was ist da drin gerade passiert? Ich bin auf einer Party, die mein Mann für mich organisiert hat, und hätte beinah einen anderen Mann geküsst. Was zum Teufel tue ich da?

Das muss ein Ende haben, und zwar sofort.

25. Kapitel

Beth

Am Tag nach der Party werde ich so von Schuldgefühlen gequält, dass ich Daniel nicht erlaube, mir beim Aufräumen zu helfen. Das ist Wahnsinn. Trotz all meiner guten Vorsätze, Jack zu vergessen und mich auf das zu konzentrieren, was wirklich wichtig ist, habe ich beinahe zugelassen, dass er mich in unserer Küche küsst. *Was ist nur los mit mir?* Dummerweise kann ich nicht aufhören, daran zu denken. Ich komme mir vor, als lebten in mir zwei verschiedene Personen: die eine, die ihren Mann liebt und nichts tun möchte, was ihr Leben durcheinanderbringen könnte. Und die andere, die sich nach Veränderung sehnt und von der Vorstellung des Neuen elektrisiert, gequält und verführt wird. Ich ahne, was mein Engelchen von der zweiten Persönlichkeit halten würde, aber ich kann nicht anders: Ich verliere mich wie ein liebeskranker Teenager in Tagträumen über Jack. Das macht mich gereizt und nervös, sodass ich in der folgenden Woche Daniel und die Kinder immer wieder anfahre. Als Daniel fragt, was los ist, schiebe ich die Schuld für meine Anspannung darauf, dass mir ständig Sams Abschlussprüfungen im Kopf herumgehen. Am Donnerstag sollen wir die Ergebnisse erfahren. Und es stimmt, ich mache mir tatsächlich Sorgen deswegen. Sam hat verdammt wenig dafür getan und sich auch nicht um die Studienplätze gekümmert, die ihm seit einem Jahr angeboten wurden. Ich fürchte, er verbaut sich seine Zukunft. Trotzdem habe ich ein schlechtes Gewissen, weil ich das als Ausrede für mein Verhalten benutze.

Am Abend vor Bekanntgabe der Ergebnisse bin ich ganz besonders schlecht gelaunt. Jack hat mir eine SMS geschickt und gefragt, wie es mir geht. Ich weiß, dass ich nicht reagieren sollte, aber unwillkürlich tue ich es doch, und binnen Sekunden entwickelt sich daraus eine kokette, neckende Unterhaltung, die ich lösche, sowie sie vorbei ist. Ich kann nicht riskieren, dass Daniel sie zu Gesicht bekommt. Mir ist, als hätte er vielleicht schon Verdacht geschöpft, dass irgendetwas nicht stimmt. Eigentlich kann ich selbst nicht fassen, was ich da tue, schaffe es aber trotzdem nicht, es sein zu lassen.

„Warum hast du deinen Namen von Lizzie zu Beth geändert?", fragt Daniel mich aus heiterem Himmel.

„Ohne besonderen Grund." Lüge, Lüge, Lüge. Es gab einen sehr besonderen Grund: Lizzie war Jacks Name für mich. Ich konnte ihn nicht mehr ertragen, nachdem ich Jack verloren hatte. „Nach dem Abgang vom College fand ich den Namen Lizzie ein bisschen zu jugendlich." Tatsächlich war ich in der Familie immer nur Beth genannt worden. Nur Jack nannte mich Lizzie, aber das erzähle ich Daniel nicht.

„Nach dem, was deine Freundin Gemma erzählt hat, hat Jack dir im College viel geholfen." Er sagt das ganz beiläufig. „Ich wusste gar nicht, dass du ihn so gut gekannt hast." Himmel und Hölle noch mal, was hat Gemma ihm gesagt? Sie weiß genau, was am College los war, und ein bisschen von dem, was in letzter Zeit geschehen ist, aber ich habe sie schwören lassen, niemandem davon zu erzählen. Sie wird sich doch nicht verplappert haben?

„Wir waren damals ganz gute Freunde", erkläre ich hastig. „Er hat wirklich ein Händchen dafür, mir zu helfen, das Wichtige vom Unwichtigen zu trennen."

„Ah, verstehe", sagt Daniel. Überzeugt klingt er nicht. „Du hast nie gesagt, dass er gut aussieht."

„Das schien mir nicht wichtig", wiegele ich ab. „Um ehrlich zu sein, war er auf dem College ziemlich von sich selbst überzeugt. Er hielt sich für eine Gottesgabe für jede Frau." In meinem Innersten weiß ich, dass das auch heute noch zutrifft. Mein Herz schlägt mir bis zum Hals, und meine Handflächen fühlen sich feucht an. Warum fragt Daniel mich so aus? Hat er doch etwas mitbekommen auf der Party? Hoffentlich ist diese Fragestunde bald vorbei.

„Also warst du nie in Versuchung?" O Gott, er ahnt etwas. Doch er kann ja nicht wissen, dass ich nicht nur damals der Versuchung erlegen bin, sondern sie mich noch immer im Griff hat.

„Jack ging es immer nur um sich selbst", sage ich. „Er war es nicht wert, dass man sich auf ihn einließ." Tief in mir drin weiß ich, dass das auch heute noch so ist. Er hat nichts zu verlieren, wenn er eine Affäre mit mir eingeht. Ich hingegen könnte alles verlieren. Ich bezweifle, dass Jack auch nur einen Gedanken daran verschwendet, wie sehr wir Daniel wehtun würden, wenn etwas passiert; er will, was er will, mehr interessiert ihn nicht. Und im Augenblick will er anscheinend mich.

Schuldgefühle bringen mich dazu, ein bisschen mehr Nachdruck in meine Worte zu legen, als nötig wäre.

„Jack war durch und durch ein Mistkerl", fahre ich fort. „Er hat Frauen behandelt wie den letzten Dreck. So ist er nun mal. Und deshalb bin ich so ein Glückspilz, dich zu haben."

Das entspricht der Wahrheit. In der realen Welt ist Daniel meinem Schwarm in allen Dingen weit überlegen. Er ist freundlich, ehrenhaft und loyal. Jack sieht umwerfend aus, verleiht mir ein ungeheures Selbstwertgefühl, aber man kann ihm nicht trauen. Deshalb muss er ein Tagtraum bleiben.

Ich küsse Daniel auf die Wange und hoffe, dass es mir gelungen ist, die Katastrophe fürs Erste abzuwenden. Diese Geschichte mit Jack muss ein Ende haben. Unbedingt. Wenn wir uns das nächste Mal sehen, werde ich ihm das sagen.

Daniel

Daniel war reizbar und nervös. Beth verbarg etwas vor ihm, das wusste er, aber er kam nicht dahinter, was es war. Es musste etwas mit Jack zu tun haben. Gemmas Andeutungen ließen vermuten, dass Beth ihm am College ziemlich nahegestanden hatte, doch Beth hatte nie etwas dergleichen erwähnt. Warum hatte sie ihm nichts davon erzählt? Warum leugnete sie es jetzt? Ihm war Jack auf Anhieb unsympathisch gewesen. Er hatte etwas an sich, das ihn als von Natur aus nicht vertrauenswürdig erscheinen ließ. Es gefiel Daniel nicht, wie er mit Beth flirtete. Auf der Party schien sie in seiner Nähe aufzuleben. Bildete er sich das wirklich nur ein? Er konnte sich einfach nicht vorstellen, dass Beth ihn betrog, aber seine heimliche Furcht, nicht gut genug für sie zu sein, hatte zur Folge, dass er sich Sorgen machte, sie könnte es tun.

An dem Tag, an dem die Prüfungsergebnisse bekannt gegeben werden sollten, war er früh wach. Er musste selbst in die Schule, um seinen eigenen Schülern Glückwünsche auszusprechen und Trost zu spenden. Also stand er auf, um für Sam und Beth Tee zu kochen. Sam ließ sich jedoch nicht blicken. Offenbar hatte er vor, den wichtigsten Tag in seinem Leben zu verschlafen, nachdem er am Abend zuvor auf einem Konzert gewesen war.

Zaghaft klopfte Daniel an Sams Tür, aber von drinnen kam keine Antwort, also ließ er den Becher Tee draußen stehen. Es hatte keinen Zweck zu warten; er musste zur Arbeit. Was mit Sam war, würde er später in Erfahrung bringen müssen.

Die Neuigkeit erreichte ihn schließlich um elf, als er mitten in einer schwierigen Unterhaltung mit einem am Boden zerstörten Schüler saß, der soeben erfahren hatte, dass er durchgefallen war. Daniel hatte ihm gerade erklärt, welche Möglichkeiten er jetzt hatte, als die SMS von Beth kam: *Katastrophe. In jedem Fach durchgefallen. Wann kannst du nach Hause kommen?*

Mist, Mist, Mist. Am liebsten wäre Daniel sofort nach Hause gefahren. Er wusste, dass Sam nicht genügend gelernt hatte, aber in allen Fächern durchgefallen? Ironischerweise hatte sich Jason Leigh Daniels Kritik zu Herzen genommen und freute sich über zwei A- und eine B-Note. Das reichte, um in Warwick Spanisch studieren zu können. Offenbar hatte er beschlossen, die Computerspiel-Industrie könne noch warten.

Als Daniel endlich nach Hause kam, hatte er sich in seine Wut hineingesteigert. Wenn Sam doch nur ein bisschen Gas gegeben hätte. Er hätte so viele Chancen gehabt, und er hatte sie einfach weggeworfen. Schlimmer noch: Da er sich so offensichtlich gar keine Mühe gegeben hatte, bot seine Schule ihm nicht einmal eine Nachprüfung an. Wobei Sam diesen Weg wohl ohnehin nicht eingeschlagen hätte.

„Also, was tun wir jetzt?", fragte Daniel, als er nach Hause kam und gemeinsam mit Beth Sam in der Küche zur Rede stellte. „Ich werde versuchen, dich in einem Nachhilfekurs unterzubringen, Sam, aber du musst dich jetzt wirklich auf den Hosenboden setzen."

„Nein", sagte Sam. „Ich will die Prüfungen nicht wiederholen. Ich will nicht aufs College gehen. Ich will einfach nur in einer Band spielen."

„Das ist das Lächerlichste, was ich je gehört habe", widersprach Daniel. „Du brauchst eine Qualifikation."

„Grandad ist bestens ohne das ausgekommen." Sam zuckte mit den Achseln.

„Na toll, du folgst dem Rat eines Mannes, der sich durch die Welt gegammelt und nie Verantwortung für sein Leben oder seine Mitmenschen übernommen hat. Was hat Grandad verdammt noch mal damit zu tun?" Inzwischen war Daniel mehr als nur wütend. Wie konnte Reggie es wagen, sich einzumischen? Das ging ihn absolut nichts an.

„Wenigstens hört er mir zu."

„Was soll das heißen?"

„Du und Mum, euch beiden ist doch egal, was ich tun will", rief Sam. „Euch interessiert nur, dass ich euch nicht vor euren Freunden blamiere."

„Sam!" Beth war schockiert. „Du weißt, dass das nicht stimmt."

Es war ein gemeiner Vorwurf, und Daniel verlor die Nerven.

„Wie kannst du es wagen? Dein Leben lang haben Mum und ich nie etwas anderes als das Beste für dich gewollt. Wir wollen auch jetzt das Beste für dich. Und wenn du dafür deine Abschlussprüfung wiederholen musst, dann wirst du das tun!"

„Hört auf! Alle beide", ging Beth dazwischen. „Das hilft nicht weiter."

„Nein, ich höre nicht auf", sagte Daniel. „Ich war viel zu lange viel zu geduldig. Sam, du wirst deine Abschlussprüfung wiederholen, und damit hat sich's!"

„Du kannst mich nicht zwingen."

„Schön, was willst du sonst tun? Ohne uns stehst du ohne Geld da. Und ohne Zukunft, wenn du nicht wiederholst. Du wirst tun, was wir dir sagen."

„Nein, werde ich nicht. Ich bin achtzehn, und es geht um mein Leben, nicht um eures. Ich brauche diesen Mist nicht. Ich werde tun, was ich will."

„Und das wäre?"

„Musiker sein wie Grandad."

„Nicht, solange du unter diesem Dach lebst. Auf keinen Fall."

„Dann lebe ich eben nicht länger unter eurem Dach", zürnte Sam. „Ich ziehe aus und wohne bei Grandad."

Damit verließ er das Haus.

„Gut gemacht", meinte Beth sarkastisch. Daniel schlug verzweifelt die Hände vors Gesicht.

Lou

Ich habe ein paar Tage zu Hause verbracht, weil ich sauer auf Jo bin. Immer noch kann ich nicht glauben, dass sie mich im letzten Augenblick vor Beths Party einfach versetzt hat. Das heißt, ich kann es natürlich doch. Genau das hat sie früher nämlich ständig getan. Ich hatte gehofft, dass sie sich geändert hat. Das ist aber offensichtlich nicht der Fall.

Mum ist alles andere als begeistert.

„Du solltest nicht zulassen, dass sie dich ständig schikaniert", sagt sie. „Du solltest ihr Paroli bieten!"

„So wie du das mit Dad getan hast? Tu doch nicht so scheinheilig."

Seit dem Zwischenfall mit dem Geschirrspüler hat Dad sich ein bisschen mehr bemüht, und jetzt, wo Ged, Rachel und das Baby sie nicht mehr so mit Beschlag belegen, scheint sie ihn wieder vom Haken zu lassen. Sie lässt zu, dass sie genauso ausgenutzt wird wie ich. Mir ist in der letzten Woche aufgefallen, dass sie sogar auf ihre kostbaren Zumba-Stunden verzichtet hat. Ich hoffe, dass sie nicht rückfällig wird. Es täte mir sehr leid, wenn sie in ihre alten Gewohnheiten zurückfallen würde. Die neue, unabhängige Mum hat mir sehr gefallen.

„Das ist etwas anderes", widerspricht sie. „Wir sind schon sehr lange verheiratet."

„Inwiefern ist das etwas anderes?", hake ich nach. „Dad hat dich hintergangen, du hast ihn wieder aufgenommen und machst weiterhin alles für ihn, als wäre er ein Dreijähriger."

„Das reicht jetzt", fährt sie mich an. Ganz offensichtlich ärgern sie meine Worte. „Dein Dad und ich arbeiten daran. Ich mache mir nur Sorgen, dass diese Jo nicht das Beste für dich will. Ich denke, du solltest dich nicht von ihr herumschubsen lassen. Lass sie wissen, wie du denkst und empfindest."

„Du hast ja recht, Mum", sage ich seufzend. „Aber ganz so einfach ist das nicht. Ich liebe sie. Ich will sie nicht noch einmal verlieren."

„Ach, Liebe ... Ich weiß, was du empfindest, aber du musst für dich selbst eintreten, sonst funktioniert das nie. Glaub mir."

Ich weiß, dass sie recht hat, und genau dasselbe sagt mir auch Maria immer wieder. Mittlerweile vertraue ich sehr auf Marias Urteil. Ich könnte jetzt über Skype mit ihr reden und das Thema besprechen, aber tief in meinem Inneren weiß ich längst, was ich tun muss. Es fällt mir nur so schwer. Schließlich habe ich in meiner Familie nicht gerade die beste Rollenverteilung in einer Beziehung vorgelebt bekommen. Aus irgendeinem Grund ist es Beth gelungen abzuschütteln, wie unsere Eltern miteinander umgegangen sind. Sie und Daniel haben ein besseres Verhältnis zueinander entwickelt. Aber ich bin anders. Ich habe schon immer versucht, es den Leuten recht zu machen – genau wie Mum. Allmählich erkenne ich, dass es uns beiden nicht viel Gutes gebracht hat. Wenn ich wirklich will, dass meine Beziehung mit Jo funktioniert, dann muss sich etwas ändern. Also rufe ich sie an.

„Jo", sage ich, „wir müssen reden."

26. Kapitel

Lou

Ich habe mich mit Jo in einer Bar in London verabredet. In ihrer Wohnung wollte ich mich nicht mit ihr treffen, denn dort würde sie nur versuchen, mich abzulenken, und dann kann ich nicht sagen, was ich sagen muss. Ich muss es wirklich! So kann ich nicht weitermachen. Sosehr ich Jo auch liebe, Mum hat recht. Sie schubst mich herum, und ich lasse sie gewähren. Das ist auf Dauer kein Leben. Ich muss dem ein Ende bereiten.

„Worum geht es denn?", fragt Jo, als sie auftaucht. Sie sieht absolut umwerfend aus. Ich muss schlucken. Das wird echt schwer für mich werden. Natürlich kommt sie zu spät, was mir hilft, mein Herz ein wenig vor ihr zu verschließen. „In den letzten Wochen warst du immer so schlecht gelaunt."

„Jo." Ich schaue sie verärgert an. „Hast du wirklich keine Ahnung, warum?"

„Nein. Habe ich etwas falsch gemacht?"

Plötzlich fällt es mir wie Schuppen von den Augen. Jo wird sich niemals ändern. Und auch ich werde es nicht. Ich werde ständig das Dienstmädchen für sie spielen und erwarten, dass sie genauso an mich denkt wie ich an sie, und das wird nie geschehen. Entweder ich nehme es hin, oder ich ändere den Lauf meines Schicksals. Liebe allein reicht letztlich eben doch nicht. Ich verdiene mehr. Besseres.

„Jo", sage ich, „es geht nicht darum, was du falsch gemacht hast. Es geht darum, was du *nicht* tust. Du denkst nie an mich; du enttäuschst mich immer wieder. Ich kann so nicht weitermachen."

„Womit? Womit enttäusche ich dich?", fragt sie. Sie hat immer noch nicht begriffen.

„Indem du nicht zur Geburtstagsfeier meiner Schwester gekommen bist, indem du mich ständig versetzt, wenn sich etwas Besseres ergibt. Jo, es tut mir leid, aber ich kann das nicht länger."

„Was willst du damit sagen?" Ihre Stimme schwankt ein wenig, und ich bin schrecklich in Versuchung, sie in die Arme zu nehmen und ihr zu sagen, dass alles gut wird. Aber um meiner geistigen Gesundheit willen kann ich das nicht tun.

„Ich will damit sagen: Es ist vorbei zwischen uns."

Ihre Gesichtszüge knittern, und mir wird klar, dass sie damit nicht gerechnet hat.

„Lou", sagt sie, „ich brauche dich. Ich liebe dich so sehr. Ich kann nicht leben ohne dich."

Und ich weiß, dass es so ist. Sie liebt mich wirklich. Auch ich liebe sie, aber das reicht nicht. Es macht mich traurig, aber ich weiß, dass ich das Richtige tue.

„Es geht nicht darum, wie sehr wir einander lieben", erkläre ich traurig. „Es geht darum, wie wir miteinander umgehen. Ich habe viel zu lange zugelassen, dass du mich an der Nase herumführst und mich dominierst. Das ist meine Schuld, nicht deine, aber so kann ich nicht leben. Ich habe etwas Besseres verdient. Wir tun einander nicht gut, siehst du das nicht?"

„Du irrst dich", widerspricht sie. „Wir sind absolut geschaffen füreinander. Ich habe noch nie jemanden wie dich gekannt."

„Und ich habe nie jemanden wie dich gekannt", sage ich, und mir kommen die Tränen. „Jo, du wirst immer jemand Besonderes für mich sein. Du hast mir das Gefühl gegeben, es wert zu sein, geliebt zu werden, aber das reicht einfach nicht."

„Mit dir geht es mir besser", sagt Jo. „Ich will nicht ohne dich sein."

Fast wäre ich in diesem Moment eingeknickt. Jetzt sagt sie all das, was ich schon immer von ihr hören wollte, aber es ist zu spät.

„Aber mir geht es mit dir schlechter", sage ich sanft. „Es tut mir leid. Es wird nicht funktionieren, nicht auf lange Sicht."

„Ich kann mich ändern. Ich verspreche, mich zu ändern."

„Nein", sage ich traurig. „Ich glaube wirklich nicht, dass du das kannst."

Und das war es dann. Ich verlasse die Bar mit Tränen in den Augen, aber während ich gehe, beginne ich mich irgendwie leichter zu fühlen. Ich habe das Richtige getan. Höchste Zeit, mein Leben selbst in die Hand zu nehmen.

Daniel

Sam hatte nichts von sich hören lassen, seit er wutentbrannt das Haus verlassen hatte. Daheim herrschten seitdem Anspannung und schlechte Laune. Beth machte Daniel allein für das verantwortlich, was geschehen war. „Wenn du nicht sofort an die Decke gegangen wärst, hätten wir vernünftig darüber reden können. Was, wenn er nie zurückkommt?"

Sie wussten, dass er bei Reggie war, denn der hatte sie informiert. Außerdem verriet Megan, dass Reggie gekommen war, um Sams Sachen abzuholen, als Beth und Daniel nicht da waren. So sehr war Sam bemüht, ihnen aus dem Weg zu gehen. Megan war die Einzige in der Familie, die Sam noch zu sehen bereit war. Deshalb erfuhren sie nur von ihr, wie es ihm ging, und sie mussten sich darauf verlassen. Das alles brach Daniel das Herz.

Es gab so viele Menschen, an die Sam sich hätte wenden können. Warum musste es ausgerechnet Reggie sein? Hätte er nicht zu einem Freund gehen können? Diese Entscheidung machte Daniel wütend und hilflos zugleich. Vor allem aber ärgerte er sich über sich selbst. Er hatte seinem Sohn angetan, was er sich geschworen hatte, nie zu tun, und sich genauso benommen, wie Reggie das ihm gegenüber immer getan hatte. Also doch: Wie der Vater, so der Sohn. War es da ein Wunder, dass Sam ihn nicht mehr sehen wollte? Er konnte niemanden außer sich selbst dafür verantwortlich machen, wie Beth ihm immer wieder unter die Nase rieb. Jetzt, wo Sam nicht mehr da war, keiften sie sich nur noch an. Daniel musste zusehen, wie sich der Zorn und das Gift, die er so lange unterdrückt hatte, jetzt in Wellen hervorbrachen, und er konnte nichts dagegen tun. Wie sehr er sich auch bemühte, die negativen Gefühle bahnten sich nun ihren Weg und richteten sich hauptsächlich gegen Beth. Sie musste nur den Geschirrspüler falsch einräumen, und er schnauzte sie an. Zwar wusste er, dass er sie nicht fair behandelte, doch er konnte sich einfach nicht beherrschen. Fast sein ganzes Leben lang hatte er hart darum gerungen, anders zu sein als Reggie, und jetzt stellte sich heraus: Er war ganz genauso.

„Kommt Sam je wieder nach Hause?", fragte Megan eines Tages beim Abendessen.

„Natürlich", sagte Daniel fest. „Wenn er seine schlechte Laune überwunden hat, wird es ihm besser gehen, und wir können alles wieder in Ordnung bringen. Er muss einfach etwas Verantwortung für sein Leben übernehmen."

Beth schaute ihn fassungslos an.

„Er muss Verantwortung übernehmen?", fragte sie. „Er wäre immer noch hier, wenn du nicht so hart mit ihm ins Gericht gegangen wärst."

„Nun, dein ständiges Genörgel an ihm hat ihm auch nicht geholfen, oder?", blaffte Daniel sie an. „Wir haben das beide angerichtet."

„Nein", gab Beth eisig zurück. „Das warst du. Wenn du versucht hättest, deinem Vater ein bisschen entgegenzukommen, wäre nichts von all dem geschehen." Sie erhob sich vom Tisch. „Es hat keinen Sinn, weiter darüber zu diskutieren. Ich gehe wieder an die Arbeit."

Megan brach in Tränen aus.

„Bitte, streitet euch nicht", flehte sie. „Ich hasse es, wenn ihr euch streitet."

Beth umarmte ihre Tochter. „Das wird schon wieder, Darling, versprochen. Wir streiten uns nicht."

Allerdings schaute sie Daniel nicht dabei an. Tiefe Bestürzung machte sich in ihm breit. Seine Familie war zerrüttet, und er wusste nicht, wie er den Schaden beheben sollte.

Beth

Zwei Wochen sind vergangen, seit Sam ausgezogen ist. Er ist schließlich weich geworden und hat mir eine SMS geschickt, um mir zu sagen, dass es ihm gut geht. Aber er weigert sich immer noch, Kontakt mit Daniel aufzunehmen. Ich kann nicht behaupten, dass ich ihm das verüble. Daniel hat mir eine Seite von sich gezeigt, die mir überhaupt nicht gefällt. Mir ist klar, dass er unter Druck steht, aber er verhält sich wie ein Idiot. Noch nie in unserer ganzen Ehe war ich so wütend auf ihn. Außerdem vermisse ich Sam so sehr, dass mir ganz elend ist.

Ich beeile mich, aus dem Haus zu kommen, um zu einer Besprechung mit Vanessa und Jack nach London zu fahren. In den letzten vierzehn Tagen habe ich kaum an Jack gedacht, weil ich so schrecklich unglücklich war, aber der Gedanke, ihn heute zu treffen, hebt meine Laune beträchtlich. Bei einer Besprechung kann nichts passieren. Alles wird harmlos sein, aber ein bisschen freundschaftliches Geplänkel kann nicht schaden, und mir wird vielleicht ein wenig leichter ums Herz.

Daniel lässt eine gehässige Bemerkung über Jack fallen, bevor ich gehe, doch ich lasse sie unkommentiert. Falls er Verdacht geschöpft hat, will ich den nicht noch schüren.

Ich gehe nach oben, um mich von Megan zu verabschieden, die noch im Bett liegt.

„Willst du den ganzen Tag im Bett bleiben?", frage ich.

Sie zuckt die Achseln. Die Situation belastet sie sehr.

„Geht es dir nicht gut?"

„Doch, alles in Ordnung", sagt sie.

„Ich muss mich beeilen", sage ich. „Bis später."

„Mum?" Etwas in ihrem Tonfall lässt mich innehalten.

„Ist wirklich alles in Ordnung, Megan", frage ich. „Du weißt, dass du mit mir über alles reden kannst, was dich belastet, nicht wahr?"

„Es ist nur wegen dir und Dad. Ihr lasst euch doch nicht scheiden – oder?"

Schockiert schaue ich sie an. „Natürlich nicht, mein Schatz. Wie kommst du denn auf die Idee?"

„Bevor Amelies Eltern sich scheiden ließen, haben sie auch die ganze Zeit gestritten", sagt sie, und ich fühle mich unglaublich schuldig.

„Oh, Liebling, Dad und ich sind nur grantig zueinander wegen Sam. Alles wird wieder gut. Versprochen."

„Mir fehlt Sam", sagt Megan traurig.

„Mir auch." Ich küsse sie auf den Scheitel. „Warum besuchst du ihn heute nicht einfach? Ich bin sicher, er würde sich freuen."

Ich habe ein unglaublich schlechtes Gewissen, weil das, was Daniel und ich einander antun, solch eine Wirkung auf Megan hat. Natürlich hoffe ich, dass ich recht behalte und sich alles wieder einrenken wird. Aber trotz meiner Sorgen macht sich das vertraute Gefühl in mir breit, diese Mischung aus Unbehagen und Vorfreude auf das Wiedersehen mit Jack. Was tue ich uns allen da an? Warum kann ich mich nicht auf das konzentrieren, was wichtig ist?

Im Zug versuche ich meine Sorgen zu verscheuchen und gehe noch einmal meine Ideen für das neue Buch durch. Ich bin aufgeregt wie immer, wenn ich ein neues Projekt beginne, und zu meiner eigenen Überraschung wird die Besprechung enorm lustig. Das gemeinsame Sammeln von Ideen scheint hilfreich zu sein, um Vanessa wenigstens die absurdesten Vorstellungen auszutreiben, und ein paar Mal hilft Jack wirklich sehr dabei, indem er sie für mich abschmettert. Am Ende entscheiden wir, dass das Engelchen den kleinen Jesus vor Herodes retten und Maria, Josef und ihn nach Ägypten führen soll. So unsicher ich mir zunächst wegen eines Folgebandes war, so zuversichtlich bin ich jetzt, dass das wirklich etwas werden könnte.

Unsere Besprechung endet gegen halb eins. Danach dreht Vanessa mit mir eine Runde durchs Verlagsgebäude, um mir diverse Leute vorzustellen. Nach all der Mühe, mein Engelchen zum Fliegen zu bringen, tut es gut zu sehen, wie begeistert alle von ihm sind.

Entsprechend sind Vanessa, Jack, der Verkaufsleiter und ich in Feierlaune, als wird das Verlagsgebäude nahe am Fluss verlassen und uns in ein nobles Restaurant direkt an der Themse begeben. Ich fühle mich geschmeichelt; bisher hatte Vanessa bei Besprechungen um die Mittagszeit immer Sandwiches kommen lassen. Ganz offensichtlich bin ich aufgestiegen, denn dieses Restaurant mit seinem vornehmen Oberkellner und den akkurat gebügelten Leinentischdecken riecht förmlich nach Geld. Insgeheim wünschte ich mir, ich hätte mich ein bisschen eleganter angezogen. Es ist schon nach halb zwei, als wir ankommen, und Vanessa, die den Rest des Tages offenbar abgeschrieben hat, bestellt tatsächlich Prosecco. Bisher hat sie immer nur Wasser getrunken. Vanessa aus sich herausgehen zu sehen, ist eine echte Offenbarung.

Wir haben viel Spaß miteinander, das Essen ist außergewöhnlich gut, und der Wein fließt in Strömen. Jack flirtet ein wenig mit Vanessa, was mich eifersüchtig macht, aber von Zeit zu Zeit stößt er mich unterm Tisch mit dem Fuß an, und mir wird klar, dass er nur so tut, als ob. Das lässt Unbehagen in mir aufkommen, aber zugleich erregt es mich auch ein wenig. Ich hasse mich selbst dafür, aber der Wein und die kumpelhafte Stimmung bringen mein Gewissen zum Schweigen. Hier wird schon nichts passieren, wir haben doch nur ein bisschen Spaß miteinander. Das Essen zieht sich in die Länge, und es ist schon halb vier, als wir blinzelnd wieder ins Sonnenlicht hinaustreten.

„Ich fahre jetzt nach Hause", sagt Jack. „Ich habe noch einen Termin. Bis morgen, Vanessa."

Oh. Das bedeutet, wir werden gemeinsam zum Bahnhof gehen müssen. Kurz überlege ich, ob ich Bedenken habe und doch lieber einen anderen Weg nehme, aber irgendwie bringe ich das nicht fertig. Also gehe ich mit Jack zur U-Bahn-Station. Zuerst schweigen wir, doch mir ist nur zu bewusst, dass er an meiner Seite geht. Vielleicht liegt es ja am Prosecco, aber das Ganze fühlt sich berauschend, gefährlich und aufregend an.

„Also", beginnt er, als wir die U-Bahn erreichen. „Zu dem, was ich letztes Mal gesagt habe."

„Jack", warne ich, aber im Grunde will ich gar nicht, dass er schweigt.

„Ich weiß, du fühlst es auch, Lizzie", sagt er. Er beugt sich zu mir herab, und ich versuche, mich wegzudrehen, aber mein Körper will mir nicht gehorchen. Ich lasse zu, dass er mich auf den Mund küsst.

27. Kapitel

Lou

Die Trennung von Jo trage ich mit überraschendem Gleichmut. Natürlich fehlt sie mir, aber um ehrlich zu sein empfinde ich zugleich auch Erleichterung. Je mehr ich darüber nachdenke, desto klarer wird mir, dass es in unserer Beziehung immer nach ihrer Nase gegangen ist und ich nur zu blind war, um das zu erkennen. Ich glaube, das war bisher bei fast jeder Beziehung, die ich jemals eingegangen bin, der Fall. Und ich schwöre mir, dass mir das nie wieder passieren wird.

„Ein Glück, dass du sie los bist", sagt Mum, als ich es ihr erzähle. „Sie hat dich ausgenutzt. Du solltest wieder Kontakt zu dieser netten Maria aufnehmen, die wir im Urlaub kennengelernt haben – falls du das nicht schon getan hast."

Ich betrachte sie mit neuem Respekt. Sie hat also wirklich bemerkt, dass ich auf Teneriffa mit Maria geflirtet habe? Ich werd nicht wieder.

„Ähm, ja, habe ich."

„Ich lebe nicht im Mittelalter, weißt du", meint sie lächelnd. „Warum besuchst du sie nicht einfach."

Jetzt lächle auch ich, und je länger ich darüber nachdenke, desto mehr Charme bekommt der Gedanke. Mein befristeter Arbeitsvertrag läuft demnächst aus, ich habe ein bisschen Geld gespart, vielleicht sollte ich wirklich wieder nach Teneriffa fliegen. Beim letzten Mal hätte durchaus mehr aus meiner Bekanntschaft mit Maria werden können, das spüre ich, aber damals litt ich noch so sehr darunter, von Jo verlassen worden zu sein, dass ich das nicht wollte. Erst neulich hat sie mir bei einem unserer Skype-Telefonate vorgeschlagen, im Urlaub zu ihr zu kommen. Vielleicht sollte ich das wirklich tun. Ich beschließe, sie anzurufen, und wir geraten ins Plaudern und finden kein Ende.

„Wenn dein Vertrag demnächst ausläuft, könntest du hier arbeiten", sagt Maria. „In unserem Büro ist gerade eine Stelle frei. Lange Arbeitszeiten, aber gute Bezahlung."

Ich muss zugeben, ich gerate in Versuchung. Kreditüberwachung war eigentlich nie so ganz mein Ding, sondern ich bin eher zufällig daran geraten. Es könnte nett sein, mal etwas anderes auszuprobieren. Ein bisschen skeptisch bin ich aber schon. Ich möchte mich nicht Hals über Kopf zu irgendetwas verpflichten. Schließlich kenne ich Maria kaum.

„Ich komme für ein paar Wochen", verspreche ich ihr. „Und dann sehen wir weiter."

Also suche ich in den nächsten Tagen nach einem günstigen Flug nach Teneriffa. Ich sitze am Arbeitsplatz und habe mich fast für einen entschieden, als mein Telefon klingelt. Mum ist dran, und sie ist außer sich.

„Beruhige dich", sage ich, als sie mir zusammenhanglos etwas vorschluchzt. „Was ist denn los?"

„Dein Dad. Er liegt im Krankenhaus. Die Ärzte glauben, er hatte einen Herzanfall."

Mir sackt der Magen in die Kniekehlen, und es überläuft mich eiskalt. „Ich komme sofort."

„Das ist noch nicht alles", fährt Mum fort. „Er war mit *ihr* zusammen."

Daniel

Beth war in London, um sich mit Leuten vom Verlag zu treffen. Seit dem Streit hatte sie kaum noch mit Daniel gesprochen. Auch an diesem Morgen hatte sie vor ihrer Abfahrt nur gesagt, es werde spät. Daniel war dabei, das neue Schuljahr zu planen. Es fiel ihm schwer, sich zu konzentrieren – erst bei ein paar langweiligen Strategie-Sitzungen, dann bei dem Versuch, Probleme mit den Neuzugängen der siebten Klasse zu lösen. Außerdem musste er sich mit mehreren Schülern zusammensetzen, die ihren Abschluss nicht geschafft hatten, ihn aber im nächsten Jahr nachholen wollten. Er wünschte, Sam würde das auch tun, aber es sah ganz so aus, als zöge der das überhaupt nicht in Betracht. Jim Ferguson machte immer noch Ärger und zweifelte jeden Vorschlag an, den Daniel machte. Allmählich begann ihn das zu zermürben. Wenigstens hatte die Prüfung durch die Schulbehörde im vergangenen Jahr nicht die negativen Auswirkungen gehabt, die Daniel befürchtet hatte. Natürlich war das Lehrpersonal enttäuscht, und es herrschte generell die Meinung vor, die Inspektoren hätten zu streng geurteilt. Die Schulleitung hatte aber akzeptiert, dass Daniel zu wenig Zeit geblieben war, um die Schule auf Vordermann zu bringen, und man war zufrieden mit den Veränderungen, die er vorgeschlagen hatte, um bei der nächsten Inspektion bessere Ergebnisse erzielen zu können. Mithilfe von Carrie Woodall hatte er nach und nach mehr Lehrer auf seine Seite bringen können, und obwohl Jim ihm bei jeder Gelegenheit Knüppel zwischen die Beine warf, konnte er zuversichtlicher aufs neue Schuljahr blicken. Wenigstens eine Sache in seinem Leben lief gut.

Trotzdem wollte es Daniel einfach nicht gelingen, sich zu konzentrieren. Er war nicht mit dem Herzen dabei, und es gelang ihm nicht, seine Aufmerksamkeit auf die Arbeit zu richten. Nur noch ein Familienmitglied redete mit ihm, nämlich Megan, und sie empfand die Situation als so belastend, dass sein Gewissen ihn noch mehr quälte. Als er am Morgen aus dem Haus gegangen war, hatte sie geweint.

Auch dieser Tag ging rum, lang, hektisch und geschäftig genug, um Daniel davon abzuhalten, zu sehr über alles zu grübeln. Er hatte gerade eine schwierige Sitzung wegen des Budgets hinter sich, als er ein paar verpasste Anrufe und eine SMS von Lou entdeckte: *Ruf mich umgehend an, wenn du das liest.* Merkwürdig. Normalerweise rief Lou ihn nie an. Warum rief sie ihn an und nicht Beth?

Er brauchte mehrere Versuche, bis er durchkam. „Hi, Lou, alles in Ordnung?"

„Nicht wirklich", antwortete sie. „Ich bin bei Mum und Dad im Krankenhaus. Die Ärzte glauben an einen Herzanfall."

„Verdammte Scheiße!", sagte Daniel. „Hast du Beth schon informiert?"

„Tja, das ist das Merkwürdige. Ich habe es schon an die hundert Mal versucht, aber sie hat anscheinend ihr Telefon ausgeschaltet. Hast du von ihr gehört?"

„Nein." Eiskalte Furcht packte Daniel. „Sie ist heute nach London gefahren, aber ich dachte, sie wäre jetzt bereits auf dem Heimweg. Ich versuche sie zu erreichen. Wir kommen ins Krankenhaus, so schnell wir können."

Daniel rief Beth an, wurde aber auf die Mailbox umgeleitet; er hinterließ ihr eine Nachricht und schickte vorsichtshalber noch eine SMS hinterher. Seiner Sekretärin sagte er, er müsse weg wegen eines Notfalls in der Familie, machte sich auf den Weg zum Krankenhaus und versuchte die nagende Furcht zu unterdrücken, dass irgendetwas nicht stimmte. Wo steckte Beth?

Beth

Einen Augenblick lang vergesse ich, wo ich bin. Ich schließe die Augen und bin wieder ein einundzwanzigjähriges Mädchen in den Armen des bestaussehenden Jungen, den ich kenne. Ich küsse ihn. Berauschend ist das, schwindelerregend. Ich kann nicht glauben, dass ich in seinen Armen liege. Jack Stevens will mich – er will mich tatsächlich. Seit Monaten habe ich davon geträumt. Ich lasse die Fantasie, in der ich so lange gelebt habe, vorübergehend Wirklichkeit werden. Und dann vibriert mein Telefon, und ich werde abrupt aus meinem Traum gerissen. Mist, das könnte Daniel sein. Ich löse mich von Jack, obwohl es mir unendlich schwerfällt. Natürlich weiß ich, dass falsch ist, was ich tue, und ich das einfach nicht darf, auch wenn ich noch so sehr möchte. Im Moment läuft es ganz und gar unrund zwischen mir und Daniel, aber in Jacks Arme zu fallen, macht nichts besser.

„Jack, es tut mir leid, doch das kann nichts werden."

„Aber warum denn nicht, Lizzie? Meinst du nicht, dass wir es uns schuldig sind, glücklich zu sein?", fragt er. „Ich weiß, dass wir gut zusammenpassen." Er zieht mich enger an sich.

Die Versuchung ist groß, wirklich groß. Ich kämpfe hart dagegen an, meinen Gefühlen nachzugeben, aber ich habe bereits eine rote Linie überschritten, so viel ist klar. Das darf nicht so weitergehen.

„Auf Kosten anderer", sage ich.

„Aber wenn es dir dort doch schlecht geht? Ich kenne dich, Lizzie, und ich weiß, dass Daniel dich nicht mehr glücklich macht. Nicht so, wie ich das kann."

„Das stimmt nicht. Wir machen nur gerade eine schwere Zeit durch."

„Für mich sieht es so aus, als hätte er dich deiner ganzen Strahlkraft beraubt", fährt er fort. „Aber die wahre Lizzie Holroyd ist noch da drin, das spüre ich."

Er kommt damit dem, was ich in den letzten Monaten immer wieder mal gedacht habe, so nahe, dass ich beinahe einknicke. Aber hat wirklich Daniel mich beraubt, oder habe ich einfach nur zugelassen, dass das Leben mich auslaugt?

„Hör auf", sage ich. „Ich bin erwachsen geworden und habe mich geändert. Ich bin nicht mehr das Mädchen, das ich mal war. Ich bin nicht der Mensch, für den du mich hältst."

Ein Blick auf meine Uhr zeigt mir, dass es viel später ist, als ich gedacht habe. Ich sollte Daniel Bescheid geben, dass ich mich verspäte. Ich kann nicht länger bleiben. Schon wieder vibriert mein Telefon, und ich schaue nach. Mehrere verpasste Anrufe – von Daniel und von Lou. Ich hatte es im Restaurant auf lautlos geschaltet und das Vibrieren nicht gehört. Daniel *und* Lou haben versucht mich anzurufen. Angst schnürt mir die Kehle zu. Was zum Teufel ist passiert?

„Tut mir leid, Jack, aber ich muss zu Hause anrufen", sage ich und versuche, ihn damit auf Abstand zu bringen.

„Wo steckst du?" Daniel klingt enorm erleichtert, meine Stimme zu hören, als er das Gespräch entgegennimmt. „Dein Dad ist im Krankenhaus. Sie glauben, er hatte einen Herzanfall."

Mir ist, als hätte man mir einen Tritt in den Magen verpasst. „Was? Oh Gott. Ich bin schon unterwegs. Ich bin bei euch, so schnell ich kann."

„Was ist los?", fragt Jack, als ich auflege. Er sieht, wie verstört ich bin, und will mich in die Arme nehmen.

„Mein Dad." Tränen steigen mir in die Augen, ich blinzele sie weg. Dad im Krankenhaus? Er war doch immer so fit. „Er hatte einen Herzinfarkt."

„Oh, nein. Geht es ihm gut?" Er streichelt mich zärtlich und versucht, mich noch einmal zu küssen, aber ich stoße ihn weg. Kapiert er es wirklich nicht? Diese Sache ändert alles.

„Jack, nein", sage ich. „Jetzt ist weder die Zeit noch der Ort dafür. Ich muss zu meiner Familie. Das verstehst du doch, oder?"

„Natürlich. Ich ruf dich an."

„Nein. Ich rufe dich an", widerspreche ich. Das fehlte mir gerade noch, dass er mich im Krankenhaus anruft.

„Ich brauche dich, weißt du", sagt er und schaut mich an wie ein kleiner Junge, der sich verlaufen hat. *Bitte, tu mir das nicht an.*

„Ich glaube nicht, dass du mich brauchst. Nicht wirklich", erwidere ich so sachlich wie möglich. Ich muss stark bleiben. „Ich glaube, du willst immer nur haben, was du nicht haben kannst."

Und damit gehe ich.

Ich bin völlig aufgewühlt. Ich habe einem anderen Mann gestattet, mich zu küssen. Habe darüber nachgedacht, mit ihm ins Bett zu gehen. Und jetzt ist mein Vater krank? Ist das eine Art Strafe? Die Fahrt nach Hause wird zum Albtraum. Ein Signal ist ausgefallen, der Zug fährt so langsam wie nie, aber schließlich komme ich doch am Bahnhof an und nehme mir ein Taxi zum Krankenhaus.

Ich renne hinein und finde Mum, Lou, Ged, Rachel mit dem Baby und Daniel alle im Warteraum, wo sie stehen und ernst miteinander reden. Lou und Mum wirken, als wollten sie gerade gehen.

„Gott sei Dank bist du da", begrüßt mich Daniel. „Wo warst du?"

„Die Besprechung hat länger gedauert als erwartet. Wie geht es ihm?" Hoffentlich hört er mir mein schlechtes Gewissen nicht an.

„Schon besser", sagt Daniel. „Sie führen ein paar Tests durch. Ach ja, ich sollte dich warnen."

„Wovor?" Damit stoße ich die Tür zu Dads Zimmer auf und sehe, was er meint. Dad liegt in einem Krankenhausbett, und davor sitzt Lilian Mountjoy und hält ihm die Hand.

Das kleinste Engelchen

Schließlich dachte das kleinste Engelchen, die Reise sei fast zu Ende. Es hatte gehört, dass einer der anderen Engel von einem Esel gesprochen hatte. Und hier war ein Esel. Er war hinter einer Stalltür angebunden.

„Hallo", sagte das Engelchen. „Ich suche nach dem neugeborenen Baby. Weißt du, wann es geboren werden soll?"

„Oh", sagte der Esel. „Ich glaube, heute Nacht. Ich habe seine Mutter den ganzen weiten Weg hierher getragen. Es wird ein ganz besonderes Baby sein."

„Ich weiß", sagte das Engelchen. „Deshalb bin ich ja hier."

Vanessa Marlow: *Wo sind Maria und Joseph in diesem Moment?*
Beth King: *Ich vermute, drinnen im Stall. Stell mir keine heiklen Fragen!*

VIERTER TEIL

Der Heimweg

September bis Dezember

Das kleinste Engelchen

Das Engelchen schlich sich hinein. Da war niemand im Stall außer ein paar Kühen, die muhten.

„Wo ist das Baby?", fragte das Engelchen. „Komme ich zu spät?"

„Zu spät?", fragten die Kühe. „Nein, du bist zu früh dran."

Vanessa Marlow: *Ach, ist das niedlich! Ich hoffe doch, die Kühe werden niedlich aussehen!!*
Beth King: *Ja, meinetwegen dürfen die Kühe niedlich aussehen.*

28. Kapitel

Lou

Mum und ich hängen seit Stunden in der Notaufnahme herum. Sie sind sich immer noch nicht sicher, ob Dad einen Herzinfarkt hatte oder nicht und ob sie ihn stationär aufnehmen sollen. Deshalb steht ein peinlich berührtes Trio aus Mum, Lilian und mir um sein Bett herum, während Ärzte und Krankenpflegerinnen kommen und gehen, ihn an einen EKG-Monitor anschließen, Blutproben nehmen und ihm eine Infusion legen. Aber niemand sagt uns etwas. Die Atmosphäre ist zum Zerreißen gespannt. Dad wirkt blass und unwohl. Offensichtlich ist das für ihn Stress pur. Er scheint sich aus der Sache ausklinken zu wollen, indem er die Augen so oft wie möglich schließt. Immerhin entschuldigt er sich murmelnd bei Mum, aber mehr bringen wir aus ihm nicht heraus. Lilian war schon da, als wir ankamen, und es gab ein paar unangenehme Momente, bevor sie Dad kurz auf die Wange küsste und aus dem Zimmer ging, um einen Kaffee zu trinken. Sie blieb allerdings nicht lange fort, und jetzt sind wir alle drei um sein Bett versammelt und fühlen uns dabei ziemlich unwohl. Trotz der stressigen Situation kann ich nicht anders: Ich nehme sie genauer in Augenschein. Lilian ist eine hochgewachsene, gertenschlanke Frau Ende sechzig und unterscheidet sich so sehr von Mum wie nur irgend möglich.

Keiner von uns redet viel; Lilian und Mum haben offensichtlich entschieden, dass dies hier nicht der richtige Ort für eine öffentliche Auseinandersetzung ist. Sie sprechen sehr wenig miteinander, während sie zugleich verstohlen darum wetteifern, sich am meisten um Dad zu kümmern, ob es nun ums Teebringen oder ums Kissenaufschütteln geht. Es wäre lustig, wenn die Situation nicht so grauenvoll wäre.

Dad sagt nicht viel. Er wirkt erschöpft. Ich weiß, dass er selbst schuld an dieser Situation ist, aber er leidet zweifellos sehr darunter. Schließlich kommt ein Arzt und sagt uns, dass Dad wohl doch keinen Herzinfarkt hatte. Sie wollen ihn trotzdem eine Weile überwachen. Wir sind sehr erleichtert deswegen, auch wenn es ihm offensichtlich trotzdem nicht gut geht. Er sollte mir leidtun, aber ich finde, dass es ihm recht geschieht.

Eins aber ist mir dennoch klar: Auch wenn ich es am liebsten nicht zugeben würde, lieben er und Lilian sich doch sehr. Ich frage mich, ob auch Mum das sehen kann. Es zeigt sich daran, wie sie einander anschauen, wie sie ihre Hand auf seine legt oder sein Gesicht streichelt. Ich kann mich nicht entsinnen, dass Mum und Dad jemals so zärtlich miteinander umgegangen wären. Selbst als wir hier ankamen, hatte Mum nur einen kühlen Kuss für ihn übrig. So besorgt sie auch war, lag keine Wärme darin. Natürlich war das angesichts der Lage verständlich, aber Dad hätte sterben können.

Schließlich tauchen auch Ged und Rachel mit Baby Thomas auf, gefolgt von Daniel, der Beth immer noch nicht erreicht hat. Wir einigen uns, abwechselnd dafür zu sorgen, dass Mum und Lilian möglichst wenig zusammen sind. Ged und Rachel bieten Lilian an, sie in die Krankenhaus-Cafeteria zu begleiten und dort mit ihr einen Kaffee zu trinken, damit sie sich mal ausruhen kann, während Mum und ich bei Dad bleiben. Daniel ist draußen im Gang und versucht Beth zu erreichen. Das heißt, wir drei sind unter uns.

Ich schaue Mum an, die Dad völlig verstört anstarrt. Der schläft.

„Wie geht's jetzt weiter?", frage ich.

„Das ist jetzt nicht der richtige Ort", sagt Mum.

„Ich denke doch", widerspreche ich. „Er war mit Lilian zusammen. Er will mit Lilian zusammen sein. Ich glaube, wir haben uns alle etwas vorgemacht, so wie ich mir mit Jo etwas vorgemacht habe."

Mum seufzt.

„Du hast recht. Ich dachte, er hätte sich besonnen. Und jetzt das." Tränen stehen in ihren Augen. „Sie glauben, er hat nichts Schlimmes. Ich muss also nicht länger bleiben, deshalb gehe ich jetzt nach Hause. Ich bin so müde. Wenn er entlassen wird, kann er zurück zu ihr gehen." Ich sehe, wie schwer es ihr fällt, das zu sagen, beuge mich zu ihr hinüber und drücke ihre Hand.

„Ich denke, du tust das Richtige, Mum. Ich weiß, wie schwer das ist."

Ged und die anderen kommen zurück, gerade als Mum und ich gehen wollen. Lilian nimmt wieder ihren Platz an Dads Bett ein und weicht geflissentlich jedem Blickkontakt mit uns beiden aus. Das Ganze ist mehr als bizarr. Im selben Moment stürzt Beth herein. Sie wirkt geschockt und aufgebracht. Ganz offensichtlich hat Daniel ihr nicht alles erzählt, denn sie reagiert entsetzt, als sie Dad mit Lilian sieht.

„Was ist hier los?", fragt sie. „Warum ist *sie* hier?"

„Lange Geschichte", erwidere ich. „Aber ich glaube, Dad wird wieder. Ich bringe Mum jetzt nach Hause; ist besser so."

Ged und Rachel beschließen, mit uns zu fahren wegen des Babys. Beth und Daniel bieten an zu bleiben.

Mum dreht sich noch einmal wehmütig nach Dad und Lilian um, die jetzt ganz offen Händchen halten und sehr wie das Paar aussehen, das sie offensichtlich sind. Sie müssen entschieden haben, dass es sinnlos ist, noch länger die Fassade zu wahren, aber es macht mich erneut stocksauer wegen Mum. Es ist so komisch und unnatürlich, Dad mit einer anderen Frau zu sehen, und am liebsten würde ich ihm eine runterhauen. Trotzdem muss ich zugeben, dass die beiden so aussehen, als gehörten sie zusammen, auch wenn mir das nicht gefällt. Ich drücke Mum.

„Wenn es dich tröstet, Mum", sage ich. „Ich weiß, dass es sich jetzt nicht so anfühlt, aber ich glaube trotzdem, dass du das Richtige tust."

Beth

Ich bin außer mir, als ich sehe, wie schwach und verloren Dad wirkt, und erst recht, als ich erfahre, was geschehen ist. Wie konnte er nur? Er hat es mir doch versprochen. Das ist so unfair gegenüber Mum, die das alles mit unglaublichem Gleichmut erträgt, obwohl es sie offensichtlich sehr viel Mühe kostet. Lou ist einfach großartig, übernimmt das Kommando und sorgt dafür, dass Mum klarkommt. Ich bin viel zu durcheinander, um eine vernünftige Entscheidung zu treffen. Daniel und ich versprechen, zu ihr zu kommen, wenn wir mehr erfahren haben.

In meinen Zorn mischen sich schreckliche Gewissensbisse. Ich hätte heute meinen Dad verlieren können. Er war im Krankenhaus, während ich einen anderen Mann geküsst habe. Ich mag gar nicht daran denken, was hätte geschehen können, wenn ich bei Jack geblieben wäre. Was wäre passiert, wenn ich nicht ans Telefon gegangen wäre?

Daniel und ich gehen zögernd in Dads Zimmer und setzen uns zu ihm und Lilian.

„Beth, du kennst Lilian ja bereits", sagt Dad. „Und das ist mein Schwiegersohn Daniel."

Daniel und ich schauen uns an. Uns bleibt nichts anderes übrig, als mitzuspielen.

„Hi", sage ich und gebe Dad einen Kuss. „Wie fühlst du dich?"

„Ziemlich bescheiden", sagt Dad. „Aber sie scheinen zu glauben, dass meine alte Pumpe in Ordnung ist."

„Immerhin etwas."

Ich weiß nicht, was ich sagen soll, und Daniel auch nicht.

Dad räuspert sich.

„Es tut mir leid, dass ihr es alle auf diese Weise erfahren musstet, aber Lilian und ich ..."

„Sind ganz offensichtlich noch zusammen", vollende ich. „Dad, du hast es versprochen." Als ich ihm ins Gesicht starre, schiebt sich mir das Bild von Jack vor Augen, wie er sich vorbeugt, um mich zu küssen. Was habe ich Daniel hinter seinem Rücken angetan? Ich bin kein bisschen besser als mein Dad. Habe ich wirklich das Recht, ihn zu verurteilen?

Lilian steht auf, als wollte sie uns ein bisschen allein mit Dad lassen, aber Dad hält sie auf. „Beth, ich hätte nie nach Hause zurückkehren dürfen. Das war ungeheuer dumm von mir. Ich hätte bei meiner ursprünglichen Entscheidung bleiben sollen. Ich habe mir selbst etwas vorgemacht, habe geglaubt, das Richtige zu tun, aber ich habe alles nur noch schlimmer gemacht.

Bitte, ihr müsst trotzdem verstehen – ganz egal, mit wem ich zusammen bin, ihr seid meine Familie, und ihr bedeutet mir sehr, sehr viel."

„Aber warum musstest du lügen, Dad? Warum hast du dir überhaupt die Mühe gemacht, wieder zu Mum zu ziehen? Es tut mir leid, aber du und Lilian, ihr habt alles nur noch schlimmer gemacht."

„Ich weiß, wie schlimm es aussieht", sagte Lilian, „und dein Dad hat sich sehr viel Mühe gegeben, mir fernzubleiben. Ich habe ihm immer wieder gesagt, dass er sich entscheiden müsse, und es brach mir das Herz, als er sich für deine Mum entschieden hat." Nervös schaut sie mich an, aber ich weiche ihrem Blick aus.

„Gratuliere", sage ich. Es ist mir wirklich gleichgültig, wie verzweifelt Lilian gewesen sein mag.

„Ich habe wirklich versucht zu tun, was für alle das Beste ist", fährt Dad fort. „Ich weiß, dass ich es falsch angepackt habe, aber ich wollte niemandem wehtun. Deiner Mum nicht und euch Kindern nicht. Mir ist klar, dass ich ganz großen Mist gebaut habe."

Er wirkt so traurig und verloren, dass ich mich ein wenig erweichen lasse.

„Ach, Dad", sage ich, und mir schießen Tränen in die Augen. Wir hätten ihn heute verlieren können, und so wütend ich auch auf ihn bin, ich kann den Gedanken an eine Welt ohne ihn nicht ertragen.

„Ich dachte, ich könnte es schaffen, ganz ehrlich. Kannst du mir verzeihen, Beth?"

Ich schaue ihn an, er wirkt so klein auf dem großen Krankenhauskissen. „Ich werde es versuchen."

„Mir ist klar, dass es nicht leicht wird", sagt er, „aber ich werde zu Lilian ziehen. Ich hoffe, ihr könnt euch irgendwann damit anfreunden."

„Ich weiß nicht", sage ich ehrlich. „Nichts für ungut, Lilian, aber so etwas passiert in unserer Familie nicht alle Tage."

„Schon in Ordnung", sagt Lilian. „Ich kann es verstehen, wenn ihr nichts mit mir zu tun haben wollt."

Ich muss an Daniel und seinen Dad denken, an all die Wut und den Zorn, die er seit Jahren mit sich herumschleppt. Ich will nicht, dass es zwischen mir und Dad so endet. Also ergreife ich die Hand, die Lilian mir hinhält, und sage: „Das war zwar nicht die beste Art, sich vorzustellen, aber solange du Dad glücklich machst, reicht mir das."

Daniel

Der Abend hatte gelinde gesagt etwas Surreales. Daniel war komplett überfordert damit, wie schnell sich die Ereignisse entwickelt hatten nach Freds Ankündigung, seine Entscheidung sei gefallen und er werde bei Lilian bleiben. Alles war in Aufruhr. Wenigstens schienen die Ärzte der Meinung zu sein, dass Fred sich erholen werde. Trotzdem behielten sie ihn über Nacht zur Beobachtung im Krankenhaus, weil sein Blutdruck immer noch zu hoch war.

„Kommst du damit klar?", fragte Daniel seine Frau, als sie ins Auto stiegen, um nach Hause zu fahren.

„Muss ich doch, oder?", fragte Beth. „Dad hätte heute sterben können. Ich will ihn nicht verlieren."

Wie du deinen Dad, las Daniel zwischen den Zeilen heraus. Vielleicht war er aber auch nur paranoid.

Zu Hause angekommen, stellten sie fest, dass sie Besuch hatten: Sam stand in der Küche und bereitete etwas zu essen zu.

„Megan hat mir erzählt, was mit Grandpa passiert ist. Ich bin gekommen, um zu sehen, ob ich helfen kann. Ich dachte, ihr habt vielleicht Hunger."

Die Überraschung traf Daniel so tief, dass er wie angewurzelt stehen blieb, aber es war eine glückliche Überraschung, die seine Laune schlagartig in den Himmel hob. Nach den Ereignissen des Tages war der Anblick seines Sohnes in seiner Küche Balsam für seine Seele.

„Danke, dass du gekommen bist", sagte er. „Etwas zu essen wäre toll. Bleibst du zum Essen?"

„Wenn ihr möchtet?" Sam gab sich lässig, aber Daniel sah ihm an, dass er nervös war. Es gefiel ihm gar nicht, dass sein Sohn sich in seiner Gegenwart unwohl fühlte.

„Natürlich möchten wir", erwiderte Beth und umarmte Sam. „Und es wird dich freuen zu hören, dass es deinem Großvater gut geht. Sie behalten ihn zur Beobachtung noch da, aber er wird wieder gesund."

„Wunderbar. Das ist toll." Sam wirkte unglaublich erleichtert, wandte sich wieder dem Herd zu und rührte in dem Topf herum, der darauf stand. Beth machte sich auf die Suche nach Megan.

„Magst du ein Bier?", fragte Daniel und öffnete den Kühlschrank, um sich eines herauszuholen.

„Geht nicht, ich bin mit dem Auto hier", sagte Sam. „Ich schicke Grandad nur schnell eine SMS, dass ich etwas länger bleibe."

Daniel zog die Brauen hoch. Sam hatte ihnen nie gesagt, wo er steckte, und war normalerweise immer Stunden später nach Hause gekommen, als er sollte.

„Grandad besteht darauf", erläuterte Sam, der Daniels Gesichtsausdruck bemerkt hatte. „Er ist übrigens ganz schön streng. Sagt, er will nicht, dass sein Enkel sich wie ein Arschloch verhält, und ich solle mich zusammenreißen."

Endlich. Daniel und Reggie waren einmal einer Meinung.

„Gut", sagte Daniel.

„Du solltest ... du solltest versuchen, ihn kennenzulernen", fuhr Sam fort. „Ich weiß, dass er sich darüber freuen würde."

Daniel seufzte. „So einfach ist das nicht für mich. Als ich noch ein Kind war ..."

„War er ein ganz mieser Vater", vollendete Sam den Satz für ihn. „Ich weiß, aber er möchte das wiedergutmachen."

Daniel dachte daran, wie sehr er und Beth in letzter Zeit als Eltern versagt hatten. Er war sich immer so sicher gewesen, einen besseren Vater abzugeben als Reggie, und was war daraus geworden? Jeder machte Fehler. Vielleicht wurde es Zeit herauszufinden, warum sein Dad sich so verhalten hatte.

„Ich werde darüber nachdenken", sagte er.

Sam grinste ihn leicht an, und Daniel machte es sich mit seinem Bier gemütlich. Er war glücklicher als seit Wochen. Freds Einlieferung ins Krankenhaus hatte definitiv einiges relativiert.

Als Beth und Megan herunterkamen, setzten sie sich zum ersten Mal seit Langem als Familie zum Essen zusammen.

Megan juchzte vor Freude, als sie Sam erblickte, auch wenn die beiden schnell wieder in das übliche unbeschwerte geschwisterliche Gestichel verfielen. Alles fühlte sich so natürlich und richtig an, dass Daniel erst, als er zu Bett ging, wieder darüber nachdachte, wo Beth am Nachmittag gewesen sein mochte. Sie war so lange nicht erreichbar gewesen. Was hatte sie in der Zeit getan? Kurz überlegte er, ob er sie fragen sollte, aber sie schien bereits eingeschlafen zu sein, so wie sie zusammengerollt neben ihm im Bett lag. Es war ein langer Tag gewesen. Vielleicht sollte er das Thema ruhen lassen, sie hatten gerade mehr als genug Aufregung gehabt. Als er sich aber an seine Frau kuschelte, wurde ihm klar, dass er über kurz oder lang Antworten brauchte. Ewig ignorieren konnte er die Sache nicht.

29. Kapitel

Beth

Am nächsten Tag stehe ich erst spät auf. Ich habe eine schlaflose Nacht hinter mir, habe mich hin und her gewälzt, während mir die Ereignisse des vergangenen Tages durch den Kopf gingen. Was geschehen ist, bereitet mir ein schlechtes Gewissen, aber eins ist mir klargeworden: Dads Schuss vor den Bug in Sachen Gesundheit hat alles relativiert. Ich habe einen großen Fehler gemacht, als ich Jack geküsst habe. Ich muss Daniel und meiner Familie oberste Priorität einräumen. Als Jack mir eine SMS schickt, um zu fragen, wie die Dinge stehen, reagiere ich deshalb nicht.

Stattdessen fahre ich ins Krankenhaus, um Dad zu besuchen. Er sieht heute schon viel besser aus. Von der hektischen Notaufnahme wurde er auf eine reguläre Station verlegt, auf der es viel ruhiger zugeht. Er hat schon gefrühstückt und trägt einen Schlafanzug, den ich nicht kenne. Vermutlich hat Lilian ihm den gebracht, aber darüber mag ich nicht nachdenken. Sie ist nirgends zu entdecken, und dafür bin ich überaus dankbar.

„Wie geht es dir heute?", frage ich.

„Besser. Sie glauben inzwischen, dass es nichts mit dem Herzen zu tun hat."

„Oh?"

Er schaut ein wenig verlegen drein.

„Anscheinend hatte ich eine Panikattacke. Ausgelöst durch massiven Stress."

Jetzt wirkt er so peinlich berührt, dass ich lachen muss. Psychische Gesundheitsprobleme sind meinem Dad ein Gräuel. Vermutlich wäre ihm ein Herzinfarkt lieber gewesen, als zugeben zu müssen, dass er unter Angst und Nervosität leidet. Mir fällt wieder ein, welches Chaos ich in den letzten paar Monaten aushalten musste. Das hat mich manchmal auch in Panik versetzt. Es ist also kein Wunder, dass er verunsichert war. Er ist nun mal von Natur aus kein Schürzenjäger.

„War es wirklich so schlimm?", frage ich.

„Es war grauenvoll. Zu wissen, dass ihr alle wütend auf mich seid, und das berechtigterweise. Ich wäre auch sauer auf mich gewesen. Dann zu glauben, das Richtige zu tun und zu deiner Mutter zurückzukehren, nur um zu erkennen, dass ich einen Riesenfehler begangen habe …" Er seufzt. „Es ist schwer, sein Leben wieder auf die Reihe zu bekommen. Ich kann nicht aus einer zweiundvierzig Jahre währenden Ehe ausbrechen, ohne die Konsequenzen dafür zu tragen."

„Du hast also wieder angefangen, dich mit Lilian zu treffen? Als ich euch in dem Pub gesehen habe, hattest du gesagt, es sei vorbei."

„Ich konnte nicht anders. Tut mir leid", sagt er. „An dem Tag habe ich wirklich ernst gemeint, was ich dir gesagt habe, aber ich habe mich geirrt, als ich glaubte, ich könnte Lilian aufgeben. Ich liebe sie. Sie macht mich glücklich, und ich kann deine Mum nicht länger glücklich machen. Verstehst du mich wenigstens ein bisschen?"

„Oh, ich verstehe dich besser, als du denkst."

Das entspricht der Wahrheit. Natürlich kann ich es ihm

nicht sagen, aber ich weiß, was es bedeutet, in Versuchung zu sein. Ich weiß, was es heißt, wenn man sich fragt, ob der Mensch auf der anderen Seite des Zaunes vielleicht die bessere Wahl ist als der Mensch, mit dem man zusammenlebt. Ich habe mich anders entschieden als Dad, aber ich hätte durchaus den gleichen Weg einschlagen können. Würde ich ihn verurteilen, wäre ich eine Heuchlerin.

Ich nehme seine Hand. „Das ist nicht das, was wir uns wünschen, aber Dad, wir hatten gestern solche Angst um dich, dass wir einfach nur froh sind, dich noch zu haben."

Lou

Mum wirkt heute Morgen überraschend munter. Ich bin erstaunt, hatte ich mich doch auf eine ähnliche Reaktion wie zu Weihnachten eingestellt. Als ich sie deswegen frage, fällt ihre Antwort anders aus als erwartet.

„Ich bin traurig, Lou, natürlich bin ich das. Aber in gewisser Weise auch erleichtert. Seit Monaten habe ich mir etwas vorgemacht. Ich weiß, dass dein Dad nicht wirklich glücklich ist und dass unsere Ehe nur deswegen so halbwegs funktioniert, weil ich ihm alles nachtrage. Aber das ist kein Leben."

„Nein, das ist es nicht."

„Zum Teil ist mir das klar geworden, weil ich gesehen habe, wie du und Jo miteinander umgegangen seid. Das hat mir wirklich die Augen geöffnet", gibt sie zu. „Die Art, wie dieses Mädchen dich nach ihrer Pfeife hat tanzen lassen – nun, das hat mir gezeigt, was für ein Dummkopf ich doch bin. Soll Lilian mit ihm glücklich werden."

Aha. „Das ist gut", sage ich. „Ich bin froh, dass du nicht zu traurig bist."

„Es wird seine Zeit dauern", fährt Mum fort, „aber ich habe beschlossen, den Rest meines Lebens nicht damit zu verschwenden, unglücklich zu sein. Ich habe etwas Besseres verdient."

„Ja, Mum, das hast du", sage ich und nehme sie in den Arm. Tatsächlich bin auch ich erleichtert. Ich kann sehen, wie viel besser es Dad bei Lilian geht, und wenn Mum dadurch letztlich auch glücklicher wird, hat die Sache am Ende sogar ihr Gutes.

Zu meiner Überraschung hat auch Beth sich mit dem Gedanken angefreundet. Ich hätte erwartet, dass sie wütender auf Dad ist, aber sie erzählt mir von dem Gespräch, das sie beide geführt haben. „Das Leben ist zu kurz, um zu streiten, meinst du nicht auch?", sagt sie. „Menschen machen Fehler."

„Das sind ja ganz neue Töne", erwidere ich. „Ich hätte erwartet, dass du ihm das zumindest für eine Weile sehr übel nimmst."

„Wir hätten ihn verlieren können, Lou, und es geht ihm gut. Das ist das Einzige, was zählt. Ich kann nicht anders, ich habe ein wenig Mitleid mit ihm. Es kann für ihn nicht einfach gewesen sein, sich in seinem Alter noch einmal zu verlieben. Er hatte so viel zu verlieren und hat sich trotzdem dafür entschieden."

Erstaunt mustere ich sie.

„Gibt es etwas, was du mir nicht erzählst?", frage ich, plötzlich misstrauisch geworden. Ich hätte wirklich gedacht, sie wäre sauer auf Dad, und bin überrascht, dass sie so leicht darüber hinwegkommt.

„Nein, nichts", antwortet sie rasch. „Ich versuche nur, das ganze Bild zu sehen. Vielleicht ist es ja besser so."

Kaufe ich ihr das ab? Ich weiß nicht recht. Sie hat nichts dazu gesagt, wo sie gestern war, und ist sehr lange nicht erreichbar gewesen.

„Was war gestern los?", frage ich beiläufig. „Weder Daniel noch ich konnten dich erreichen."

Bilde ich mir das nur ein, oder wirkt sie, als versuchte sie etwas zu verbergen?

„Ich war in einer Besprechung, die länger gedauert hat als geplant", erklärt sie rasch. „Dann haben sie mich zum Essen in ein Restaurant eingeladen, in dem ich sehr schlechten Empfang hatte. Deine SMS habe ich erst im U-Bahnhof bekommen."

Die Antwort klingt wie auswendig gelernt. Plötzlich kommt mir ein grässlicher Verdacht. Was, wenn sie sich mit Jack trifft? Was, wenn auch sie eine Affäre hat? Bisher hätte ich ihr das niemals zugetraut, aber Dad hätte ich es ja auch nicht zugetraut. Ich weiß, wie sehr Jack Stevens sie verletzt hat, als er sie sitzen ließ. Aber ich erinnere mich auch noch gut daran, wie sehr sie im College in ihn verschossen war. Hegt sie etwa irgendwo tief in ihrem Inneren noch Gefühle für ihn? Gern hätte ich sie weiter ausgefragt, aber sie macht die Schotten dicht, also lasse ich die Sache auf sich beruhen. Für den Moment habe ich genug damit zu tun, mit Mum und Dad fertigzuwerden.

Daniel

„Hallo, Reggie." Daniel rief tatsächlich seinen Vater an. Er konnte selbst nicht glauben, dass er das tat, aber das Gespräch mit Sam hatte ihm zu denken gegeben. Außerdem hatte es ihm einen Schock versetzt, was Fred zugestoßen war. Was, wenn nun Reggie etwas passierte und sie immer noch zerstritten waren? Dieser Gedanke gefiel Daniel trotz allem ganz und gar nicht, also rief er mit flatternden Nerven seinen Vater an.

Reggies Reaktion war vorsichtig, aber freundlich.

„Ich wollte nur fragen, ob du vielleicht mit mir etwas trinken gehen möchtest", sagte Daniel. Die Worte klangen steif und förmlich, aber immerhin hatte er sie ausgesprochen.

„Liebend gern!", sagte Reggie, und die Freude in seiner Stimme traf Daniel unvorbereitet. Einen Moment warf es ihn fast um. Ihm war gar nicht klar gewesen, dass sein Dad so herzlich sein konnte.

Beth freute sich, als er sagte, er wolle ausgehen. Er wusste, dass sie froh war, wenn er sich mit Reggie traf, aber dass er nicht mit Gewissheit wusste, wo sie am Vortag gewesen war, machte ihn misstrauisch. Er war sicher, dass sie irgendetwas vor ihm verbarg, hatte im Moment aber nicht den Mut zu ergründen, was es war.

Daniel war als Erster in der Bar. Sie war gerammelt voll, und es dauerte ewig, bis er bedient wurde. Trotzdem hatte er sein erstes Bier schon intus, als Reggie aufkreuzte. Daniel gab sich Mühe, sich nicht darüber zu ärgern. Als er noch jünger gewesen war, war Reggie auch nie pünktlich gekommen, wenn er sich mit ihm treffen wollte. Ihm fiel wieder jene lange zurückliegende unglückselige Reise in die Staaten ein. Wenn er sich recht erinnerte, hatte Reggie sich damals kaum um ihn gekümmert, und er wusste noch genau, wie grässlich zurückgewiesen er sich gefühlt hatte, als er zu dem Schluss kam, dass die neue Familie Reggie wichtiger war als er. Plötzlich überkam ihn die Furcht. Was, wenn Sam sich irrte und Reggie sich kein bisschen geändert hatte? Er wollte zwar gern wissen, ob sie ihre Beziehung erneuern konnten, doch er fürchtete sich auch, wieder abgewiesen zu werden.

„Daniel." Reggie klopfte ihm auf den Rücken, und Daniel durchflutete Erleichterung. Er war gekommen. „Was darf ich dir bestellen?"

„Noch ein India Pale Ale, bitte."

Sie warteten verlegen darauf, bedient zu werden, bevor sie sich eine ruhige Ecke suchten. Einen Moment herrschte bedeutungsschwangeres Schweigen. „Tut mir leid wegen deines Schwiegervaters", sagte Reggie schließlich.

„Er ist bereits auf dem Weg der Besserung. Zum Glück war es nur falscher Alarm."

„Und – ähm – die andere Geschichte?"

Offenbar hatte Sam sämtliche Familiengeheimnisse ausgeplaudert.

„Sieht so aus, als würde er Mary nun doch verlassen", sagte Daniel. „Das ist ziemlich befremdlich, aber sie scheint es ganz gut wegzustecken."

„Meiner Meinung nach ist es immer besser, sich in solche Dinge nicht einzumischen", meinte Reggie. „Mein Motto lautet: Bewahre Freundschaft mit allen und lächele."

„Tatsächlich?" Daniel wurde bewusst, wie wenig er diesen Mann kannte. Genau so sollten sich Menschen verhalten – davon war Daniel überzeugt, und er fand es erstaunlich, dass sie etwas gemeinsam hatten. Er zögerte. „Warum bist du zurückgekommen, Reggie?", fragte er schließlich. „Ich meine, wir haben uns jahrelang nicht gesehen, und jetzt bist du hier."

„Zweierlei. Zum einen habe ich vor einiger Zeit gesundheitlich einen Schuss vor den Bug bekommen."

„Oh." Daniel wusste nicht, was er dazu sagen sollte. Freds Zusammenbruch war der Auslöser dafür gewesen, dass er sich mit Reggie verabredet hatte, und jetzt stellte sich heraus, dass sein Dad womöglich nicht gesund war. Er räusperte sich. „Geht es dir jetzt wieder gut?"

„Ja, sehr gut glücklicherweise. Aber die Sache hat dafür gesorgt, dass ich an dich denken musste. Du bist der Hauptgrund, warum ich hier bin. Ich möchte mit dir ins Reine kommen. Das hätte ich schon vor Jahren tun sollen, aber die Scham war einfach zu groß. Ich weiß, dass ich nicht der Vater war, der ich dir hätte sein sollen. Und du musst mir glauben, dass ich das aus tiefstem Herzen bereue. Ich habe nie aufgehört, an dich zu denken."

„Du hast uns verlassen", sagte Daniel, „und du hast dich Mum gegenüber abscheulich verhalten. Es fällt mir schwer, das zu vergeben."

„Ich weiß. Heute bin ich älter und weiser. Die Situation damals – nun, es war nicht leicht. Wir waren sehr jung, auf uns selbst gestellt in einem fremden Land, mit einem Kind und ohne den Rückhalt unserer Familien. Deine Mum wollte immer Lehrerin werden, konnte aber nur eine Stelle in einer Wäscherei bekommen. Ich habe versucht, Geld mit meiner Musik zu verdienen. Es hat nicht gereicht, und ich musste außerdem schreckliche Aushilfsjobs annehmen, damit wir über die Runden kamen. Es war eine schwere Zeit. Ich war jähzornig damals, und ich schäme mich zu sagen, dass ich oft die Beherrschung verloren habe. Es tut mir leid, welchen Schaden ich bei dir angerichtet habe."

Daniel spürte, wie sich etwas in ihm veränderte. Noch nie hatte er die Situation damals mit Reggies Augen zu sehen versucht.

„Ich war deiner Mum kein guter Ehemann", fuhr Reggie fort. „Wir hatten viel zu jung geheiratet. Ich war selten zu Hause, und ich habe sie vernachlässigt. Aber eine Weile waren wir glücklich miteinander. Vor allem, als du geboren wurdest."

„Was ist geschehen?"

„Was glaubst du? Immer dieselbe alte Geschichte. Du vernachlässigst jemanden lange genug, und er sucht sich jemand anderen."

„Du hattest also eine Affäre?" Genau das hatte Daniel immer vermutet. Etwas in ihm fühlte sich bestätigt dadurch, dass sein Dad es endlich aussprach.

„Nicht ich", sagte Reggie. „Deine Mum."

30. Kapitel

Lou

Mum scheint richtig aufzuleben, seit sie beschlossen hat, Dad endgültig ziehen zu lassen. Sie geht wieder zum Zumba und hat erneut Kontakt zu James aufgenommen, der ihr ihr Benehmen bei dem scheußlichen Mittagessen anscheinend verziehen hat. Sie erzählt, dass er sie zum Essen eingeladen hat.

„Weiter so, Mum", sage ich. „Er ist ein richtiger Silberfuchs."

„Ich sehe nicht ein, warum nur dein Dad seinen Spaß haben soll", erwidert sie, und ich lache. Hätte man mir vor einem Jahr erzählt, dass es so kommen würde, hätte ich das nie geglaubt. Mittlerweile aber wirkt das alles auf verrückte Weise normal.

Im Laufe der nächsten Wochen werden James Besuche regelmäßiger. Er wohnt nicht allzu weit entfernt von uns, am anderen Ende von Wottonleigh. Es ist also keine große Aktion für ihn, Mum zu besuchen. Höflich ist er, witzig und nett. Außerdem finde ich es schön mit anzusehen, dass er ein Getue um Mum veranstaltet, wie Dad das nie getan hat. Eines Abends steht er sogar am Herd und kocht, als ich nach Hause komme.

„Donnerwetter, Mum, sieht so aus, als hättest du dir einen neuen Mann geangelt", meine ich scherzhaft.

„Wir Witwer müssen lernen, uns selbst zu versorgen, weißt du", sagt James. „Ich bin nicht völlig nutzlos."

„Das habe ich auch nie behauptet", erwidere ich. Er ist alles andere als nutzlos. Ich beginne zu glauben, dass er das Beste ist, was Mum seit Langem geschehen ist. Nach all den Jahren, in denen sie sich aufopfernd um jemanden gekümmert hat, ist es schön zu sehen, dass sich mal jemand um sie kümmert. Außerdem hat sie noch nicht ein einziges Mal Weihnachten erwähnt. Das ist wirklich merkwürdig. Normalerweise würden sich unsere Gespräche um diese Jahreszeit schon seit Monaten um die Festtage drehen.

„Schon seltsam, nicht wahr?", meint Beth. „Ich hätte nie gedacht, dass ich die Weihnachts-Gespräche vermissen würde, aber so ganz begreife ich immer noch nicht, was dieses Jahr geschieht."

„Am besten überlassen wir das ihr", sage ich. Ich für mein Teil bin absolut dafür, die Sache so lange wie möglich aufzuschieben. Ich hoffe, wenn das mit Maria gut läuft, Pläne für Weihnachten zu haben, die ausnahmsweise die Familie nicht einschließen.

Maria und ich sprechen inzwischen noch regelmäßiger über Skype miteinander. Sie freut sich, dass ich nach Teneriffa komme, und jetzt, wo sie weiß, dass ich mich von Jo getrennt habe, führen wir noch unbeschwertere Unterhaltungen und flirten dabei ganz offen miteinander.

„Jetzt kann ich es ja sagen", meint sie neckend. „Ich glaube nicht, dass Jo die Richtige für dich war. Ich glaube, du brauchst ein nettes spanisches Mädchen."

„Könnte schon sein", sage ich.

„Wir werden es herausfinden, wenn du nach Teneriffa kommst, nicht wahr?", erwidert sie und lacht auf eine Weise, die mich mit Wärme erfüllt.

Es ist so leicht, sich mit Maria zu unterhalten. Sie schafft es, mein Selbstwertgefühl zu stärken, und scheint im Gegenzug nichts dafür zu erwarten. Das habe ich noch nie erlebt. Es ist außerdem ziemlich merkwürdig, nur übers Internet kommunizieren zu können. In der Vergangenheit habe ich mich immer gleich aufs Körperliche gestürzt. Vielleicht war das ja mein Fehler. Maria hingegen lerne ich auf diese Weise erst richtig kennen, und ich mag sie immer mehr.

Allmählich keimt in mir Hoffnung, was meine Zukunft angeht – zum ersten Mal seit Jahren. Vielleicht fange ich ja endlich an, das Leben zu leben, für das ich geboren bin.

Beth

Dad ist seit ein paar Wochen aus dem Krankenhaus entlassen, aber ich bringe jetzt erst den Mut auf, ihn und Lilian zu besuchen. Inzwischen leben sie zusammen, und trotz dem, was ich im Krankenhaus gesagt habe, bin ich nervös. Auch wenn ich die Situation als solche als unumgänglich akzeptiert habe, muss sie mir ja nicht gefallen. Es wird sich merkwürdig anfühlen, Dad mit Lilian zu sehen, und ich bin mir nicht sicher, ob ich damit umgehen kann.

Lilian ist so anders als Mum, wie das nur irgend möglich ist. Im Krankenhaus habe ich sie nicht weiter beachtet, aber ich bin fasziniert zu erleben, dass sie sich in ihrem Zuhause sehr pseudokünstlerisch gibt. Im Kaftan und in voluminöse Schals gehüllt, schwebt sie durch die Räume. An der Wand hängen ihre Bilder, und ich muss gestehen, sie sind recht gut. Im Haus herrscht Chaos, wie Mum es niemals ertragen könnte, wie es

Dad aber offensichtlich entgegenkommt. Lilian ist außerdem sehr diskret und verschwindet in der Küche, kaum dass ich da bin, um mir etwas Zeit allein mit meinem Vater zu geben.

„Geht es dir wirklich gut, Dad?"

Er sitzt im Wohnzimmer, eine Decke über den Knien, und das am helllichten Tag. Ich bin ziemlich schockiert. Normalerweise ist er so aktiv. Aber wenn ich so darüber nachdenke, hätte Mum es auch nie zugelassen, dass er den ganzen Tag herumsitzt und ihr „ständig im Weg" ist, wie sie das nennt.

„Ja, das tut es", sagt er. „Mich hat nur der Stress der Situation fertiggemacht."

„Ich schätze, so geht es einem, wenn man ein Doppelleben führt." Die Worte kommen mir über die Lippen, bevor ich darüber nachdenken kann. Ausgerechnet *ich* sage das.

Dad verzieht das Gesicht.

„Touché, Beth, aber das geschieht mir wohl recht. Bitte, versteh, dass ich das nie so geplant habe. Dasselbe gilt für Lilian. Du hältst uns wahrscheinlich für zwei alte Knacker, aber man ist nie zu alt, sich zu verlieben. Wir können nicht ändern, was wir füreinander empfinden, und wir wollten niemals jemandem wehtun. Ich tue deiner Mum nicht gut, wenn ich nur ungern bei ihr bin. Außerdem habe ich die Heimlichkeiten satt. Es tut mir leid, wenn dir das nicht gefällt, aber so ist es nun mal."

Lilian, die den Tee hereinbringt, enthebt mich einer Antwort. Ich kann sehen, dass sie ihn anders behandelt als Mum. Sie ist netter zu ihm, sanfter, aber sie lässt sich trotzdem nichts von ihm bieten. Die beiden begegnen einander mit gegenseitiger Achtung; beide strahlen das aus. Und dann trifft mich die Erkenntnis wie ein Schlag. Genau dieses Verhältnis haben

Daniel und ich. Haben es immer gehabt. Die Teetasse klappert heftig auf der Untertasse, als ich sie abrupt absetze. Ich muss nach Hause, zu meinem Mann, und unsere Beziehung wieder in Ordnung bringen.

Daniel

Vierzehn Tage später hatte Daniel immer noch nicht verarbeitet, was Reggie ihm erzählt hatte. Seine gottesfürchtige, regelmäßig zur Kirche gehende Mutter hatte eine Affäre gehabt? Es schien ihm unmöglich. Mum, die so liebevoll, so zärtlich, so vertrauenswürdig war. Wie konnte sie das Reggie angetan haben? Und ihm? Er fühlte sich elend. Lebenslang gehegte Annahmen erwiesen sich als völlig falsch. Er war im ersten Moment so geschockt, dass er gar nicht daran gedacht hatte, Reggie näher zu befragen. Also suchte er ihn eines Nachmittags auf, als Beth bei ihrem Vater war. Endlich glaubte er, mit der Wahrheit umgehen zu können.

„Ich muss wissen, was passiert ist", sagte er, „alles."

„Ich kam eines Tages nach Hause und habe sie erwischt", sagte Reggie. „Den Typen habe ich rausgeschmissen, und wir hatten einen gewaltigen Krach. Deine Mum bat mich um Verzeihung, und ich habe es versucht. Ich habe es wirklich versucht. Aber ich bin, offen gesagt, ein bisschen durchgedreht. Ich bin nicht stolz darauf, wie ich mich verhalten habe, aber ich konnte die Eifersucht einfach nicht überwinden. Ständig war ich wütend auf deine Mum. Es tut mir leid, dass du so sehr darunter leiden musstest."

Daniel fühlte sich, als hätte man ihm komplett den Wind aus

den Segeln genommen. Das erklärte eine Menge – die Streitereien, die Verbitterung, den Zorn.

„Ich habe sehr darunter gelitten", sagte er. „Es tut mir leid, aber es war wirklich so. Ich hatte Angst vor dir."

„Das verstehe ich heute", seufzte Reggie. „Damals hatte ich so sehr die Orientierung verloren, dass ich es nicht erkannt habe. Ich glaube, eure Generation kann besser mit den Folgen solcher Dinge umgehen. Wenn ich die Zeit zurückdrehen könnte, würde ich es tun. Ich wollte nie, dass du Angst vor mir hast, Daniel. Ich habe dich geliebt. Ich habe dich immer geliebt."

Zum ersten Mal gelang es Daniel, die Dinge mit den Augen seines Vaters zu sehen. Wie würde er selbst wohl empfinden, wenn Beth ihm jemals so etwas antäte? Ihn schauderte bei dem Gedanken. Dabei fiel ihm ein, wie Beth sich auf ihrer Geburtstagsfeier mit Jack verhalten hatte, und er fragte sich, ob sein Misstrauen berechtigt war. Irgendetwas war da zwischen den beiden gewesen. Er wusste, dass er sich das nicht nur einbildete, und gerade kürzlich war ihm aufgefallen, dass Beth ständig auf ihr Telefon schaute. Sie schien auch häufiger SMS zu versenden als früher. Er konnte nicht glauben, dass sie ihn jemals betrügen würde, aber von seiner Mum hätte er das ja auch nie geglaubt. Was, wenn Beth ihm doch dasselbe antat wie seine Mum Reggie?

Als er nach Hause kam, war Beth noch nicht zurück. Zufällig sah er, dass sie ihr Handy auf der Arbeitsfläche in der Küche liegen gelassen hatte. Daniel schluckte. Er starrte es an. Normalerweise warf er nie einen Blick auf ihr Handy. Warum sollte er auch? In den meisten SMS ging es um die Kinder oder ihre Freunde. Aber aus irgendeinem Grund war ihm jetzt danach, die SMS-Liste zu überprüfen. Das würde ihn beruhigen. Ihm war klar, dass er sich dumm verhielt, aber er konnte nicht widerstehen. Natürlich würde er nichts finden. Alles würde in Ordnung sein. Er schob seine Schuldgefühle beiseite, scrollte rasch durch ihre SMS-Liste und suchte nach dem Namen Jack. Zuerst fand er ihn nicht. Dann entdeckte er eine Reihe von SMS unter dem Namen College Jack. Mit klopfendem Herzen klickte er sie an, aber sie bezogen sich alle auf die Arbeit. Nichts Schreckliches stand darin. Er stieß einen Seufzer der Erleichterung aus. Dumm war er, einfach nur dumm. Im selben Moment machte das Telefon „Ping".

Habe nichts von dir gehört. Bitte, sei nicht sauer auf mich. Kann es nicht erwarten, dich wiederzusehen. xxx

Der Absender war College Jack.

Daniel wurde übel. Schweren Herzens setzte er sich an den Tisch. Oh nein. Nicht Beth. Gefühlte Stunden starrte er auf die SMS. Da ging definitiv etwas vor, und Beth hatte es ihm nicht gesagt. Seine schlimmsten Befürchtungen bewahrheiteten sich.

Der Schlüssel wurde im Schloss herumgedreht, und sie kam herein. Gut sah sie aus, ätherisch, einfach wunderschön. Aber, wie es schien, verliebt in einen anderen.

„Daniel", sagte sie, „wir müssen reden."

„Ich weiß", gab er zurück und reichte ihr das Handy. „Fang an, indem du mir das hier erklärst."

31. Kapitel

Beth

Oh verdammt. Daniel wirkt extrem wütend. Er hält mein Telefon in der Hand, und ich kann mir nur vorstellen, dass Jack sich gemeldet hat. Mir bleibt fast das Herz stehen.

„Es ist nicht so, wie es aussieht." Nervös schlucke ich.

„Wie ist es dann?" Er klingt verbittert, und ich kann es ihm nicht verübeln.

„Ich habe … ich bin …"

„Großer Gott, wie ihr beiden hinter meinem Rücken gelacht haben müsst. Warst du bei ihm, als dein Dad ins Krankenhaus gekommen ist?"

„Daniel, bitte, hör mir zu", sage ich, während Panik in mir aufsteigt. „Ja, ich habe mich zu Jack hingezogen gefühlt. Er tauchte plötzlich aus heiterem Himmel wieder auf und – ich weiß nicht. Es war, als hätte er in mir den Menschen geweckt, der ich früher mal war."

„Verstehe", gibt Daniel eisig zurück. „Die Ehe mit mir hat dich also unterdrückt, ja?"

„Nein – es ist nur so, dass ich Jack gekannt habe, als das Leben noch weniger kompliziert war."

„Liebst du ihn?"

„Früher mal. Als ich *zwanzig* war. Ich dachte damals, wir seien füreinander bestimmt, und er hat mir das Herz gebrochen.

Dann habe ich dich getroffen, Daniel, und erkannt, dass Jack keine Bedeutung hatte. Du warst der einzig Wahre. Du warst nett, aufmerksam, gut für mein Selbstwertgefühl. Jack war das nie. Ich habe mich in *dich* verliebt, Daniel, ich *liebe* dich."

„Wenn dem so ist, was hat es dann mit dieser SMS auf sich? Warum hast du dich überhaupt auf ihn eingelassen?"

Oh Gott, wie soll ich ihm das erklären, wenn ich mir selbst kaum erklären kann, wie ich mich in den letzten Monaten verhalten habe?

„Aus Dummheit?", sage ich schwach. „Jack ist unerwartet in mein Leben geplatzt, und ich habe mich für kurze Zeit blenden lassen. Ich bin nicht stolz auf mich, aber ich liebe dich. Immer nur dich."

„Wie kann ich dir auch nur ein Wort glauben? Du hast immer gesagt, Jack Stevens bedeute dir nichts. Hast du mit ihm geschlafen?"

„Als Studentin, ja. Aber jetzt, nein, natürlich nicht. Ich liebe Jack nicht, Daniel. Ich glaube, ich habe mich in eine Fantasie verliebt. Er war schon immer ein Mistkerl, und daran hat sich nichts geändert. Es tut mir leid, dass ich nicht aufrichtig zu dir war. Ich hätte es dir sagen sollen, als wir uns kennengelernt haben. Aber er hatte mich so unglücklich gemacht, und ich schämte mich so dafür, was für eine jämmerliche Gestalt ich in der Beziehung mit ihm war. Ich wollte diesen Teil meines Lebens einfach hinter mir lassen."

„Du hättest es mir sagen können."

„Ich weiß. Das hätte ich tun sollen. Heute weiß ich das. Es tut mir so leid, dass dies geschehen ist. Ich wollte dir nie wehtun. Ich habe nur einfach eine Weile die Richtung verloren. Wir kamen nicht gut miteinander zurecht, und …"

„Das ist nicht meine Schuld", fällt Daniel mir ins Wort. „Wage ja nicht, mir die Schuld dafür in die Schuhe zu schieben."

„Nein, natürlich nicht, aber auch du hast deine Geheimnisse, und das ist nicht hilfreich."

„Was soll das heißen?"

„Dein Vater. Du hast immer so ein Geheimnis um ihn gemacht. Ich weiß, du hast mir ein paar Dinge erzählt, aber wenn ich mit dir reden will, stößt du mich weg."

„Das ist etwas anderes", erwidert Daniel zornig.

„Ist es das? Mein Verhalten hat zu Problemen geführt, ja, und deines hat unseren Sohn aus dem Haus vertrieben. Wir müssen offen miteinander umgehen. Ich versuche, dir die Wahrheit zu sagen. Ich gebe zu, von Jack in Versuchung geführt worden zu sein, aber ich war dir nicht untreu."

„Hast du ihn geküsst?"

Ich kann ihn nicht anschauen. Ich möchte es leugnen, mit der Sache abschließen, aber ich weiß, jetzt muss ich mit der Wahrheit herausrücken, oder die Geschichte hängt mir ewig nach.

„Ja, ein einziges Mal. Und ich bin nicht stolz darauf. Wir haben so oft gestritten, ich war durcheinander, und …"

„Das ist nicht meine Schuld", wiederholt Daniel und wirft abwehrend die Hände hoch. „Ich habe, seit wir zusammen sind, keine andere Frau auch nur angesehen. Ich fasse es einfach nicht, dass du mir das antust."

„Daniel, ich habe einen dummen Fehler gemacht, und es tut mir entsetzlich leid. Aber ich entscheide mich für dich. Ich werde mich immer für dich entscheiden."

„Vielleicht reicht das nicht mehr", sagt Daniel. „Ich gehe raus."

Tränen schießen mir in die Augen, drohen überzulaufen.

„Wohin?"

„Keine Ahnung."

„Daniel, geh bitte nicht", flehe ich und greife nach seinem Arm. Er schüttelt mich zornig ab.

„Ich kann nicht hierbleiben", sagt er. „Warte nicht auf mich."

Lou

Beth ist hysterisch, als sie mich anruft. Sie und Daniel haben sich heftig gestritten. Es klingt ernst. Also springe ich ins Auto und fahre zu ihr. Es ist sehr ungewöhnlich für meine sonst so gesammelte Schwester, an meiner Schulter zu weinen. Normalerweise ist es zwischen uns umgekehrt.

„Was zur Hölle ist los?", frage ich. „Sag bitte nicht, dass es etwas mit Jack zu tun hat?"

„Doch", erwidert Beth. „Daniel hat eine SMS von ihm auf meinem Handy entdeckt und falsche Schlüsse gezogen."

„Aber du hast nichts verbrochen, oder?" Sie kann doch sicher nicht so dumm gewesen sein?

„Ich habe ihn geküsst", gibt sie zerknirscht zu.

„Oh, Beth, du Idiotin."

„Das musst du mir nicht sagen. Es war an dem Tag, an dem Dad seine Panikattacke hatte. Deshalb bin ich so spät erst ins Krankenhaus gekommen. Ich habe mich zurückgezogen und ihm gesagt, das dürften wir nie wieder tun. Seitdem habe ich ihn nicht mehr getroffen."

Dann sprudelt die ganze Geschichte aus ihr hervor. Dass sie seit dem Wiedersehen mit Jack ständig an ihn denken musste.

Dass sie an das Leben denken musste, das ihr nie beschieden war. Ich kann es kaum glauben. Nie hätte ich mir vorstellen können, dass ausgerechnet Beth etwas so Dummes tun könnte, erst recht nicht nach unserer Unterhaltung.

„Ich glaube, ich war verliebt in eine Fantasiegestalt", erklärt sie. „Wenn ich vernünftig darüber nachdenke, kann ich niemals Jack meinem Mann vorziehen. Vor allem deshalb habe ich ihn damals verlassen."

„Du kannst es Daniel nicht verübeln, dass er wütend ist", sage ich.

„Ich weiß. Es ist alles meine Schuld. Ich habe mich hinreißen lassen. Ich kann selbst nicht glauben, dass ich so dumm war."

„Ach, Beth, ihr kriegt das wieder hin. Ihr seid schon so lange zusammen. Das ist doch bestimmt nur eine vorübergehende Geschichte. Daniel wird sich beruhigen und erkennen, dass es keine so große Sache ist."

„Du hast nicht gesehen, wie er mich angeschaut hat", widerspricht Beth. Sie ist völlig verzweifelt. Ihre Augen sind gerötet vom Weinen und von Schlafmangel. „Ich weiß nicht, ob wir diese Sache überstehen werden."

„Das kannst du doch nicht ernstlich glauben?" Ich bin über die Maßen geschockt. Daniel und Beth können nicht auseinandergehen. Sie können es einfach nicht. „Das wird sich schon wieder einrenken. In ein paar Monaten schaut ihr zurück und fragt euch, was die ganze Aufregung eigentlich sollte."

„Das hoffe ich", sagt sie. „Das hoffe ich wirklich."

Daniel

Daniel fuhr und fuhr. Er konnte sich keinen Reim auf das machen, was geschehen war. Beth hätte beinahe eine Affäre gehabt. Seine Mum hatte eine Affäre gehabt. Die beiden Frauen, die er über alles in der Welt liebte, hatten ihn belogen. Er konnte es nicht begreifen. Ihm war, als würde das Fundament, auf dem er sein ganzes Leben erbaut hatte, zerbröseln. So lange hatte er sich an den Gedanken geklammert, Reggie sei ein fieser Mistkerl und der Alleinschuldige an der Trennung seiner Eltern, dass es ein Schock für ihn war zu erkennen: So einfach und klar war die Sache nicht. Und jetzt Beth. Die Emotionen, die sie heute Abend in ihm geweckt hatte ... so zornig war er noch nie in seinem ganzen Leben gewesen. Hatte Reggie damals auch so empfunden? Kein Wunder, dass er Trost im Alkohol gesucht hatte. Die Versuchung, genauso zu handeln, war gewaltig, aber was sollte dabei Gutes herauskommen?

Schließlich, nach stundenlangem, ziellosem Umherfahren kehrte er um und fuhr nach Hause. Die Fahrerei brachte ihn einer Lösung keinen Schritt näher.

Im Haus brannte kein Licht. Offenbar war Beth schlafen gegangen. Er fragte sich unbehaglich, ob Megan etwas von ihrem Streit mitbekommen hatte. In der Schule sah er genug Kinder mit familiären Problemen, um zu wissen, welchen Schaden diese Probleme anrichteten, und sie war in letzter Zeit sowieso schon verunsichert. Aber er musste diese Sache verarbeiten und sah sich im Moment noch nicht imstande, Beth zu vergeben. Er wusste einfach nicht, was er tun sollte. Wie sollten sie nach diesem Vertrauensbruch wieder nach vorn schauen können? Ihm schien das unmöglich. Allein bei dem Gedanken, dass sie Jack geküsst hatte, wurde ihm schlecht.

Als er das Schlafzimmer betrat, lag Beth im Dunkeln und starrte kläglich an die Decke.

„Gott sei Dank", sagte sie und setzte sich auf. „Geht es dir gut? Du hast keine meiner SMS beantwortet. Ich habe mir Sorgen gemacht."

„Tatsächlich?" Daniels Antwort fiel sarkastischer aus, als er wollte.

„Daniel, bitte. Können wir nicht versuchen, eine Lösung zu finden?"

„Ich nicht. Nicht jetzt. Ich schlafe im Gästezimmer, und morgen quartiere ich mich für eine Weile bei Josh und Helen ein."

„Daniel ..."

„Hör auf. Wir haben beide genug gesagt für heute Abend." Damit wandte er sich ab, bemüht, den Schmerz in den Augen seiner Frau nicht zu sehen. Er ging den Flur hinunter und legte sich im Gästezimmer hin. Dort starrte er ins Dunkel und fragte sich, wie um alles in der Welt sein Leben so spektakulär aus den Fugen hatte geraten können.

32. Kapitel

Lou

So aufgeregt und gespannt auf die Zukunft war ich noch nie. Ich habe meinen Flug nach Teneriffa gebucht, Maria wird mich vom Flughafen abholen. Zum ersten Mal seit langer Zeit habe ich das Gefühl, mein Leben biete mir jede Menge Möglichkeiten. Mein befristeter Arbeitsvertrag läuft aus, und ich habe beschlossen, mir eine Auszeit zu gönnen, bevor ich etwas Neues in Angriff nehme. Einen Vorteil hat es, jetzt schon seit Monaten in meinem Elternhaus zu wohnen. Ich konnte tatsächlich Geld sparen. Mum ist vermutlich ganz froh, dass ich für eine Weile verschwinde. Ich hege den Verdacht, dass sie für sich und James ein paar Dinner zu zweit geplant hat. Die beiden scheinen sich immer besser zu verstehen, und meine Anwesenheit ist vermutlich ein Störfaktor. Dad scheint sich inzwischen fest bei Lilian eingenistet zu haben. Ich bin froh darüber. Sowohl er als auch Mum sind meiner Meinung nach glücklicher ohne einander. Ich wünschte nur, sie hätten den Mut zur Trennung gefunden, als sie noch jünger waren.

Die einzige düstere Wolke am Horizont stellen Beth und Daniel dar. Daniel ist ausgezogen und weigert sich, mit Beth zu reden, die völlig verzweifelt ist. Ich kann nicht glauben, dass ihr vermeintlich so perfektes Leben auf so spektakuläre Art implodiert ist. Beth zerfällt förmlich vor meinen Augen. So habe ich sie noch nie erlebt. Letzte Woche war ich fast jeden Tag bei ihr zu Hause, und wir haben uns flüsternd unterhalten, damit Megan unsere Gespräche nicht mit anhört. Dabei weiß sie natürlich, dass etwas Entsetzliches vor sich geht.

„Ich weiß, dass es heißt, man solle ehrlich mit seinen Kindern umgehen", sagt Beth, „aber ich kann ihr nicht die Wahrheit sagen. Ich kann es nicht. Was wird sie von mir denken? Sie wird mich hassen, und ich ertrage den Gedanken nicht, dass auch sie mich hasst."

„Daniel hasst dich nicht."

„Ach, nein? Ich glaube, im Moment tut er das doch."

Ich biete ihr an, mit nach Teneriffa zu kommen, aber sie sagt, sie könne Megan nicht allein lassen, wenn Schule ist. Außerdem sehe ich, dass sie sowieso nicht mitkommen möchte.

Ich mache mir solche Sorgen um sie; sie hat sehr abgenommen. Die starke, verlässliche Beth in diesem Zustand zu erleben, hätte ich nie erwartet. Es scheint auch irgendwie bizarr, dass ihr das ausgerechnet jetzt zustößt, wo mein Leben plötzlich eine positive Wendung nimmt. Ich habe Schuldgefühle, sie allein zu lassen, aber sie besteht darauf, dass ich reise.

Sie bringt mich zum Flughafen, um mich zu verabschieden, und wir trinken noch einen Kaffee, bevor ich an Bord gehe.

„Danke fürs Bringen", sage ich.

„So habe ich wenigstens etwas zu tun. Weniger Zeit, Trübsal zu blasen."

„Ach, Beth, mir behagt es gar nicht, dich ausgerechnet jetzt allein zu lassen."

„Sei nicht dumm. Du hast es verdient. Wirklich, Lou, ich bin ehrlich glücklich für dich."

Sie ist so großzügig. Ich weiß, dass sie eine Dummheit gemacht hat, aber sie so leiden zu sehen, ist schrecklich.

Ich ziehe sie an mich und drücke sie. „Ich wünschte nur, es sähe für dich im Moment nicht so scheußlich aus."

Beth lächelt schwach. „Es kann nur besser werden, nicht wahr?"

„Kommst du wirklich damit zurecht?"

„Irgendwann sicher. Und jetzt, hör bitte auf, dir Sorgen um mich zu machen. Ich möchte, dass du abreist und eine tolle Zeit verlebst. Und ich will über jede Einzelheit auf dem Laufenden gehalten werden."

„Ich wünschte, du würdest mitkommen", sage ich. Und ich meine das ernst. So viele Jahre habe ich meine große Schwester beneidet, und jetzt sehe ich, dass sie sich genauso abmühen musste wie ich, nur auf andere Weise.

„Vielleicht nächstes Mal. Und jetzt geh schon. Sonst verpasst du noch dein Flugzeug."

Noch einmal umarme ich sie, und dann steuere ich voller Vorfreude die Zollabfertigung an. Ich nehme mein Schicksal selbst in die Hand. Leben, ich komme.

Daniel

Daniel hatte einen schlechten Tag. Weil er die siebente Nacht in Folge auf Joshs Sofa genächtigt hatte, hatte er jetzt einen steifen Hals und kaum geschlafen. Zwei Lehrerinnen hatten ihn gerade darüber informiert, dass sie schwanger waren. Eine dritte musste er maßregeln, weil sie sich gegenüber einem Schüler aus der zehnten Klasse unangemessen geäußert hatte. Normalerweise hätte er das achselzuckend hingenommen – das gehörte nun mal zu seinem Job –, aber im Moment hatte er das Gefühl, seiner Aufgabe, eine Schule zu leiten, nicht gewachsen zu sein. Beinahe hätte er sich gewünscht, wieder ein untergeordneter Lehrer zu sein und nur einen Bruchteil der Verantwortung tragen zu müssen. Seinen Kollegen und Kolleginnen hatte er sich nicht anvertraut, obwohl Carrie Woodall ihn mit besorgten Blicken bedachte. Es war nun mal unübersehbar, dass es Probleme gab, wenn man Tag für Tag erschöpft und mit blutunterlaufenen Augen zur Arbeit kam. Trotzdem konnte er sich nicht dazu durchringen, irgendwem etwas zu erzählen. Er fühlte sich zu sehr als Versager, und ihm graute davor, was Jim Ferguson sagen würde, wenn er herausfand, dass es um das Familienleben seines Chefs so katastrophal bestellt war.

Was Beth anging, tat er, was er konnte, um nicht an sie zu denken. So war es leichter für ihn. Wenn er zuließ, dass seine Gedanken zu ihr abschweiften, hatte er immer das Bild von ihr und Jack vor Augen, und damit wurde er einfach nicht fertig. Sie hatte gesagt, dass außer einem Kuss nichts passiert war, aber das war schon schlimm genug. Außerdem hatte sie ihn eindeutig die ganze Zeit belogen, was Jack anging. Wie konnte er unter diesen Umständen darauf vertrauen, dass sie ihm jetzt die Wahrheit sagte?

Er und Josh waren ein paar Mal gemeinsam Bier trinken gegangen und sprachen letztlich fast immer nur über die Arbeit. Bei einer Gelegenheit hatten sie über sein Problem gesprochen, aber keine Lösung gefunden. Josh war sehr geradeheraus.

„Wenn Helen das getan hätte, würde ich ihr den Laufpass geben", sagte er.

„Wirklich?" Daniel verstand, was Josh meinte, doch trotzdem schien ihm das eine sehr drastische Maßnahme zu sein. Er brauchte Zeit zum Nachdenken. „Ich glaube, es ist komplizierter."

„Nein, ist es nicht", erwiderte Josh. „Sie hat dich angelogen. Wie kannst du ihr jetzt noch vertrauen?"

Genau das war Daniels Problem: Er konnte ihr nicht vertrauen, konnte sich ein Leben ohne Beth aber auch nicht vorstellen. Sie war so lange die Welt für ihn gewesen, und er wollte sie nicht verlieren. Im Moment konnte er sich nur nicht vorstellen, wie es weitergehen sollte, und es half nicht, dass er sich Josh anvertraute.

Also redete er nicht mehr darüber und ließ sich stattdessen volllaufen. Das war eine Methode, den Schmerz zu betäuben, aber eine Lösung war es nicht. So viel war Daniel klar. Auf Joshs Sofa zu nächtigen, war auch keine Lösung. Er musste sich zusammenreißen, sich bemühen, sich am Arbeitsplatz auf seine Aufgaben zu konzentrieren, und sich überlegen, wo er auf längere Sicht wohnen wollte. Bei Josh konnte er auf Dauer nicht bleiben. Es war nicht fair ihm, Helen und den Kindern gegenüber. Auch wenn sie die neue Situation, dass Onkel Daniel im Haus war, noch genossen, war ihm doch bewusst, dass sie schon bald genug davon haben würden. Und ihm war ebenfalls klar, dass er Helen im Weg war. Aber konnte er zurück nach Hause? Beth bat ihn immer wieder darum, aber er war noch nicht dazu bereit. Er wusste einfach nicht, was er tun sollte.

Entsprechend erleichtert nahm er die SMS auf, die Reggie ihm schließlich schickte. *Habe gehört, der Haussegen hängt schief? Du bist hier immer willkommen.* Sie hatten sich seit ihrem letzten Treffen nur ein paar Mal unterhalten, aber Sam hatte seinen Großvater offenbar informiert, was los war.

Daniel zögerte. Vielleicht sollte er das wirklich tun. Beth hatte ihm immer vorgeworfen, seinem Vater keine Chance zu geben. Wenn man es genau betrachtete, war Reggie im Moment womöglich der Einzige, der wirklich verstehen konnte, was er gerade durchmachte. Die Ironie des Ganzen entging ihm nicht. *Ok*, schrieb er vorsichtig zurück. *Und danke.*

Beth

Zwei Entwürfe habe ich für mein neues Buch gezeichnet. Mein Engelchen starrt mich anklagend an. Recht hat es. Ich schäme mich so sehr. Nicht nur, dass ich meinen Mann hintergangen habe, nein, meine fünfzehnjährige Tochter ist deshalb völlig durch den Wind. Immer wieder fragt sie, warum Daniel und Sam uns beide verlassen haben, und ich gebe ihr keine Antworten. Nach wie vor bringe ich es einfach nicht fertig, ihr die Wahrheit zu sagen. Wie konnte es nur so weit kommen? Meine Familie liegt in Scherben, und ich kann nicht erkennen, wie der Schaden jemals repariert werden kann.

Das Einzige, was im Moment gut läuft, ist meine Arbeit. *Das kleinste Engelchen* hat sich sehr gut in den Buchläden verkauft, und Vanessa sagt, die Begeisterung sei groß. Ich sollte mich wahnsinnig freuen. Zu jeder anderen Zeit täte ich das auch. Aber jetzt, wo ich meine Freude nicht mit Daniel teilen kann, fühlt sich mein Erfolg schal an.

Mehr und mehr betrachte ich meine Schwärmerei für Jack mit Fassungslosigkeit. Ich kann nicht glauben, dass ich erneut so leicht auf ihn hereingefallen bin. Er hat sich nicht verändert. Ich habe ihm nie wirklich etwas bedeutet, er hat nur Freude an der Jagd. Jetzt, wo ich ihm klipp und klar gesagt habe, dass er zu weit gegangen ist, schickt er mir keine SMS mehr. Ich vermisse ihn nicht einmal. Was sagt das über mich? Ich habe meine Ehe für eine Fantasie in Gefahr gebracht. Wie konnte ich nur so dumm sein?

Gerüchteweise habe ich erfahren, dass er sich mit einem der Mädchen aus der Marketingabteilung des Verlags trifft. Na dann, ich wünsche ihr viel Glück. Anrufe von seiner Nummer und Mails von seiner Adresse habe ich geblockt. Das hätte ich schon vor Wochen tun sollen.

Daniel war einmal hier, um sich ein paar Sachen zu holen. Er ist bei Reggie untergekommen. Das ist immerhin ein Fortschritt. Zumindest hat er so die Chance, diese Beziehung zu retten, und er ist bei Sam. Aber mich will er nicht sehen, und das ist eine bittere Pille für mich. Einst hätte ich gesagt, dass nichts uns auseinanderbringen kann. Aber heute ... Weihnachten rückt näher, und das macht mich traurig. Ich liebe diese Jahreszeit, die Vorfreude, die Erwartung, auch wenn wir jedes Jahr bei meinen Eltern feiern. Weihnachten ist für unsere Familie so eine besondere Zeit. Ich ertrage den Gedanken nicht, das Fest ohne Daniel überstehen zu müssen.

Normalerweise würde ich jetzt schon Weihnachtskarten und Geschenkpapier kaufen, ja bereits auf die Jagd nach passenden Geschenken gehen. Ich würde mich auf Weihnachtskonzerte in der Schule freuen und ein paar nette Abende mit Freunden bei Glühwein und Minzpasteten planen. Meine Familie ist zerbrochen, und ich weiß nicht, wie ich sie kitten soll. Ich habe es geschafft, das Vertrauen zwischen uns zu zerstören, und kann niemanden dafür verantwortlich machen als mich selbst.

33. Kapitel

Daniel

Das Leben bei Reggie war seltsam. Er und Sam hatten offensichtlich eine gut funktionierende Routine entwickelt, und Daniel beneidete sie um ihr lockeres Geplänkel. Sie konnten sich endlos gegenseitig mit ihrer Musik aufziehen. Reggie war der Meinung, dass nichts, was nach 1975 entstanden war, sich anzuhören lohnte. Sam ärgerte ihn mit den Songtexten der Rapper, die er liebte.

„Das ist einfach nur widerlich", sagte Reggie dann, und Sam lachte. „Besser als deine Altmänner-Musik."

Daniel hörte zu, wie sie gemeinsam improvisierten, und gewann dabei neuen Respekt vor dem musikalischen Können seines Sohnes. Gelegentlich trat Sam gemeinsam mit Reggie auf die Bühne, wenn dieser Konzerte gab, aber sonst arbeitete er in einem Pub, denn Reggie hatte darauf bestanden, dass er sich einen Job suchte. Daniel wünschte sich, er könnte an ihrer Freundschaft teilhaben, fühlte sich aber wie ein steifer, unbeholfener Außenseiter. Sam hatte versucht zu erkunden, was zwischen seinen Eltern vorgefallen war, aber Daniel sah sich außerstande, es ihm zu sagen. Was für ein Schlamassel.

Das Einzige, was ihn aufrecht hielt, war die Arbeit. Er konzentrierte sich so sehr, wie er nur konnte, darauf, seinen Job zu tun, um den Schmerz über das, was daheim geschah, zu betäuben. Meistens funktionierte das. Es hatte allerdings auch einen Tag gegeben, an dem er ein paar Schüler zusammengestaucht hatte, weil sie am falschen Ort waren, und sich hinterher grässlich fühlte, weil er nicht freundlicher mit ihnen umgegangen war. Carrie Woodall fand ihn in seinem Büro, den Kopf in die Hände gestützt, und er vertraute sich schließlich ihr an. Sie war ihm eine diskrete Stütze und riet ihm, keine vorschnellen Entscheidungen zu fällen.

Sie hatte recht. Das war Daniel klar. So wütend er auch auf Beth war, wusste er doch, dass er zumindest zum Teil zu der Situation beigetragen hatte. Sämtliche Beziehungen, die ihm wirklich wichtig waren, hatte er verpfuscht – abgesehen von der zu Megan. Gott sei Dank gab es Megan. Sie versuchte ihn, möglichst jeden Tag zu besuchen, und wenn sie es nicht schaffte, schickte sie ihm lustige Geschichten per Snapchat. Dafür liebte er sie umso mehr. Noch hatte er weder Sam noch Megan erklärt, warum er ausgezogen war; trotz seines Zorns auf Beth wollte er nicht, dass sie von ihren Kindern verurteilt wurde. So kam es, dass Megan keine Erklärung dafür hatte, warum er nicht nach Hause kam.

„Aber was ist mit Weihnachten?", fragte sie immer wieder. „Du kommst doch Weihnachten nach Hause."

Weihnachten? Bei dem Gedanken an das Fest hätte er am liebsten geweint. Das war immer ein so glückliches Familienfest gewesen, sein ganzes Eheleben lang, bis zum letzten Jahr. Die Vorstellung, Weihnachten nicht mit Beth und den Kindern zu verbringen, war grauenvoll. Er ertrug es nicht, auch nur daran zu denken. Weihnachten lag gefühlt in endlos weiter Ferne für ihn. Wer wusste schon, was bis dahin noch geschah?

Er vermisste Beth sehr, konnte sich aber nicht überwinden, mit ihr zu reden. Sein Stolz ließ das nicht zu. Was er auch tat, er kam nicht darüber hinweg, dass sie Jack geküsst hatte, und was hätte geschehen können, wenn die beiden weitergegangen wären? Ständig fragte er sich, ob sie ihm wirklich die ganze Wahrheit erzählt hatte oder sich womöglich sogar jetzt noch hinter seinem Rücken mit Jack traf. Jedes Mal, wenn er daran dachte, wurde ihm übel.

Nach einer Woche lud Reggie ihn nachdrücklich auf einen Drink ein. Daniel hatte ihm nicht erzählt, was geschehen war; die Lage, in der er sich befand, war ihm zu peinlich.

„Also, erzählst du mir jetzt, was zwischen dir und deiner netten Frau los ist?", fragte Reggie, kaum dass sie sich gesetzt hatten.

Volltreffer, Reggie, gut gemacht.

Daniel seufzte.

„Wie du schon sagtest. Stets dieselbe alte Leier. Sie hat mich hintergangen. Nun ja, ich glaube, sie hat es."

Als er endlich darüber redete, begann Daniel sich zu fragen, ob er das Ganze nicht ein bisschen überdramatisierte. Beth hatte zugegeben, Jack geküsst zu haben. Das war alles. Sie sagte, sie sei in Versuchung gewesen, hätte dem aber nicht nachgegeben. Das sprach doch für sich, oder? Jedenfalls, wenn er ihr trauen konnte.

„Und was glaubst du, warum sie das getan hat?", bohrte Reggie nach.

„Keine Ahnung. Sie sagte, sie fühle sich vom Familienleben eingeengt. Ich weiß nicht. Ich dachte, wir wären glücklich."

„Aber irgendwas muss doch schiefgegangen sein", meinte Reggie behutsam. „Beth macht auf mich nicht den Eindruck, ein untreuer Mensch zu sein. Sie muss Gründe gehabt haben."

„Ich schätze, sie war nicht glücklich mit mir." Die Erkenntnis traf ihn wie ein Faustschlag in die Rippen. Da war es wieder, das wohlvertraute Gefühl, nicht gut genug zu sein.

„Weißt du, Sohn", sagte Reggie. „Zu jeder Ehe gehören zwei. Hast du ihr genug Aufmerksamkeit geschenkt?"

Daniel reagierte gereizt. „Natürlich habe ich das. Ich bete Beth an. Ich wollte immer nur eins: sie glücklich machen."

„Du hast dir also gar nichts vorzuwerfen?" Reggie war erbarmungslos.

„Sie hat mich angelogen, Reggie. Sie hat Geheimnisse vor mir gehabt."

„Und du hattest nie Geheimnisse vor ihr?"

„Das ist nicht so wie zwischen dir und Mum", erwiderte Daniel kalt, „ich war ein guter Ehemann und habe das nicht verdient."

„Vielleicht nicht. Aber was willst du jetzt unternehmen?"

Beth

Die Tage vergehen, und Daniel kommt weiterhin nicht nach Hause. Megan erzählt, dass er müde wirkt und Reggies Haus in erbärmlichem Zustand ist.

„Ich denke, du solltest vorbeischauen und Ordnung schaffen. Ehrlich, sie leben wie die Schweine."

Angesichts ihres nicht gerade subtilen Versuchs, mich dazu zu bringen, Daniel zu besuchen, ringe ich mir ein mattes Lächeln ab. Aber am nächsten Tag beschließe ich, die Sache tatsächlich anzupacken, nehme meinen ganzen Mut zusammen und fahre zu Reggies Haus.

Ich komme dort an, bevor Daniel von der Arbeit kommt. Als ich zur Haustür gehe, kann ich Sam mit seinem Großvater spielen hören. Nun, egal was sonst gerade so in unserem Leben los ist, bin ich doch dankbar für diese Beziehung und freue mich, dass Reggie Sam hilft. Sie klingen toll zusammen.

Zögerlich klopfe ich an die Tür. Reggie öffnet und nimmt mich fest in die Arme. Sam tut es ihm gleich. Himmel noch mal, wie sehr ich meine Jungs vermisse.

„Eure Musik klingt großartig", sage ich und folge ihnen ins Wohnzimmer, wo Pizzaschachteln vom Vorabend zusammen mit Kaffeetassen und Bierdosen auf dem Fußboden liegen.

Warum zum Teufel können Männer nicht Ordnung halten, wenn sie zusammenleben?

„Hat sich schon einer was eingefangen?", frage ich, während ich mit spitzen Fingern einen Becher, der bereits Schimmel angesetzt hat, beiseitestelle. Will ich mich wirklich setzen? Das Sofa ist schrecklich klebrig.

Reggie lacht. „Wenn ich gewusst hätte, dass du kommst, hätte ich aufgeräumt."

„Ja, darauf würde ich wetten."

„Tee?", fragt er.

Eigentlich nicht, wenn ich mir die Becher so anschaue, aber das Angebot auszuschlagen, wäre unhöflich. Also folge ich Sam in die Küche, in der es kaum besser aussieht als im Wohnzimmer. In der Spüle stapeln sich die schmutzigen Teller, und der Backofen sieht aus, als wäre er irgendwann im letzten Jahrhundert zum letzten Mal geputzt worden.

„Ehrlich, Sam, wie könnt ihr so leben? Wenn du schon deinem Großvater auf der Tasche liegst, könntest du doch wenigstens die Wohnung sauber halten. Also gut – Gummihandschuhe und Putzmittel her. Sofort."

Ich war immer stolz darauf, meine beiden Kinder zu Verantwortungsbewusstsein und Ordnung erzogen zu haben. Sam scheint in dieser Hinsicht Rückschritte zu machen. Er murrt zwar, gehorcht aber.

„Das musst du nicht tun", meint Reggie.

„Nimm's als Dankeschön dafür, dass du dich um diesen Faulpelz kümmerst", erwidere ich. Was ich hier tue, ist eine gute Methode, um meine Nerven zu beruhigen. Ich bin so nervös, weil ich Daniel wiedersehen werde, dass mir das Herz bis zum Hals schlägt. Womöglich droht sogar eine Panikattacke.

Als er schließlich nach Hause kommt, sieht die Wohnung einigermaßen ordentlich und anständig aus. Daniel bemerkt erst gar nicht, dass ich da bin, weil ich noch in der Küche bin.

„Waren die Heinzelmännchen da?", fragt er.

„Nur eines." Damit trete ich zur Tür herein.

„Oh." Keine Ahnung, was diese Reaktion bedeutet. Reggie und Sam verkrümeln sich, und ich folge Daniel ins Wohnzimmer.

„Daniel", sage ich, entschlossen, sofort zur Sache zu kommen. „Weihnachten rückt näher, und es fühlt sich so an, als wäre unsere Familie zerrissen. Können wir das in Ordnung bringen?"

„Ich weiß nicht", erwidert er. Er wirkt erschöpft und traurig. Ich gehe zu ihm hinüber und lege ihm zögerlich meine Hand auf die Schulter. Er schüttelt sie nicht ab.

„Bitte. Komm Weihnachten nach Hause. Ich vermisse dich."

Daniel reibt sich die Augen. „Mal sehen." Er starrt mich an. „Immer wenn ich an dich denke, sehe ich nur ihn. Jack. Ich ertrage es nicht, und ich weiß nicht, ob ich jemals damit fertigwerde."

Angesichts des Schmerzes in seinen Augen fühle ich mich grässlich. Ich habe ihm das angetan, ich. Noch nie in meinem ganzen Leben hatte ich solch ein schlechtes Gewissen.

„Wir waren beide nicht ganz offen zueinander, Daniel", sage ich. „Es wäre besser gewesen, wenn wir von Anfang an aufrichtig gewesen wären. Jetzt, wo alles ans Licht gekommen ist, können wir vielleicht ... wieder nach vorn schauen. Neu anfangen?"

Aus mir spricht mehr Hoffnung als Erwartung, und es klingt wenig überzeugend. Warum sollte Daniel mir zustimmen. Tränen stehen in seinen Augen, als er mich anschaut, und wieder überfallen mich heftige Schuldgefühle. Alles habe ich zwischen uns ruiniert, und wofür? Für einen hoffnungslosen Traum, der niemals hätte Wirklichkeit werden können.

„Es tut mir leid, Beth, ich bin dazu noch nicht bereit."

Genau diese Antwort habe ich von ihm erwartet. Dennoch durchzuckt mich ein dumpfer Schmerz, als mir klar wird, dass er es ernst meint. Was, wenn er niemals zurückkommt? Was soll ich dann nur tun?

„Daniel ..."

„Beth, bitte, geh jetzt. Ich werde über Weihnachten nachdenken, aber ich bin nicht bereit, nach Hause zu kommen."

34. Kapitel

Lou

Voller Lebensfreude komme ich aus meinem zweiwöchigen Teneriffa-Urlaub zurück. Das Zusammensein mit Maria hat mir die Augen geöffnet, wie eine Beziehung sein sollte. Wir hatten so viel Spaß miteinander. Gemeinsam sind wir auf den Mount Teide gefahren, Maria am Steuer – es war wunderschön und entspannend. Jeden Tag waren wir schwimmen, und sie hat mich sogar zum Angeln auf das Boot ihres Onkels mitgenommen.

„Du bist ein Naturtalent", neckte sie mich, als ich mit mehr Glück als Verstand meinen ersten Fisch fing.

„Ich habe ja auch eine tolle Lehrerin." Damit küsste ich sie.

Alles fühlte sich so natürlich und richtig an. Bei ihr bin ich nicht so nervös und gereizt wie oft bei Jo. Ich muss nicht so tun, als wäre ich etwas, was ich nicht bin.

Maria hat mich voll erwischt. Sie gibt mir Freiraum, lacht über meine Witze. Jede Minute mit ihr habe ich genossen, und als ich ihr zum Abschied winkte, war ich sofort von schmerzhafter Sehnsucht erfüllt. Noch nie habe ich mich in einer Beziehung so wohl gefühlt, und ich habe eine wichtige Entscheidung getroffen. Je länger ich darüber nachdenke, desto mehr wünsche ich mir, zurück zu ihr nach Teneriffa zu gehen. Sie wollte, dass ich länger bleibe, aber ich wollte erst noch einmal nach Hause zurückzukehren und mein Leben regeln. Anschließend werde ich noch vor Weihnachten zurückfliegen und zu Maria ziehen. Einerseits fühlt sich das riskant an. Alles geht so schnell. Andererseits fühlt es sich so an, als wäre es das einzig Richtige.

Entsprechend gut gelaunt bin ich, als ich morgens um neun wieder im Haus meiner Eltern ankomme. Ich habe Beth nicht gebeten, mich abzuholen, weil mein Flieger schon um sieben gelandet ist, sondern mir stattdessen ein Taxi genommen.

Beim Öffnen der Haustür höre ich Stimmen in der Küche.

Beth ist da. Sie ist am Boden zerstört.

Seit meiner Abreise hat sie sich nicht bei mir gemeldet – vermutlich, weil ich mir keine Sorgen um sie machen sollte –, aber ich weiß, dass Daniel keinen Millimeter nachgegeben hat.

„Liebling, du musst ihm Zeit lassen", sagt Mum. „Er ist starrköpfig, und du hast seinen Stolz verletzt. Männer hassen das. Aber er wird zur Vernunft kommen. Du wirst schon sehen."

Ich frage mich, ob sie recht damit hat. Daniel schmollt jetzt schon seit etlichen Wochen.

Ich nehme Beth in die Arme.

„Willkommen zu Hause, Lou", sagt sie und nimmt mich fest in den Arm. „Wie war es?"

„Fantastisch! Aber reden wir nicht von mir. Wir müssen das mit dir und Daniel in Ordnung bringen. Mum hat recht. Ihr beide seid füreinander bestimmt."

Beth lächelt unter Tränen.

„Das habe ich früher auch geglaubt", meint sie wehmütig. „Aber das war, bevor ich alles so gründlich vermasselt habe. Er redet einfach nicht mit mir. Ich weiß nicht, was ich tun soll."

„Ach, Beth." Noch einmal nehme ich sie in die Arme. Eigentlich hatte ich gehofft, Daniel sei inzwischen zur Vernunft gekommen.

„Was ist mit Weihnachten?", frage ich. „Bestimmt kommt er doch Weihnachten nach Hause."

Sie zuckt hilflos die Achseln. „Ehrlich, Lou, ich weiß es nicht."

Weihnachten kommt rasch näher. Ich kann mir nicht vorstellen, wie es dieses Jahr verlaufen wird. Auf jeden Fall anders als sonst.

„Wo wir schon von Weihnachten reden, was ist für dieses Jahr geplant?" Ich will auf meine eigenen Pläne zu sprechen kommen. Dabei bin ich nicht sicher, wie Mum auf die Neuigkeit reagieren wird, dass ich vorhabe, nicht da zu sein.

Bisher hat sie sich merkwürdigerweise noch gar nicht zu dem Thema geäußert, aber das ganze Jahr ist merkwürdig.

„Ich möchte Weihnachten mit James verbringen", sagt Mum. „Und ich will diesmal nicht die ganze Arbeit damit haben."

Du meine Güte. Worte, die ich niemals aus dem Mund meiner Mutter erwartet hätte.

„Ihr könnt gern zu uns kommen", sagt Beth niedergeschlagen. „Ich weiß, es ist nicht dasselbe, aber wenigstens Megan und Sam werden da sein."

Der Gedanke an ein neues, anderes Familien-Weihnachten erfüllt mich angesichts all der brodelnden Emotionen mit Entsetzen und bestärkt mich in der Entscheidung, die ich bereits getroffen habe.

„Offen gesagt, wollte ich darüber mit euch reden", setze ich an, hole tief Luft und hoffe inständig, dass sich niemand aufregt. „Es ist vermutlich ein kleiner Schock, aber Maria möchte, dass ich zu ihr nach Teneriffa ziehe – auf Dauer. Ich bin nur nach Hause gekommen, um ein paar Dinge zu regeln, und dann fliege ich zurück. Ich werde Weihnachten also nicht hier sein."

Ich rechne fest mit Mums unausweichlichem *„Wie kannst du zu Weihnachten deine Familie allein lassen?"*. Sie wird sehr sauer auf mich sein, aber es wird höchste Zeit, dass ich das Leben lebe, das ich leben möchte. Zu meiner Überraschung bleibt der Zorn jedoch aus.

„Oh, Lou", sagt sie, „das ist wundervoll. Ich freue mich so sehr für dich."

Und damit nimmt sie mich herzlich in den Arm.

Beth

Angesichts der Ereignisse habe ich Weihnachten auf die lange Bank geschoben. Mir ist vage bewusst, dass die Adventszeit demnächst beginnt, aber ich habe noch nicht einmal angefangen, meine Einkäufe zu erledigen. Mum hat mich jedoch zum Nachdenken gebracht. Ich kann nicht ewig herumsitzen und mir selbst leidtun. Megan und Sam haben etwas Besseres verdient. Obwohl Lou nicht kommen kann, dränge ich Mum, dass wenigstens sie mit James zum Essen kommt.

„Solange ihr nicht zu früh anfangen wollt", sagt sie – ein bisschen absurd, wenn man bedenkt, wie früh sie uns immer erwartet hat.

Ich habe außerdem Rachel und Ged mit dem Baby eingeladen. Um die Leere in meinem Inneren zu übertönen, brauche ich viele Menschen um mich herum, also bitte ich auch Dad und Lilian zu kommen – wenn schon, denn schon. Es wird sowieso ein ziemlich bizarrer Tag werden. Zu guter Letzt schicke ich noch Reggie eine SMS mit einer Einladung. Vielleicht kommt Daniel ja mit, wenn sein Vater kommt. Aber noch habe ich keine Antwort erhalten.

An einem kalten grauen Tag Ende November mache ich mich auf den Weg zum Einkaufszentrum in Wottonleigh. Alles ist festlich geschmückt, und in den Geschäften läuft Weihnachtsmusik. Mitten im Einkaufszentrum sitzt der Weihnachtsmann in seinem geschmückten Kaminzimmer, und davor wartet eine Schlange aufgeregter Kinder darauf, ihn kennenzulernen. Ein Stich durchzuckt mich, als ich daran denke, wie ich früher, als Sam und Megan noch klein waren, mit ihnen hierhergekommen bin, um sie den Weihnachtsmann sehen zu lassen. Sam hatte hier einmal einen gewaltigen Trotzanfall, weil er einen Transformer bekommen hatte statt des gewünschten Spiderman. Damals schämte ich mich entsetzlich und dachte, ich hätte den schlimmsten aller nur denkbaren Augenblicke erlebt, den Eltern erleben können. Ich hatte ja keine Ahnung.

In den Läden blinken die Lichterketten, und in der Passage wimmelt es von Menschen mit Einkaufstaschen voller Geschenke und Geschenkpapier. Normalerweise stürze ich mich mit Begeisterung in die Weihnachtseinkäufe, aber diesmal fehlt mir gänzlich die Lust dazu. Überall liegt *Das kleinste Engelchen* aus, und vor dem Buchladen lädt eine Tafel zu einer Signierstunde ein, auf die ich mich vor Monaten eingelassen habe, von der ich jetzt aber wünschte, ich könnte mich davor drücken. Das Buch läuft sehr gut, aber diesen Moment nicht mit Daniel teilen zu können, bricht mir das Herz. Megan freut sich riesig für mich, aber das ist nicht dasselbe.

Ich trödele durch die Läden, habe keine Idee, was ich verschenken könnte, lausche den Weihnachtsliedern und wünschte, ich wäre wenigstens ein bisschen in Feststimmung, da entdecke ich Daniel. Einen Moment bleibt mir das Herz stehen. Er steht vor einer Schaufensterauslage, starrt hinein und wirkt dabei so verloren und einsam, dass ich am liebsten zu ihm gehen und ihn umarmen möchte, aber ich traue mich nicht. Ich bin sehr nervös. Was, wenn er mich ignoriert? Ich glaube, das könnte ich nicht ertragen. Zu meiner großen Erleichterung tut er das nicht. Er schenkt mir ein schwaches Lächeln, also ergreife ich die Gunst des Augenblicks und frage ihn, ob er einen Caramel Brûlée im Starbucks möchte. Den haben wir uns immer gegönnt, wenn wir Weihnachtseinkäufe machen.

„In Ordnung", sagt er, und wir reihen uns drinnen in die Schlange ein.

„Wie geht es so?" Ich versuche höflich und neutral zu bleiben.

„Gut. Ich verstehe mich besser mit Reggie, was dich freuen dürfte."

Das tut es. So hat dieser ganze Schlamassel wenigstens ein Gutes.

Wir setzen uns in einer Ecke des Cafés an einen Tisch und schweigen uns an. Daniel weicht meinem Blick aus. Er trinkt schnell und wirkt, als wollte er so schnell wie möglich weg. Wie konnte es nur so weit kommen? Wir sind schon so lange zusammen, und wir waren so glücklich. Ich denke zurück an die Zeit, als unsere Kinder geboren wurden und Daniel mir Blumen ins Krankenhaus brachte. Er war so begeistert, Vater geworden zu sein. Wir waren ein fantastisches Team. Ist das alles wirklich vorbei, nur wegen eines dummen Kusses?

„Daniel, es tut mir so leid." Ich möchte, dass er sagt: Schon in Ordnung. Ich möchte, dass er sagt, dass wir auch damit fertigwerden können, aber er tut es nicht. Er sagt gar nichts. Oh Gott. Ich habe einen schrecklichen Fehler begangen und ihn vertrieben.

„Es tut mir leid", wiederhole ich. Ich weiß nicht, was ich sonst sagen soll. Tränen schießen mir in die Augen, sie drohen, in meinen Kaffee zu tropfen. „Ich würde es ungeschehen machen, wenn ich könnte."

„Ich weiß", sagt er, aber sein Blick ist voller Trauer, und ich verliere völlig den Mut. Ich habe mir etwas vorgemacht. Ich habe geglaubt, wir würden auch mit dieser Sache fertigwerden, aber offensichtlich habe ich Daniel zu sehr verletzt. Er will mich nicht mehr. Das muss ich akzeptieren und ihn loslassen.

Daniel

Daniel entdeckte Beth, bevor sie ihn sah. Seit ihrer letzten Begegnung hatte er intensiv nachgedacht. Weihnachten allein mit Reggie reizte ihn gar nicht, und er fragte sich, ob er wenigstens den ersten Feiertag zu Hause verbringen sollte. Vor einem Jahr hätte er sich nicht vorstellen können, jemals in dieser Situation zu sein, aber jetzt war er es.

Er ging zu Beth hinüber, unsicher, ob sie ihn abweisen würde. Schließlich war er beim letzten Mal nicht gerade freundlich gewesen. Erleichtert stellte er fest, dass sie ihn nicht kurz abfertigte, und nahm gern ihre Einladung zum Kaffee an.

Unablässig dudelte Weihnachtsmusik aus den Lautsprechern um sie herum und bereitete Daniel dumpfe Kopfschmerzen. Normalerweise liebte er die Magie des Festes. Als kleines Kind hatte er viele Weihnachtsfeste als traurig und einsam erlebt, obwohl seine Mutter sich große Mühe gegeben hatte. Aber seitdem er zu Beths Familie gehörte, hatte sich das geändert. Er war herzlich aufgenommen worden und liebte die Rituale der Festtage, die gemeinsam verbrachte Zeit, das gegenseitige Beschenken. Als dann die Kinder da waren, wurde es noch besser. Jahrelang hatte er sich mit Begeisterung als Weihnachtsmann verkleidet, Minzpasteten und Möhren für das Rentier bereitgestellt und heimlich die Strümpfe der Kinder gefüllt. Es hatte ihm nicht einmal etwas ausgemacht, schon früh geweckt zu werden; die Freude auf den Gesichtern der Kinder war es wert. Er ertrug den Gedanken, Weihnachten nicht bei seiner Familie zu sein, einfach nicht.

Beth wirkte nervös, als hätte sie etwas auf dem Herzen. Daniel versuchte, den Mut aufzubringen, ihr zu sagen, dass es ihm leidtat, aber er konnte es nicht. Also saß er schweigend da und brütete vor sich hin. Beth entschuldigte sich immer wieder, Tränen in den Augen, und er wusste, dass er etwas sagen sollte, aber er wusste nicht, wie und was. So gern hätte er ihr gesagt, dass er ihr verzieh, aber die Worte blieben ihm im Halse stecken. Die Enttäuschung in ihren Augen konnte er nicht ertragen, also hielt er den Blick auf seinen Kaffeebecher gesenkt. Warum konnte er ihr sein Herz nicht öffnen? Was stimmte nicht mit ihm?

Leicht verspätet wurde ihm bewusst, dass Beth ihn etwas fragte.

„Also kommt ihr nun? Du und Reggie? Am ersten Weihnachtstag? Das würde den Kindern sehr viel bedeuten."

Er wünschte, sie hätte gesagt, dass es auch ihr etwas bedeuten würde. Hatte er sie durch sein Verhalten in die Flucht getrieben? Was, wenn er sie damit direkt in Jacks Arme katapultiert hatte? Er wollte sie fragen, wie sie sich fühlte, fand aber die richtigen Worte nicht.

„Du musst nicht bleiben, und ich verstehe, dass wir nach Weihnachten unsere Angelegenheiten richtig regeln müssen, aber können wir wenigstens gesittet miteinander umgehen?"

Wie bitte?

„Beth, was willst du mir damit sagen?", stieß er hervor. Er war perplex. Was immer er auch erwartet hatte, das jedenfalls nicht.

„Ich biete dir einen Ausstieg an", sagte sie. „Ich schätze, nach Weihnachten willst du endgültig ausziehen. Aber bitte, um der Kinder willen, lass uns das Ganze zivilisiert angehen. Das ist das Mindeste, was wir tun können."

Was? Damit hatte Daniel nun überhaupt nicht gerechnet. Ihm war übel. Das konnte doch unmöglich wahr sein, was hier gerade passierte? Hatte er etwa wegen seines Starrsinns seine Frau verloren?

35. Kapitel

Beth

„Du hast Daniel *was* gesagt?" Mum ist entsetzt, als ich ihr von meiner Entscheidung erzähle. „Was um alles in der Welt hast du dir dabei gedacht?"

„Ich habe an dich und Dad gedacht", sage ich. „Ihr konntet ja auch nicht wieder zueinanderfinden trotz der langen Zeit, die ihr zusammen wart, also, welche Chance sollten Daniel und ich dann haben?"

„Eine viel bessere als dein Vater und ich", gibt sie entschieden zurück. „Du und Daniel, ihr habt etwas, was wir nie hatten: eine liebevolle, von Achtung getragene Partnerschaft auf Augenhöhe. Dein Dad und ich, nun ja, wir sind nur deshalb miteinander ausgekommen, weil wir daran gewöhnt waren. Jetzt, wo ich James gefunden habe, sehe ich, wie wenig wir zueinandergepasst haben. Aber du und Daniel – ihr habt diese ‚Verbindung' zueinander. Werft sie nicht weg."

„Was, wenn er mich nicht mehr liebt?"

„Wie kommst du auf diese Idee? Der Junge betet den Boden an, auf dem du gehst. Ich habe es in seinen Augen gesehen, als du ihn das erste Mal mit zu uns nach Hause gebracht hast. Er verehrt dich, und daran hat sich nichts geändert, nur weil du ihn verletzt hast. Ich war bereit, deinem Dad etwas viel Schlimmeres zu verzeihen. Daniel wird schon noch zur Besinnung kommen, du wirst sehen. Aber du musst aufpassen, dass du ihn nicht wegstößt."

Wieder zu Hause, denke ich über das nach, was Mum gesagt hat. Es ist ein frostiger trüber Dezembertag. Draußen ist es grau und kalt, drinnen ungemütlich und leer. Normalerweise hätten wir jetzt schon das ganze Haus festlich geschmückt, im Wintergarten würden die Lichterketten funkeln und festliche Stimmung in mir wecken. Daniel und die anderen wären losgezogen, um den Baum zu holen und zu schmücken, während ich den Sonntagsbraten zubereite. Ich bringe es nicht übers Herz, das alles allein zu tun. Natürlich ist das lächerlich, ich weiß, und vor allem ist es nicht fair gegenüber Megan.

Als sie aus der Schule kommt, fahre ich mit ihr ins nächste Gartencenter, um einen Baum zu kaufen. Auch wenn mir nicht nach Feiern zumute ist, sollte ich mir wenigstens um ihretwillen Mühe geben. Sie freut sich und bittet Sam per SMS, zu uns zu kommen und gemeinsam das Haus zu schmücken. Zur Hälfte besteht der Weihnachtsschmuck aus Dingen, die sie in der Kinderkrippe und im Kindergarten gebastelt haben, aber sie gehören mittlerweile so unverzichtbar zur Familientradition, dass ich es nicht übers Herz bringe, sie wegzuwerfen. Megan und Sam waren immer so gute Freunde. Ich bin froh, dass die Ereignisse daran nichts geändert haben.

Ich mache mich daran, das Weihnachtsessen zu planen. Bis jetzt habe ich mich nicht einmal um den Truthahn gekümmert. Ich könnte schwören, dass Mum ihn immer schon im September bei ihrem Metzger vorbestellt. Hoffentlich habe ich nicht zu lange gewartet. Wenn die Metzger im Ort keine Truthähne mehr haben, muss ich Mums Zorn riskieren und einen bei Sainsbury's kaufen. Für den Pudding ist es definitiv zu spät. Na ja, falls nötig, kriege ich den bei Waitrose. Mum hat ihren normalerweise schon im Oktober fertig, aber ich schätze, dieses Jahr hatte sie Wichtigeres zu tun. Sie und James kommen einander immer näher, und sie scheint ganz zufrieden zu sein, Weihnachten mir zu überlassen. Früher hätte mich das sehr gefreut. Heute frage ich mich, wie ich nur den Tag überstehen soll.

Als ich mit den Listen für Weihnachten durch bin, nehme ich den letzten Entwurf meines neuen Buchs zur Hand, um zu sehen, ob er genauso geworden ist, wie ich ihn haben will. Mein Kummer scheint meine Vorstellungskraft zu beflügeln: Anders als sein Vorgänger zeichnet sich dieser Band beinahe wie von selbst. Die Seiten, die ich mir anschaue, gehören ans Ende des Buches, wo mein Engelchen Jesus, Maria und Josef in Sicherheit bringt. Es ist eine so liebliche, gemütliche, Sicherheit ausstrahlende Szene, dass ich selbst Sehnsucht nach der Sicherheit bekomme, die ich vor Kurzem noch hatte. Als ich meinen Engel anschaue, erwidert er meinen Blick voller Mitgefühl. „Ach, Engelchen", flüstere ich, „ich wünschte, du könntest auch mich sicher nach Hause geleiten."

Lou

Ich habe einen Mordsspaß hier auf Teneriffa. Maria und ich kommen extrem gut miteinander aus. Auch wenn wir uns noch nicht sehr lange kennen, ist mir schnell klar geworden, dass sie ganz das Gegenteil von Jo ist – auf gute Weise. Sie ist lieb und fürsorglich, mit ihr zusammenzuleben, ist wundervoll. Die Hausarbeit teilen wir uns gerecht. Sie kommt aus einer großen

Familie, und ich werde mit offenen Armen aufgenommen. Anders als Jo interessiert sie sich für meine Familie und fragt oft nach, was bei mir zu Hause geschieht. Endlich habe ich das Gefühl, meine Seelengefährtin gefunden zu haben. Lange genug habe ich dafür gebraucht.

Es ist schön, im Warmen zu sein, zumal ich weiß, wie grau und elend das Leben in England ist. Zwar wird es mir komisch vorkommen, Weihnachten fern von daheim zu sein, aber ich genieße das Abenteuer.

Maria hat mich ihrer Familie bei einem ausgedehnten Sonntagsessen vorgestellt. Wir werden Weihnachten mit ihnen verbringen – allerdings feiert man das in Spanien sonderbarerweise am sechsten Januar. Am fünfundzwanzigsten Dezember werden wir ganz normal arbeiten. Maria kümmert sich um den Papierkram, damit ich in der Firma anfangen kann, für die sie arbeitet. Ich kann es kaum erwarten.

Beth telefoniert regelmäßig per Skype mit mir. Sie und Daniel scheinen immer noch über Kreuz zu sein, und sie hat die meiner Meinung nach katastrophale Entscheidung getroffen, sich von ihm scheiden zu lassen, wenn er das will. Ich glaube, sie stößt ihn damit von sich und bestraft sich selbst für das, was geschehen ist.

„Du solltest mehr um ihn kämpfen", sage ich ihr. „Ihr gehört doch einfach zueinander."

„Ich glaube nicht, dass er das so sieht", erwidert sie traurig. „Er hat nichts gesagt, als ich den Vorschlag gemacht habe. Ich glaube, ich habe ihm zu sehr wehgetan."

„Aber Beth, du kannst nicht so leicht aufgeben. Das kannst du einfach nicht." Ich wünsche mir so sehr, dass sie und Daniel wieder glücklich werden.

„Ich glaube, ich muss den Tatsachen ins Auge sehen, Lou. Daniel kann das einfach nicht überwinden. Wir schaffen es nicht, uns wieder zu versöhnen."

Ich weiß, dass sie sich irrt, aber sie gibt keinen Millimeter nach, und ich bin völlig verzweifelt, als ich Maria davon erzähle."

„Ich ertrage es nicht, sie so unglücklich zu sehen", sage ich, „und ich wette, auch Daniel ist unglücklich."

„Du solltest ihnen helfen", meint Maria.

„Aber was kann ich tun?"

„Rede doch mit deinem Schwager."

„Ja, das kann ich machen, aber ich bin mir nicht sicher, ob er auf mich hören wird."

„Es ist den Versuch wert, meinst du nicht?"

Sie hat recht. Es ist den Versuch wert.

Also beschließe ich, die Dinge in die Hand zu nehmen. Ich mag meinen Schwager sehr, aber Daniel kann starrsinnig und dumm sein.

Tut mir leid zu hören, dass im Liebesnest (diese witzige Bezeichnung bekamen sie von mir zu hören, als sie gerade verheiratet waren) *immer noch Chaos herrscht. Bestehen Aussichten auf eine Versöhnung zu Weihnachten?*

Daniel antwortet überraschend schnell.

Ich bin nicht sicher, ob sie mich noch will. Ich habe mich ihr gegenüber wie ein Arschloch verhalten, und sie hat mir ziemlich deutlich zu verstehen gegeben, dass sie nach Weihnachten weiterziehen will.

Ich lächle schief. Alle beide sind sie solche Idioten. Ich könnte sie mit den Köpfen zusammenschlagen.

Daniel, du Blödmann, sie glaubt, dass du weiterziehen willst.

Ehrlich?

Daniel, Darling. Geh und hol dir deine Frau zurück. Sie ist unglücklich ohne dich.

Ein lachender Smiley ist seine Antwort.

Ich habe keine Übung darin, Amor zu spielen, aber ich hoffe wirklich, in diesem Fall damit Erfolg zu haben.

Daniel

Nach den SMS, die Lou ihm geschickt hatte, keimte in Daniel ein klein wenig Hoffnung auf. Weihnachten stand unmittelbar vor der Tür, aber er war zu unglücklich gewesen, um das überhaupt wahrzunehmen. Jetzt hingegen bemühte er sich um eine positivere Haltung. Vielleicht war ja doch noch nicht alles verloren. In der Schule herrschte eine definitiv fröhliche Atmosphäre, weil alle sich in der Aussicht auf die Weihnachtsferien entspannten. Selbst Jim Ferguson verhielt sich freundlich – eine echte Überraschung. Daniel gab sich größte Mühe, sich auf die allgemeine festliche Stimmung einzulassen. Die Schule wimmelte von aufgeregten Schülern, es gab die üblichen Jahresabschlusskonzerte, Weihnachtsmärkte und Gottesdienste, die er irgendwie überstand. Zumindest war er dadurch zu beschäftigt, um zu viel über sein Elend zu brüten oder darüber nachzudenken, was er tun sollte, um Beth zurückzugewinnen. Aber mit der Aussicht auf das Ende des Schuljahres war Daniel klar, dass er sich schon bald der Wirklichkeit seines Privatlebens würde stellen müssen. Viel Zeit, den Kopf in den Sand zu stecken, blieb ihm nicht mehr.

Am letzten Schultag gab Megan ihm noch einen Schubs.

„Du weißt doch, dass Mum am Samstag im Waterstone's eine Signierstunde hat, oder?"

Daniel musste lächeln, weil sie so wenig subtil vorging. Als er das letzte Mal in Wottonleigh gewesen war, hatte er überall in der Stadt die Plakate gesehen, sie aber bewusst ausgeblendet.

„Das hatte ich vergessen", gab er zu.

„Du solltest hingehen", drängte Megan und schenkte ihm das süße Lächeln, das ihn so sehr an ihre Mutter erinnerte.

„Was, wenn sie mich dort nicht haben will?"

„Das weißt du nicht, wenn du nicht hingehst", meinte Megan grinsend.

Wohl wahr, aber Daniel war sich nicht sicher, ob er es ertragen konnte, von Beth abgewiesen zu werden.

Am Freitagabend grübelte er immer noch, ob er hingehen sollte oder nicht. Reggie und Sam traten in ihrer Stammkneipe auf, also beschloss er, sich ihren Auftritt anzuhören. Im Pub wimmelte es von fröhlichen Nachtschwärmern, und ein loderndes Kaminfeuer neben dem Baum verlieh dem Lokal eine gemütliche weihnachtliche Stimmung. Reggies Band trug ebenfalls dazu bei, indem sie sämtliche Weihnachtslieder aus ihrem Repertoire spielten. Es war ein ausgelassener Abend, und Daniel hatte tatsächlich seinen Spaß. Er konnte mehr und mehr sehen, wie sehr Sam von Reggie profitierte. Der Junge hatte sich geöffnet, und Reggie ließ ihm keinen Unsinn durchgehen. Am Ende des Abends hatte Sam sich komplett verausgabt. Wenn er vorher irgendwelchen Illusionen bezüglich einer Musikerkarriere nachgegangen hatte, dann waren die ihm von Reggie eindeutig ausgetrieben worden.

Daniel konnte jetzt klar erkennen, wie sehr sein Zorn seine Gefühle für Reggie vergiftet hatte. Seit er Beth verlassen hatte, konnte er endlich über den Tellerrand hinausschauen. Sosehr er seine Mum auch anbetete, sie hatte Reggie sehr wehgetan. Er musste sein Bild von ihr überdenken, aber ihm wurde jetzt auch klar, dass er nie wirklich auf das gehört hatte, was sie ihm über Reggie erzählt hatte. Immer war er davon ausgegangen, dass sie genauso zornig und verbittert war wie er. Jetzt konnte er sehen, dass Schuldgefühle ihre Gefühle für ihren Mann überschatteten. Er erinnerte sich noch daran, wie nachdrücklich sie ihn ermahnt hatte, seinen Vater nicht komplett aus seinem Leben zu streichen. Nur deshalb hatte er über die Jahre lose Kontakt gehalten. Er wünschte, er hätte die Wahrheit schon früher gekannt. All die verschwendete Zeit. Natürlich wusste er, dass Reggie sehr viel Schuld trug, aber einen Teil Schuld trug auch Mum. Nur gut, dass er diese zweite Chance mit Reggie bekommen hatte. Nur gut, dass Sam ihn dazu gedrängt hatte. Sein Sohn hatte ihn gezwungen, einen Ort aufzusuchen, vor dem er sein Leben lang davongelaufen war, und nur dank Sam war er auf dem besten Weg, seinen Dad zurückzugewinnen. Und dabei hatte er auch seinen Sohn zurückgewonnen.

„Gut gemacht, Kumpel", sagte Daniel, als Sam fertig war und sich sein wohlverdientes Bier holte.

„Danke", sagte Sam. Er wirkte erfreut. „Dad, ähm, ich habe nachgedacht. Grandad meint, ich solle zurück aufs College und meine Abschlussprüfung wiederholen."

„Und was meinst du dazu?", fragte Daniel vorsichtig.

„Ich will nicht den Rest meines Lebens in einem Pub arbeiten. Und wenn ich Musiker werden will, muss ich wohl mehr über Musik lernen. Deshalb würde ich gern Musik studieren."

„Das ist toll!", sagte Daniel. „Das freut mich wirklich. Hast du es Mum schon erzählt?"

„Ja, sie ist auch froh darüber. Ich glaube, ich hätte mehr auf euch hören sollen", sagte er verlegen.

Daniel lachte. „Den Fehler machen alle Kinder. Und fairerweise muss man wohl zugeben, dass ich das, was ich sagen wollte, auch nicht in der besten Weise rübergebracht habe. Es tut mir wirklich leid."

Sam grinste. „Schätze, ich war manchmal ein ziemliches Arschloch."

„Könnte sein", stimmte Daniel zu. „Aber das ist vergangen und vergessen. Ich freue mich, dass du nun einen Plan hast. Komm her, du Trottel."

Damit zog er seinen Sohn zu sich heran, und sie umarmten einander fest. All der Schmerz und die Verletzungen, die zwischen ihnen gestanden hatten, lösten sich in Luft auf. Wenigstens eine Sache in seinem Leben hatte sich wieder eingerenkt. Sein Sohn war zu ihm zurückgekehrt.

„Heißt das, dass du wieder nach Hause kommst?", fragte Daniel ein wenig nervös. „Ich glaube nicht, dass es dem Lernen besonders förderlich ist, bei Reggie zu wohnen."

„Ja, könnte sein." Sam warf Daniel einen etwas verschlagenen Blick zu. „Und was ist mit dir? Wann kommst du nach Hause?"

Daniel seufzte. „Das hängt von deiner Mum ab."

Reggie trat zu ihnen. Den letzten Teil ihrer Unterhaltung hatte er noch mit angehört.

„Ich werde mich nicht in dein Leben einmischen, Sohn", sagte er. „Dass ich dazu nicht das Recht habe, weiß ich. Ich kann dir nur sagen: Mach nicht dieselben Fehler, die ich gemacht habe. Mein Leben lang habe ich bereut, wie ich deine Mum behandelt habe, und ich habe darunter gelitten. Es täte mir sehr leid, mit ansehen zu müssen, wie du deine Ehe wegwirfst. Beth ist eine wunderbare Frau. Ich glaube, sie hat eine zweite Chance verdient."

„Ich werde darüber nachdenken", sagte Daniel und nippte an seinem Bier.

Vielleicht hatten sie beide recht. Vielleicht war es an der Zeit, nach Hause zu gehen.

36. Kapitel

Lou

„So, Louisa." Maria weckt mich, als die Sonne zu den Fenstern hereinscheint. „Es wird Zeit, dass du mitkommst und mir bei der Arbeit über die Schulter schaust. Keine Ferien mehr für dich. Über Weihnachten kommen eine Menge Gäste."

Seit einer Woche bin ich zurück auf Teneriffa, und es gefällt mir immer noch ausgezeichnet. Ich habe viele meiner Sachen zu Hause gelassen, aber dafür gesorgt, dass mir ein paar Kisten aus England nachgeschickt werden. Verrückt fühlt es sich an, wagemutig und zugleich so richtig, mein altes Leben komplett hinter mir zu lassen. Ich kann es kaum erwarten, mein neues Leben zu beginnen. Weihnachten im Sonnenschein ist irgendwie sonderbar, aber ich finde es schön.

Ich stöhne demonstrativ, doch in Wirklichkeit freue ich mich. Mir gefällt der Gedanke, dass wir zusammenarbeiten werden.

Wir fahren in Marias Büro, und sie gibt mir eine Liste der Gäste sowie der Villen und Apartments, die wir inspizieren müssen, bevor die Gäste ankommen. Maria geht bei der Kontrolle der Objekte geradezu pedantisch vor, beordert die Reinigungskräfte zurück, wenn sie meint, sie hätten nicht ordentlich genug gearbeitet, und notiert sich alles, was repariert werden muss. Wir haben einen spaßigen Vormittag, und ich genieße vor allem die Aufgabe, den gerade eingetroffenen Paaren und Familien die Schlüssel zu überreichen. Sie sind mit Weihnachtsgeschenken bepackt und sehnen sich nach Sonnenschein im Winter. Es ist tatsächlich eine schöne Erfahrung zu erleben, wie Leute ankommen, um Urlaub zu machen.

Der Tag wird lang, aber am Ende bin ich zufriedener, als ich seit Langem nach einem Arbeitstag war.

„Und, was meinst du?", will Maria wissen.

„Ich finde es großartig. Danke für diese Chance."

„Du kannst gut mit Menschen umgehen. Außerdem ist es toll, die Hilfe eine Engländerin zu haben."

„Und ich finde es toll, endlich mal einen Job zu haben, von dem ich glaube, dass er mir Spaß machen wird", erwidere ich. „Mir hat die Arbeit noch nie wirklich Spaß gemacht, und ich glaube, ich finde Gefallen an dem Lebensstil hier. Es ist alles so viel entspannter als in England."

„Gut", sagt Maria. „Ich habe gehofft, dass du das sagen würdest."

„Dann fange ich besser mal an, Spanischunterricht zu nehmen."

Maria lacht, und ich küsse sie sacht auf die Lippen. Was für ein Glück ich doch habe, sie kennengelernt zu haben.

„Danke für alles, Maria. Du hast mein Leben komplett umgekrempelt."

„Du meines auch", meint sie lächelnd, und mir wird warm und wohlig ums Herz. Diesmal wird es funktionieren, das weiß ich.

Wir stoßen miteinander an, als wir auf dem kleinen Balkon in Marias Wohnung sitzen und den Sonnenuntergang anschauen.

„Glaubst du, du möchtest eine Weile bleiben?", fragt sie.

„Oh ja, ich möchte gern eine sehr, sehr lange Weile bleiben ..."

Daniel

Es war bereits elf Uhr am Vormittag, und Daniel hatte das Haus immer noch nicht verlassen. Er wusste, was er tun sollte. Er wusste auch, was er tun wollte, aber irgendwie hielt ihn eine gewisse Trägheit auf dem Sofa fest. Es war einer jener hellen, klaren, kalten Tage im Dezember, an denen man sich so richtig lebendig fühlte. Wenigstens an die frische Luft sollte er gehen.

Schließlich entschied Megan für ihn. *Kommst du nun, oder wie?*, lautete die SMS, die sie ihm schickte.

Immer noch quälte ihn die Sorge, dass Lou sich irrte und Beth ihn gar nicht mehr wollte, aber es kam ihm auch unpassend vor, einem so besonderen Moment nicht beizuwohnen. *Das kleinste Engelchen* stand weit oben auf der Bestsellerliste, und es wurde bereits über die Verfilmung nachgedacht. Beth hatte das verdient nach all der harten Arbeit, die sie in das Werk gesteckt hatte. Er war immer noch ihr Mann, er sollte sie unterstützen.

Daniel suchte seinen Weg durch die dicht gedrängte Menge derer, die in letzter Minute noch ein paar Geschenke kauften. Alle wirkten so glücklich und strahlend und schienen sich auf den großen Tag zu freuen. Das weckte auch in ihm Hoffnung auf die Zukunft, und obwohl er höllisch nervös war, munterte ihn heute die Weihnachtsmusik auf. Immerhin war dies eine besondere Zeit des Jahres, und vielleicht geschahen ja wirklich Wunder.

Im Buchladen wartete eine lange Schlange, und Beth war so beschäftigt, dass sie ihn nicht sah. Also beschloss er, sich ebenfalls anzustellen, um sie zu überraschen, und so wartete er zusammen mit Müttern, Vätern, Großeltern und kleinen Kindern, die sich alle darauf freuten, Beth kennenzulernen. Seine Frau. Seine Beth. Das erfüllte ihn mit unsäglichem Stolz.

Während er wartete, fiel ihm plötzlich auf, dass Beth nicht allein war. Hinter ihr standen noch zwei Personen. Die eine kannte er nicht, aber die andere: Was zum Teufel tat Jack Stevens hier? Zorn kochte in ihm hoch. Wie konnte dieser Kerl es wagen, hier aufzutauchen? Hieß das etwa, dass er und Beth zusammen waren? Daniel schlug das Herz bis zum Halse. Bitte, nicht das, nicht jetzt, nicht nach allem, was geschehen war.

Er versuchte Beths Verhalten Jack gegenüber einzuordnen, aber aus der Entfernung konnte er das nicht. Einmal beugte sich Jack über sie, und Beth wirkte, als wollte sie ihn loswerden, aber sicher war Daniel sich nicht. Dann ging Jack. Gut. Daniel hoffte, dass er endgültig fort war. Nervöse Unruhe packte ihn. Was, wenn er Beth direkt zurück in Jacks Arme getrieben hatte?

Als er an die Spitze der Schlange vorgerückt war, war nach wie vor nichts von Jack zu sehen, und Daniel fühlte sich ein ganz klein wenig besser, war aber dennoch nervös. So viel hing von dieser Begegnung ab. Was sollte er tun, wenn Beth ihn kurzerhand zum Teufel jagte?

Immer noch hatte sie ihn nicht entdeckt. Er trat vor, schob ihr sein Exemplar des Buches hin und sagte: „Habe ich Aussicht auf eine besondere Widmung von meiner Lieblingsautorin?"

Beth blickte auf, und ihre Miene erhellte sich. Daniels Herz hüpfte vor Freude. Das war eine gute Reaktion, besser als erhofft.

„Auf alle Fälle", antwortete sie leise. „Die Aussichten stehen sehr gut."

Beth

Ich bin völlig baff, als Daniel vor mir steht. Schließlich habe ich ihm nicht einmal von der Signierstunde erzählt. Dann sehe ich Megan, die vorbeischaut, um mir Glück zu wünschen, und ich entnehme ihrem leichten Feixen, dass sie dafür verantwortlich ist, dass Daniel hier ist. Sie gibt mir ein aufmunterndes Zeichen und verschwindet dann, um ihre letzten Weihnachtseinkäufe zu erledigen. Mein Herz hämmert, aber es fühlt sich gut an. Das muss doch ein Schritt nach vorn sein, oder nicht? Daniel ist gekommen. Er ist tatsächlich gekommen, um mich zu sehen. Vielleicht darf ich ja doch wagen zu hoffen. Dennoch bin ich beunruhigt, denn von allen Mitarbeitern des Verlages musste ausgerechnet Jack zu meiner Unterstützung hier auftauchen. Vanessa hatte kommen sollen, hat aber in letzter Minute abgesagt. Mir wurde regelrecht übel, als er hier auftauchte. Lieber wäre mir gewesen, wenn gar kein Verlagsvertreter gekommen wäre. Alles, was ich jemals für ihn empfunden habe, hat sich längst in Luft aufgelöst. Wie konnte ich nur meinen Fantastereien in Bezug auf Jack erlauben, meine Ehe zu ruinieren? Ich habe ihn fortgeschickt, um mir einen Kaffee zu besorgen und ihn eine Weile loszuwerden. Jetzt hoffe ich inständig, dass er nicht wiederkommt, bevor Daniel geht.

Aber natürlich taucht Jack nur zwei Minuten später wieder auf.

„Ich habe dir einen Latte geholt, wie du ihn magst", sagt er. „Oh", fügt er hinzu, als er Daniel sieht.

„Ganz recht, oh", erwidert Daniel.

Die beiden funkeln einander an wie wütende Bulldoggen. Bitte, nur keine Szene hier im Laden, denke ich. Immer noch stehen die Leute Schlange.

„Jungs, könnt ihr euren Testosteronspiegel wenigstens so lange unter Kontrolle halten, bis wir hier fertig sind?", zische ich ihnen zu.

Zögernd entfernen die beiden sich vom Tisch und ziehen sich in entgegengesetzte Ecken der Buchhandlung zurück, von wo aus sie sich wütend anstarren.

Nach etwa einer halben Stunde bin ich fertig, verabschiede mich und bedanke mich bei den Leuten in der Buchhandlung. Jack strebt sofort auf mich zu und erreicht mich vor Daniel. Mit voller Absicht küsst er mich auf die Wange und drückt mich. Ich erstarre.

„Lizzie, du warst fantastisch. Ich bestehe darauf, dich zum Essen einzuladen.

Ich gehe innerlich an die Decke. Wofür hält er sich eigentlich?

„Ich schätze, das ist meine Aufgabe", erklärt Daniel, stellt sich an meine Seite und wirkt ausgesprochen angriffslustig. Gleich fühle ich mich viel besser.

„Ich glaube, Lizzie ist ein freier Mensch", widerspricht Jack. „Sie muss sich diese Mittelklasse-Scheiße nicht länger bieten lassen. Ehrlich, Lizzie, ich begreife nicht, wie du dieses Kleinstadtleben so lange aushalten konntest. Im Herzen bist du ein Großstadtkind."

Was zum Teufel treibt Jack da eigentlich? Seit Monaten hatte ich keinen Kontakt zu ihm, und jetzt führt er sich auf wie ein eifersüchtiger Terrier. Er wird Daniel noch glauben machen, dass zwischen uns etwas läuft. Ach, richtig. Plötzlich kapiere ich es: Genau das will er Daniel glauben lassen. Aber ich werde bei diesem manipulativen Spiel nicht mitspielen.

Daniel nähert sich ihm drohend. Oh nein, noch nie habe ich gesehen, dass er jemanden geschlagen hat, aber ich glaube, jetzt ist er ganz nahe dran.

„Beth kann sich selbst entscheiden, mit wem sie essen geht", mische ich mich kurzerhand ein, „und dieses Kleinstadtleben ist zufällig mein Leben, und es gefällt mir. Würdest du jetzt bitte gehen?"

Jack schaut mich betrübt an. „Das kannst du doch nicht ernst meinen."

Ich betrachte ihn angewidert. Was weiß dieser Mann eigentlich von mir? In seinem Kopf bin ich immer noch das Mädchen Anfang zwanzig, das alles für ihn zu tun bereit ist. Von meinem Leben heute hat er keine Ahnung.

„Doch, das tue ich", erkläre ich. „Ich weiß nicht, warum du heute gekommen bist, Jack. Ich habe dir klipp und klar gesagt, dass ich dich nicht wiedersehen will. Was dich angeht, habe ich einen Fehler gemacht, und den werde ich nicht wiederholen."

„Aber wir passen so gut zusammen", drängt er. „Ich weiß, dass wir ein tolles Paar abgeben würden."

„So wie vor zwanzig Jahren? Jack, es ist vorbei. Glaub's einfach, wenn ich es dir sage. Ich habe eine Weile für dich geschwärmt, aber ich liebe Daniel."

„Aber ich liebe dich …"

Plötzlich packt mich die Wut. Er liebt mich nicht. Er hat mich nie geliebt. Für ihn war ich nur ein Spielzeug, und er hat immer noch nicht die leiseste Ahnung, in welche Höllenqualen er mich und Daniel gestürzt hat.

„Nein, tust du nicht", sage ich. „Du hast mich nie geliebt. Du liebst nur die Vorstellung, mich nach deiner Pfeife tanzen zu lassen. Es ist vorbei, Jack. Ich will, dass du jetzt verschwindest."

„Ich glaube, die Dame hat Sie gebeten zu gehen." Daniel tritt einen Schritt näher, in leicht drohender Haltung, die ich so ganz und gar nicht an ihm kenne. Jack zuckt zurück. Einen schrecklichen Augenblick lang glaube ich wirklich, dass Daniel zuschlagen wird, und irgendwo wünsche ich mir das sogar. Aber dann sagt er: „Ach was, das sind Sie gar nicht wert. Aber wenn Sie jetzt nicht gehen, rufe ich den Sicherheitsdienst, damit der Sie rauswirft."

Das genügt. Jack verschwindet.

Ich drehe mich zu Daniel um.

„Mein Held", sage ich. „Ich dachte schon, du langst ihm eine."

„Das würde ich niemals tun", erwidert er lächelnd.

„Also, kommst du jetzt nach Hause, oder was?"

„Was glaubst du denn?", fragt er zurück, beugt sich vor und küsst mich.

Am Ende ist es so einfach.

Das kleinste Engelchen

Das Engelchen schlich vorsichtig näher.

„Möchtest du das Baby sehen?", rief Maria es heran.

„Oh ja", sagte das Engelchen und flog hinüber, um sich das besondere Neugeborene anzuschauen. Es schlief und sah sehr friedlich aus.

„Wie heißt er?"

„Er heißt Jesus", sagte Maria, „und er ist das wichtigste Baby der Welt."

Vanessa Marlow: *Oh, ist das schön. Das ist ein wirklich niedliches Ende. Ich kann mir die Schlussszene sehr gut vorstellen!*
Beth King: *Danke.*

EPILOG

„Sam, Megan, wollt ihr nicht endlich mal aufstehen? Es gibt noch viel zu tun!"

Ich bin an diesem Morgen schon früh aus den Federn, um alles vorzubereiten. Da ich aber nicht schon um sechs aufstehen wollte, hatte ich alle für vierzehn Uhr eingeladen. Heute wird es keine Regeln geben und definitiv auch keine Scharaden. Jeder sollte sich so gut wie nur möglich entspannen und das Fest genießen. Bisher läuft alles bestens. Obwohl sie keine kleinen Kinder mehr sind, haben Sam und Megan darauf bestanden, um sieben hereinzukommen, um uns zu zeigen, was sie in ihren Strümpfen gefunden haben. Diese Tradition hatten wir eingeführt, als Sam vier Jahre alt war. Gemeinsam schauen wir uns den Inhalt der Strümpfe an und kriechen dann zurück in die Betten, noch verschlafen, aber glücklich. Dann steht Daniel auf, um mir Frühstück ans Bett zu bringen, und wir genießen herrlichen Weihnachtssex, um die Feiertage angemessen zu begehen. Das ist das Beste an unserer Trennung. Wir hatten in der letzten Woche jede Menge Versöhnungssex.

Um acht gehe ich nach unten und schiebe den Truthahn in den Backofen (der beste, den sie bei Sainsbury's hatten – hoffentlich merkt Mum nichts), und Daniel kommt nach. In seinem Morgenmantel sieht er zum Anbeißen aus. Wir machen uns gemeinsam daran, das Gemüse zu putzen, und stimmen laut und falsch in die Lieder auf unserer Weihnachtsplatte ein. Nun ja, falsch gilt nur für mich. Daniel hat wie gesagt einen wundervollen Bariton.

Endlich schaffe ich es, auch Megan und Sam dazu zu bewegen, aufzustehen und beim Aufräumen zu helfen. Sie stoßen einander immer wieder an, kichern und werfen Daniel ostentative Blicke zu. Ich bin sicher, das hat etwas mit meinem Weihnachtsgeschenk zu tun, also gebe ich mir Mühe, sie zu ignorieren. Sam und Daniel bauen aus Sperrholz eine provisorische Verlängerung für unseren Esstisch. Wir werden zu elft sein, plus Baby Thomas, und dafür ist der Tisch allein nicht groß genug. Verliebt lächelnd schaue ich zu, wie sie sich mit dem Holz abmühen; es ist so schön, meine beiden Jungs wieder vereint zu sehen. Sie arbeiten gut zusammen und kommen zurzeit überhaupt gut miteinander aus. Sam hat sich am College eingeschrieben, um seine Prüfungen zu wiederholen, und Daniel unterstützt seine musikalischen Bemühungen.

Megan hat in den letzten Tagen Stunden damit zugebracht, Weihnachts- und Schneemänner als Dekoration zu basteln. Jetzt verteilt sie sie sorgfältig auf dem Tisch, je einen an jedem Gedeck. Als sie fertig ist, wirkt die Tafel sehr festlich.

Ich lege meine Arme um sie und Sam. Meine Familie ist wieder heil, und ich bin so froh darüber.

„Hör auf", wehrt Sam ab, als ich das sage. „Ich bin achtzehn, wie du weißt."

„Du bleibst trotzdem immer mein kleiner Sammywam", ziehe ich ihn auf, und er verdreht die Augen.

Gerade will ich Daniel bitten, mir zu helfen, den riesigen Truthahn in einen Bräter umzulagern, da wird mir bewusst, dass ich ihn schon seit einer halben Stunde nicht mehr gesehen habe.

„Wo steckt denn euer Dad?", frage ich. Die Kinder zucken die Achseln.

„Ich glaube, er ist mal kurz rausgegangen", meint Megan hilfreich.

„Rausgegangen? Wohin? Unsere Gäste werden jeden Moment eintrudeln."

„Alles in Ordnung", meint Sam mit einem Blick aus dem Fenster. „Sieht aus, als wäre er zurück."

Daniel kommt in die Küche. Er hat irgendetwas unter seinem Mantel, aber ich bin so auf den Truthahn fixiert, dass ich zuerst nicht kapiere, was los ist.

„Wo um alles in der Welt warst du?", frage ich und schaue dann, was er da hat. „Daniel, du hast doch nicht etwa?"

Daniel grinst breit. „Doch, habe ich. Frohe Weihnachten, Beth", sagt er und reicht mir einen sich windenden, entzückenden Labradorwelpen mit eifrig arbeitender Zunge.

Ich bin sprachlos. „Aber du hast doch gesagt ..."

„Ich habe viel gesagt, Beth. Und ich weiß, wie sehr du dir einen Hund wünschst. Deine Mum hat sich in den letzten Tagen um ihn gekümmert."

„Oh, Daniel, du Pappnase", sage ich und gebe ihm einen dicken, schmatzenden Kuss. Ich bin überwältigt. Dass er das für mich getan hat, kann ich kaum glauben. Ein paar Minuten knuddele ich den wunderschönen Welpen. Dann setze ich ihn ab, damit Megan und Sam ihn übernehmen können.

Um halb eins klingelt es an der Tür. Rachel, Ged und Thomas sind da. Thomas kann inzwischen sitzen, spielt mit seinen Spielsachen, und Megan hockt sofort auf dem Boden und versucht, ihn zum Lachen zu bringen. Ich habe Rachel und Ged eingeladen, über Nacht zu bleiben, damit sie beide trinken können, und sie stoßen fröhlich mit uns an.

Die Atmosphäre ist entspannt, so ganz anders als im Jahr davor.

„Wer wird zuerst kommen, was meinst du? Mum oder Dad?", fragt Ged.

„Mum. Dad kommt immer zu spät. Solange sie nicht gleichzeitig vor der Tür stehen ..."

Und tatsächlich, Mum und James treffen zuerst ein, gefolgt von Reggie, der sich mit James auf Anhieb bestens versteht. Zum Glück kommt er anscheinend auch gut mit Dad zurecht, als der und Lilian schließlich auftauchen. Das macht das Leben schon mal sehr viel leichter.

Offenbar vertragen sich alle ganz anständig, und ich hoffe, das bleibt auch so.

Ich hätte mir die Sorgen sparen können. Beide Paare benehmen sich hervorragend, und es stellt sich heraus, dass Reggie ein Händchen dafür hat, Menschen miteinander in Kontakt zu bringen. Er und Daniel begegnen sich deutlich entspannter, und mir fällt auf, wie ähnlich sie sich tatsächlich sind. Beiden sind andere Menschen wichtig, beide sind bemüht, anderen die Befangenheit zu nehmen. Es macht Freude, sie zusammen zu sehen.

Auch von dem Welpen sind alle hingerissen, und der Wirbel, den sie um ihn veranstalten, löst auch das letzte bisschen Anspannung wunderbar. So kommt es, dass die Stimmung recht aufgeräumt ist, als wir uns zum Essen an den Tisch setzen. James zieht Dad durch den Kakao, während er darüber philosophiert, ob Cricket wichtiger ist als Golf, und Lilian macht

Mum ein Kompliment, wie gut sie aussieht. Das läuft besser, als ich mir jemals hätte vorstellen können.

Wegen des Truthahns stehe ich unter immensem Stress, aber Daniel übernimmt die letzten Handgriffe, sodass ich mich auch ein wenig entspannen kann. Ged und Rachel helfen beim Servieren, und ich habe nicht mehr das Gefühl, die Verantwortung für den ganzen Tag allein tragen zu müssen.

Als endlich alle vor gefüllten Tellern sitzen und wir auf Weihnachten anstoßen, bin ich überglücklich im Kreis meiner Lieben, ob nun Patchwork-Familie oder wieder zusammengerauft. Ich kann mir niemanden vorstellen, mit dem ich lieber Weihnachten feiern würde. Natürlich wäre es schön, wenn auch Lou hier wäre, aber sie ist so glücklich mit Maria, dass ich ihr nicht böse sein kann. Außerdem bleibt ja immer noch nächstes Jahr.

Nach dem Essen werden die Geschenke ausgepackt. Zum Schluss kauen Thomas und der Welpe um die Wette auf dem Geschenkpapier herum. Thomas hat übertrieben viel Spielzeug bekommen, das Lärm macht, und Ged wirkt alles andere als begeistert. Er verdreht die Augen, und Rachel küsst ihn auf die Wange.

„Mach dir nichts draus", sagt sie. „Wir können es vielleicht verstecken."

„Ich denke, ich werde bei einigen davon die Batterien verlieren", meint Ged.

„Keine Sorge, die sind recht schnell leer", sage ich lachend. „Das meiste Spielzeug wird vermutlich schon zu Neujahr kaputt sein."

Der Welpe tobt fröhlich durch das Zimmer, und wir alle überlegen uns einen Namen für ihn, als mir einfällt, dass ich versprochen habe, Lou und Maria über Skype anzurufen.

Es dauert eine Weile, alles vorzubereiten, aber dank der jungen Technikfreaks im Haus steht schließlich die Verbindung. Wir versammeln uns um den Bildschirm, winken und rufen „Frohe Weihnachten!", und Lou und Maria strahlen um die Wette zurück. Sie sehen so glücklich aus zusammen, dass es eine wahre Freude ist.

„Wo ihr gerade alle hier versammelt seid ...", meldet sich plötzlich Ged zu Wort. Er klingt ein wenig unsicher. „... ich dachte, das ist der richtige Moment, um es euch zu sagen. Ich bin stolz, euch verkünden zu können, dass Rachel eingewilligt hat, meine Frau zu werden. Wir wollen nächstes Jahr im Juli heiraten, und ich hoffe sehr, dass ihr alle dabei sein werdet."

Wow! Ich drücke Ged fest an mich und strahle ihn an. Ich bin ja so stolz auf ihn, dass er seine Frauengeschichten ein für alle Mal hinter sich gelassen hat.

„Als ob du uns fernhalten könntest!", kreischt Lou. „Das ist ja so aufregend."

Wir heben unsere Gläser, stoßen miteinander an, und dann fragt Reggie: „Was haltet ihr von ein bisschen Musik?"

Wir verabschieden uns von Lou und Maria, Reggie holt seine Gitarre hervor und stimmt „Simply Having a Wonderful Christmas Time" an. Inzwischen sind wir alle ziemlich angeheitert, und es wird laut. Erstaunlicherweise schläft Thomas tief und fest weiter.

„Geht es dir gut?", fragt Daniel.

„Ja!", sagte ich. „Frohe Weihnachten, Liebling."

„Frohe Weihnachten und auf ein besseres nächstes Jahr." Ich lächele ihn an. Der Welpe kommt herüber und beleckt meine Hand.

Daniel steht auf und bittet um Ruhe.

„Dies war in vieler Hinsicht ein bedeutsames Jahr für unsere Familie. Aber ich glaube, wir können alle sagen, dass wir stärker, besser und mit ein paar neuen Familienmitgliedern daraus hervorgegangen sind. Auf die Holroyd-Familie in all ihren Formen. Frohe Weihnachten."

„Frohe Weihnachten!" Alle heben ihre Gläser.

„Seht nur", sagt Megan. „Es schneit!"

Wir drängen uns ans Fenster und blicken hinaus auf den langsam rieselnden Schnee. Ich schaue auf die festlichen Lichter in den Fenstern der Nachbarhäuser und hoch in den dunklen Himmel. Beinahe kann ich mir meinen kleinen Engel da oben vorstellen, wie er anderen Menschen so hilft, wie er mir geholfen hat.

Frohe Weihnachten, kleines Engelchen, sage ich in Gedanken, *und danke.*

Ich schmiege mich enger an Daniel.

„Du bist das beste Weihnachtsgeschenk, das ich mir wünschen kann", sage ich. „Willkommen daheim."

Das kleinste Engelchen ist die Rettung

Und so führte das Engelchen Jesus, Maria und Josef über die Grenze von Israel nach Ägypten.

Dort brachte es sie an einen Ort, wo sie in Sicherheit waren, und wachte über sie, bis es an der Zeit war, nach Hause zurückzukehren.

Vanessa Marlow: *Wunderschön! Ich kann mir gut vorstellen, daraus eine Buchreihe zu machen. Hast du schon eine Idee für den nächsten Band?*
Beth King: *Ähm. NEIN.*

Beth

Schon seltsam, was für Umwege man manchmal gehen muss. Ich dachte, mein Leben plätschere sinnlos dahin. Ich dachte, es könnte besser sein. Und dann musste ich auf die harte Tour lernen, dass das Leben, das ich schon hatte, genau das Leben war, das ich mir wünschte und brauchte. Wenn mein Engelchen mich etwas gelehrt hat, dann dies: Sei zufrieden mit deinem Leben. Du hast nur dieses eine. Aus welchem Blickwinkel du es auch anschaust, du wirst Teile entdecken, die ziemlich wundervoll sind.

Das kleinste Engelchen

Von Beth King

Das Engelchen war sehr aufgeregt. Die gesamten himmlischen Heerscharen bereiteten sich auf das große Ereignis vor.

„*Das* große Ereignis", sagte Gabriel.

Es hatte schon ziemliche Aufregung gegeben wegen eines anderen Babys, das ein paar Monate zuvor geboren worden war, aber Gabriel sagte, dieses Baby sei noch sehr viel wichtiger. Dieses Baby werde die Welt retten.

Die himmlischen Heerscharen sollten losziehen und den Leuten davon erzählen, und zum ersten Mal würde auch das Engelchen mitkommen dürfen.

„Ist es heute so weit?", fragte das Engelchen seine Mutter.

„Heute nicht", sagte seine Mutter.

„Ist es heute so weit?", fragte das Engelchen am nächsten Tag.

„Heute nicht", sagte seine Mutter. „Aber bald."

Die Tage kamen und gingen, und der richtige Tag kam und kam nicht, bis schließlich das Engelchen fragte: „Ist es heute so weit?"

Und seine Mutter sagte: „Ja, heute ist es so weit."

„Hurra!", schrie das Engelchen. Und es machte sich bereit, auf die Reise zu gehen.

Das Engelchen war so aufgeregt, dass es sofort in sein Zimmer flog, um seine Posaune zu holen. Aber es konnte sie nirgendwo finden.

„Beeil dich!", sagte seine Mutter. „Sonst fliegen wir ohne dich los."

Das Engelchen suchte überall, doch die Posaune war nirgends zu sehen.

„Ich kann sie nicht finden!", sagte das Engelchen zu seiner Mutter. Die war damit beschäftigt, die anderen kleinen Engel vor den Perlentoren zu versammeln, während sich die himmlischen Heerscharen zum Aufbruch bereit machten.

„Schau noch mal nach", sagte die Mutter des Engelchens, „aber beeil dich!"

Das Engelchen hatte seine Posaune gerade unter dem Bett entdeckt, als es gewaltiges Flügelschlagen, Posaunenstöße und einen Chor von Hallelujas hörte.

Oh nein! Die himmlischen Heerscharen waren so weit, ihre Reise anzutreten.

„Wartet auf mich!", rief das Engelchen, aber es war zu spät. Als es die Perlentore erreichte, waren die himmlischen Heerscharen mit Glanz und Gloria verschwunden.

Es flog ihnen nach, so schnell es konnte, aber es war zu klein, und die anderen waren zu schnell. Weit, weit vor ihm wirbelten sie wie eine riesige goldene Wolke durch das Dunkel der Nacht. Es flog und flog, aber sosehr es sich auch bemühte, es konnte sie nicht einholen. Und schon bald war das kleinste Engelchen ganz allein und hatte sich verirrt.

Das Engelchen flog hierhin und dorthin, aber es brachte nichts. Es konnte die himmlischen Heerscharen nirgends entdecken. Wie sollte es jetzt das neugeborene Baby finden? Traurig flog es zur Erde hinunter, um sich auszuruhen. Es landete auf einem Hügel oberhalb einer großen Ebene. In der Ferne sah es die Lichter einer Stadt blinken. War das der Ort, an dem das Baby geboren werden sollte? Wenn die himmlischen Heerscharen ihm den Weg nicht zeigten, wie sollte es das dann je herausfinden?

Das Engelchen begann zu weinen. Es wusste nicht, wo es war oder was es tun sollte.

„Ist alles in Ordnung mit dir, kleiner Engel?" Ein kleiner Junge, der ein Lamm auf den Armen hielt, trat schüchtern näher. „Du siehst so traurig aus."

„Ich bin traurig", sagte das Engelchen. „Ich suche nach dem Baby, das in dieser besonderen Nacht geboren werden soll, aber ich habe die anderen Engel verloren und werde ihn jetzt niemals finden."

„Die Engel waren hier!", sagte der Junge. „Sie kamen und sangen Loblieder und baten die Hirten zu gehen, sich dem Baby zu Füßen zu werfen und es anzubeten."

„Wohin sind sie gegangen?", fragte das Engelchen.

„In diese Richtung", sagte der kleine Junge und zeigte zu der weit entfernten Stadt hinüber.

Auch er wirkte ein bisschen traurig.

„Bist du nicht mitgegangen?", fragte das Engelchen.

„Nein", sagte der Junge. „Ich muss bleiben und die Schafe bewachen. Kommst du wieder und erzählst mir von dem Baby?"

„Natürlich tue ich das", sagte das Engelchen. „Aber jetzt muss ich weiter. Ich soll an der Wiege des Babys singen und darf nicht zu spät kommen."

„Die Engel sagten den Hirten, sie sollten dem Stern folgen", sagte der Hirtenjunge und deutete auf den hellsten Stern am Himmel. „Du findest das Baby dort, wo der Stern stehen bleibt."

Natürlich! Der Stern. Der allerkleinste Engel hatte vergessen, dass der Stern zu dem Baby führen sollte. Es konnte ihn in der Ferne hell leuchten sehen.

„Danke", sagte das Engelchen und machte sich wieder auf den Weg.

Das Engelchen flog sehr viel fröhlicher wieder los. Jetzt wusste es, in welche Richtung es fliegen musste, und schon bald würde es das Baby finden. Das Engelchen flog hinauf in den Nachthimmel, konnte aber immer noch weit und breit die himmlischen Heerscharen nicht entdecken. Der Stern wirkte sehr weit weg, und es fragte sich, ob es ihn je erreichen würde. Dann entdeckte es unter sich eine Kamelkarawane, die seinen Weg kreuzte. Vielleicht hatte man dort die himmlischen Heerscharen gesehen.

Das Engelchen flog zur Erde zurück und landete neben einem mürrisch dreinschauenden Kamel.

„Hast du die himmlischen Heerscharen gesehen?", fragte es.

Das Kamel schaute es missbilligend an.

„Ich weiß nicht", sagte es. „Ich glaube, sie sind da lang."

„Ich habe sie gesehen", sagte ein junger Page, der hinter dem Kamel ging und einen wertvoll aussehenden Kasten trug.

„Was hast du denn da?", fragte das Engelchen.

„Gold für den neuen König", sagte der Page.

„Du meinst, für das neugeborene Baby?", fragte das Engelchen.

„Ich weiß nicht", sagte der Page. „Meine Herren suchen nach einem König. Sie sagten, wir sollten dem Stern folgen. Der würde uns zu ihm führen."

„Oh", sagte das Engelchen. „Ich glaube, ihr geht in die falsche Richtung."

Das kleinste Engelchen wurde zunehmend aufgeregter. Jetzt konnte es nicht mehr allzu weit hinter den himmlischen Heerscharen zurückliegen. Der Stern strahlte immer heller am Himmel, aber trotzdem: Je weiter das Engelchen flog, desto weiter schien er sich zu entfernen. Manchmal glaubte es schon, es würde niemals ankommen. Aber es konnte nicht aufgeben. Es musste bei der Geburt des Babys dabei sein.

Zu guter Letzt konnte das Engelchen die Lichter der Stadt sehen, die es vor so vielen Stunden von dem Hügel aus entdeckt hatte. Zu seiner Überraschung schien der Stern über einem kleinen Gebäude stehen geblieben zu sein. Vielleicht war das der Platz, an dem das Baby geboren werden sollte. Das Engelchen war fast am Ziel!

Aber der Stern war über einem Stall stehen geblieben. Das Engelchen war verwirrt. Das besondere Baby würde doch ganz bestimmt nicht in einem Stall zur Welt kommen?

Es flog hinunter zum Boden und sah einen Esel, der hinter der Stalltür angebunden war.

„Hallo", sagte das Engelchen. „Ich suche nach dem neugeborenen Baby. Weißt du, wann es geboren werden soll?"

„Oh", sagte der Esel. „Ich glaube, heute Nacht. Ich habe seine Mutter den ganzen weiten Weg hierher getragen. Es wird ein ganz besonderes Baby sein."

„Ich weiß", sagte das Engelchen. „Deshalb bin ich ja hier."

Das Engelchen schob die Stalltür auf und schlich sich hinein.

Drinnen sah es eine Frau und einen Mann. Die Frau hielt ein Baby und legte es in eine Wiege. Das Herz des Engelchens erbebte vor Freude. Endlich – hier war das besondere neugeborene Baby. Und das Engelchen war die Erste, die es besuchte.

„Möchtest du das Baby sehen?", rief Maria es heran.

„Oh ja", sagte das Engelchen und flog hinüber, um sich das besondere Neugeborene anzuschauen. Es schlief und sah sehr friedlich aus.

„Wie heißt er?"

„Er heißt Jesus", sagte Maria, „und er ist das wichtigste Baby der Welt."

In genau diesem Moment ertönten Posaunen, und wunderschöner Gesang erklang. Die himmlischen Heerscharen waren angekommen! Das Engelchen flog hinaus, um sie zu begrüßen, und gemeinsam sangen sie Loblieder für das Baby, das die Welt retten würde.

Danksagung

Wie immer möchte ich dem fantastischen Team bei Avon danken, das mich großartig unterstützt hat, ganz besonders jedoch Phoebe Morgan, Natasha Harding und Eloise Wood. Auch meinem Agenten Oli Munson möchte ich von Herzen meinen Dank für seine tatkräftige Unterstützung aussprechen.

Als ich dieses Buch schrieb, habe ich viele Leute mit Fragen gelöchert. Dafür, dass ihr alle so geduldig geantwortet habt, danke ich Anne Booth, Deirdre Cleary, Peter Graham, Catherine Johnson, Lucy Pepper und Nina Wadcock.

Zum Abschluss noch ein herzliches Dankeschön an meine Zwillingsschwester Virginia Moffatt, die mir stets ein besonderer Ansporn ist und mir mit hilfreichem Feedback zur Seite steht.

Informationen zu unserem Verlagsprogramm, Anmeldung zum Newsletter und vieles mehr finden Sie unter:

www.harpercollins.de